W0395561

ullstein

Das Buch

Als bei Privatdetektivin Heide von der Heide mitten in der Nacht das Telefon klingelt, ahnt sie bereits, dass Ärger bevorsteht. Am Apparat ist ihre alte Bekannte Beate, die völlig aufgelöst um Heides Hilfe bittet. Beates Schwager, Gerald Schöllen, ist seit mehreren Tagen spurlos verschwunden und Beate nun davon überzeugt, dass er Opfer eines Verbrechens wurde. Heide beschließt, ihrer Freundin in der Vermisstensache zu helfen. Sie beginnt mit ihren Nachforschungen in dem Dorf Holte – und ist erstaunt, wie die Menschen dort auf sie reagieren: Beate selbst scheint sich über die Anwesenheit der Freundin nicht wirklich zu freuen und flüchtet sich zu ihrem Freund Thomas Orthes. Simone, die angeblich verzweifelte Ehefrau des Verschwundenen, verbringt ihre Tage bestens gelaunt in der Gesellschaft eines anderen Mannes. Und auch die anderen Bewohner des Dorfes, in dem jeder mit jedem verwandt zu sein scheint, begegnen Heide misstrauisch, geradezu feindselig. Nur mit Mühe gelingt es Heide, immer weitere Neuigkeiten über Schöllen in Erfahrung zu bringen. Bald weiß sie: Er war nicht nur ein knallharter Geschäftsmann, sondern auch ein dominanter und oft brutaler Ehemann und Vater. Fast jeder in seinem Umfeld hätte ein Motiv gehabt, ihn aus dem Weg zu schaffen.

Während Heide versucht, Licht in das Dunkel der verstrickten Beziehungen zu bringen, taucht plötzlich die Leiche eines Mannes auf …

Die Autorin

Joana Brouwer, geboren 1951, war einige Jahre im Schuldienst tätig und arbeitete danach in einem Architekturbüro. Sie ist die Mutter dreier erwachsener Kinder und lebt mit ihrem Mann in Nordhorn.

Joana Brouwer

Der Puppenfänger

Ein Emslandkrimi

Mit freundlichen
Grüßen
Joana Brouwer

Ullstein

Besuchen Sie uns im Internet:
www.ullstein-taschenbuch.de

FSC
www.fsc.org
MIX
Papier aus verantwortungsvollen Quellen
FSC® C014496

Originalausgabe im Ullstein Taschenbuch
1. Auflage August 2013
© Ullstein Buchverlage GmbH, Berlin 2013
Umschlaggestaltung: ZERO Werbeagentur, München
Titelabbildung: © Plainpicture
Satz: LVD GmbH, Berlin
Gesetzt aus der Sabon
Papier: Holmen Book Cream von
Holmen Paper Central Europe, Hamburg GmbH
Druck und Bindearbeiten: GGP Media GmbH, Pößneck
Printed in Germany
ISBN 978-3-548-28485-9

Für meinen Mann

PROLOG

Frühling 1992

Erst als die Rufe verstummt waren, blieb sie atemlos stehen und warf sich bäuchlings in eine Mulde. Sie presste die Arme an den Oberkörper, drückte das Gesicht in den Waldboden und schloss die Augen. Ein modrig-süßer Geruch stieg ihr in die Nase. Sie unterdrückte das Schluchzen, das ihr die Kehle zuschnürte, und versuchte ruhiger zu werden.

Einen Moment meinte sie, der eigene, viel zu schnelle Herzschlag werde sich auf den Erdboden übertragen, den Wald zum Beben bringen und damit ihr Versteck und ihre Angst verraten. Wenige Zentimeter neben ihrem rechten Handgelenk entdeckte sie einen Ameisenhaufen. Sie dachte an ihre Schwester und daran, was sie ihr raten würde, wenn sie könnte.

Sie war allein und war es nie zuvor gewesen. Rundum war es totenstill, die Bewohner des Waldes schwiegen. Nur ab und an hörte sie das leise gleichmäßige Surren eines Autos, das weit entfernt über die Kreisstraße fuhr.

Ganz in der Nähe gab es einen Bach, das wusste sie sicher. Sie und ihre Schwester waren oft durch den Wald dorthin gelaufen und hatten sich ihrem Elternhaus von der Rückseite aus genähert. Dieser Bachlauf war ihr Ziel. Wollte sie ihren Verfolgern entkommen, musste sie ihn erreichen. Sie schärfte ihre Sinne und lauschte konzentriert. Doch sie hörte es nicht, das leichte Plätschern des Wassers, das sie mehr herbeisehnte als alles andere, was sie je in ihrem Leben gewünscht hatte.

Nachdem sie ruhiger geworden war, drehte sie sich behutsam auf den Rücken und blickte einen Moment in das dichte, grüne Blätterdach, das den Himmel fast verdeckte und die Morgensonne aussperrte. Sie wartete ab, lauschte, ordnete die vertrauten Töne des Waldes und setzte sich vorsichtig auf. Rundum war kein Geräusch zu vernehmen, das das Herannahen eines anderen Menschen verriet. Als sie ihre zerkratzten, bloßen Beine sah, begann sie wieder zu weinen. Ihre Haut war übersät mit schmutzigen, blutigen Kratzern, die unzählige Brombeerranken geritzt hatten. Ihr Rock war zerrissen, in den offenen Haaren fühlten ihre wunden Finger morsche Zweige und Laub. Den rechten Fuß konnte sie kaum bewegen.

Irgendwann auf der Flucht durch den Wald hatte sie eine Sandale verloren, war weitergestürmt, so schnell sie konnte, hatte versucht, die beißenden, unerträglichen Schmerzen zu ignorieren, war auf allen vieren durchs Unterholz gekrochen, durch modrig-weiche Blätterdecken gerobbt, die Verfolger ganz nahe und ihr eintöniges, schändliches Rufen in den Ohren.

Mit ihren schmutzigen Händen wischte sie die Tränen weg, zog ihre Strickjacke aus, wickelte sie um den Fuß und verknotete die Ärmel über dem Knöchel. Sie musste gefasst sein, ihre Angst unterdrücken, versuchen, logisch zu denken.

Die Männer waren zu zweit und stärker als sie, aber sie kannte den Wald – nicht so gut wie ihre Schwester ihn kannte, aber gut genug, um ihnen zu entkommen. Noch während sie überlegte, was klüger war, die Flucht fortzusetzen oder vorerst abzuwarten, hallten die Stimmen wieder zu ihr herüber. Ihre Jäger riefen im Takt, wie sie es die ganze Nacht über getan hatten, abwechselnd, aber im gleichen Rhythmus.

Sie kroch los, suchte verzweifelt Deckung im Unterholz, rappelte sich auf, als die Stimmen aus zwei verschiedenen Richtungen näher kamen und stetig lauter in ihren Ohren dröhnten.

»Wo bist du, Puppe?«, hallte es von der einen Seite, und gleich nachdem dieser Ruf verstummt war, von der anderen: »Wo bist du, Puppe?«

Sie rannte, so schnell es der Waldboden unter ihren Füßen zuließ, spürte ihren Herzschlag klopfend in der Halsschlagader, in der Brust, im Kopf, keuchte, stolperte und fiel, als Hände nach ihr griffen.

Mittwoch, den 13. April 2011

Heide wurde von einer unerträglich lauten Musik geweckt, die sie im Halbschlaf zuerst nicht einordnen konnte. Als sie begriff, dass ihr Handy klingelte, begann ihr Herz zu rasen. Dieter Fuchs, ihr Liebster, der sich ab und an als rechter Scherzbold erwies, ließ sich fast monatlich etwas Neues einfallen, um seinen Schabernack mit ihr zu treiben. Am letzten Sonntag hatte er ihr ein neues Handy geschenkt, ihm den Namen *Miss Marple* gegeben und die Titelmelodie der *Miss-Marple*-Serie als Klingelton hochgeladen. Heide hatte die Melodie bisher nicht gelöscht, sich aber auch noch nicht an sie gewöhnen können.

Nächtliche Telefonanrufe kündeten stets familiäre Katastrophen an. Dieters Schussverletzung und auch den Herzinfarkt ihres Vaters hatte man ihr in der Nacht über das Telefon mitgeteilt. Doch da ihr Liebster neben ihr lag und ihr Vater bei bester Gesundheit war, musste einem anderen ihrer zahlreichen Familienmitglieder etwas zugestoßen sein. Hastig schob sie Dieters Arm zur Seite, registrierte an seinem unwilligen Knurren, dass er ebenfalls wach geworden war, und sprang aus dem Bett.

Während ihr grauenvolle Bilder durch den Kopf schossen, rannte sie durch die finstere Wohnung, stolperte vor der Badezimmertür über Dieters gepackte

Reisetasche und in der Diele über ihre Pumps. Sie verfluchte Agatha Christie samt ihrer *Miss Marple* und die kindischen Scherze ihres Kommissars, durchsuchte an der Garderobe fahrig die Taschen ihrer Jacken und entdeckte den Verursacher des Lärms letztendlich in ihrer Handtasche.

Erst als sie den Namen ihrer ehemaligen Kommilitonin Beate Buttenstett hörte und gleich darauf auch deren Stimme erkannte, schaltete sie die Dielenbeleuchtung ein und eilte mit *Miss Marple* in die Küche. Dort nahm sie Dieters Pullover, den er achtlos auf die Essbar geworfen hatte, setzte sich an den Tisch, legte den Pulli über ihre nackten Beine und die Füße auf einen Stuhl. Sie schluckte den Ärger über die späte Ruhestörung hinunter und stellte sich gedanklich auf ein längeres Telefongespräch ein.

»Was ist passiert, Beate?«

»Simones Mann ist verschwunden. Du musst ihn finden.«

»Und seit wann ist er …«, sie zögerte. »Verschwunden?«

»Seit Montag.«

»Seit Montag«, plapperte Heide verschlafen nach, rief sich jedoch augenblicklich zur Disziplin. Schließlich war sie kein Papagei. Während sie Beates Stimme lauschte, angelte sie sich einen Notizblock und einen Stift vom Sideboard, warf einen Blick auf die Küchenuhr und stellte fest, dass noch eine halbe Stunde bis Mitternacht fehlte. Es war also früher, als sie beim Aufwachen angenommen hatte. Trotzdem! Kein einigermaßen zurechnungsfähiger Mensch – auch nicht Beate Buttenstett –

griff zu dieser Zeit zum Telefon, um aus lauter Jux und Tollerei derlei Gruselmeldungen zu verbreiten. Beate hatte das Recht, angehört zu werden.

Dieter betrat die Küche. Er fuhr mit seiner Hand unter Heides T-Shirt, streichelte ihren Rücken, drückte sein Gesicht in ihr Haar und küsste ihren Nacken, ehe er sich neben sie setzte. Sie warf ihm einen knappen, skeptischen Blick zu. Immer öfter hatte sie in den letzten Monaten den Eindruck gewonnen, dass er ihre Privatsphäre nicht respektierte und ihren Freiraum zu sehr beschnitt. Zu dem, was sie unter Freiraum verstand, zählte sie auch Telefongespräche. Insbesondere, sobald sie ihre Detektei betrafen.

»Ich begreife nicht, dass du dich nicht früher bei mir gemeldet hast, Beate«, sagte sie und schob Dieters Hand zur Seite, die er auf ihr Knie gelegt hatte. »Wenn ich dich richtig verstanden habe, vermisst deine Schwester ihren Mann schon seit Montag, und du holst mich aus dem Schlaf, um mir diese Neuigkeit drei Tage später mitzuteilen. Habt ihr die Polizei verständigt?«

»Ich bin die Polizei«, knurrte Dieter. »Sag dem Störenfried, er soll dich in Ruhe lassen und mit mir reden!«

Heide sah ihn an, schüttelte missbilligend den Kopf und deckte die Sprechmuschel des Hörers ab. »Leg dich ins Bett und schlaf. Es ist alles in Ordnung.«

»Diese sturen Korinthenkack ...«, schrie Beate in den Hörer. »Diese sturen Beamten hocken auf dem Kommissariat, warten seelenruhig ab und unternehmen nichts.«

Dieter war noch näher gerückt und bemühte sich, jedes Wort, das durch den Hörer drang, zu verstehen. Er runzelte verärgert die Stirn und murmelte: »Korinth ..., meint sie etwa mich?«

Es gefiel Heide nicht, dass er an ihr klebte, während sie telefonierte, und jedes gesprochene Wort aufnahm, als gelte es ihm. »Beate Buttenstett, eine Bekannte«, raunte sie ihm ungeduldig zu. »Ihr Schwager ist seit Montag verschwunden, und sie möchte, dass ich ...« Noch ehe sie den Satz zu Ende gesprochen hatte, war sie plötzlich hellwach und bereute ihre unbedachte Redseligkeit. Falls sie der Bitte ihrer Bekannten tatsächlich nachkam, war eine Auseinandersetzung mit Dieter zwar nicht zu vermeiden, aber auf gar keinen Fall wollte sie diese Auseinandersetzung heute Nacht führen.

»Du fischst nicht in meinem Teich, von der Heide«, zischte Dieter drohend. Er stand auf, holte eine Flasche Mineralwasser aus dem Kühlschrank, tippte sich mit dem Zeigefinger gegen die Stirn, schaute sie finster an und verließ die Küche.

»Verstehst du, Heide?«, klang Beates Stimme schrill durch den Telefonhörer. »Verstehst du? Die Bullen reagieren nicht. Nichts! Rein gar nichts machen sie, Heide! Sie sitzen untätig auf ihren Ärsch..., entschuldige. Sie warten, bis man irgendwann Geralds Leiche findet, aber dann ... dann ist es zu spät.«

Beates kurzzeitiger Ausflug in das Gemütsland Wut endete erneut im Land des Jammers. »Inga und Paula vermissen ihren Papi. Sie fragten nach ihm, und heute wollten sie ohne die Gutenachtgeschichte, die er ihnen jeden Abend vor dem Zubettgehen vorliest, nicht einschlafen. Simone ist verzweifelt. Sie liebt ihn so sehr, und ich befürchte, sie bringt sich um, wenn ihm etwas zugestoßen ist.« Beate schluchzte.

Heide kannte Beates Schwester lediglich oberflächlich. In ihrer Erinnerung sah sie eine sehr schlanke, attraktive Blondine, die mindestens zehn Jahre jünger war als Beate. Damals waren Heide besonders die lockigen, seidig schimmernden Haare aufgefallen, auf deren Pflege Simone ganz offensichtlich sehr viel Wert legte. Aus früheren Erzählungen wusste sie, dass Simone bis zu ihrer Heirat als Floristin in einem angesehenen Osnabrücker Blumengeschäft gearbeitet hatte, dass ihr Ehemann Gerald Schöllen hieß, mehrere Fitnessstudios besaß und als ziemlich wohlhabend galt.

»Habt ihr über eine Entführung nachgedacht?«

»Ja!« Beate hatte sich beruhigt und die Lautstärke ihrer Stimme dem neuen Gemütszustand angepasst. Heide hörte Musik und Geräusche, die darauf hindeuteten, dass ihre Gesprächspartnerin sich nicht allein im Zimmer aufhielt. »Selbstverständlich haben wir zuerst angenommen, Gerald könnte entführt worden sein, aber es ist bisher kein Erpresserschreiben eingegangen«, erklärte Beate. »Simone ist bereits Montagabend nach Lingen aufs Kommissariat gefahren, um ihn als vermisst zu melden. Sie ist auf taube Ohren gestoßen. Dabei sind wir uns sicher, dass er nicht freiwillig ... Er ist so ein liebevoller Ehemann und Vater.« Beate begann erneut zu weinen. Heide hörte sie schluchzen und leise murmeln: »Lass nur, es geht schon. Ich danke dir!«

»Du bist nicht allein, Beate? Ist Simone bei dir?«

»Nein, Tommy, Thomas Orthes ist bei mir. Er hat mir eine Tasse Tee gebracht. Du kennst ihn nicht. Bei mir hat sich privat einiges getan, seitdem wir uns das letzte Mal getroffen haben!«

Heide beschloss, sich jede Frage nach Thomas oder Tommy zu verkneifen, um das Gespräch nicht noch weiter in die Länge zu ziehen. »Könnte es sein, dass Gerald irgendjemanden besucht?«, fragte sie. »Verwandte oder Freunde? Irgendjemanden, den Simone vielleicht nicht kennt. Irgendeine Frau aus einer Zeit vor ihrer Hochzeit?«

»Das ist völlig ausgeschlossen!«

Nichts ist ausgeschlossen, liebste Beate, schoss es Heide durch den Kopf. Mein Ehemaliger, der Herr Staatsanwalt Hammer, ist vor vier Jahren zwar nicht klammheimlich verschwunden. Aber er hat sich auf eine Art und Weise von mir verabschiedet, die mindestens ebenso verletzend war. Er hat sich mit dieser dämlichen Kuh Patricia in flagranti von mir in unserem Schlafzimmer erwischen lassen. Heide atmete tief durch, wunderte sich ein wenig, dass der fast vergessene Schmerz sachte in ihrer Magengrube klopfte, und erwiderte betont gleichgültig: »Du kennst doch diese dubiosen Geschichten, Beate. Sie beginnen mit dem Satz: Ich hole Zigaretten und enden …«

»Gerald hat niemanden außer Simone und den Kindern«, unterbrach Beate sie resolut. »Er liebt sie. Seine Eltern leben nicht mehr, Geschwister hat er nicht. Auch keine engen Freunde. Bei den gemeinsamen Bekannten und Geschäftspartnern haben wir uns bereits nach ihm erkundigt. Er würde seine Familie niemals freiwillig allein zurücklassen. Das musst du mir glauben, und du musst dich um diese Sache kümmern. Wenn nicht für mich als Freundin, dann betrachte meine Bitte als Auftrag.«

»Wo hat Simone ihn kennengelernt?«, fragte Heide misstrauisch. Menschen, die weder Verwandte noch Freunde oder Bekannte vorweisen konnten, waren ihr äußerst suspekt.

»Sie haben sich in einer Osnabrücker Diskothek getroffen. Meiner Schwester zuliebe hat er hier im Ort gebaut. Sie besitzen ein herrliches Haus, das wunderschön und sehr teuer eingerichtet ist. Geralds Fitnessstudios sind wahre Goldgruben. Falls ich dich nicht davon überzeugen kann, dass er seine kleine Familie nie und nimmer freiwillig verlassen würde, hilft es vielleicht, dich an seinen geschäftlichen Erfolg zu erinnern. Warum sollte er alles, was ihm wichtig ist, zurücklassen, Heide? Nenne mir ein einziges, treffendes Argument.«

Etwas Zweibeiniges, schoss es Heide durch den Kopf. Eine andere Frau, eine, die jünger ist als Simone, eine hübschere. Eine, die ihren Körper in einem seiner Fitnessstudios drillt, eine, in deren Gesicht sich keine Runzeln an den Augen zeigen. Nicht wie bei dir, liebste Heide, die du gerade heute Abend beim Abschminken zu deinem Ärger wieder einmal zwei neue Fältchen entdeckt hast. Vielleicht ist dem treusorgenden Ehemann und Vater eine Gazelle über den Weg gelaufen, eine gertenschlanke Schönheit, die morgens auf der Waage nicht entsetzt feststellt, dass es ihr bis zum Monat April nicht gelungen ist, sich zwei Kilo Weihnachtsmarzipan abzutrainieren oder abzuhungern.

Während sich Heide die eigenen Unzulänglichkeiten vor Augen führte, erzählte Beate, Gerald sei nur ein einziges Mal über Nacht nicht nach Hause gekommen. *Und das wirklich nur ..., weil er ..., und das müsse man ihm unbedingt glauben, denn ...*

Schläfrig lauschte Heide der Stimme am anderen Ende der Leitung und fragte sich verwundert, ob Beate beschwipst, gar betrunken war, oder welchen Grund es geben könnte, zu nachtschlafender Stunde über ein Problem lamentieren zu wollen, das bereits mehrere Tage alt war. Beates Hilferuf war zur falschen Zeit gekommen. Zu früh oder zu spät, je nachdem, von welcher Seite man diese unleidliche Angelegenheit betrachtete.

Irgendwann hatte der nächtliche Quälgeist endlich sein Ziel erreicht. Obwohl Heides Instinkt sich wehrte und ihr Gefühl laut *Hände weg!* schrie, versprach sie, sich der Vermisstensache Gerald Schöllen anzunehmen.

*

Heide ging ins Schlafzimmer und stellte dort augenblicklich fest, dass Dieter seinen Gefühlen nachgegeben hatte und ihr auf äußerst anschauliche Art seinen Unmut mitteilte. Er hatte die Tagesdecke zusammengerollt und sie als unübersehbare Barriere in die Mitte des Doppelbettes gelegt.

»Was auch immer du tust, tue es klug und bedenke das Ende, Herr Kommissar!«, spöttelte sie, als sie auf ihrer Seite der Schlafstätte unter die Federn kroch.

»Wie recht du hast«, stimmte er zu. »Ich strafe möglicherweise mich und nicht dich. Es macht wahrlich keinen Spaß, eine Decke zu umarmen.« Er warf das selbst geschaffene Hindernis auf den Teppichboden und streckte die Arme nach ihr aus. »Streiten wir uns jetzt gleich, oder verschieben wir die Auseinandersetzung auf morgen, meine Schöne?«

»Wir müssen nicht zanken«, erwiderte sie gegen besseres Wissen. Sie schmiegte sich an ihn, legte ihren Kopf auf seine Brust und schaltete die Nachttischlampe aus.

»Du hast deine Bekannte darauf aufmerksam gemacht, dass du dich auf Wirtschaftskriminalität spezialisiert hast und ihr deswegen nicht helfen kannst? Du hast ihr erzählt, dass du mir versprochen hast, nicht in meinen Gewässern zu schippern, und sie an die Polizei verwiesen?«

»Nein, habe ich nicht.«

»Du hast diesen Auftrag angenommen?«, vergewisserte er sich in einer Tonlage, die man durchaus als drohend bezeichnen durfte.

»Ja!«, erwiderte sie mit Nachdruck. »Das habe ich.«

»Na dann gute Nacht, von der Heide!« Dieter machte Licht, schob sie von sich, setzte sich abrupt auf und stand in Windeseile vor dem Bett. Die Augen leicht zusammengekniffen, die Lippen aufeinandergepresst, sah er auf sie herunter. Sie kannte diese Mimik und den dazugehörigen mahnenden Klang seiner Stimme und wappnete sich. Vorsicht war geboten. Ein Gewitter zog auf!

»Wie sagtest du so treffend?«, fragte Dieter. Er bückte sich und hob die Decke auf. »Was auch immer du tust, tue es klug und bedenke das Ende?«

»Ja! Genau diesen Ratschlag habe ich dir soeben gegeben. Fein, dass du ihn annimmst«, spöttelte sie. Ab und an benahm er sich wie ein Kind, dem man das Lieblingsspielezeug weggenommen hatte.

»Für mich endet die heutige Nacht auf dem Sofa im Wohnzimmer, von der Heide.«

»Das wundert mich nicht«, erwiderte sie ironisch. »Aber nur zu. Geh! Ich werde dich nicht am Bettpfosten festbinden.«

»Ich will nicht neben einer Frau liegen, die ihr Versprechen nicht hält«, giftete er und sah sie mit temperamentvoll blitzenden Augen an.

»Du benimmst dich wie ein kleiner Junge, der seinen Willen nicht bekommt«, funkte sie zurück und erwiderte seinen Blick mit der gleichen Leidenschaft, die ihr entgegenschlug.

»Musst du immer das letzte Wort haben?«

»Ja! Das trainiere ich täglich! Täte ich es nicht, würdest du jeden Streit gewinnen und mich langsam, aber gründlich platt walzen.«

»Schlaf gut! Oder besser: Schlaf nicht gut. Falls du es dir anders überlegst, darfst du mich rufen!«, erwiderte er kühl, ehe er das Schlafzimmer verließ und die Tür mit einem Knall hinter sich schloss.

»Darauf würde ich nicht warten«, rief sie ihm nach, so laut sie konnte.

*

Auf dem Weg in sein unbequemes Nachtquartier schnappte Dieter sich seine Aktentasche, die er unter den Garderobentisch geschoben hatte. Er knipste eine Stehlampe an, warf die Decke aufs Sofa und zog seinen Laptop aus der Tasche. Nachdem er die Wohnzimmertür hinter sich geschlossen hatte, setzte er sich mit dem Rechner auf dem Schoß auf sein provisorisches Bett. Es dauerte nicht lange, bis er gefunden hatte, wonach er suchte. Sein Gedächtnis hatte ihn nicht getäuscht. Doch das Gefühl des Triumphes verschwand ebenso schnell, wie es gekommen war. Einen Moment überlegte er, Heide sofort über Schöllens kriminelle Vergangenheit zu informieren, entschied sich allerdings dagegen. Wie hatte sie ihn genannt? Einen kleinen Jungen, der beleidigt war, sobald er seinen Willen nicht bekam. Heute Nacht würde er sie schmollen lassen und ihr die Neuigkeit erst morgen beim Frühstück auftischen. Eine Weile suchte er noch nach dem Namen Buttenstett, fand aber keinen Eintrag. Sie tauchte in seiner Datei nicht auf. Zumindest Heides Auftraggeberin schien unbescholten zu sein.

Heide konnte entsetzlich stur sein. Eine Eigenschaft, die ihm mehr als vertraut war, weil Eigensinn und Hartnäckigkeit auch einen großen Teil seines Charakters ausmachten. Geliebt hatte er Heide bereits, als er achtzehn Jahre alt gewesen war. Beide hatten sich einige Ausrutscher in ihrem Liebesleben geleistet. Er mehr als sie, aber erst, nachdem sie sich von ihm getrennt hatte. An diese Zeit, die er insgeheim seine Sturm-und-Drang-Zeit nannte, dachte er nicht gerne zurück. Er hatte zu viele unbedachte Versuche mit zu vielen Frauen unternommen, die ihm zu viele Probleme eingebracht hatten. Doch mittlerweile hatten Heide und er das Wesentliche begriffen, und die Situation zwischen ihnen war hoffentlich ein für alle Male geklärt. Sie waren ein Paar und würden gemeinsam alt werden. Um daran keine Zweifel aufkommen zu lassen, wollte er morgen die ersten Friedensverhandlungen mit seiner Auserwählten einleiten und sie zum hundertsten Male oder öfter bitten, ihn endlich zu heiraten. Sobald er aus Hannoversch Münden zurück war, würde er für sie kochen. Das hatte er inzwischen ihretwegen gelernt, weil dieser verflixte Staatsanwalt Alexander Hammer – wollte man dem allgemeinen Gerede Glauben schenken – ein exzellenter Koch war und Heide ständig die köstlichsten Gerichte serviert hatte. Vielleicht sollte er ein Steak braten, das gelang ihm wie keinem anderen. Er war ein begnadeter Steakbrater. Außerdem fehlte ihr, wenn er ihr nur mageres Fleisch kredenzte und dazu einen leckeren Salat anbot, der Grund, unentwegt über Kalorien zu sprechen. Rotwein! Ja! Sehr gut. Vorweg ein Gläschen Prosecco und als Dessert eine Schokoladenmousse. Oder besser eine Quarkspeise? Eis! Eis war ausgezeichnet. Er würde Schokoladeneis für seine Schöne kaufen, es in Schälchen füllen und einen Schuss Eierlikör darüber gießen.

Nachdem dieser Vorsatz gefasst war, schaltete er das Licht aus und gab sich die größte Mühe, endlich einzuschlafen. Das Sofa war zu kurz und nicht breit genug. Sollten Heide und er irgendwann neu möblieren, würde er dafür sorgen, dass eine Sitzgelegenheit angeschafft wurde, auf der er sich nach einem Ehestreit ausstrecken konnte. Denn Meinungsverschiedenheiten würde es in ihrer Ehe – Gott sei's gedankt – immer geben, da war er sich sicher. Streit war das Salz, das ihr Zusammensein würzte. Ohne eine ordentliche Prise Salz schmeckte kein Gericht. Ganz gleich wie viel Mühe man sich bei der Zubereitung gab.

*

Es gab keinen Grund, den Wünschen einer Bekannten nachzugeben, zu der sie bereits seit längerem keinen Kontakt gehabt hatte, überlegte Heide, als sie sich in ihre Schlafposition rollte. Sie hatte Beate am Anfang ihres Studiums in einer Vorlesung kennengelernt. Eine kurze Zeit hatten sie einen gemeinsamen Bekanntenkreis gehabt, der allerdings auseinandergebrochen war, als Beate das Studienfach gewechselt hatte. Falls das plötzliche Verschwinden des Herrn Gerald Schöllen Dimensionen annahm, für die ausschließlich ihr Liebster, der Herr Kriminalhauptkommissar, und seine Kollegen zuständig waren, riskierte sie einen weitaus größeren Ärger mit ihm als den, den sie soeben erlebt und beinahe genossen hatte. Andererseits ging sie, was das betraf, kein besonders großes Risiko ein, denn sie würde jede Wette darauf abschließen, dass Beates Schwager sich mit einer unbekannten Schönheit davongemacht hatte und bald wieder auftauchte. Höchstwahrscheinlich verbrachte er sonnige Tage mit seiner frischen Liebe an einem weißen Sandstrand und tollte in heißen Nächten mit ihr in den zerwühlten Laken eines Hotelbettes. Oder Gerald Schöllen bot einer hilfsbedürftigen Patricia seine breite Brust zum Schutz. Genau wie der untreue Alexander es gemacht hatte, überlegte Heide. Mit Unmut registrierte sie, dass zu dem flauen Gefühl im Magen eine ohnmächtige Wut hinzugekommen war. Sie musste sich beruhigen. Empfindungen dieser Art nahmen zu viel Raum ein und hinderten sie am Einschlafen. Hätte Alexander sich ihr gegenüber nur ebenso loyal verhalten wie sie sich gegenüber Dieter, hätte sie ihm verzeihen können. Sie hatte mit Dieter

Schluss gemacht, ehe sie mit Alexander ins Bett gestiegen war.

Süß und klebrig – wie Zuckerwasser – hatte Patricia sich mit ihrer vermeintlichen Lebensschwäche über Alexander ergossen und ihm den Verstand geraubt. In eine gut funktionierende, erfüllte Partnerschaft konnte niemand so leicht eindringen, wies sich Heide selbst zurecht. Zumindest diese Erfahrung hatte sie gemacht. Sie wusste auch, dass weder sie selbst noch Alexander während des letzten Jahres ihrer Beziehung wirklich glücklich gewesen war. Nicht nur ein Mal hatte sie ihn mit ihrem Kommissar verglichen, dem sie beruflich oft über den Weg gelaufen war und der sie ständig an gemeinsame Zeiten erinnert hatte.

Sie zog Dieters Kopfkissen zu sich und drückte ihr Gesicht hinein. Der Bezug duftete ganz leicht nach seinem Rasierwasser. Dieter und sie wohnten zwar in getrennten Wohnungen, aber beide nahmen abwechselnd die Fahrt von Nordhorn nach Osnabrück und zurück auf sich, um nicht getrennt voneinander schlafen zu müssen. Das Bett erschien ihr für eine Person viel zu breit und zu lang. ›Kingsize‹, hatte der blonde Dieter, der größer als ein Meter neunzig war, gemeint, als sie das Schlafzimmer neu möblierten. ›Ich will Kingsize mit Überlänge, meine Schöne, denn ich möchte es mir in der Lasterhöhle längs und quer bequem machen und so richtig meine Beine ausstrecken.‹

Sie musste endlich einschlafen, beschloss Heide und befürchtete gleichzeitig, dass es ihr nicht gelingen würde. Sie kannte den Zustand, in dem das Gedanken-Karussell sich zu drehen beginnt und nicht mehr zu stoppen ist, sehr gut. Deswegen wollte sie auf der Stelle an etwas Schönes denken und auf gar keinen Fall länger an den sturen Dieter, der im Wohnraum allein auf dem Sofa lag. Erst recht wollte sie nicht über Alexander nachgrübeln. Vorbei war vorbei. Sie hatte mit diesem Kapitel ihres Lebens abgeschlossen, und sie wünschte sich diesen Mann auf gar keinen Fall zurück. Der Schuft hatte ihr bis dahin heiles Männerbild zerstört und Misstrauen gegen jedes erwachsene männliche Wesen in ihr gesät. Das würde sie ihm niemals verzeihen. Auch ihre Beziehung zu Dieter litt darunter, denn seit der Trennung von Alexander war sie eifersüchtig. Allein der Gedanke an diese schändlichen, absolut beschämenden Empfindungen trieb ihr die Röte ins Gesicht und ließ ihr Herz schneller schlagen. Niemals durfte Dieter erfahren, dass sie ihm misstraute.

›Ich will gebraucht werden. Du brauchst mich nicht‹, hatte Alexander Hammer ihr beim Abschied vorgeworfen. ›Du kommst wunderbar allein zurecht.‹ Zumindest mit dieser Aussage hatte der Herr Staatsanwalt ins Schwarze getroffen. Er sollte sich – verdammt noch mal – sofort zum Teufel scheren und in die Vergangenheit abtauchen. Sie kam tatsächlich wunderbar ohne ihn klar und brauchte gerade ihn, diesen hinterhältigen Betrüger, ganz bestimmt nicht.

Noch heute war sie ihrem Herrgott dankbar, dass ihre Hausbank ihr ein Hypothekendarlehen gewährt und sie so in die Lage versetzt hatte, Alexander seinen Anteil an der heißgeliebten, gemeinsam angeschafften Altbauwohnung in der Marienstraße abzukaufen. Um Miete zu sparen hatte sie ihre Büroräume in der Dielingerstraße gekündigt und die Detektei in die Privatwohnung verlegt. Ihre Mitarbeiterin Helen Schneider hatte einen Platz in Alexanders ehemaligem Arbeitszimmer gefunden, sie selbst im früheren Mal- und Gästezimmer. Das Esszimmer hatte seither die Funktion eines Besprechungsraumes übernommen, und ihre Staffelei stand jetzt auf einem alten Teppich vor der Balkontür in der geräumigen Küche. Was eigentlich recht praktisch war, da der Fliesenboden sich gut reinigen ließ. So konnte sie unbesorgt großzügig mit ihren Acrylfarben umgehen und danach Farbspritzer rund um den Schutzteppich mit Aceton entfernen.

Verdammt! Sie wollte endlich zur Ruhe kommen und nicht mehr über olle Kamellen lamentieren! Verzweifelt drehte sie sich auf den Rücken, zog Dieters Kissen über den Kopf und begann, Schäfchen zu zählen. »Ein Schäf-chen springt ü-ber den Zaun. Zwei Schäfchen sprin-gen über den …«, murmelte sie rhythmisch und klopfte dabei im Takt der Silben ungeduldig mit ihren Fersen auf die Matratze. Ehe sie bis zehn gezählt hatte, gab sie resignierend auf und ließ die Gedanken erneut fließen.

Einige Tage nach der Trennung von Alexander war sie fast sicher gewesen, niemals wieder festen Boden unter den Füßen zu fühlen. Doch nach einer kurzen Zeit der Trauer hatte sie beschlossen, ihren Körper in Hochform zu bringen, damit auch ihre Seele heilen konnte und sie ihr psychisches Gleichgewicht wiederfand. Sie hatte sich zur Wassergymnastik angemeldet und war jeden Morgen durch den Osnabrücker Schlosspark gejoggt. An manchen Tagen hatte sie mehr Stunden im Fitnessstudio als in ihrer Detektei verbracht und sich abends mit ihrer alten Liebe Dieter getroffen, den sie bereits seit Schulzeiten kannte und von dem sie sich wegen Alexander getrennt hatte. Sachte, aber stetig war das winzige Flämmchen der Leidenschaft, das immer verstohlen in ihrem Herzen für den Kommissar geglüht hatte, gewachsen, war aufgelodert und dann – rums! Seither widersprach sie sofort, wenn irgendjemand behauptete, Aufgewärmtes schmecke nicht und sei nicht bekömmlich. Sie genoss jeden Bissen und wies trotzdem – oder gerade deswegen – in schöner Regelmäßigkeit Dieters Heiratsanträge zurück.

Die Kilos, die sie sich während ihrer Unglückszeit abtrainiert hatte, waren im Laufe der Jahre allmählich zurückgekommen. Bei einer Größe von einem Meter und sechsundsiebzig und einem Gewicht von sechsundsiebzig Kilo war sie ganz unbestreitbar zu schwer. Im nächsten Jahr würde sie ihren vierzigsten Geburtstag feiern. Vielleicht konnte sie bis dahin –? Zehn Pfund oder etwas mehr –? Irgendwann hatte sie gelesen, dass Verheiratete eher zum Übergewicht neigten als – egal! Sie war nicht verheiratet und würde es – wenn es nach ihr ging – auch nicht so bald sein, aber sie würde gerne abnehmen. Mindestens drei Kilo, vielleicht auch etwas mehr. Seufzend warf sie Dieters Kopfkissen zurück und schaltete das Licht ein, schob die Bettdecke beiseite, griff nach einem Haarband und fasste ihre brünetten, schulterlangen Haare im Nacken zu einem Knoten zusammen.

Ihre Füße waren eiskalt. Oma Lydias Winterarbeit, ein Paar blau-weiß gestreifte Stricksocken, lag griffbereit auf dem Nachttisch. Sie streifte sie über, stand auf und marschierte in die Küche. Dort warf sie einen Blick auf die Staffelei und musterte ihre jüngste Arbeit, eine Collage mit sehr dünnem Weißblech auf mehrschichtigem Farbuntergrund. Im Großen und Ganzen war sie damit zufrieden. Celia, die Freundin ihres Vaters, würde sich über das Geburtstagsgeschenk freuen. Heide schaltete eine Kochplatte an, nahm eine Tüte Milch aus dem Kühlschrank, goss die Flüssigkeit in einen Henkeltopf und schob ihn auf den Herd. Sie würde sich bloß einige winzige Schlückchen davon gönnen, den geliebten Honig im Schrank stehen lassen und die verführerische Kakaodose – die ihr ohne Unterlass vom Bord oberhalb der Essbar zuzwinkerte – ignorieren.

Alexander und sie hatten sehr selten miteinander gestritten, überlegte sie, als sie den Topf von der Platte nahm und die Milch in einen Becher goss. Nie war sie auf einen Menschen getroffen, der verantwortungsvoller, vernünftiger und besonnener auf sie gewirkt hatte als er. Und keiner hatte sie so sehr enttäuscht.

Sie setzte sich an den Küchentisch, legte ihre Füße auf einen Stuhl, trank die kochend heiße Milch in kleinen Schlückchen und betrachtete die Fotowand ihrer Lieben vor sich. Genau wie sie in diesem Moment hatte Alexander sich in den Monaten vor ihrer Trennung häufig die Bilder ihrer Nichten und Neffen angesehen, hatte die Babyfotos von den Haken genommen und sie minutenlang angestarrt. Er hatte immer von eigenen Kindern geträumt. Es war wohl sein Schicksal, dass gerade dieser Herzenswunsch sich niemals erfüllen würde. Die Diagnose der Ärzte, an die er sich gewandt hatte, war immer dieselbe gewesen. Zeugungsunfähig! Höchstwahrscheinlich hervorgerufen durch eine Mumpserkrankung, die er sich im Grundschulalter zugezogen hatte.

Heide hatte keinen Gedanken daran verschwendet, dass das Wissen um seine Zeugungsunfähigkeit das Ende ihrer Beziehung einläuten könnte. Schließlich war sie mit der Vorstellung zurechtgekommen, ein Leben mit ihm, aber ohne Kinder zu führen. Seine Bemerkung *Ein Mann, der keine Kinder zeugen kann, ist kein Mann* hatte sie abgetan und sich bemüht, ihn im Bett das Gegenteil beweisen zu lassen. Doch je mehr Mühe sie sich gegeben hatte, desto häufiger hatte er sich in seine Arbeit verkrochen.

›Wir könnten wählen, Heide. Man kann den Spender nach drei Konstanten bestimmen, der Körpergröße, der Augenfarbe und der Haarfarbe‹, hatte er eines Tages gesagt. Sie hatte sofort gewusst, dass eine Insemination mit gekauftem Fremdsperma sein Selbstwertgefühl nicht stärken konnte und auch, dass diese Möglichkeit für sie nicht in Betracht kam. Allein der Gedanke, das Kind eines Mannes auf die Welt zu bringen, der sein Sperma verkaufte wie ein Zuchthengst, hatte sie angewidert. ›Falls du das als Liebesdienst von mir forderst‹, hatte sie erwidert, ›dann will ich dich nicht länger lieben.‹

Von Patricias Schwangerschaft hatte er ihr an dem Tag erzählt, an dem er seine persönlichen Dinge aus der Wohnung geholt hatte. Um ihn nicht zu kränken, hatte sie nicht gefragt, ob er und seine neue Frau nach seinem Plan vorgegangen waren und das passende Sperma in Kopenhagen ausgesucht hatten. Sie hatte sich nicht danach erkundigt, ob sie einen Spender gefunden hatten, der Alex ähnlich sah, oder ob sie einen Studenten ausgewählt hatten, wie es so häufig empfohlen wurde. Auch Augenfarbe und Körpergröße des Samenspenders oder die Frage, ob man mehrere Portionen des gleichen Spermas auf Vorrat deponiert hatte, falls Geschwisterkinder gewünscht wurden, hatte sie nicht interessiert.

Heide hatte geahnt, dass Patricia mit der Entscheidung für dieses Kind den Preis für das gemeinsame Leben mit Alexander bezahlte. Er hatte ihr entsetzlich leidgetan. Deswegen war sie ruhig geblieben und hatte gemeinsam mit ihm seine Bücher und andere Erinnerungsstücke in Umzugskartons gepackt. Irgendwann später hatte Alexander sie angerufen. Er hatte geweint und ihr erzählt, dass das Kind bei der Geburt gestorben war.

Heide schob die schwermütigen Gedanken beiseite und überflog unwillig die wenigen Notizen, die sie sich während des Telefongesprächs gemacht hatte. Wenn sie ehrlich war, musste sie sich eingestehen, dass sie Beate nie besonders gerne gehabt hatte. Auch Gerald Schöllen interessierte sie im Grunde genommen nicht. Eigentlich war sie sich sogar ziemlich sicher, dass die Vermisstensache Schöllen sich in Wohlgefallen auflösen würde.

*

Gerald Schöllen kauerte auf dem Dielenboden der Hütte. Seine Handgelenke waren mit Handschellen aneinandergekettet, die Fußgelenke mit einem Strick zusammengebunden. Zusätzlich hatte man ein Seil mehrmals um seinen Oberkörper gewickelt, an einem hölzernen Pfosten gesichert, mit den Fußfesseln verbunden und alle Enden hinter seinem Rücken verknotet.

Er wusste nicht, was an dem verhängnisvollen Tag, an dem man ihn entführt hatte, im Einzelnen geschehen war. Als er – mit weit offenem Mund und entsetzlichen Kopfschmerzen – in der Hütte aufgewacht war, hatte sich in seinem Hirn lediglich eine tiefe, schwarze Leere befunden. Seine Entführer mussten ihn auf die brutalste Art und Weise zusammengeschlagen haben, denn nur die Folgen harter Schläge oder gar Tritte konnten die stechenden Schmerzen oberhalb seines Magens und das brennende Pochen in der Lendengegend erklären.

Das letzte Mal, als seine Peiniger ihm, wie an jedem Tag seiner Gefangenschaft, eine Augenbinde umgelegt, die Fußfesseln gelöst und ihn ins Freie geführt hatten, war er wagemutig gewesen. Er hatte auf seinen durchtrainierten Körper und ein wenig Glück vertraut. Statt sich, wie abgesprochen, hinter einem Gebüsch zu erleichtern, hatte er versucht, ihnen zu entkommen. Seit diesem missglückten Fluchtversuch wusste er zwar, dass seine Unterkunft aus einem heruntergekommenen kleinen Wochenendhäuschen bestand, weitab von jeder Zivilisation. Doch dieses Wissen hatte ihm – außer einer feucht-klebrigen Verletzung an der Oberlippe und einer anderen am Hinterkopf – bisher leider nichts eingebracht. Mittlerweile waren die blutigen Schandmale seiner Machtlosigkeit mit schorfigen Krusten überzogen. Sobald er sie behutsam mit den Fingern seiner gebundenen Hände ertastete, erinnerten sie ihn daran, dass seine Kidnapper gnadenlos ihre Waffe einsetzten und keinerlei Skrupel kannten, einen gefesselten wehrlosen Mann bewusstlos zu schlagen.

Irgendwann – es musste gestern früh gewesen sein – war er aus seiner Ohnmacht aufgewacht. Er hatte eine gefüllte Wasserflasche zwischen seinen Oberschenkeln vorgefunden, die er mit seinen gebundenen Händen gut fassen konnte. Schöllen, der es gewohnt war, viel und hastig zu trinken, hatte den Verschluss geöffnet und die Flasche in einem Zug geleert. Erst als seine Blase ihn drückte und er sich nicht länger zurückhalten konnte, war ihm klar geworden, dass er nicht wusste, wann man ihm erlauben würde, eine Toilette aufzusuchen. Auch wusste er nicht, wie lange er warten musste, bis jemand kam, um ihm erneut zu trinken zu geben.

Jetzt verfluchte er seine Unbeherrschtheit und schämte sich beim Anblick der leeren Flasche und seiner klitschnassen Hose. Jeder Muskel an seinem Körper schmerzte. Er hatte Kopfweh und verspürte einen brennenden, quälenden Durst. Beides erinnerte ihn an die unzähligen Saufabende, die er mit allen Sinnen genossen hatte, und an das darauffolgende Aufwachen, das er mit der gleichen Leidenschaft gehasst hatte. Ab und an fuhr er mit der Zunge über seine Lippen, die sich spröde und rissig anfühlten. Egal, wie lange er warten musste, bis man ihm etwas gegen seinen unerträglichen Durst bringen würde, er wollte sich die Flüssigkeit gewissenhaft einteilen, sie in winzig kleinen Schlücken zu sich nehmen und jeden einzelnen Tropfen auskosten.

Wenn er den Kopf hob, blickte er auf ein altertümliches Bettgestell aus Metall. Daneben stand ein rechteckiger Tisch, davor zwei Stühle. Auf einem von ihnen hatte ein geschlechtsloses, vermummtes Wesen, das wahrscheinlich eine klitzekleine Rolle in dem großen Drama seiner Entführung spielte, einen Laptop platziert. Aus dem Gerät klang – in einer nicht endenden Dauerschleife – eine einzige Melodie, die Gerald mit ihrem immer wiederkehrenden Takt fast in den Wahnsinn trieb. Das **TAM** Ta Ta Ta, **Tam** Ta Ta Ta **Tam** Ta **TAM** Ta Ta Ta ... hinderte ihn am Denken, geisterte durch seine Wachträume und durch seinen Schlaf.

Er wollte leben, sein hart verdientes Geld ausgeben, Ende Mai in die Karibik fliegen, im Herbst in Südafrika auf Fotosafari gehen und zum Jahreswechsel den Schnee genießen. Deswegen musste er die Nerven behalten und ruhig abwarten. Wenn es ums Ganze ging, kam die Zeit des Pokerns. Auch Entführer waren Menschen. Was sie wollten, war nichts Ungewöhnliches. Sie wollten Scheine! Sogar seine Töchter, fast noch Wickelkinder, bettelten ständig um irgendeinen Plastikkitsch, den er bezahlen musste.

Es war wichtig, den Verbrechern klarzumachen, dass sie sich den Falschen gegriffen hatten. ›Vielleicht eine Verwechslung, meine Herren? Solche Dinge passieren. Sieht man ständig im Kino. Dafür habe ich Verständnis‹, würde er sagen, sobald sie zurückkamen. Sicherlich hatte seine Frau bereits die Polizei verständigt. Er war kein Hanswurst, kein Herr Irgendwer! Man würde ihn nicht in diesem Drecksloch verrecken lassen! Man würde ihn suchen. Deswegen durfte er seinen Kidnappern auf gar keinen Fall ein finanzielles Angebot unterbreiten. Klein beigeben war die letzte, wirklich die allerletzte Möglichkeit. Freiwillig wollte er diesen Schweinen nicht einen Euro rüberschieben, keinen einzigen Cent! Er würde ihnen begreiflich machen, dass er sich nicht imstande sah, ein Lösegeld zu bezahlen.

›Ich gehöre – verdammt noch mal – zu der hart arbeitenden Bevölkerung‹, wollte er sagen, ›und nicht zu den oberen Zehntausend. Mein Haus ist mit einer stattlichen Hypothek belastet, die Firma ebenfalls nicht schuldenfrei. Ich habe Verpflichtungen, zahle Gehälter in beachtlicher Höhe, Miete für die Studios, Leasingraten für den Fuhrpark, für meine Karre, für das Auto meiner anspruchsvollen Ehefrau.‹

Als das Geräusch gleichmäßiger Schritte und das Quietschen eines Schlüssels in einem angerosteten Schloss zu ihm drangen, fuhr er zusammen. Freude, Erleichterung und ängstliche Erwartung ließen sein Herz schneller schlagen. Er zwang sich, ruhig durchzuatmen, und richtete seinen Blick gebannt dorthin, wo sich hinter einer Nische die Eingangstür befand.

Zwei schemenhafte Gestalten traten fast geräuschlos ein und ließen den Schein ihrer Taschenlampe suchend durch den Raum wandern. Noch ehe Schöllen den Lichtschein auf seinem Gesicht spürte, ahnte er enttäuscht, dass der Auftraggeber dieser unsäglichen Entführung erneut Lakaien geschickt hatte, um ihn weichzuklopfen. Doch eines war gewiss: Ein Gerald Schöllen ließ sich nicht von zwei Zwergen veräppeln und verhandelte nicht mit Fuzzis aus der zweiten Riege. Sicherlich zog das Würstchen, das jetzt mit einer Pistole in der Hand breitbeinig vor ihm stand, nicht an den Drähten der Macht und traf keine lebenswichtigen Entscheidungen.

Bei den beiden vergangenen Besuchen waren seine Peiniger stumm geblieben. Jetzt begann einer von ihnen mit einer krächzenden, verstellten Stimme zu sprechen. Er redete davon, dass Schöllen nun die andere Seite der Medaille kennengelernt habe und endlich auf der Seite der Schwächeren stehe. Gefesselt und an einem Holzpfosten festgezurrt, sei er nicht länger in der Lage, mit seinen Muskeln zu spielen und seinen durchtrainierten Körper einzusetzen, um Macht auszuüben. Niemals wieder würde er einem Mitmenschen Schaden zufügen.

Schöllen ballte seine gebundenen Hände zu Fäusten, sammelte alle Kräfte, die er besaß, spielte den Uninteressierten und ließ das überflüssige Gerede scheinbar gleichmütig über sich ergehen. Doch in dem Augenblick, in dem der Lichtkegel sich von seinem Körper löste, gab er nach. Er begann zu weinen, obwohl er es nicht wollte. Als eine Deckenlampe, die den Raum lediglich notdürftig ausleuchtete, eingeschaltet wurde, schloss er die Augen und wischte verstohlen über sein Gesicht. Seine Tränen sollten sie nicht sehen. Kleine Kinder plärrten! Rotzlöffel! Er war Schöllen, der sich von niemandem etwas sagen ließ und der seit Jahrzehnten nicht geheult hatte.

Die Gestalt kam näher, hielt erneut die Pistole auf ihn gerichtet, bückte sich, griff überraschend flink nach der leeren Wasserflasche, warf sie fort und stieß mit ihrem Fuß hart in Schöllens Rippen. Schöllen hustete, rang nach Luft, hörte ein erbärmliches Stöhnen, das bis in seinen Kopf dröhnte, und presste die Lippen aufeinander, als er begriff, dass er es war, der diese abstoßenden Töne von sich gab. Keinen Laut, beschloss er. Du sprichst nicht. Du hast stundenlang nach Hilfe gebrüllt, du hast geschrien, bis deine Stimme versagte. Keiner hat dich gehört. Du hockst in einer elenden Hütte, abseits jeder Zivilisation in Gott-weiß-wo. Du wirst ihre Forderungen erfüllen, und zwar zügig. Willst du überleben, Gerald Schöllen? Ja, das willst du! Dann richte dich nach den Anweisungen dieser Geisteskranken und halt die Klappe.

Als er erneut den Fuß an seinen Rippen fühlte, öffnete er die Augen, legte den Kopf in den Nacken und sah im Licht der armseligen Funzel die Sohle eines grünen Gummistiefels, die mehrere Sekunden über seinem Gesicht schwebte und ihm den Angstschweiß auf seine Stirn trieb. Sein Herz raste, ihm wurde schlecht. Er musste sich zusammenreißen, gleichmäßig ein- und ausatmen. Nur nicht ohnmächtig werden. Er konnte es sich nicht leisten, wieder das Bewusstsein zu verlieren. Er musste sie um etwas zu trinken bitten. Wenn er es nicht schaffte, ihnen Wasser abzutrotzen, würde er sterben.

Donnerstag, den 14. April 2011

Wenn Heide und Dieter in einem Zimmer schliefen, standen sie morgens fast gleichzeitig auf. Im Laufe der letzten vier Jahre hatten sie sich angewöhnt, demjenigen das Bad zuerst zu überlassen, der in der Wohnung zu Besuch war. Während der Gast sich unbeschwert unter der Dusche tummelte, bereitete der andere das Frühstück zu. Nach dem übertriebenen, völlig unnötigen Zwergenaufstand ihres blonden Riesen hatte Heide sich allerdings fest vorgenommen, heute gegen das morgendliche Ritual zu verstoßen. Sie würde jedes Geräusch, das ihr streitsüchtiger Wohnzimmerschläfer verursachte, ignorieren. Sollte er es trotzdem wagen, sie anzusprechen, wollte sie sich schlafend stellen.

Heide, die sich gewöhnlich nicht so leicht aus dem Schlaf reißen ließ, wachte an diesem Morgen bereits auf, als ein leises Knacken der Holzdielen hinter der Tür verriet, dass Dieter jeden Augenblick das Schlafzimmer betreten würde. Sie atmete ruhig und gleichmäßig weiter, blieb bewegungslos liegen und blinzelte durch halb geschlossene Lider. Im spärlichen Dämmerlicht, das durch die Vorhänge fiel, sah sie, wie er nackt durch den Raum schlich, vor dem Schrank stehen blieb und sich nach seiner Kleidung umsah.

Hose und T-Shirt, die auf einem Stuhl lagen, hatte er

schnell zusammengeklaubt und sich über den Arm gehängt. Vorsichtig und fast geräuschlos zog er seine Schublade in ihrer Kommode auf, griff nach einem Paar Socken und einer Unterhose, blieb wie angewachsen stehen und ließ den Blick hilflos umherschweifen. Heide beobachtete ihn amüsiert. Vermutlich vermisste er seinen Pullover. Jeder bekommt, was er verdient, dachte sie schadenfroh. Der Pulli lag in der Küche. Das wusste sie sicher, weil sie ihn während des Telefonates mit Beate als Beinwärmer missbraucht hatte.

Dieter und sie waren oft gezwungen, ihre Kräfte zu messen. Dabei hasste sie es, mit ihm zu streiten. Nach einer Auseinandersetzung mit ihm fühlte sie sich immer miserabel, aber sie wusste, dass sie sich hundsmiserabel fühlen würde, wenn sie der Konfrontation aus dem Weg ginge. Sich hundsmiserabel zu fühlen, war schlimmer, als sich miserabel zu fühlen, tröstete sie sich nach jedem Scharmützel und wartete insgeheim auf das unvermeidbare nächste. Für Dieter gehörten diese Geplänkel zum Zusammenleben von Mann und Frau wie Paprika zu einem schmackhaften Gulasch. Darum hatte Heide irgendwann pragmatisch beschlossen, mit ihm ab und an durch einen Sturm zu segeln und die Windstille zwischen den Orkanen zu genießen. Doch heute Morgen musste sie den Hurrikan, den er ihrer Meinung nach gestern Abend provoziert hatte, erst einmal unbeschadet überstehen. Eines war gewiss: Sie würde sich vorerst nicht mit ihm versöhnen. Zumindest wollte sie nicht als Erste zu Kreuze kriechen.

Heide wusste, wie und wo eine Versöhnung zwischen ihnen gewöhnlich endete, und der Gedanke daran regte auf der Stelle ihren Appetit an. Laut der Digitalanzeige auf ihrem Wecker blieb vor seiner Abreise noch genügend Zeit, um das Kriegsbeil temperamentvoll unter der Bettdecke zu begraben. Auch Dieter kannte die Details ihrer *Friedenskampagnen*, und falls er ebenso hungrig danach war wie sie ... Allerdings machte der überhebliche Kerl keinerlei Anstalten, sich dem Bett und damit ihr zu nähern. Dabei war ihm doch sicherlich aufgefallen, dass sie längst aufgewacht war. So doof konnte er gar nicht sein, dass er das nicht bemerkt hatte.

Sie hatte begriffen –! Er wollte sich nicht vertragen. Na, dann eben nicht. »Er liegt in der Küche«, sagte sie klar, laut und deutlich, beobachtete, wie ihr Liebster erschrocken zusammenfuhr, und wunderte sich. Mist! Dass sie sich dermaßen gut schlafend stellen konnte, hatte sie nicht einkalkuliert.

»Bitte?«, fragte Dieter verblüfft.

»Dein Pullover! Du hast ihn in der Küche liegen lassen«, knurrte Heide.

»Danke«, brummelte er und fügte im bissigen Tonfall hinzu: »Bis Sonntag, von der Heide, und entschuldige, dass ich dich geweckt habe!«

»Verschwinde, du arroganter Bulle«, schlug sie unbarmherzig zurück.

*

Heides Mitarbeiterin Helen betrat die Wohnung wie üblich erst gegen zehn Uhr. Heide, die bereits seit zwei Stunden an ihrem Schreibtisch saß und arbeitete, hörte sie im Korridor laut schimpfen:

»Diese italienische Verwandtschaft geht mir so was

von auf den Geist. Ich trenne mich von Tonio. Hast du gehört, was ich gesagt habe, Heide? Ich trenne mich von Tonio und von seiner Pizzeria.«

Helens Beschwerden über italienische Mütter, italienische Geschwister, über Pasta, Pizza und südländisches Temperament waren Heide hinlänglich bekannt. »Ja, ich habe verstanden«, erwiderte sie ungerührt, ohne den Blick von ihrem Bildschirm zu lösen. »Du wolltest in diesem Monat bereits zwei Mal mit ihm Schluss machen. Sag mir Bescheid, wenn es tatsächlich so weit ist, damit ich dich rechtzeitig trösten kann.«

»Gestern Abend haben sie ›Mamas‹ Geburtstag gefeiert«, hallte es laut aus der Diele.

»Das soll vorkommen«, murmelte Heide.

»Siebenundachtzig Gäste sind gekommen, nur die engste Verwandtschaft. Aus ganz Norddeutschland sind sie angereist. Sie haben die Salami in die Kühlschränke gestellt, ihre Restaurants zugeschlossen, die Kinder eingepackt und sind mir dann auf die Nerven gegangen, dabei ...«

Helen – sehr schlank und einen Kopf kleiner als Heide – hatte sich vor dem Schreibtisch ihrer Chefin aufgebaut. Die Hände in die Hüften gestützt, betrachtete sie Heide nachdenklich, ehe sie mit einem Seufzen fragte: »Was ist passiert? Hat der Kommissar dich geärgert? Worüber habt ihr gestritten? Ist er nicht seit heute früh in Hannoversch Münden auf einer Fortbildung?«

Heide blickte auf und konnte sich das Lachen nicht verkneifen. Helen ähnelte einem wundersamen, farbigen Paradiesvogel, der zufällig in ein giftgrünes Strickkleid geschlüpft und mit schwarz bestrumpften dünnen Beinen in zwei dunkelrote Stiefelchen gestiegen war. Seit der letzten Woche trug Helen ihre Haare wieder in ihrer liebsten Farbe, einem intensiven Karottenrot. In der stoppelig geschnittenen Kurzhaarfrisur entdeckte Heide ein winziges Pferdeschwänzchen, nicht länger als fünf Zentimeter, das vorwitzig aus der Haarpracht schaute und den Hinterkopf betonte.

»Du siehst klasse aus. Verrate mir auf der Stelle, wo du dieses rosa glänzende Schleifchen für deinen Pferdeschwanz gekauft hast. Das muss ich unbedingt meiner Nichte besorgen.«

»Du willst mich veräppeln. Na egal, ich bin froh, dass du Späße machst. Allerdings siehst du aus wie Dünnbier mit Spucke. Hast du nicht geschlafen? Bist du krank?«

»Mir geht es superprächtig«, erwiderte Heide.

»Du lügst.«

»Stimmt! Dir kann man so leicht nichts vormachen. Wie lange kennen wir uns?«

»Du meinst, wie lange du mich auf deiner Gehaltsliste hast.«

»Ja.«

»Fast sechs Jahre, Chefin. Also bitte keine Geheimnisse.«

»Die Nacht war zu kurz für mich, und ich habe mir einen Auftrag aufdrücken lassen, der uns wahrscheinlich außer Ärger nichts einbringen wird.« Heide erhob sich. Sie lehnte sich mit dem Rücken gegen einen Aktenschrank und berichtete Helen ausführlich von Beates Anruf.

Helen rümpfte ihr Näschen und fragte teilnahmsvoll: »Was sagt dein Kommissar zu der Angelegenheit? Oder hat er geschlafen und den Anruf nicht mitbekommen?«

»Doch! Er hat ihn mitbekommen«, gestand Heide kleinlaut ein.

»Deswegen gab es Ärger, und du siehst aus, als habe man dich durch eine Wäschemangel gedreht«, stellte Helen gnadenlos fest.

»Ist noch nicht lange her, da habe ich ihm versprochen, mich nicht in seine Angelegenheiten zu mischen.«

»Daran erinnere ich mich sehr gut. Ich habe dir sofort gesagt, dass es ein Fehler war, ein Versprechen zu geben, das du weder halten kannst noch halten willst.«

»Andererseits reden wir hier nicht etwa über einen Klienten, der in kriminelle Machenschaften verstrickt ist, sondern über das Problem einer Bekannten, der ich behilflich sein möchte«, resümierte Heide.

»Tatsächlich?«

»Ich bin ein zuvorkommender Mensch, der niemandem so leicht eine Bitte abschlägt, Helen.«

»Dieses Argument zählt nicht, Chefin. Damit wirst du den Fuchs nicht überzeugen. Ich sage dir ...« Helen brach ab, als *Miss Marple* ihre Musik spielen ließ.

Heide griff nach dem Handy und zog eine Schnute, als sie im Display erkannte, dass Alexander Hammer anrief. Sie verdrehte die Augen, öffnete blitzschnell eine Schreibtischschublade, legte das singende Handy hinein und schloss sie wieder.

Helen starrte Heide mit halbgeöffnetem Mund verwundert an und tippte sich mit dem Zeigefinger gegen die Stirn.

»Alexander«, erklärte Heide zornig. Sie presste einen Moment die Lippen aufeinander und schüttelte den Kopf. »Ich will ihn nicht sprechen. Nicht heute! Mir reicht es!«

»Das wundert mich nicht. Dass der sich überhaupt traut, dich anzurufen. Den kannst du wirklich in die Tonne kloppen!«

Heide seufzte und verschränkte die Arme vor der Brust. »Ich wünschte, er würde mich in Ruhe lassen. Sobald ich ihn fast vergessen habe, klingelt er durch! Ich bin mir nicht sicher, ob er mich ärgern will oder ob er der Ansicht ist, er könne mir mit seinen Glückwünschen zu irgendwelchen Jahrestagen eine Freude machen.«

»Ich stelle mir seit der letzten Woche die Frage, warum dein Kommissar dir diesen nervenden Klingelton aufgespielt hat. Auf eine bestimmte Art ähneln Hammer und Fuchs sich. Irgendwie drängt sich mir der Verdacht auf, dass auch der Fuchs sich nur dann wohl fühlt, wenn er sich permanent bei dir in Erinnerung rufen kann. Das ist Psychoterror, Heide! Genauso wie mit meinem Tonio. Ich hab die Kerle heute wirklich gefressen.«

»Ich bin auf Späßchen dieser Art eingestellt«, seufzte Heide ergeben. »Du kennst Dieter und seine Jokes, Helen. Was soll man machen? Er findet es witzig, und ich wehre mich, so gut ich kann.«

Bevor ihrem Kommissar die Überraschung mit der – von Heide durchaus geschätzten – Miss Marple eingefallen war, hatte er sie mit einem Detektivstift aus einem Spielwarengeschäft veräppelt, dessen Schrift nur unter einer mitgelieferten UV-Lampe sichtbar wurde. Heide hatte das alberne Kindergartengeschenk an ihre Nichte weitergereicht, zum Gegenschlag ausgeholt und sich wenige Tage später mit einem 20 Zentimeter hohen und 35 Zentimeter langen, quietschbunten Plastikbehälter für Dieters Frechheiten revanchiert. Der Bleistiftständer – gestaltet als ermordeter, blutverschmierter Gartenzwerg – eignete sich bestens für den Schreibtisch eines Kriminalhauptkommissars.

Helen griff nach der Warmhaltekanne, die auf Heides Schreibtisch stand, nahm zwei Becher von einem Servierwagen und schenkte Kaffee ein. Als Heide feststellte, dass Helen ihre Fingernägel mit einem Nagellack verschönert hatte, dessen Farbton identisch mit dem ihres giftgrünen Kleides war, stieß sie einen Pfiff aus und spöttelte: »Nehmen se jrün, jrün hebt!«

Helen ignorierte Pfiff und Spott, reichte Heide den Kaffeebecher und forderte: »Erzähl mir mehr von Beate Buttenstett und von ihrer Schwester. Wo wohnen sie?«

»Sie leben immer noch dort, wo sie aufgewachsen sind, in Holte, einem kleinen Dorf im Hümmling. Beate sagte, dass Simone und ihr Mann Gerald Schöllen im Ort gebaut haben. Sie haben zwei Kinder. Beate arbeitet an der hiesigen Schule als Lehrerin.«

»Verheiratet ist sie nicht? »

»Nein. Sie hatte, was Männer betraf, nie ein glückliches Händchen. Allerdings scheint sich das geändert zu haben. Sie erwähnte einen Mann namens Thomas Orthes. Der muss bei ihr gesessen haben, während sie mit mir telefonierte. Irgendwann sprach sie ihn direkt an.«

Helen nahm einen Notizblock und einen Stift von Heides Schreibtisch und begann mit erstaunlicher Geschwindigkeit ihre Stenografie-Kenntnisse vorzuführen. »Wie heißt ihr Schwager?«

»Schöllen, Gerald Schöllen. Beate erzählte, er besitze mehrere Fitnessstudios.«

»Und seine Frau? Wo arbeitet sie?«

Heide zuckte mit den Achseln. »Darüber haben wir nicht gesprochen. Allerdings weiß ich, dass sie vor ihrer Heirat als Floristin in einem Osnabrücker Blumengeschäft beschäftigt war.«

»Ich denke, ich schmeiß meinen Rechner an und nehme mir zuerst Schöllens berufliches Umfeld vor«, murmelte Helen, während sie ihre spärlichen Notizen überflog und das beschriebene Blatt vom Block abriss. »Mal gucken, was er so ausspuckt. Anschließend telefoniere ich mit Betty. Du weißt ja, seitdem sie entbunden hat, rennt sie von einem Fitnessstudio ins andere und ist deswegen immer bestens darüber informiert, was sich in der Branche so tut.«

»Beate ist mindestens zehn Jahre älter als Simone«, sagte Heide nachdenklich. »Ich meine mich erinnern zu können, dass sie nach dem frühen Tod der Mutter so eine Art Ersatzmutter für ihre Schwester wurde.«

*

Bereits am Dienstagnachmittag war Beate Buttenstett zu ihrem Hausarzt gegangen. Sie hatte ihm von ihrem Schwager Gerald Schöllen erzählt, der seit Montag vermisst wurde, und von Simone, die den Beistand ihrer

Schwester im Moment nötiger brauchte als je zuvor. Der Arzt, ein alter Bekannter ihres verstorbenen Vaters, war ihrem Wunsch umgehend nachgekommen und hatte sie krankgeschrieben. Seither telefonierte Beate fast stündlich mit Simone und besuchte sie einmal am Tag.

Jetzt saß sie daheim in ihrer Küche, hatte die Hände gefaltet in den Schoß gelegt und blickte durch ein großflächiges Blumenfenster in den Garten. Sie war seit dem frühen Morgen auf den Beinen, um ihr Elternhaus für den Besuch herzurichten. Ein Haus, das sie zwar liebte, das aber für sie allein zu groß war und Unmengen ihrer Kräfte verbrauchte. Nach dem Tod ihres Vaters hatte der Unterhalt des Grundstücks zuerst sein Sparbuch aufgefressen und seit geraumer Zeit auch den größten Teil ihres Einkommens.

Das Wohnzimmer war bereits einigermaßen empfangsbereit. Beate hatte den Boden gesaugt und flüchtig Staub gewischt. Anschließend die unterschiedlichsten Dinge, die sich im Laufe der letzten Wochen in der Sitzgruppe und auf dem Couchtisch angesammelt hatten, in den Wohnzimmerschrank gestopft, die Schranktüren verschlossen und die Schlüssel in eine blau geblümte Porzellanvase gelegt.

In ihr Arbeitszimmer, das früher das ihres Vaters gewesen war, hatte sie lediglich einen kurzen Blick geworfen. Der schmale Raum mit dem Bücherschrank aus Eichenholz und den unzähligen heimatkundlichen Motiven, die er fotografiert hatte, verkörperte alles, was aus ihr geworden war. Was ihr *Alter*, wie sie ihn insgeheim nannte, aus ihr gemacht hatte. Auf einem altertümlichen Schreibtisch stapelten sich mehrere Klassensätze unkorrigierter Deutscharbeiten. Sie wollten zwar so schnell wie möglich bearbeitet werden, blieben aber meistens so lange dort liegen, bis eine Elternbeschwerde die Schulleitung erreichte. Am Anfang ihres Lehrerdaseins hatte jeder Rüffel sie vor Scham in die Verzweiflung getrieben. Mittlerweile war sie an die unangenehmen Gespräche unter vier Augen, die der Rektor in regelmäßigen Abständen mit ihr führte, gewöhnt. Sie hatte auch akzeptiert, dass sie in einem verhassten Beruf gefangen war, in den ihr Vater sie hineingezwungen hatte, weil er selbst damit seinen Lebensunterhalt verdient hatte, wie schon sein Vater und sein Großvater.

Bis Heide eintraf, blieb ihr genügend Zeit, sich den Wintergarten und die Küche vorzunehmen. Sie ließ ihren Blick umherschweifen, registrierte schlagartig die Unordnung und den Schmutz, der nicht nur einige Tage alt war. Bald würden Thomas und sie heiraten, Kinder bekommen, eine Familie sein. Bis dahin musste sie durchhalten, einen fröhlichen Eindruck machen. Niemand im Dorf – auch Thomas nicht – durfte jemals erfahren, in welcher finanziellen Klemme sie steckte und wie viel Mühe es sie kostete, ihr Elternhaus zu halten und die liebenswerte, zufriedene Tochter des alten Buttenstett zu spielen.

Das Telefongespräch mit Heide und die Bitte um Hilfe hatte Beate bereits bedauert, noch ehe sie den Hörer aufgelegt hatte. Heides Aufenthalt würde mindestens einen Tag und eine Nacht ihrer Zeit kosten und somit wertvolle Stunden, die sie lieber mit Thomas verbracht hätte. Auch jetzt sollte sie bei ihm sein oder von einer gemeinsamen Zukunft mit ihm träumen und sich nicht sinnlose Gedanken über ungeputzte Fenster und dreckige Waschbecken machen.

Sie erhob sich, schlenderte in den Wintergarten, ließ den Blick umherschweifen, schaute in den wundervollen, verwilderten Garten und fühlte plötzlich etwas von dem Glück, dass bei ihr einziehen würde, sobald Thomas und sie verheiratet waren. Nach herrlichen, gemeinsamen Nächten würde sie jeden Morgen in diesem hellen Raum das Frühstück aufdecken und gemeinsam mit Thomas einen neuen Tag beginnen. Sollte sie Heide von ihm erzählen oder ihre Pläne erst einmal für sich behalten? Sie wog die Vor- und Nachteile ab, kam zu keinem Ergebnis, verirrte sich in weitläufigen Gedankengängen und fand den Ausgang erst eine ganze Weile später.

Sie seufzte und beschloss, die restlichen Räume bei ihrer Putz- und Aufräumaktion zu übergehen. Wen interessierte die Küche, das Bad oder ein Gästezimmer? Niemanden! Sie musste lediglich den Sonnenschutz etwas ausfahren, dann würde Heide nicht auffallen, dass die Wintergartenfenster dringend gereinigt werden mussten. Widerwillig zog sie ein Staubtuch aus der Hosentasche, wischte oberflächlich über die Fensterbank, ließ sich gleich darauf in einen Korbstuhl fallen und verhakelte sich erneut in dem Wirrwarr ihrer Phantasie- und Wunschwelt.

Seitdem Thomas und sie ein Paar waren, fühlte sie sich häufig, als bestünde sie aus zwei unterschiedlichen Menschen, die man wie zufällig zusammengesetzt hatte. Manchmal schwebte sie wie auf Wolken, sah die Zukunft rosarot, fühlte sich begehrenswert, und dann – ganz plötzlich – war sie antriebsarm und müde. Nur ungern gestand sie sich ein, dass diese Stimmungsschwankungen direkt mit dem zusammenhing, was sie insgeheim *TT* – Tommys Tick – nannte. War Thomas nett zu ihr und ließ sie nachts in seinem Bett schlafen, ging es ihr gut. Sobald er seinen Freiraum forderte und sie bat, ihn allein zu lassen, litt sie und war kreuz unglücklich.

Auf dem Tisch lag ein Fotoalbum. Sie griff danach und blätterte darin, bis sie fand, was sie suchte. Alles würde gut werden, tröstete sie sich, während ihre Augen liebevoll an seinem Gesicht hingen und sie sein Foto-Lächeln erwiderte. Auch Simone würde bald wieder glücklich sein und sich keine Sorgen mehr um Gerald machen müssen. Das Wichtigste war jetzt, nicht die Hoffnung zu verlieren. Alles würde gut werden. Man musste nur ganz fest daran glauben. Thomas war ihre letzte Chance. Eine andere Möglichkeit als eine Heirat mit ihm gab es für sie nicht, um dem ungeliebten Beruf zu entfliehen. Nichts auf der Welt war ihr gleichermaßen verhasst wie die grölende, unerzogene Schülerschar, die ihr keinen Respekt entgegenbrachte und sie langsam, aber sicher in den Wahnsinn trieb.

*

Heide kämpfte unverdrossen gegen ihre schlechte Laune an, als sie bei allerschönstem Sonnenschein ihr Büro verließ. Sie war unausgeschlafen und hatte Kopfschmerzen. Während die sympathische Stimme eines Nachrichtensprechers leise aus dem Radio klang, kutschierte sie ihren Golf im Schritttempo durch Osnabrück. Sie fuhr über die Dielingerstraße zum Heger-Tor-Wall, sah das Nussbaummuseum vor sich, blieb an einer roten Ampel stehen und beobachtete eine Schulklasse, die schleppend langsam vor ihrem Golf die Straße überquerte. Währenddessen ließ sie die vergangenen Stunden Revue passieren, wurde zornig, als sie an Dieter dachte, und ärgerte sich, weil der Verkehr für die Uhrzeit erstaunlich dicht war und vor der Kunsthalle Dominikaner Kirche fast zum Erliegen kam. Heide wusste, dass sie stur und nachtragend sein konnte, aber gewöhnlich richtete sie sich nach zwei Lebensweisheiten ihrer verstorbenen Mutter. Die eine empfahl, Frieden mit denen zu schließen, die man liebt, ehe ein neuer Tag anbricht, und die zweite lautete, man möge niemals im Zorn aus dem Haus gehen. Deswegen ärgerte es sie im Nachhinein, dass es ihr und auch Dieter nicht gelungen war, den Streit zu schlichten, ehe er nach Hannoversch Münden gefahren war.

Am Sonntag würde er zurückkommen. Eine Versöhnung war unkomplizierter zu bewerkstelligen, wenn man am Abend gemeinsam unter eine Bettdecke kroch. Ihre kalten Füße suchten dann gerne seine warmen Beine und er ... Egal! Sie würde bis zum späten Nachmittag auf seinen Anruf warten und sich bei ihm melden, falls er nichts von sich hören ließ. Aber unter welchem Vorwand –? Irgendetwas würde ihr einfallen.

Nachdem Heide die Osnabrücker Innenstadt verlassen hatte, ließ sie sich von ihrem Navigationssystem über Bramsche und Ankum nach Herzlake und weiter nach Holte leiten. Wenige Kilometer vor ihrem Ziel meldete sich *Miss Marple*, die sie auf den Beifahrersitz gelegt hatte, und ließ ihre Titelmusik hören. Heide warf einen Blick auf das Display. *Dieter ruft an!*

Auch in dem Format der Anzeige hatte er seine Spuren hinterlassen. Sein Anruf deutete darauf hin, dass er ebenso mit seinem schlechten Gewissen zu kämpfen hatte wie sie mit dem ihren. Sie fuhr an den Straßenrand, stoppte, schaltete das Radio aus und nahm den Anruf entgegen.

»Tut mir leid«, brummelte er.

Heide musste lächeln. »Mir tut es auch leid.«

»Ich sollte dir nicht vorschreiben, an welchen Aufträgen du arbeiten darfst und welche du ablehnst.«

»Sehr richtig. Das solltest du nicht. Und dafür will ich dich nie wieder arroganter Bulle nennen«, erwiderte Heide und wusste im selben Moment, dass sie dieses Versprechen nie und nimmer halten würde. Es sei denn, sie gewöhnte sich an, die Wörter *Pascha* und *Bulle* durch vergleichbare zu ersetzen. Zum Beispiel konnte sie ihn als *blasierten Chauvinisten* bezeichnen oder …

»Warum lachst du, meine Schöne? Vielleicht besuche ich dich heute Abend. Die paar Kilometer rutsche ich auf einer Backe runter. Ich komme gegen Mitternacht und fahre morgens in aller Herrgottsfrühe nach Hannoversch Münden zurück.«

»Beate und ich haben abgesprochen, dass ich bei ihr in Holte übernachten werde.«

»Dann sehen wir uns Sonntag. Allerdings erst spät. Du weißt, dass wir bei Schoven Skat spielen.«

»Ja.« Den Skatabend mit einem Lingener und zwei

ehemaligen Osnabrücker Kollegen, der höchstens sechs Mal im Jahr stattfand, ließ Dieter ungern ausfallen.

»Wo bist du jetzt?«

»Als *Miss Marple* mich mit ihrer Musik erfreute, habe ich schnell auf einem Seitenstreifen geparkt. Bis dahin bin ich über reparaturbedürftige Sträßchen durch die sanfte Hügellandschaft des Hümmlings gefahren.«

»Ich habe mich erkundigt, Heide. Es liegt bisher keine Vermisstenmeldung nach einem Gerald Schöllen vor.«

»Beates Schwester Simone war am späten Montagabend auf dem Revier, um ihn als vermisst zu melden. Sie wurde gefragt, ob ihr Mann schon früher unangekündigt über Nacht nicht nach Hause gekommen ist, ohne sich bei ihr zu melden. Das musste sie bejahen, da Schöllen vor einigen Wochen in einen nächtlichen Unfall verstrickt war und sich deswegen erst am nächsten Tag bei ihr …«

»Schau einer an«, unterbrach Dieter. »Ich sagte dir bereits gestern Abend, dass …«

»Was? Willst du den Streit fortsetzen oder mir zuhören, du …?« Sie schluckte die beiden Wörter *blasiert* und *Chauvinist* hinunter und begann stattdessen erneut zu lachen.

Dieter stimmte in ihr Lachen ein. »Ich will dir zuhören.«

»Auf jeden Fall haben deine Kollegen Simone geraten, einige Tage abzuwarten, und sie darauf hingewiesen, dass kein Mensch verpflichtet sei, seinen Angehörigen oder Freunden mitzuteilen, wo er sich aufhalte. Falls ihr Mann sich bis zum Ende der Woche nicht bei ihr gemeldet hat, soll sie noch einmal vorsprechen. Der diensthabende Polizist hat ihr allerdings empfohlen, sich sofort zu melden, wenn ein konkreter Verdacht vorliegt, Schöllens Leben könne in Gefahr sein.«

»Simones Schilderungen dienen den Beamten als Grundlage für die Einschätzung der Gesamtsituation. Sie hat ihnen mitgeteilt, dass ihr Mann bereits früher unentschuldigt über Nacht fortgeblieben ist. Deswegen ist der Fall vorerst ziemlich eindeutig. Eine Vermissten-Fahndung wird in der Regel eingeleitet, sobald angenommen werden kann, dass der Vermisste Opfer einer Straftat wurde oder ein Unfall oder eine Selbsttötungsabsicht vorliegt. Denn Erwachsene …«

»Ich hab's kapiert, Kommissar.« Heide zog eine Mappe aus der Handtasche und schlug sie auf. »Erwachsene, die im Vollbesitz ihrer geistigen und körperlichen Kräfte sind, haben das Recht, ihren Aufenthaltsort frei zu wählen, auch ohne diesen den Angehörigen oder Freunden mitzuteilen. Sofern eine Gefahrenlage gegeben ist, erfolgt die Fahndung nach vermissten Erwachsenen in der Regel zunächst mit dem Ziel der Aufenthaltsermittlung. Wird der Aufenthaltsort des Vermissten festgestellt, wird die Person befragt, ob sie mit der Nennung ihres Aufenthaltsorts den Angehörigen gegenüber einverstanden ist, et cetera pp.«

»Warum stellst du dich dumm, wenn du den Passus auswendig kennst?«, zischte es aus dem Telefon.

Der Frieden, den Dieter und sie geschlossen hatten und an dem ihr sehr viel lag, war mit äußerster Vorsicht zu behandeln. Er stand auf wackligen Beinen. Man durfte ihn allerhöchstens als Waffenstillstand bezeichnen. »Ich kenne diesen Passus nicht auswendig«, wehrte Heide entschieden ab. »Der Text liegt mir im Druck vor, und ich habe ihn dir vorgelesen.«

»Willst du mich veräppeln, von der Heide?«

Vorsicht! Sobald er sie von der Heide nannte, schwelte ein Feuerchen in seinem Inneren. Eine doppelzüngige Andeutung ihrerseits wirkte dann wie eine Brandbombe und konnte eine gewaltige Explosion auslösen.

»Nein, auf gar keinen Fall. Vergiss es! Ich würde es niemals wagen, dich nicht ernst zu nehmen«, versicherte sie und war bemüht, kein Fünkchen Ironie mitklingen zu lassen.

»Denkst du, ich merke nicht, dass du Katz und Maus mit mir spielst?«

»Das würde ich niemals tun! Herr Kriminalhauptkommissar!«

Dieter räusperte sich. Er ignorierte ihre letzte Bemerkung und ergänzte: »Eine Ausnahme besteht bei vermissten Minderjährigen. Da kann Eile geboten sein. In diesen Fällen werden meistens unmittelbar nach dem Eingang der Anzeige groß angelegte Suchmaßnahmen eingeleitet.«

»Ja.«

»Erzähle mir, wie du vorgehen willst.«

Heide war misstrauisch geworden. Sie hatte mit Dieter erst morgens gestritten. Weswegen meldete er sich bereits wenige Stunden später bei ihr, bat um Entschuldigung und bot ihr die Friedenspfeife an? Zwischen dem Streit und diesem Angebot verging gewöhnlich mindestens ein Tag. Er ließ sie – wie sie ihn – möglichst lange zappeln, ehe er klein beigab.

»Ist dir etwas zu Ohren gekommen, das du mir mitteilen solltest?«, fragte sie knapp.

»Könnte sein.«

»Zuerst schaue ich mich in Schöllens Umfeld um. Möglicherweise ist jemandem etwas aufgefallen, vielleicht ein Auto mit einem fremden Kennzeichen oder anderes. Außerdem interessiert es mich, was über ihn geredet wird.«

Ihre Mitarbeiterin Helen würde, derweil Heide sich an der Front befand, Schöllens Daten überprüfen, seine Bankverbindungen unter die Lupe nehmen und sich seine geschäftlichen und privaten Kontakte näher ansehen.

Dieter räusperte sich. »Achte darauf, dass du nicht fällst. Vielleicht bewegst du dich bald auf schwankendem Boden.«

»In den Jahren, in denen ich die Detektei betreibe, habe ich sehr viel Zeit investiert, um gute Kontakte zu knüpfen, und Helen ist geübt darin, sie sinnvoll zu nutzen. Falls Schöllen Dreck am Stecken hat, werden wir es bald erfahren.«

»Gerald Schöllen ist kein unbeschriebenes Blatt.«

»Du hast also bereits gestern Abend eine Auskunft über ihn eingeholt und dich deswegen so aufgeführt. Was hat er ausgefressen, der liebe Gerald? Sag schon!«

»Handel mit Doping- und Potenzmitteln, die illegal hergestellt und verbotenerweise aus Weißrussland nach Deutschland eingeführt wurden. Er hat seine Strafe abgesessen. Man hat ihn zweieinhalb Jahre aus dem Verkehr gezogen und ihn vor sieben Jahren wieder auf freien Fuß gesetzt. Seither ist er nicht mehr auffällig geworden. Hat deine Bekannte Beate dir erzählt, dass die Studios auf den Namen ihrer Schwester gemeldet sind?«

»Vielleicht ist sie darüber nicht informiert«, erwiderte Heide zögernd und fluchte im Stillen. Sie hatte sofort, als Beate anrief, das Gefühl gehabt, irgendetwas ginge nicht mit rechten Dingen zu. Beate hatte sich schon früher ständig den falschen Männern anvertraut, und vielleicht machte ihre Schwester es ihr nach.

»Hältst du die Tatsache, dass die Studios auf Simones Namen laufen, für sehr bedeutend?«, fragte sie.

»Stell dich nicht dümmer, als du bist, meine Schöne. Ich melde mich heute Abend bei dir. Vielleicht solltest du einmal darüber nachdenken, wie gut du Beate Buttenstett eigentlich kennst und wie weit du ihr vertrauen kannst«, beendete Dieter das Gespräch.

Heide schaltete das Radio wieder ein, aus dem jetzt zu ihrer Freude Lena mit *Satellite* tönte. Dieter hatte sich ihretwegen, aus einem für sie nicht erkennbaren Grund, Sorgen gemacht und deswegen über Beate und Simone Schöllen Erkundigungen eingeholt.

Ein Trecker, auf dem ein junger Mann saß, tuckerte vorbei. Der Fahrer hob grüßend den Arm und bog wenige Meter vor Heides Golf auf einen Feldweg ab. Heide winkte zurück und fragte sich, welche Musik aus den Kopfhörern schallte, die er trug. Sein fröhliches Gesicht ließ darauf schließen, dass er denselben regionalen Sender eingeschaltet hatte wie sie. Lenas *Satellite* war ja fast ein Garant für beschwingte Laune.

Dieters Misstrauen war durchaus berechtigt, und es

wäre idiotisch, seine Hinweise zu ignorieren, überlegte sie. Genoss Beate ihr uneingeschränktes Vertrauen? Heide ließ ihre selbst gestellte Frage, die sie vielleicht sogar mit einem Nein beantworten müsste, vorerst unbeantwortet und rief Helen an.

»Detektei von der Heide. Sie sprechen mit Helen Schneider. Ich wünsche Ihnen einen angenehmen und erfolgreichen Tag«, meldete Helen sich mit ihrer samtweichen, schmeichelnden Telefonstimme, die Heide immer wieder aufs Neue überraschte. Hinter diesem netten Stimmchen vermutete jeder Anrufer ein süßes Persönchen und keineswegs die energische Helen, die auf resolute, tüchtige Weise das Leben meisterte.

»Einen erfolgreichen Tag wünsche ich mir auch«, spöttelte Heide. »Damit ich den bekomme, liebste Helen, müsstest du mir Gerald Schöllens Anschrift nennen. Ich habe meine Notizen vergessen. Ehe ich mich im Dorf umhöre und zu Beate fahre, möchte ich mir Schöllens Domizil ansehen. Ich habe soeben von Dieter erfahren, dass die Studios auf den Namen seiner Frau angemeldet sind.«

»Dann kann eine Entführung, die mit dem Tod ihres Ehemannes endet, für Simone durchaus von Vorteil sein«, knurrte Helen skeptisch mit ihrer Alltagsstimme. »Willst du warten?«

»Ja.« Heide beobachtete den Treckerfahrer, der abgestiegen war und sich am Motor zu schaffen machte. Als Helen ihr Schöllens Adresse nannte, gab sie die Daten umgehend in ihr Navigationsgerät ein.

»Bis später, Helen.«

»Tschüs, Chefin.«

Heide schob *Miss Marple* zurück in das Handy-Fach ihrer Handtasche, startete den Wagen und fuhr auf die Landstraße.

*

Das Domizil des Ehepaares Schöllen fand Heide einen guten Kilometer vor dem Ortskern in einem Neubaugebiet. Die ehemalige landwirtschaftliche Fläche hatte erst wenige Häuser aufgenommen und wirkte in ihrer kahlen Jungfräulichkeit nichtssagend. Lediglich einige Pflänzchen, niedrige Hecken und dünnstämmige Jungbäume waren bemüht, eine Ahnung von der grünen Pracht zu vermitteln, die sich die Eigenheimbesitzer irgendwann einmal in ihren Gärten, an den Straßen und auf dem neu gestalteten Spielplatz wünschten.

Der zweistöckige, weiße Klinkerbau stand mutterseelenallein am Ende einer der neu verlegten Pflasterstraßen, weit von seinem nächsten Nachbarn entfernt. Eine immergrüne, erstaunlich hohe Hecke nahm die Sicht auf eine Gartenfläche, deren Ausmaße Heide nur schätzen konnte. Simone und Gerald Schöllen hatten sich zweifellos den größten Bauplatz geleistet und sehr viel Geld in die Anlage der Grünflächen investiert. Ein weißgestrichenes Gartentor versperrte den Blick auf die Eingangstür, lediglich die Garageneinfahrt war von der Straße aus einzusehen. Auf der Rampe zur Garage stand ein roter Audi. Heide registrierte, dass Gebäude und Grundstück von mehreren Bewegungsmeldern, Kameras und einer Alarmanlage überwacht wurden. Sie fragte sich, wie Schöllen sein Grundstück an der Rückfront gesichert hatte, die direkt an einen Wald grenzte.

Wahrscheinlich konnte man dort die Schwachstellen der Festung finden. Das Wäldchen war Heide bereits aufgefallen, als sie die Zufahrt zum Baugebiet erreicht hatte.

Sie fuhr zurück zur Landstraße, parkte ihren Wagen, tauschte ihre Pumps gegen die Gummistiefel, die im Kofferraum lagen, und beschloss, einen kleinen Spaziergang zu machen. Nach wenigen Metern auf einem Fahrradweg bog sie auf einen Feldweg ab, marschierte in Richtung Waldrand, ließ sich von ihrem Gespür leiten, erreichte das Wäldchen und durchstreifte eine längere Zeit das Unterholz, bis sie auf einen sandigen, schmalen Pfad stieß. Hier hatte ein Fahrzeug das Profil seiner Reifen in den Erdboden gedrückt. Sie folgte den Spuren und stand wenig später hinter einem beigefarbenen Passat und neben einem niedrigen Stacheldrahtzaun, der von einem Erwachsenen bequem zu übersteigen war.

El mundo es un pañuelo! Die Welt ist ein Taschentuch, frotzelte Heide im Stillen, als sie das Nummernschild betrachtete. Es zeigte ein *NOH* für die Kreisstadt der Grafschaft Bentheim. Von den Ansässigen wurden diese Buchstaben auch mit *Nord-Ost-Holland* übersetzt, weil die Niederländer den Landkreis nach dem Zweiten Weltkrieg zunächst als Kriegsreparation eingefordert hatten.

Heide betrachtete die rückwärtige Gebäudefront des weißen Klinkerbaus. Schöllens Haus besaß einen umlaufenden Balkon, mehrere Erker in Ober- und Erdgeschoss und einen riesigen Wintergarten, dessen Schiebetüren weit geöffnet waren. Leise Musik drang zu ihr herüber und verbreitete eine stimmungsvolle Atmosphäre. Heide erkannte die einschmeichelnde Stimme der Sängerin Amy Macdonald, hörte im Hintergrund das Lachen eines Mannes, gleich darauf das einer Frau. Wenig später erblickte sie durch ein höher liegendes Fenster, wahrscheinlich das einer Küche oder eines Arbeitszimmers, Simone Schöllens blonden Lockenkopf und, ihr gegenüber, das Profil eines Brillenträgers. Sie beobachtete die beiden und registrierte, als sie sich umarmten und küssten, dass sie fast gleich groß waren.

Ihrer Haarfrisur war Beates Schwester treu geblieben, ihrem Ehemann offenbar nicht, überlegte Heide. Dass es sich bei dem Brillenträger nicht um Schöllen handelte, war offensichtlich.

Auf dem Rückweg telefonierte sie ein zweites Mal an diesem Tag mit Helen und gab ihr das Kennzeichen des Passats durch. Nachdem sie ihre Stiefel aus, und die Schuhe angezogen hatte, setzte sie sich in ihren Golf, brachte Ordnung in ihre zerzausten Haare, tuschte die Wimpern, zog den Lippenstift nach und wartete auf Helens Rückruf. Als sie den Namen des Fahrzeughalters erfahren hatte, setzte sie ihre Fahrt fort. Der Passat war zugelassen auf Richard Wanner, Bauingenieur, wohnhaft in Nordhorn.

*

Richard Wanner saß auf einem Hocker an der Küchenbar, den Blick auf Simone gerichtet. Sie putzte Gemüse und schnitt Kartoffeln und Karotten in gleichmäßig dicke Scheiben, ordentlich, akkurat, gewissenhaft, wie sie jede Arbeit verrichtete. Er konnte ihr stundenlang zusehen, ganz gleich, womit sie sich beschäftigte. Sie hatte ihre Haare aus der Stirn gekämmt und im Nacken zu einem tiefen Pferdeschwanz zusammengebunden. Diese Frisur brachte ihr schmales Gesicht mit den hohen Wangenknochen, der zierlichen Nase und den fein gezeichneten Augenbrauen besonders gut zur Geltung. Ab und zu blickte sie auf, schenkte ihm ein kurzes, melancholisches Lächeln und sagte ihm mit ihren blauen Augen, was sie für ihn fühlte. Richard erwiderte ihr Lächeln und war bemüht, sie wortlos, nur mit seinem Gesichtsausdruck, zu beruhigen. Er ahnte, woran sie dachte, und betete insgeheim, dass sie die kommenden Tage, möglicherweise sogar die nächsten beiden Wochen gemeinsam unbeschadet überstehen würden.

Meistens bewegte Simone sich ruhig und gelassen, unterbrach ihre Beschäftigung lediglich, wenn eines ihrer Kinder nach ihr rief. Doch seit dem letzten Montag war sie unruhig, und obwohl sie sich bemühte, diese Unruhe vor ihm zu verbergen, wollte es ihr nicht gelingen. Richard kannte sie gut, und er wusste, dass es ihr schwerfiel zu lügen. Er wusste auch, dass gerade diese Charaktereigenschaft, die er sehr schätzte, Simone und ihm zum Verhängnis werden konnte.

Seitdem er seine Arbeitsstelle in einem Nordhorner Architekturbüro gekündigt hatte, trafen sie sich mindestens einmal am Tag und fast immer zur gleichen Uhrzeit. Er genoss diese kurze Zeitspanne am späten Vormittag, die ihnen ganz allein gehörte. Meistens hatte sie ihre Jüngste bereits bettfertig gemacht und für ein Mittagsschläfchen ins Kinderzimmer gebracht. Dann blieben ihnen fast zwei kostbare Stunden, bis die Kleine sich meldete und ihre ältere Schwester aus dem Kindergarten abgeholt werden musste. Simone war 26 Jahre alt und damit vierzehn Jahre jünger als er, und er liebte sie von ganzem Herzen. Die Liebe zu ihr hatte er mit jeder denkbaren Selbstverständlichkeit auch auf ihre Töchter übertragen.

»Tommy hat mir erzählt, dass die Bekannte deiner Schwester erst am frühen Nachmittag eintreffen wird«, sagte Richard.

Simone blickte auf und nickte. »Ja, ich weiß.«

»Es gibt keinen Grund, nervös zu sein, Simone. Es ist nur wichtig, dass wir uns nach unserem Plan richten. Wenn wir ihn einhalten, wird alles gut werden. Das musst du mir glauben!«

»Das tue ich, und du bist der Einzige, dem ich vertrauen darf«, erwiderte sie und fügte fast unhörbar hinzu: »Es fällt mir nicht leicht, meine Schwester zu hintergehen, doch ich weiß, dass es notwendig ist. Sobald alles überstanden ist, werde ich ihr schreiben und sie um Verzeihung bitten.«

»Du weißt, warum wir Beate nicht in unsere Pläne einweihen dürfen. Meine Mutter und auch Thomas sind verschwiegen. Wir können uns blind auf sie verlassen. Sie würden uns niemals verraten.«

Simone blickte durch das Küchenfenster, bewegungslos, ohne wahrzunehmen, was sie sah. Sie wusste, dass er recht hatte. Beate würde ihr Verhalten niemals billigen, und sie würde nicht schweigen. Ihre Schwester hatte schon immer zu viel geredet und kein Geheimnis für sich behalten können. Trotzdem fühlte Simone sich gemein und hinterlistig. Sie war eine Betrügerin, die rücksichtslos, gemeinsam mit ihrem Liebhaber, ihre eigenen Interessen durchsetzte und hinter dem Rücken ihrer Schwester eine bessere Zukunft plante. Richard stand auf und kam zu ihr in die Kochecke. Er fasste ihre Schultern und drehte sie sachte zu sich. Als er ihr das Messer aus der Hand nahm und auf die Arbeitsfläche legte, sah er, dass ihre Hände zitterten und Tränen in ihren Augen standen.

»Hab keine Angst«, murmelte er, während er das Gummiband in ihren Haaren löste, seine Hände über ihren Körper gleiten ließ, mit seinen Lippen zärtlich über ihren Nacken fuhr, bis ihre Atmung schneller und lauter wurde und sie sich an ihn drängte.

»Du wirst mich nie verlassen?«, flüsterte sie.

»Nein.«

»Ich liebe dich so sehr, Richard. Ich habe niemanden jemals so sehr geliebt wie dich.«

»Ich weiß«, erwiderte er mit belegter Stimme, als er sie hochhob und die Treppe hinauftrug.

*

Heide durchquerte das Dorf im Schritttempo. Auf der linken Straßenseite entdeckte sie ein Friseurgeschäft, eine Apotheke und eine Bäckerei. Die Kirche – ein sattroter Klinkerbau – lag ungefähr in der Dorfmitte. Dahinter sah sie ein langgestrecktes Fachwerkhaus mit grünen Holzläden. Neben dem ansehnlich gepflasterten Kirchplatz, auf den Eingangsstufen der Dorfgaststätte *Zum alten Kaiser*, präsentierte ein rundlicher Koch aus Pappmaschee eine riesige Speisekarte, auf der die unterschiedlichsten Schnitzelgerichte angeboten wurden. Kurz entschlossen stoppte sie den Wagen, wendete, fuhr zurück zum Ortseingang und parkte vor der Bäckerei.

Sie griff nach ihrer Handtasche und stieg aus. Die drei weiß verputzten Geschäftshäuser zeigten mit den Giebeln zur Straßenseite. Das mittlere, breiteste und höchste Haus beherbergte die Apotheke. Links und rechts neben der zurückliegenden Eingangstür befanden sich Schaufenster. Sie waren ansprechend dekoriert, aber zu ihrem Bedauern musste Heide feststellen, dass sie nicht in den Verkaufsraum hineinsehen konnte. Bunt gemusterte Rollos, die in ungleichmäßigen Längen über eine Stange hingen, versperrten den Blick ins Innere.

Der Bäcker im Nebenhaus hatte entschieden, seine Waren nicht zu verstecken. Durch die einzige Schaufensterscheibe erkannte Heide eine schlanke, blondierte Mittvierzigerin mit akkurater Kurzhaarfrisur und einer ebenso ordentlich gebügelten, langärmeligen weißen Bluse. Die Blusenträgerin lehnte, die Arme über die Brust verschränkt, mit mürrischem Gesicht vor einem Regal, in dem die neuesten Angebote einer Kaffeerösterei ausgestellt waren.

Vielleicht würde Beate sich über ein Stückchen Kuchen zum Nachmittagskaffee freuen, überlegte Heide. Deswegen wollte sie der *Bäckerei Lübhein* den Vortritt gewähren, sich nach dem Kuchenkauf den Apotheker ansehen und möglicherweise zu guter Letzt im Friseurgeschäft *Chic bei Dörte* ein Haarpflegemittel kaufen. Am Abend ließ Beate sich vielleicht in die Gaststätte *Zum alten Kaiser* einladen. Im Wein lag schließlich die Wahrheit, und eben diese wollte Heide herausbekommen. Schon wenige Gläschen Alkohol konnten die Zunge lösen und die tollsten Sachen hervorbringen.

*

Als Heide die Bäckerei betrat, schlug ihr der Duft frisch gebackenen Brotes entgegen und erinnerte sie daran, dass sie seit einem spärlichen Frühstück, bestehend lediglich aus einer Tasse Kaffee und einem Keks, nichts gegessen hatte. Möglicherweise war der Streit mit Dieter ihr auf den Magen geschlagen.

Die Blusenträgerin, die ein kleines Namensschildchen oberhalb ihrer linken Brust auf dem weißen Stoff befestigt hatte, hieß Renate Lübhein und war somit die Geschäftsinhaberin. Sie zauberte ein entgegenkommendes Lächeln auf ihre Lippen und hob abwehrend den Arm, um den plattdeutschen Redeschwall einer älteren, zierlichen Dame zu stoppen, die auf der Sitzfläche eines Rollators Platz genommen hatte. Als ihre drohende Gestik keinen Erfolg zeigte und die Plaudertasche im gleichmäßigen Singsang weitersprach, ohne sie zu beachten, setzte Renate Lübhein lautstark ihre Stimme ein.

»Tante Martha! Bitte! Sei endlich ruhig.«

Tante Martha ließ sich nicht beirren und plapperte weiter. Dabei bekräftigte sie jeden gesprochenen Satz mit Armbewegungen und Kopfnicken. Lediglich ihre Füße standen regungslos und wie festgewachsen auf dem hellen Fliesenboden.

»Würdest du bitte einen Moment still sein, Tante Martha. Es ist Kundschaft gekommen.«

Tante Martha fuhr zusammen. Schwungvoll drehte

sie Heide den Oberkörper entgegen und ließ dabei ihre kurzgeschnittenen, grauen Haare, die zu winzigen Löckchen gedreht waren, auf und ab wippen. Sie musterte die Fremde einen Moment, machte eine wegwerfende Bewegung mit den Händen und setzte eine beleidigte Miene auf. Als Heide hörte, wie sie leise nuschelnd erneut anhob zu sprechen, durchquerte sie den Verkaufsraum und stellte sich direkt neben den Rollator. Sie hatte von ihrer Oma Lydia – einer waschechten Veldhauserin – Plattdeutsch gelernt und verstand jedes Wort, das Tante Martha von sich gab. Der typische Sprechklang verriet ihr, dass die alte Dame in der Niedergrafschaft aufgewachsen sein musste. Sie sprach dasselbe Platt wie ihre Oma. Tante Martha erzählte von Simones Mann, davon, *dat he futtlopen is, dat he siene Frau betrogen hev en annere Mäinschen.* Sie war also der Ansicht, Simones Mann sei ein Betrüger. *Vlicht hef he ok eene doad makt.* Es konnte aber – laut Tante Martha – ebenso gut möglich sein, dass er jemanden umgebracht hatte. Diese zuletzt geäußerte Vermutung, Schöllen könne ein Mörder sein, brachte Heide ungewollt ins Grübeln und ihr das Gesicht ihres Liebsten vor Augen. Zeigte Dieters Instinkt ihr den richtigen Weg? Es wäre nicht das erste Mal, dass sein Anfangsverdacht sich letztendlich bestätigte, obwohl sie – rein statistisch gesehen – einen beachtlichen Vorsprung vorzuweisen hatte, wenn es darum ging, den ersten Volltreffer während einer Ermittlung zu landen.

»Tante Martha, ich bitte dich!«, schrie Renate, deren Geduld offensichtlich verbraucht war. Auf ihrem ebenmäßigen Teint zeigten sich bereits rötliche Flecken, die sich über Wangen und Hals bis ins Dekolleté zogen. Nervös fuhr sie mit beiden Händen über eine knappe, blütenweiße Servierschürze, die sie über einem schwarzen, knielangen Rock trug, und eilte hinter die Verkaufstheke. Die Kundin ließ sich nicht beirren, murmelte ohne Unterbrechung weiter von Lug und Betrug, vom Geldleihen, von Verbrechern und von Gerald Schöllen.

»Tante Martha. Du bist nicht allein im Laden. Sei bitte still.«

Heide registrierte, dass der Gesichtsausdruck der alten Dame sich plötzlich veränderte. Vom *Eingeschnapptsein* schlug er in ein störrisches *Ich-habe-doch-recht* um. »Wenn ich sage, dass Schöllen elendig umgekommen ist, dann ist er elendig umgekommen.«

Mit ihrer vorherigen Gemütsverfassung hatte Tante Martha offenbar auch die plattdeutsche Sprache abgelegt. Sie äußerte ihre Meinung jetzt deutlich und laut auf Hochdeutsch. Dabei unterstrich sie jedes Wort mit einem Kopfnicken. »Ich habe letzte Nacht von einer Katze geträumt, von ’ner schwarzen, und die hat gefaucht und gekratzt. Ich seh die schwarze Katze im Traum. Manchmal ist sie sanft und schnurrt, dann geht ein Mensch friedlich von Gottes Erde. Wenn sie faucht und zischt und mich kratzen will und wütend ist, dann wehrt sich ein Menschenkind gegen den Willen des Allmächtigen. Aber es nützt ihm nichts. Denn was Gott tut, das ist wohlgetan. Die, die sterben, die schicken mir die schwarze Katze, damit ich jedem sagen kann, dass ihre Seele von uns gegangen ist. Denn alle solln es wissen. Die Katze ist ein Zeichen von ganz oben, und das ist so sicher wie das Amen in der Kirche.«

Heide verkniff sich ein Lachen und fragte: »Wirklich?«

Die alte Dame drehte betont langsam ihren Kopf und musterte Heide einen Moment aufmerksam aus sehr wachen, graublauen Augen, ehe sie barsch fragte: »Was? Wirklich?«

»Sie träumen von einer schwarzen Katze, wenn jemand stirbt?«

»Denken Sie etwa, ich lüge, junge Frau?«

»Nein, nein«, wehrte Heide beschwichtigend ab und hakte gleich nach. »Die Katze war zornig?«

»O ja, sie ist mir ins Gesicht gesprungen!«

Die Farbe der Flecken im Antlitz der Verkäuferin war mittlerweile von einem hellen Rot in einen Purpurton umgeschlagen. Sie seufzte ärgerlich und schüttelte missbilligend den Kopf. »Entschuldigen Sie bitte, meine Tante ist ab und zu ...«, sie zögerte, bemüht, das passende Eigenschaftswort zu finden. »Tante Martha ist ab und zu etwas absonderlich. Vergessen Sie, was sie Ihnen erzählt hat. Was darf es denn sein? Der Weggen ist vor einer halben Stunde frisch reingekommen und die Berliner auch.«

»Quatsch!«, schrie Tante Martha empört. »Ich weiß, was ich sage, und ich bin nicht ... ich bin nicht absonderlich. Die Beine, die wollen nicht mehr so, wie ich will, aber im Kopp bin ich noch ganz klar!«

Renate Lübheins Selbstbeherrschung war am Ende. Sie schlug mit der flachen Hand auf die Ablagefläche der Verkaufstheke. »Es reicht, Tante Martha. Du hältst mich jetzt fast eine Stunde von der Arbeit ab und vergraulst mir die Kunden.« Sie warf Heide einen empörten

Blick zu, presste die Lippen aufeinander und rollte dabei mit den Augen, als wollte sie sagen: Schau her und bedaure mich, mit diesen alten Weibern quäle ich mich Tag um Tag ab.

»Ich möchte mich auf gar keinen Fall vordrängeln, und ich habe Zeit«, versuchte Heide, den Streit zu schlichten. Sie hoffte, Tante Martha würde sich nicht zurückhalten lassen und weitererzählen. Nichts interessierte sie im Moment mehr als das mysteriöse Verschwinden des Gerald Schöllen, den vermutlich nicht der Erdboden verschluckt hatte.

»Siehst du, sag ich doch, Renate. Gib mir jetzt mein Brot. Wehe du schiebst es nur wegen der paar Kröten, die du daran verdienst, durch die Schneidemaschine. Ich will es nicht geschnitten haben. Das trocknet mir dann viel zu schnell aus und schmeckt wie ... Ach, ist auch einerlei.« Tante Martha rappelte sich seufzend auf, fasste die Griffe des Rollators, schob die Gehhilfe überraschend flink zum Schaufenster und sah nach draußen. »Hab ich's mir doch gedacht«, meinte sie triumphierend, ehe sie sich zu Heide umdrehte. »Wenn Sie 'ne Zeitung geschickt hat, irgend so ein Schmierenblatt, dann sind Sie umsonst gekommen, junge Frau. Von mir erfahren Sie nichts. Das fehlt uns noch. Die ganze Ortschaft voll mit Autos und Kameras und Leuten, die uns auf die Nerven gehn und überall rumfragen und rumstehn und alles wissen wolln, was sie nicht wissen solln. Das hatten wir schon, das brauchen wir nicht mehr. Das bringt uns nur Ärger.«

»Wie kommen Sie auf die Idee, ich könnte eine Journalistin sein?«, erwiderte Heide amüsiert.

»Weil der Schöllen seit Montag verschwunden ist. Das weiß schon das ganze Dorf. Sie sehn so kess aus, und neugierig sind Se auch. Da will ich wohl drauf wetten, dass Sie nicht gekommen sind, um ein bisschen Landluft zu schnuppern. An Ihrem Nummernschild sehe ich, dass Sie aus Osnabrück sind. Das müssen Sie gar nicht leugnen. Autos, die aus Osnabrück kommen, bringen uns nur Unglück. Wie Schöllen! Ja, der kommt auch aus Osnabrück. *O-hne S-krupel* sagt man immer. So sind se, die Städter. Alle *OS*! Ganz und gar ohne Skrupel!«

»Schöllen?«, hakte Heide nach.

»Das ist nicht normal, dass jemand einfach so verschwindet.«

Renate Lübhein hatte ihren Platz hinter der Verkaufstheke verlassen. Sie legte das Brot in den Einkaufskorb des Rollators, öffnete mit einer Hand die Ladentür und fasste mit der anderen die alte Dame am Arm. »So, Tante Martha, genug gequasselt, jetzt ab mit dir nach Hause. Der Gerald taucht bald wieder auf, und dass du von einer Katze geträumt hast, könnte daran liegen, dass es dem alten Gorhus nicht gutgeht und die Familie mit dem Schlimmsten rechnet.«

»Das kann nicht sein«, widersprach Tante Martha, als sie den Laden verließ. »Die Katze, dieser Teufelsbraten, hat gefaucht. Der Hermann ist sein Leben lang sanft gewesen. Wenn der stirbt, besucht mich ein verschmustes Kätzchen und keine Wildkatze.«

Tante Martha verließ den Laden. Sie schob ihren Rollator bedächtig an Heides Golf vorbei über den Parkplatz, stoppte ihn an den Eingangsstufen zur Apotheke, zog ihn einmal schnell zurück, drückte ihn schwungvoll nach vorne und ließ ihn mühelos über die flache Holzrampe rollen. Dann verschwand sie samt ihrer Gehhilfe in der Apotheke.

»Was möchten Sie denn nun?«, fragte Renate Lübhein barsch.

»Ich nehme den Bienenstich.«

»Die Berliner hat mein Mann mir erst am Mittag in den Laden gebracht.«

»Ich nehme die kleine Platte Bienenstich«, wiederholte Heide.

»Der Bienenstich ist von heute Morgen, aber auch noch frisch«, murmelte die Ladenbesitzerin, als sie das Gebäck mit einem Tortenheber auf eine Servierpappe legte und alles sehr sorgfältig in Papier einschlug.

*

Gleich nachdem die Kundin das Geschäft verlassen hatte, griff Renate Lübhein zum Telefon. Zuerst rief sie Marianne Wanner auf ihrem Festnetzanschluss an, ließ es wenige Male klingeln und legte wieder auf. Mit der Handy-Nummer hatte sie mehr Glück. »Hallo Marianne?«, fragte sie knapp. »Ich sollte dir Bescheid sagen, wenn ich sie sehe.«

»Ja!«

»Sie war im Laden, hat Kuchen gekauft. Bienenstich! Obwohl ich ihr die Berliner empfohlen hatte. Sie ist ein Querkopf!«

»Ja!«

»Wo bist du?«

»Ich war auf dem Friedhof und steige gerade ins Auto ein.«

»Wenn du dich beeilst, triffst du sie vor der Apotheke. Sie trägt ein graues Kostüm, schwarze Pumps, rotes T-Shirt, gewelltes, brünettes Haar. Sie unterhält sich mit Tante Martha und hört sich mit großem Interesse deren Gruselgeschichten an.«

»Hmm.«

»Sie ist neugierig und nimmt, glaube ich zumindest, kein Blatt vor den Mund.«

»Ich danke dir, Renate«, murmelte Marianne Wanner. Sie beendete das Gespräch und rief Simone Schöllen an.

»Sie ist da, Simone. Ich sehe sie. Sie spricht mit Tante Martha.«

»Ich habe Angst, Marianne.«

»Du musst keine Angst haben.«

»Nein.«

»Ist Richard noch bei dir?«

»Ja.«

»Grüß ihn und sag ihm, dass er vorsichtig sein soll.«

»Er möchte dich sprechen, Marianne!«

*

Tante Martha verließ die Apotheke in dem Moment, in dem Heide sich auf die Zehenspitzen stellte und versuchte, über die bunten Rollos hinweg ins Innere des Verkaufsraums zu schauen. Sie fasste Heide am Arm, blickte sie aus ihren graublauen Augen an und fragte:

»Warum so neugierig, junge Frau? Was fehlt jetzt noch?«

»Kopfschmerztabletten«, erwiderte Heide und lächelte.

»Da schau einer an. Eine Reise aufs Land. Und wofür? Für ein paar Tabletten!«

»Ich möchte bei meiner Bekannten einen netten Kurzurlaub verbringen. Sie heißt Beate Buttenstett. Vielleicht finde ich endlich Zeit zum Wandern und Radfahren.«

»Soso, junge Frau. Sie gucken sich also nur die Gegend an. Sie wolln hier niemanden aushorchen, und Sie sind auch nicht neugierig?«

»I wo!«, wehrte Heide ab.

»Sicher wolln Sie die Menschen kennenlernen, die hier im Dorf wohnen?«

»Selbstverständlich interessieren mich die Menschen, die hier wohnen.«

Die alte Dame lachte laut. »Wie heißt du?«

»Ich heiße Heide, und Sie dürfen mich duzen.«

»Fein! Heide! Besuch mich mal. Beate erzählt dir, wo du mich finden kannst. Oder du fragst einfach irgendjemanden, der dir hier übern Weg läuft, wo ich wohn. Ich mache uns 'ne leckere Tasse Tee. Das kann niemand so gut wie ich, und dann sprechen wir über all die Dinge, die du wissen willst.«

»Dinge, die ich wissen will? Woher wissen Sie, was ich wissen will?«

»Ich weiß es, mein Kind, glaub mir, ich weiß es. Ich geh jeden Dienstag zu Dörte. Kennst du Dörte schon?« Sie machte eine Kopfbewegung zum Friseurgeschäft.

»Siehst du die kleine Rothaarige hinter der Kasse? Das ist Dörte, Renates Schwägerin. Hier sind alle miteinander verwandt.«

»Sind Sie auch mit Beate verwandt?«

»Selbstverständlich bin ich mit Beate Buttenstett verwandt. Sie ist meine Großnichte, Ilses Tochter. Ilse ist mein Patenkind. War mein Patenkind«, fügte sie zögernd hinzu. »Denn Ilse lebt ja nich mehr. Und für den Schöllen, das sage ich dir jetzt im Vertrauen, für den interessiert sich sowieso niemand. Der soll ruhig bleiben, wo der Pfeffer wächst. Das hab ich auch Marianne Wanner gesagt.«

»Marianne Wanner?«, fragte Heide.

Tante Martha zeigte auf eine schlanke, elegant gekleidete Mittsechzigerin, die in diesem Moment aus einem beigefarbenen Peugeot stieg. Sie hielt ein Handy am Ohr und nahm, während sie leise sprach, eine blau-weiß gestreifte Einkaufstasche vom Rücksitz. Frau Wanner trug ein cremefarbenes, knöchellanges, schmal geschnittenes Strickkostüm und hatte sich ein dunkelblaues Schultertuch umgelegt. Die Farben des Tuchs und des Kostüms wiederholten sich in einem breiten Band, das ihre gewellten, dunkelblonden Haare im Nacken zusammenhielt.

»Die elegante ältere Dame, die eben in die Apotheke gegangen ist, heißt Marianne Wanner?«, vergewisserte Heide sich und stellte unverblümt fest: »Sie telefoniert gerne und grüßt nicht.«

»Marianne ist Tommys Tante. Die Apotheke hat er von ihr gepachtet. Sie weiß ganz genau, wovon ich rede, und Richard und Tommy genauso.«

»Richard?«

»Richard Wanner, das ist ihr Sohn.«

»Wohnt Richard hier im Ort?«

»Nee! Warum willst du das wissen?«

»Irgendwie kommt der Name mir bekannt vor«, erwiderte Heide. Sie hatte den Passat mit dem Nordhorner Kennzeichen vor Augen, der ihr hinter Schöllens Grundstück aufgefallen war und dessen Halter Richard Wanner hieß.

»Richard ist nach Nordhorn gezogen, als ...«

»Ach, Richard wohnt jetzt also in Nordhorn?«, sagte Heide, als wäre ihr nicht allein der Name, sondern auch der Mann bekannt.

Tante Martha presste die Lippen aufeinander und zeigte damit deutlich, dass sie kein weiteres Wort über Richard Wanner verlieren würde. Schade, dachte Heide. Sie hätte gerne mehr über Simone Schöllens Besucher erfahren, beschloss aber, den Rückwärtsgang einzulegen, um Tante Martha nicht zu verschrecken. »Und Tommy?«, erkundigte sie sich.

»Tommy ist unser Apotheker. Bei ihm hab ich mir soeben meine Pillen geholt.«

»Hat der Tommy auch einen Nachnamen?«

»Er heißt Orthes, Thomas Orthes, aber alle nennen ihn Tommy. Er ist Beates Freund.«

»Ja, davon habe ich bereits gehört«, erwiderte Heide. »Beate hat erwähnt, dass sie mit ihm befreundet ist.«

»Die Marianne wurde vom Schicksal ordentlich gebeutelt«, sagte Tante Martha und seufzte. »Man muss nur auf den Kirchhof gehn, dann weiß man Bescheid.« Sie fasste nach einer Haarsträhne, die Heide über die

Stirn fiel, und strich sie ihr behutsam aus dem Gesicht. »Bisschen Haarspitzen nachschneiden würde dir auch nicht schaden, mein Kind. Du erinnerst mich an meine Enkelin Nele. Ich habe sie seit langem nicht gesehn.«

»Wo wohnt Ihre Enkelin?«

Tante Marthas Wangen röteten sich. »Die ist immer unterwegs, Heide. Mal hier, mal da, aber immer weit weg. Ihre letzte Karte kam aus Südamerika. Brasilien, glaube ich. Sie testet Hotels, den Komfort, all das, was unsereiner nie kennengelernt hat.«

»Das ist interessant.«

»Ich hätte das Kind lieber in meiner Nähe.«

»Darf ich Sie nach Hause fahren?«, fragte Heide in der Hoffnung, die alte Dame könne ihr noch mehr Aufschlussreiches erzählen.

»Da würde ich mich drüber freuen, aber erst musst du dir beim Tommy die Kopfschmerztabletten holen.«

»Wird gemacht«, stimmte Heide zu. »Währenddessen machen Sie es sich schon mal in meinem Auto bequem.«

Sie schloss den Wagen auf, legte den Kuchen auf den Rücksitz, war Tante Martha beim Einsteigen behilflich, klappte den Rollator zusammen, verfrachtete ihn in den Kofferraum und ging zur Apotheke.

*

Als Heide die Eingangstür hinter sich schloss, fühlte sie sich ins 19. Jahrhundert zurückversetzt. Wissbegierig sah sie sich um. Die Wände des quadratischen Verkaufsraumes waren mit deckenhohen, antiken Schränken und Regalen ausgestattet, fächerförmig zog sich eine Wandverkleidung aus Eichenholz bis in die Mitte der Decke. Vier gleichmäßig im Raum verteilte kupferne Lampen warfen ein warmes Licht auf den gewachsten Parkettboden aus Eichenholz und auf zahlreiche Regalbretter voller Glas- und Porzellangefäße in den unterschiedlichsten Formen, Größen und Farben. Unterhalb der offenen Fächer präsentierten sich verschieden breite Schubladen mit glänzenden Messinggriffen und rechteckigen, akkurat beschrifteten Schildchen. Marianne Wanner und Thomas Orthes standen vor einer imposanten, mit Schnitzereien verzierten Schiebetür, die in einen Nebenraum führte. Sie unterhielten sich leise und brachen das Gespräch erst ab, als Heide den Raum durchschritten hatte und vor der Verkaufstheke stehen blieb.

»Sie verbringen Ihren Arbeitstag in einem beeindruckenden Ambiente«, sagte sie, nachdem Thomas Orthes die verlangten Schmerztabletten aus einer der schmucken Schubladen genommen hatte.

»O ja! Die Apotheke ist seit mehr als hundertzwanzig Jahren im Familienbesitz«, bestätigte er mit einer ruhigen, angenehm klingenden Baritonstimme und einem sparsamen Lächeln.

»Dann haben Sie die wunderschönen Schränke und die Wandverkleidung wohl ihrem Urgroßvater zu verdanken?«

Marianne Wanner räusperte sich nervös und korrigierte. »Es war mein Ururgroßvater.« Sie räusperte sich ein zweites und ein drittes Mal, ehe sie zittrig fortfuhr: »Sie haben sich um eine Generation verschätzt. Es war mein Ururgroßvater, der sich in Holte als Apotheker niederließ. Mein Neffe führt das Geschäft in der fünften Generation.«

Heide, die damit beschäftigt gewesen war, die Geldbörse in den Tiefen ihrer Handtasche zu suchen, hielt inne, blickte auf und fragte sich, wer oder was diese selbstsichere, attraktive Frau in eine Gemütslage gebracht haben konnte, die sie fast am Sprechen hinderte. Marianne hatte sich, die Arme fröstelnd vor der Brust verschränkt, neben ihren Neffen gestellt. Während Heide sie anschaute, zog sie sich ihr Schultertuch enger um den Oberkörper und verknotete die Enden vor der Brust. Heide registrierte, dass Frau Wanner einen Trauring auf dem Mittel- und einen auf dem Ringfinger trug. Das ließ den Schluss zu, dass sie verwitwet war.

»Haben Sie noch einen weiteren Wunsch?«, fragte Thomas Orthes.

»Kamillentee – bitte«, erwiderte Heide, um den Einkauf zu verlängern. Erst als der Apotheker ihr den Tee reichte, fiel ihr auf, dass seine Hände in weißen Baumwollhandschuhen steckten, die sich optisch fast nahtlos an seinen schneeweißen, gestärkten Kittel anschlossen. Möglicherweise litt der Arme an einer Allergie oder an einer Hautkrankheit. Heide löste ihren Blick von den Handschuhen, schaute erst Herrn Orthes aufmerksam an, anschließend seine Tante und suchte in ihren Gesichtern, in Gestik und Körperbau nach einer Familienähnlichkeit. Sie stellte fest, dass es keine gab. Marianne überragte ihren Neffen um mehr als einen halben Kopf, und obwohl man sie durchaus als schlank bezeichnen konnte, wirkte sie neben dem zierlichen, feingliedrigen Mann beinahe rundlich. Sie blickte Heide aus blaugrauen, müde wirkenden Augen aufmerksam an und verzog ihre hellrosa geschminkten Lippen zu einem Lächeln, das lediglich bis in die Fältchen rund um ihre Mundwinkel reichte.

*

Nachdem Heide die Apotheke verlassen hatte, griff Marianne Wanner zum Telefon. »Und?«, fragte sie, als die Verbindung hergestellt war. »Siehst du sie, Renate?«

»Ja, ich sehe sie. Tante Martha sitzt bei ihr im Auto. Ich denke, sie wird Martha nach Hause fahren. Warum macht sie das, Marianne?«

»Kannst du dir das nicht denken?«

»Sie will Martha aushorchen. Dagegen muss man was unternehmen.«

»Dagegen kann man nichts unternehmen.«

»Vielleicht sollte ich mit Tante Martha sprechen und ihr sagen ...« Renate Lübhein überlegte. »Ich werde ihr sagen, dass es das Beste ist, wenn wir die Vergangenheit ruhen lassen und sich jeder um seine eigenen Angelegenheiten kümmert.«

»Martha lässt sich nicht den Mund verbieten, Renate. Das weißt du ebenso gut wie ich«, seufzte Marianne Wanner.

»Damit wirst du recht haben.«

»Gehst du heute Nachmittag mit Simone joggen?«

»Ja!«

»Versprichst du mir, ihr nicht zu erzählen, dass die Detektivin Tante Martha nach Hause gefahren hat?«

»Ja, wenn du mich drum bittest.«

»Ich möchte nicht, dass Simone sich unnötig Sorgen macht. Die Situation ist ohnehin schwierig genug für sie.«

»Ich verspreche es dir«, stimmte Renate Lübhein zu.

*

Als Heide in ihr Auto stieg, bemerkte sie, dass die Bäckersfrau hinter der Schaufensterscheibe stand, telefonierte und sie dabei beobachtete. Na bitte, dachte sie zufrieden. Die Dorftrommeln schlagen bereits den Takt und machen ordentlich Lärm. Mal gucken, wen sie zum Tanzen bringen.

»Meine Güte, hat das lange gedauert«, empfing Tante Martha sie. »Sicherlich hast du ein kleines Schwätzchen mit Marianne gehalten? Was hat sie dir erzählt?«

»Sie ist eine sehr gut aussehende Frau«, wich Heide aus.

»Das ist richtig!«, stimmte Tante Martha zu.

»Allerdings finde ich rein optisch nicht die geringste Ähnlichkeit zwischen Frau Wanner und ihrem Neffen«, sprach Heide ihre Gedanken laut aus, als sie auf die Dorfstraße fuhr.

»Tommy kommt nach seinem Vater und nicht nach Therese. Therese war Mariannes jüngere Schwester. Sie ist bereits vor mehr als zwanzig Jahren gestorben. Die arme Marianne! Sie hat schon ’ne Menge Schlimmes mitgemacht. Man kann sich für sie freuen, dass sie einen netten Freund hat. Volker Heidmann heißt er. Er ist Anwalt.«

»Ah so«, sagte Heide. Sie sortierte die verschiedenen Namen, wusste jetzt, dass Richard Wanner Mariannes Sohn, Volker Heidmann ihr Freund und Thomas Orthes ihr Neffe war. »Warum hat Frau Wanner die Apotheke nicht an ihren Sohn weitergegeben?«

»Richard ist Ingenieur, genau wie sein Vater es gewesen ist.«

»Tatsächlich!«

»Richard und seine kleine Familie haben bei Marianne gewohnt, bis seine Frau Christina und ihre Zwillinge tödlich mit dem Auto verunglückt sind. Marianne hat ein großes Haus und einen riesigen Garten. Da war für alle Platz.«

Heide warf Tante Martha einen skeptischen Blick zu. Sie war sich nicht sicher, wo in den Erzählungen der alten Frau die Wahrheit endete und die Phantasie begann. »Frau Wanner hat ihre Schwiegertochter und ihre Enkelkinder bei einem Verkehrsunfall verloren?«, hakte sie nach. »Das ist ja schrecklich!«

»Hab ich doch gesagt!«, erwiderte die alte Dame ungeduldig. »Zu jung zum Sterben war sie, die Christina. Und die Kinder erst recht! Die gingen noch nicht mal in die Schule!« Tante Martha seufzte und fügte hinzu: »Die Marianne hat viele Gräber zu pflegen. Von der Beate wird sie keine Hilfe kriegen, wenn die den Tommy heiratet. Die ist faul.« Die alte Dame schwieg nachdenklich. Nach einer Weile murmelte sie: »Ich glaube manchmal, die beiden Mädchen vom alten Buttenstett, die Beate und auch die Simone, die heiraten Geld.«

»Bitte?«, fragte Heide fassungslos. Sie wusste durchaus, dass Beate – wie jeder andere Mensch auch – ihre Schwächen hatte, aber bisher hatte sie nie den Eindruck gehabt, sie sei raffgierig.

Heides Mitfahrerin lachte spöttisch auf. »Ich wüsste nicht, weswegen die Simone sonst den Schöllen geheiratet haben sollte, und ich weiß auch nicht, warum ...«

»Sind Schöllen und Wanner auch miteinander verwandt?«, unterbrach Heide sie.

»Marianne Wanner und Gerald Schöllen, die haben nichts miteinander zu tun. Schöllen ist nur –?« Tante Martha überlegte. »Nur ein Zugereister! Ja, das ist der Schöllen. Nur ein Zugereister!«

*

Schöllen, der auf dem Dielenboden gelegen hatte, rappelte sich augenblicklich auf, als er seine Peiniger kommen hörte. Er setzte sich, streckte die Beine aus, lehnte den Rücken gegen den Holzpfosten und blickte ihnen erwartungsvoll entgegen. Bisher hatte er seine Bewacher nur im abendlichen Dämmerlicht vor Augen gehabt. Jetzt – da Tageslicht durch die Ritzen der handgearbeiteten, altmodischen Klappläden der drei Fenster fiel – stellte er fest, dass sie schwarze Lederhandschuhe trugen und unter ihren Umhängen Gummistiefel. Ihre Gesichter waren, wie an den vergangenen Tagen, hinter schwarzen Strickschläuchen verborgen, in die man lediglich Löcher für die Augen geschnitten hatte. Einer der beiden hielt mehrere Papierbögen in den Händen. Vielleicht, dachte Schöllen träge, würde er jetzt endlich erfahren, wie viel Geld sie für seine Freilassung verlangten und wer ihn gefangen hielt. Obwohl er jeden Einzelnen der kriminellen Bande, mit der er irgendwann im Streit gelegen hatte, durch sein Gedächtnis gejagt hatte, war ihm niemand eingefallen, der hierfür in Frage kam. Sollte er trotz der Müdigkeit, die ihn seit Stunden quälte und ihn am Denken hinderte, verhandeln, sobald man ihm Zahlen genannt hatte? Im Handeln und Feilschen war er erwiesenermaßen gut. Mühsam öffnete er seinen Mund, löste die trockene, klebrige, viel zu dicke Zunge und krächzte, so laut er konnte: »Wie viel muss ich für meine Freilassung bezahlen?«

»Du bist ein Idiot«, brüllte einer der beiden und stellte einen Fuß auf Schöllens Oberschenkel.

»Er ist ein Pisser, ein Ferkel mit einer vollgepinkelten Hose. Er stinkt wie ein Misthaufen«, krähte sein Kumpel und trat mit seinem Gummistiefel plötzlich und unerwartet in Schöllens Schritt.

Schöllen krümmte sich vor Schmerzen, japste nach Luft und bemerkte, dass Tränen über seine Wangen liefen. Er atmete gleichmäßig ein und aus, wartete, dass der Schmerz zwischen seinen Beinen nachließ, und wusste mit einem Mal, dass der Drahtzieher dieses Verbrechens zwei hirnlose Sadisten geschickt hatte, um ihn zu quälen. Bei wem, sann er verzweifelt, hatte er noch eine Rechnung zu begleichen, die so hoch war, dass man ihn auf diese entsetzlich demütigende Art malträtieren ließ?

»Steht in dem Schreiben, was ihr fordert?«, fragte er, so laut er konnte, um das **TAM** Ta Ta Ta, **Tam** Ta Ta Ta ... des Boleros zu übertönen, das seine Stimme allmählich auffraß und sich in seinem Hirn festkrallte. »Verhandelt nicht mit meiner Frau. Sie hat keinerlei Befugnisse. Sie darf lediglich ...« Während er seine Anweisungen herausschnarrte, nahm der Druck des Gummistiefels auf seinen Oberschenkel stetig zu. Erst als er die Schmerzen nicht länger ertrug, bat er heiser: »Ich will den Boss sprechen. Es wird ihm nicht gefallen, dass ihr mich grundlos drangsaliert.«

»Du liest diesen Brief! Christina hat ihn geschrieben.«

»Ich kenne keine Christina!«

»Lies!«

»Meine liebe Schwester«, las Schöllen so laut er konnte und durchforstete gleichzeitig sein Hirn nach einer Frau dieses Namens. Er hatte viele Weiber gehabt, aber es fiel ihm keine ein, die er Christina genannt hatte.

»Lauter!«, brüllte Schöllens Peiniger und lachte spöttisch auf. »Bist du nicht imstande, einen vollständigen Satz vorzulesen? Man erzählte mir, du habest ein ziemlich anständiges Abitur hingelegt. Oder hast du es dir genauso erschlichen und ergaunert wie die anderen Dinge, die du zu Unrecht besitzt?«

»Nein«, rief Schöllen, so laut er konnte. »Meine liebe Schwester«, wiederholte er, hielt aber sofort inne, überflog die nächsten Zeilen und fügte krächzend hinzu: »Ich bin kein Märchenerzähler! Das müsst ihr mir glauben! Und von einer Christina habe ich genauso wenig gehört wie von den Nichten, diesen Blagen, die sie hier in dem Brief erwähnt.« Der Druck des Stiefels auf Schöllens Oberschenkel wurde stärker und trieb ihm erneut

Tränen in die Augen. Erst als er die Schmerzen nicht länger ertrug, fügte er sich und hub wieder an: »Meine liebe Schwester.«

»Lauter!«

»Lasst uns zum Wesentlichen kommen. Was wollt ihr? Weswegen haltet ihr mich hier in dieser Baracke fest? Gebt mir endlich zu trinken.«

»Trinken willst du? Du sollst dich erinnern«, brüllte sein Schinder. »Wenn du dich nicht erinnerst und Buße tust, wirst du verdursten.«

»Woran? Woran soll ich mich erinnern?«

»Es ist nicht der Zweck deines Aufenthaltes, dass ich dich erinnere! Du sollst dich erinnern. Willst du leben?«

Das sind keine Profis, überlegte Schöllen ratlos, als er auf die schmalen handgeschriebenen Zeilen schaute. Amateure hatten ihn entführt! Laien, die ihre Forderungen auf ein Stück Papier krakelten. Niemand war unberechenbarer als ungeübte, ängstliche Berufsanfänger. Diese Regel galt nicht nur in seinem Job. Sie verlor mit Sicherheit im kriminellen Milieu nicht an Gültigkeit. Deshalb würde er ihrem Willen nachkommen und ihnen vorlesen, bis sie den Inhalt des Briefes auswendig kannten und er ihnen zum Halse raushing.

»Meine liebe Schwester«, setzte er erneut an, atmete mehrere Male tief durch, sammelte all seine Kräfte und las die folgenden Sätze so laut und deutlich er konnte. »Du fragst mich nach den Kindern, willst wissen, womit sie sich die Zeit vertreiben und wie es ihnen und mir geht. Du weißt, ohne dass ich im Einzelnen darüber spreche, wie sehr ich mich in meinen finsteren Lebensstunden quälen muss. Aber ...« Als er die Schrift nicht mehr lesen konnte und da, wo handgeschriebene Zeichen sein sollten, nur noch flirrende Flöckchen sah, brach er ab und blickte auf. Jetzt sah er die beiden Gestalten ebenso verschwommen und pixelig vor sich wie die Buchstaben auf dem Papier. »Ich habe Durst! Mir ist schlecht! Ich bin sehr müde, und ich sehe kaum noch etwas. Ich werde sterben, wenn ihr mir kein Wasser gebt.«

»Du hast begriffen, und ich gebe dir recht«, stimmte ihm der Stiefelmann zu. »Du wirst sterben, es sei denn, du erinnerst dich und tust Buße. Willst du dich erinnern und Buße tun?«

»Ja!«

»Dann trink«, sagte der Schattenmann, der hinter dem Stiefelmann stand.

Schöllen fühlte mehr, als dass er sie sehen konnte, eine Glasflasche zwischen seinen gebundenen Händen. Er schraubte den Verschluss mühselig mit den Zähnen auf und trank ..., trank ..., trank ..., bis einer der beiden ihm die Flasche entriss.

»An wen sollst du dich erinnern?«

»An Christina«, stöhnte Schöllen. »Ich soll mich an eine Frau erinnern, die Christina heißt.«

*

Marianne Wanner stieg die Treppe hinauf und betrat nachdenklich Christinas Zimmer. Sie ging zum Schreibtisch, griff nach einer gerahmten Fotografie, auf der zwei Mädchen zu sehen waren, und betrachtete die Aufnahme lange, ehe sie sie zurückstellte. Dann öffnete sie die oberste Schublade des Schreibtisches, griff hinein, ertastete Papier und zog wahllos mehrere gefaltete Briefbögen heraus. Nirgendwo fühlte sie sich ihrer Schwiegertochter so nahe wie in dieser winzigen Dachkammer. Hier hatte Christina stundenlang Bilder betrachtet, die ihre Schwester gemalt hatte, oder sie hatte an dem alten Schreibtisch gesessen und auf Anraten ihres Therapeuten ihren Schmerz in Worte gefasst. Sie hatte kein Tagebuch geführt, wie es zuerst geplant gewesen war, sondern Briefe geschrieben und darin von ihrem Leiden – von ihrer Krankheit – erzählt. Seit Marianne diese Briefe kannte, waren ihr die Gedanken und Gefühle der Schwiegertochter so vertraut wie ihre eigenen. Sie durchlitt Christinas Qualen und meinte oft, die wunde Seele der jungen Frau wäre in ihrem eigenen Körper gefangen.

Wochenlang hatte Marianne sich unter Kontrolle. Sie lebte von Stunde zur Stunde, beschäftigte sich mit alltäglichen Dingen, doch plötzlich, ohne Vorwarnung, überfielen sie Trauer, Wehmut, aber auch Wut und Verzweiflung. An diesen Tagen war ihr, als wäre das Unglück ein Meer aus Traurigkeit, in dem sie ertrank. Am liebsten ließ sie dann die Rollläden hinunter, verschloss die Türen, kroch in ihr Bett oder auf ein Sofa und trauerte mit aller Inbrunst, der sie fähig war.

Mit den Briefen in den Händen stieg sie langsam wieder die Treppe hinab, ging ins Wohnzimmer und setzte sich in ihren Lesesessel. Den zuoberst liegenden Bogen hatte Christina auf den 26. Juli 2006 datiert. An dieses Datum erinnerte Marianne sich sehr gut. Ihre Enkelinnen waren an dem Tag vier Jahre alt geworden.

Meine liebe Schwester,

Du fragst mich nach den Kindern, willst wissen, womit sie sich die Zeit vertreiben und wie es ihnen und mir geht. Du weißt, ohne dass ich im Einzelnen darüber spreche, wie sehr ich mich in meinen finsteren Lebensstunden quälen muss. Aber ich werde Dir von Deinen Nichten erzählen, die sich prächtig entwickeln und mir sehr viel Freude bereiten. Heute, an ihrem vierten Geburtstag, habe ich sie nebeneinander auf unseren uralten samtbezogenen Hocker vor das Klavier gesetzt und sie eine Weile auf den Tasten klimpern lassen. Ich habe ihnen von Dir und ihrer Großmutter erzählt und ihnen gesagt, dass ich sie ab morgen täglich im Klavierspiel unterrichten werde. Eben habe ich sie gebadet, ihre schmalen Körper abfrottiert, ihre Haare geföhnt und zu kleinen hellblonden, fast silberfarbenen Zöpfchen geflochten. Suse lässt diese Prozedur stets ohne Gegenwehr über sich ergehen. Sie schaut mich gelassen und ruhig aus ihren schokoladenbraunen Augen an und vertraut darauf, dass ich behutsam bin und sie nicht zwicke. Bine hingegen schreit und ergreift die Flucht, sobald ich mich ihr mit der Haarbürste in der Hand nähere. Sie rast durch die Wohnung und erwartet, dass ihre Schwester und ich sie einfangen, ordentlich kitzeln und mehrere Male bitte sagen, ehe sie sich ergibt und sich frisieren lässt.

Jetzt liegen die beiden in ihren Bettchen. Ich habe die Bettgestelle dicht aneinandergerückt, damit die Mädchen sich berühren und streicheln können, wenn sie möchten. Oft beobachte ich, dass eine ihre Händchen durch die Holzstreben steckt und die Nähe der

Schwester sucht. Morgens, wenn ich in ihr Zimmer komme, stehen sie auf den Matratzen und umarmen sich über das Gitter hinweg, oder sie flüstern in ihrer eigenen Sprache miteinander, deren Geheimcode ich nicht begreife, so sehr ich mich auch bemühe. Wer könnte besser nachempfinden als Du, dass ich darüber sehr traurig bin. Ich fühle mich ebenso ausgeschlossen, wie unsere Mutter damals. Denn auch wir benutzten Wörter und Begriffe, die niemand außer uns verstehen konnte und sollte. Verzweifelt sehne ich mich nach Dir, nach unserer engen Zweisamkeit, nach der Verbundenheit zwischen uns. Ich vermisse sie mit jedem Atemzug. Erzählte ich bereits, dass Marianne heute für die Mädchen ein Kinderfest ausgerichtet hat? Nachdem die kleinen Geburtstagsgäste gegangen waren, legte die Stille sich samtweich über den Garten. Der kräftige, süßliche Duft der Kletterrosen strömte durch die geöffneten Fenster ins Haus. Ich stand auf dem Balkon und umfasste behutsam mit beiden Händen eine der dunkelroten Blüten, die bis über die Brüstung reichte.

Da hörte ich Marianne und Richard leise auf der Terrasse miteinander sprechen. Mutter und Sohn, dachte ich. Zwei Menschen, die sich lieben, die innig miteinander verbunden sind, und doch ist jeder für sich vollkommen. Du und ich haben nur im Miteinander, in der Symbiose existieren können. Deshalb bin ich – Christina – nur die Hälfte eines Ganzen. Folglich sind die Eheleute Richard und Christina Wanner nur anderthalb Menschen. Richard wird niemals zufrieden und glücklich mit mir sein.

Bis vor einer guten Stunde haben die Stimmen der

Geburtstagsgäste und das Lachen der Kinder meine Trauer übertönt, doch jetzt kriecht sie hervor, schiebt den leichten Mantel der Fröhlichkeit zur Seite, legt sich schwarz und schwer auf meine Brust und raubt mir den Atem. Die Erinnerungen und die Sehnsucht nach Dir brechen so gewaltig und ungestüm über mich herein, dass ich meine, ersticken zu müssen. In solchen Momenten hole ich zu tief und zu schnell Luft, merke, wie ich die Kontrolle über meine Atmung verliere. Ich versuche, ruhiger zu werden. Es ist mir nicht möglich, entspannt und effektiv zu atmen, wenn ich mich aufrege. Ich habe die richtige Atemtechnik tausend Mal oder öfter geübt und weiß, welche Vorgänge in meinem Körper ablaufen. Will ich eine Panikattacke überwinden, muss ich die Luft langsam durch die Nase einziehen und sie ebenso sachte wieder entweichen lassen.

Ich schließe die Augen, schiebe jeden anderen Gedanken zur Seite und konzentriere mich auf das, was eigentlich automatisch ablaufen sollte. Genauso, wie mein Therapeut es mich gelehrt hat.

Irgendwann habe ich mich so weit unter Kontrolle, dass meine Gliedmaßen mir wieder gehorchen. Ich bin zu nichts nutze. Nach meinen Angstzuständen sehe ich aus wie ein Gespenst, kreidebleich und hohlwangig, mit schweißgetränkten Haaren und graublauen Lippen. Dabei ist heute doch ein ganz besonderer Tag – ein ganz besonderer Abend. Richard hat zum vierten Geburtstag unserer Töchter im nobelsten Osnabrücker Hotel eine Suite reserviert. Wir wollen essen gehen, ein wenig durch die Stadt bummeln. Auf gar keinen Fall will ich meinen Mann enttäuschen. Deswegen werde ich jetzt ins Bad gehen, duschen, Make-up auflegen, etwas Hübsches anziehen und für Richard glücklich sein.

Warum lasse ich die Vergangenheit nicht ruhen und sehe in die Zukunft? Jeder in meiner Umgebung behandelt mich einfühlsam und liebevoll. Richard ist verständnisvoll und warmherzig. Er liebt mich und ist bemüht, mir jeden Wunsch von den Augen abzulesen. Meine Töchter sind gesund, hübsch, intelligent und immer fröhlich. Das, was man sich gemeinhin unter einer früh verwitweten Mutter vorstellt, die ihren einzigen Sohn an eine Schwiegertochter verliert, trifft auf Marianne nicht zu. Sie ist für mich nicht nur ein Mutterersatz, sie ist auch meine beste und einzige Freundin. Wenn ich mich nur genügend anstrenge, gelingt es mir sicherlich bald, den Teufelskreis zu durchbrechen. Ich muss mir noch mehr Mühe geben, ein ganz klein wenig mehr. Kannst Du mir helfen?

In Liebe Deine Christina

*

Beate Buttenstett sah gereizt und übermüdet aus, als sie Heide an diesem Nachmittag begrüßte. Wortlos nahm sie ihr das Kuchenpäckchen ab und führte ihren Gast durch einen übermöblierten Wohnraum in einen Wintergarten. Hier zeigte sie auf eine gedeckte Kaffeetafel, bat Heide, in einem der Rattansessel Platz zu nehmen, entschuldigte sich knapp und verschwand durch eine Glastür in einen nebenanliegenden Raum, der wahrscheinlich die Küche beherbergte. Zumindest hörte Heide Geschirr klappern, ehe Beate mit einer voll bestückten Kuchenplatte in den Händen zurückkam.

Es herrschte eine merkwürdig angespannte Stimmung zwischen Beate und ihr, die Heide sich nicht erklären konnte. Während sie Kaffee tranken, Kuchen aßen und über Simone sprachen, entdeckte sie einen mürrischen Zug in Beates Gesicht, der ihr früher nicht aufgefallen war und der ihr ebenso wenig gefiel wie das aufgesetzte Lächeln, das nicht bis in Beates blaugraue Augen reichte.

»Eigentlich hatte ich dich früher erwartet. Du musst dich ziemlich lange im Dorf beim Kuchenkauf aufgehalten haben«, nörgelte Beate und kam damit vermutlich zu dem Anlass ihrer Verärgerung.

Heide überlegte einen Moment, ob es sinnvoll sein könnte, ihre Gastgeberin mit dem vertraut zu machen, was ihre Mitarbeiterin Helen und sie Anfangsrecherche nannten. Meine liebe Beate – könnte sie sagen –, ich bin wie ein Trüffelschwein im Ort unterwegs gewesen, nur habe ich keine unterirdisch wachsenden Pilze gesucht. Ich habe mich ein wenig umgehört, um zu erfahren, was über dich, über deinen Schwager und über deine Schwester getratscht wird. Denke nicht, dass ich alles, was man mir zuträgt, für bare Münze nehme, aber ich habe im Laufe meiner Berufstätigkeit die Erfahrung machen müssen, dass unsere Mitmenschen oft mehr von uns wissen, als wir gemeinhin annehmen. Häufig ist auch ihr Urteilsvermögen größer, als wir vermuten.

Heide entschied wie so häufig nach ihrem Gefühl und beschloss, Beate vorerst nicht in ihre Arbeitsweise einzuweihen. Stattdessen teilte sie ihr mit: »Nachdem ich eingekauft hatte, habe ich eine ältere Dame nach Hause gefahren.«

Beate runzelte die Stirn, schob ihre dunkelblonden, auf Kinnlänge geschnittenen, glatten Haare hinter die Ohren, verzog ironisch den Mund und fragte schnippisch: »Was soll das? Bist du unter die Samariter gegangen?«

»Ich würde mich nicht als Samariter bezeichnen. Die alte Frau tat mir leid. Sie war lange mit ihrem Rollator unterwegs gewesen, und mir hat der kurze Umweg keine Mühe gemacht. Vielleicht kennst du sie. Sie wurde von Frau Lübhein Tante Martha genannt. Und sie erzählte mir, du seist mit ihr verwandt.«

Beate wich Heides Blick aus, schaute vor sich auf den Tisch und zeichnete mit dem Zeigefinger die farbigen Ornamente auf ihrem Platz-Set nach. »Meine Mutter war ihr Patenkind. Martha ist das, was wir hier eine lebende Dorfzeitung nennen. Ihr Mann ist sehr früh gestorben, und sie hat keine Kinder. Deshalb mischt sie sich ständig in die Angelegenheiten fremder Leute ein. Du darfst kein Wort, das sie von sich gibt, ernst nehmen. Sie war immer schon etwas plemplem. Jetzt leidet sie – wenn man es einmal objektiv betrachten will – zusätzlich an einer Altersdemenz.«

»Sie erzählte mir von ihrer Enkelin Nele.«

Beate schüttelte den Kopf und schlug sich mit der Handfläche gegen die Stirn. »Ab und zu schäme ich mich tatsächlich für sie. Martha spinnt total. Sie hat keine Enkelin, die Nele heißt. Sie hat überhaupt keine Enkelin. Obwohl man hier im Ort ständig auf jemanden trifft, der die Tante oder der Onkel von irgendjemand anderem ist, den man selbst Cousine oder Cousin nennt. Ich frage mich nur, Heide, wer dir mehr am Herzen liegt. Eine alte Frau, die du nicht kennst, oder deine langjährige Freundin? Ist es wirklich nötig gewesen, mich ihretwegen so lange warten zu lassen?«

Heide atmete tief durch und beschloss, Beates Bemerkungen und den vorwurfsvollen Tonfall, in dem sie geäußert worden waren, vorerst nicht zu beachten. Sie besaß einen relativ großen Bekanntenkreis, den sie seit Jahren pflegte und der ihr wichtig war, aber sie hatte gelernt, mit den Begriffen Freund und Freundin sorgsam umzugehen. Isabel, ihre einzige Freundin, kannte sie bereits seit Kindertagen. Eines wusste sie sicher, Beate Buttenstett war nicht ihre Freundin, war es nie gewesen und würde es sicherlich niemals werden.

»Hast du Tommy kennengelernt, Heide?«

»Wen, bitte?«, stellte Heide sich dumm und zauberte ihr süßestes Lächeln auf die Lippen.

»Thomas Orthes«, erwiderte Beate ungeduldig.

»Ist er es, der dein Privatleben verändert hat? Du sagtest mir gestern Abend, privat habe sich bei dir einiges getan.«

Beate stand auf, kramte längere Zeit in einem Weidenkorb und reichte Heide ein aufgeklapptes Fotoalbum. Alle Bilder auf der Seite zeigten denselben Mann.

»Entschuldige bitte«, schwindelte Heide. »Ich wusste nicht, dass du über den Apotheker gesprochen hast. Ihn habe ich gesehen. Er hat mir Kopfschmerztabletten verkauft. Bei der Gelegenheit habe ich auch seine Tante, Marianne Wanner, kennengelernt.«

»Eigentlich wollte ich es vorerst für mich behalten«, sagte Beate zögernd, »aber da du es ohnehin ahnst, kann ich es dir auch erzählen. Tommy und ich werden bald heiraten. Gäbe es die Sorgen um Simones Mann nicht, würde ich im siebten Himmel schweben.«

»Warum wolltest du mir so etwas Entscheidendes wie eine Heirat verschweigen?«, fragte Heide erstaunt. »Ich freue mich doch, wenn du glücklich bist.«

»Ich dachte, es wäre vielleicht besser. Du bist immer so –! So pessimistisch! Ich hatte Angst, du könntest mich irgendwie negativ beeinflussen.«

»Beeinflussen? Warum sollte ich etwas gegen Tommy Orthes sagen? Ich kenne ihn doch gar nicht.« Heide stand auf, ging zum Fenster und schaute in den Garten. Beates Elternhaus war in den Dreißigerjahren des letzten Jahrhunderts gebaut worden. Es befand sich am Ende einer Sackgasse und war umgeben von einem riesigen, im hinteren Teil verwilderten Grundstück, das sich jetzt durch die großflächigen Glasscheiben in seiner vollen Frühlingspracht präsentierte. Sie setzte sich zurück an den Tisch, griff nach der Warmhaltekanne und schenkte Kaffee nach.

»Entschuldige, ich hab es nicht böse gemeint. Wirklich nicht«, sagte Beate kleinlaut.

»Nein?«

»Nein, glaube mir! Ich nehme an, man hat im Dorf schlecht über Gerald gesprochen«, klagte sie mit einer weinerlichen Stimme. »Du darfst nicht alles glauben, was sie dir erzählen. Die meisten von ihnen sind neidisch auf Gerald. Und bitte, Heide, nimm nicht an, ich wäre böse mit dir, weil ich so lange auf dich warten musste. Ich habe dir gesagt, dass ich dich für deine Bemühungen bezahlen werde. Aber du reagierst genauso starr wie die Polizei und bewegst dich gedanklich keinen Zentimeter vom Fleck, um Gerald zu finden. Ich denke, wir dürfen keine Zeit mehr verlieren.«

Heide wurde langsam, aber sicher ungehalten. Für sie stellte sich die Sachlage gegenteilig dar. Eine frühere Kommilitonin hatte sie um einen Gefallen gebeten, und sie war bereit gewesen, ihr zu helfen. Beate zuliebe hatte sie zwei geschäftliche Termine absagen müssen und sich mit Dieter gestritten. Bisher hatte sie keinen Moment darüber nachgedacht, für die anfallenden Recherchen eine Rechnung zu schicken. Sie wollte nicht kleinlich sein. Allerdings durfte sie erwarten, dass Beate sie zuvorkommend behandelte.

»Versteh mich bitte richtig, Heide. Ich bin dir sehr dankbar, dass du gekommen bist. Seitdem Gerald verschwunden ist, weint Simone ohne Unterbrechung und ihre Kinder schließen sich ihr an. Wenn meine Schwester unglücklich ist, geht es mir auch nicht gut. Irgendwie macht mich das alles sehr traurig. Ich werde das Gefühl nicht los, dass Gerald nicht mehr lebt.« Beate schluchzte trocken auf, versteckte das Gesicht in den Händen und weinte laut und anhaltend.

Mit einem Überschwang an gezeigten Empfindungen hatte Heide bereits als Kind ihre Schwierigkeiten gehabt, und Beates unkontrollierter Tränenausbruch erschien ihr übertrieben. Obendrein wurde sie den Eindruck nicht los, dass ihre Bekannte Theater spielte. Sie stand auf und streichelte sachte, aber unbeholfen Beates Rücken. »Beruhige dich! Soll ich dir ein Glas Wasser holen?«

Noch bevor Heide die Küche erreicht hatte, endete Beates Weinattacke mit einem tiefen Seufzer, genauso plötzlich, wie sie begonnen hatte. Beate Buttenstett war stets ein wenig unordentlich gewesen, doch das Durcheinander, das sich Heide in der großzügigen Wohnküche darbot, hatte sie nicht erwartet. Es wirkte auf sie, als habe ihre Gastgeberin seit Tagen weder aufgeräumt noch ein Schwammtuch in den Händen gehalten. Geschirr stapelte sich auf den Arbeitsflächen, und mehrere benutzte Töpfe standen auf den Kochplatten. Der Fliesenboden war glitschig und schmuddelig und die Tischdecke, die einen riesigen Holztisch zur Hälfte abdeckte, übersät mit undefinierbaren Flecken. Hinter einem Stapel benutzter Teller auf der Spüle gammelten Rotweinreste in dreckigen Gläsern, die, gemeinsam mit einem benachbarten, randvollen Aschenbecher, einen widerlich abgestandenen Tabak- und Alkoholgeruch verströmten.

Nachdenklich betrachtete Heide das Chaos. Ihr fiel ein, dass auch Beate heute nicht besonders adrett aussah. Mit den strähnigen, ungewaschenen Haaren und dem abgesplitterten Nagellack ähnelte sie auf merkwürdige Weise ihrer Küche. Die braune, verbeulte Jogginghose, die sie trug, eben gut genug für die Gartenarbeit, und auch der dunkelblaue Pullover vermittelte den Eindruck, sie habe vergessen, ihn in die Altkleidersammlung zu geben. Hoffentlich hatte die Pädagogin Beate Buttenstett sich in diesem beklagenswerten Aufzug nicht vor die Augen ihrer Schüler getraut. Heide suchte in einem Hängeschrank nach einem Glas, fand eines, ließ Wasser einlaufen und ging zurück in den Wintergarten.

»Hast du heute gearbeitet, oder hast du geschwänzt, Beate?«

»Ich habe mich krankschreiben lassen«, gestand Beate, als Heide ihr das Wasserglas reichte, und fügte beschämt hinzu: »Du wunderst dich sicher, wie schrecklich es in der Küche aussieht, aber meine Geschirrspülmaschine hat ihren Geist aufgegeben, und der Monteur meinte, eine Reparatur lohne sich nicht. Ich habe eine neue bestellt. Sie wird erst nächste Woche geliefert. An manchen Tagen läuft wirklich alles schief. Am Montagnachmittag streikt die Spülmaschine, und abends verliere ich mein Portemonnaie. Vielleicht hat man es mir geklaut.«

»Es wird sich gewiss wieder einfinden!«

Beate stand hektisch auf, durchquerte einige Male den Wintergarten, blieb irgendwann vor einem hölzernen Blumenhocker stehen, betrachtete scheinbar interessiert die welken Blätter eines Alpenveilchens, pflückte eines ab und zerriss es in viele Einzelteilchen.

»Ja, ich hoffe, du hast recht und es taucht wieder auf.«

»Thomas Orthes erinnert mich an deinen Herrn Freitag, Beate.«

Beates Gesicht überzog sich mit einer gleichmäßigen Röte. Sie sah Heide nicht an, sondern heftete ihren Blick starr auf die hellen Bodenfliesen. »Freitag? Wieso Freitag? Tommy und er haben nichts, aber wirklich gar nichts Gemeinsames.«

»Doch, finde ich schon. Sie ähneln sich, zumindest äußerlich.«

»Das ist nicht wahr«, widersprach Beate lautstark. »Sie ähneln sich nicht.«

Heide lächelte Beate liebenswürdig an und begann ihren Feldzug: »Wenn du mit meiner Arbeitsweise nicht einverstanden bist, ziehe ich mich gerne zurück. Möglicherweise taucht dein Schwager bereits morgen gesund und munter wieder auf.«

»Das wird er nicht.«

»Weswegen bist du dir da so sicher?«

»Ich fühle es, Heide. Intuition! Nenne es, wie du willst.«

»Ah so«, spöttelte Heide. »Verstehe! In-tu-i-tion!«

»Ich weiß nicht, was ich sagen soll. Eigentlich hatte ich angenommen, du unternimmst irgendetwas, wirst auf der Stelle aktiv, aber bisher bist du mir keine große Hilfe.«

Heide ignorierte den vorwurfsvollen Tonfall und erwiderte: »Ich würde gerne heute Abend mit dir die Dorfschenke besuchen. Sie bieten dort elf unterschiedliche Schnitzelgerichte an. Ich hatte keine Ahnung, dass es möglich ist, ein Schnitzel in dieser Vielfalt zu servieren.«

»Eigentlich dachte ich, es wäre am besten, du würdest dich zuerst einmal mit Simone über Gerald unterhalten. Sie kennt seine Gewohnheiten am besten.«

»Wir laden deine Schwester und deine Nichten heute zu einem gemütlichen Abendessen ein. Ich denke, die Wirtsleute werden auch außer Haus liefern. Bei einer leckeren Mahlzeit spricht es sich besonders angenehm.«

»Ich begreife zwar nicht, was das bringen soll, aber wenn du meinst, es hilft uns weiter, dann rufe ich Simone an und sage ihr Bescheid.«

»Ja, mach das bitte«, stimmte Heide zu. »Möchtest

du, dass wir den Abwasch gemeinsam erledigen, oder besitzt du genügend sauberes Porzellan, um heute Abend damit den Tisch einzudecken?«

»Nein!«, erwiderte Beate knapp.

»Okay, waschen wir also gemeinsam ab, und anschließend gibst du mir bitte eine Decke. Ich möchte mir liebend gerne in deinem Garten die Abendsonne ins Gesicht scheinen lassen. Kannst du dich erinnern, dass uns jemals in einem April so reichlich Sonnenschein geschenkt wurde wie in diesem Jahr?«

Beate presste verärgert die Lippen aufeinander und schüttelte den Kopf.

*

Die Rentner Ingrid und Knut Langenhaus waren seit dem letzten Sommer stolze Besitzer eines eingeschossigen Holzhauses im Landkreis Emsland, nahe der Stadt Haren. Das Häuschen stand auf einem kleinen, gut eingewachsenen Grundstück im Ferien- und Freizeitzentrum Schloss Dankern und bot dem Ehepaar auf etwa dreißig Quadratmetern Wohnfläche alles, was sie sich für ihr Feriendomizil wünschten. Das Urlaubszentrum war zu Beginn der Siebzigerjahre gegründet worden, um die wirtschaftliche Grundlage für die Erhaltung des barocken Wasserschlosses Dankern zu sichern. Im Laufe der Zeit war eine Anlage mit Ferienhäusern und vielfältigen Spiel- und Sportmöglichkeiten entstanden, deren Herzstück das sanierte Schloss bildete.

Entscheidend für den Kauf der Immobilie war für Ingrid und Knut, die ihre Rente im Ruhrgebiet verdient hatten, allerdings nicht das 500 Jahre alte Wasserschloss gewesen, sondern der See mit Bademöglichkeit. Sie waren beide ausgesprochene Wasserratten und trauten sich bereits ins kühle Nass, wenn die anderen Feriengäste noch in dicken Jacken und Gummistiefeln über den Sandstrand wanderten.

Nach dem Mittagessen hielten sie gewöhnlich ein kleines Nickerchen. Sobald sie ihren Nachmittagskaffee getrunken hatten, zu dem sie sich selbstverständlich ein Stückchen Kuchen leisteten, holte Knut die Fahrräder aus dem Abstellschuppen. Ingrid inspizierte unterdessen den Kühlschrank und schrieb den Einkaufszettel. Anschließend machten sich beide auf den Weg ins benachbarte Haren, um dort einzukaufen. Dafür wählten sie stets eine andere Route und nahmen bewusst Umwege in Kauf. An diesem frühen Donnerstagnachmittag radelte Ingrid vorneweg. Doch bereits nach kurzer Zeit stellte sie fest, dass sie vermutlich zu häufig nach der Kaffeekanne gegriffen hatte. Ihre Blase reagierte äußerst sensibel auf große Mengen Kaffee. Sie entschied, sich nicht länger zu quälen, sondern möglichst schnell für Erleichterung zu sorgen. An der B 408 gab es ein stilles Plätzchen, nahe am Harener Berg und dicht am Kanal. Dort würde sie hoffentlich im Unterholz ein passendes Örtchen finden.

Dem lauten, hektischen Summen unzähliger Fliegen in der Nachmittagssonne schenkte sie zuerst keine Aufmerksamkeit. Erst als ihr ein penetranter Geruch in die Nase stieg, schaute sie sich genauer um, konnte aber im hohen Gras hockend nichts Außergewöhnliches entdecken. Die Leiche sah sie, als sie Wasser gelassen hatte und im Stehen ihre Unterhose wieder hochzog. Der

Mann lag auf dem Rücken, allerhöchstens einen Meter von ihr entfernt. Ingrids Blick fiel gleich auf den seitlich verdrehten Kopf. Wo eigentlich der Hinterkopf sein sollte, sah sie eine klumpige, mit Fliegen bedeckte, rotbraune Masse. Sie schloss die Augen, begann zu würgen und presste die Hände vor Mund und Nase. Erst, nachdem sie durch das Gebüsch gestolpert war und den Rastplatz fast erreicht hatte, begann sie, aus Leibeskräften zu schreien.

Knut reagierte blitzschnell und ohne sich von dem Wahrheitsgehalt ihrer Beobachtung überzeugt zu haben. Noch während er ihrer gestammelten Erklärung, im Gras liege eine Leiche, lauschte, griff er zu seinem Handy und informierte die Polizei. Anschließend machte er sich auf den Weg, um den grausigen Fund anzuschauen, kam aber bald wieder zurück und setzte sich auf den Gepäckträger seines Fahrrades. Ingrid beobachtete ihn, und ganz plötzlich wurde ihr bewusst, wie sehr und weswegen sie ihn liebte und warum sie ihn geheiratet hatte. Wenn es brenzlig wurde, konnte sie sich auf Knut verlassen. In ihren kühnsten Träumen hätte sie nicht angenommen, dass sie jemals über eine Leiche und damit in einen Mordfall stolpern würde. Fast –! Nur fast!, wies die wahrheitsliebende Ingrid sich zurecht. Sie war ja nicht direkt über den Körper gefallen, sondern nur beinahe. Sie hatte sich neben ihn gehockt. Hätte sie … Einen Schritt weiter nach rechts und einen halben nach vorne …! O Gott! Der Tote im Gras war wahrscheinlich ermordet worden. Bestimmt ermordet! Die Wunde, das riesige blutige, mit Fliegen übersäte … Und das im friedlich ländlichen Emsland.

Knut und sie sahen gerne den Sonntagskrimi und verpassten keine *Aktenzeichen-XY-ungelöst*-Sendung. Bisher hatte Ingrid lediglich geahnt, dass es auch in ihrem Leben gefährlich werden konnte. Jetzt wusste sie es. Wie wohltuend es war, dass sie die Unwägbarkeiten, die ein Menschenleben bereithielt, nicht allein bewältigen musste, sondern jemanden an ihrer Seite hatte, der sie beruhigte und ihr mit liebevollen Worten die Angst nahm. Geradeso wie in diesen langen Minuten des Wartens, in denen Knut ihre Hand hielt und beruhigend auf sie einredete, bis sie endlich ein Martinshorn hörten. Wenig später fuhr ein Fahrzeug auf den Rastplatz.

So schauten sie also aus, die echten Kripobeamten in Zivil, die aus dem wahren Leben, dachte Ingrid. Der jüngere Polizist stellte sich zuerst vor. Er hieß Haila, war Kriminalhauptkommissar, zwischen vierzig und fünfzig Jahre alt, sehr schlank, mit einem schmalen Gesicht, rotblondem Haar und hellen blauen Augen. Er trug Jeans und einen Wildlederblouson, fragte knapp, wo sie die Leiche entdeckt hatten, und marschierte, nachdem er eine Antwort auf seine Frage erhalten hatte, direkt in die Richtung des Leichenfundortes.

Sein Kollege nannte sich zwar Imerhof, sah aber dem Hollywoodschauspieler Cary Grant so ähnlich, dass Ingrid den Atem anhielt und ihre Wangen sich röteten, als sie ihm die Hand reichte. Er stand – in dunkelblauem Sakko und blau-weiß gepunkteter Krawatte – direkt vor ihr, lächelte charmant und bat sie mit einer wohltönenden Stimme, genau zu erzählen, was geschehen sei.

Das Emsland hatte wahrlich einiges an Überraschungen zu bieten, überlegte Ingrid verwundert, zwang sich aber augenblicklich zur vollen Konzentration und berichtete dem sympathischen, gutaussehenden Kommissar detailliert und sachlich, was in der letzten Stunde geschehen war. Sie registrierte, dass mittlerweile Männer in weißen Schutzanzügen den Parkplatz bevölkerten und Absperrungen anbrachten. Eigentlich lief das Geschehen genauso ab, wie sie es aus den sonntäglichen Krimis kannte. Trotzdem hielt sie ihren Blick fast ausschließlich auf Imerhofs Gesicht geheftet und beantwortete freundlich seine Fragen.

*

Heide scheuchte Beates uralten Kater von einer Teakholzliege und machte es sich selbst darauf bequem. Der Kater hieß Samstag, weil Beate ihn an diesem Wochentag aus einem Katzenheim geholt hatte. Früher hatte es in ihrem Umfeld eine Frau Dienstag gegeben, die am Dienstagmorgen die Flure des Studentenwohnheims geputzt hatte, einen Kioskbesitzer, den Beate Sonntag nannte, weil sie ihre Zeitung am Wochenende bei ihm kaufte, und jenen Freitag, den sie an einem Freitagabend kennengelernt hatte. Mit ihm hatte sie ein Verhältnis gehabt. Leider war Herr Freitag ihr nicht treu gewesen und hatte nicht gehalten, was die gleichnamige Figur aus dem Roman *Robinson Crusoe* versprach.

An Beates grauhaarigen Brillenträger Freitag hatte Heide sich erinnert, als der Apotheker Tommy Orthes sie lächelnd in seinem Verkaufsraum begrüßte. Obwohl Orthes seinen Körper unter einem weiten weißen Kittel versteckt gehabt hatte, war nicht zu übersehen gewesen, dass er sehr schlank, fast mager war. Genau wie Beates ehemaliger Liebhaber trug er seine braunen, bereits angegrauten Haare kurz und akkurat geschnitten. Auch das Gestell der imposanten, dunklen Hornbrille, die sein Gesicht sehr schmal erscheinen ließ, war fast identisch mit dem, das Heide an Herrn Freitag aufgefallen war. Modell Honecker, hatte sie damals gedacht. Vermutlich litt der arme Tommy Orthes unter einer Allergie. In Beates Interesse hoffte Heide, dass der Apotheker neben seiner Krankheit nicht auch noch eine heimliche Verlobte oder auswärtige Geliebte vorzuweisen hatte.

Der Brillenträger Freitag aus ihren Jugendzeiten musste Beates Männergeschmack auf eine für sie unerklärbare Weise geprägt haben. Heide hatte zwei seiner Nachfolger kennengelernt, und es erschien ihr ziemlich eindeutig: Beates Männerbekanntschaften verkörperten stets denselben Typus. Sie waren eher mager als schlank, dunkelhaarig, bevorzugten einen korrektem Kurzhaarschnitt, und auf ihrer Nase thronte eine Brille. Während sie sich Beates Liebhaber vor Augen führte, fiel ihr ein, dass sie irgendwann einmal zu ihr gesagt hatte: Wenn dir ein Mann gut gefällt, darfst du dich freuen, dass es im Bauch kribbelt und dir Flügel gewachsen sind. Flieg, sei ein Schmetterling, aber schalte wenigstens ein einziges Mal am Tag deinen Verstand ein. Geh spazieren oder leg dich in die Badewanne und denke gründlich nach. Falls du keinen klaren Gedanken fassen kannst, verreise. Doch verreise allein. Eine räumliche Trennung von dem Mann deiner Träume bewirkt oft Wunder. Glaube mir, nie sind sie so göttlich, wie du es dir einbildest. Keiner deiner Freunde war es bisher. Es waren normale Männer mit durchschnittlichem Aussehen und durchschnittlicher Intelligenz. Nicht einer von ihnen hat es verdient, dass du vor ihm auf die Knie fällst. Als sie diese ziemlich arrogant klingenden Ratschläge erteilt hatte, war sie bereits mit Alexander zusammen gewesen, aber sie hatte ihn noch nicht gut gekannt. Zumindest hatte sie noch nicht den Alexander gekannt, der sie wenig später betrogen hatte.

Momentan lag Beate dem Apotheker zu Füßen. Konnte allein dieser Zustand sie in das emotionale Chaos gestürzt haben, in dem sie versank, immer bemüht, den Kopf oben zu halten, um nicht darin zu ertrinken? Möglicherweise steckte hinter Beates gemischtem Durcheinander – dem inneren und dem äußeren – nicht allein der Apotheker. Vielleicht verbarg sich mehr dahinter. An einen ihrer Liebhaber, einen mittelmäßig begabten Musiker, erinnerte Heide sich, als hätte sie ihn gestern erst gesehen. Beate hatte ihn monatelang in ihrer winzigen Wohnung aufgenommen, ihn bewirtet, für ihn den Kühlschrank gefüllt und ihm obendrein Geld geliehen, das er nie zurückgezahlt hatte. Sie hatte seine Wäsche gewaschen, seine Hemden gebügelt, täglich für ihn gekocht und am Abend seinem Saxofonspiel gelauscht. Ein anderer war regelmäßig mit Beates Auto unterwegs gewesen, ohne jemals den Tank zu füllen. Sie hatte für ihn seitenlange Referate geschrieben, derweil er auf ihrem Bett lag und ihre Zigaretten rauchte. Beate hatte ihr unterwürfiges Verhalten stets mit einer stark ausgeprägten Sehnsucht nach Liebe begründet.

Aufgewachsen mit zwei älteren Brüdern, hatte Heide

früh gelernt, sich durchzusetzen, und auch ihre Fäuste eingesetzt, sobald es ihr notwendig schien. Deswegen hatte ihr schon damals jegliches Verständnis dafür gefehlt, dass Beate wie ein Mäuschen in jede aufgestellte Männerfalle tappte, jedem bebrillten dunklen Kater unbedarft in die ausgebreiteten Arme stolperte und sich von ihm fressen ließ. Energisch schob Heide ihre Überlegungen zu Beates Liebesleben beiseite. Gott sei Dank war sie selbst bisher nur ein einziges Mal auf eines dieser treulosen männlichen Exemplare hereingefallen.

Heide, der konzentriertes, logisches Denken am leichtesten fiel, wenn sie sich in einem heißen Schaumbad aalte, stellte an diesem Nachmittag fest, dass das Faulenzen auf einer Gartenliege ebenso denkergiebig sein konnte wie der Aufenthalt im Badewasser. Sie beschloss, achtsam zu sein und sich der Wahrheit behutsam zu nähern. Einige Puzzleteile in der Vermisstensache Schöllen passten nicht ineinander, andere fehlten. Heide war zwar noch nicht in der Lage, im Einzelnen zu erklären, welche Teilchen nicht ineinandergriffen, aber ihr Instinkt schlug Alarm und verkündete durch ein unangenehmes Kribbeln im Bauch, dass sie vorsichtig sein musste, weil Gefahr drohte. Bei ihrer Arbeit legte Heide stets Wert darauf, die Redensart *Wo du Rauch siehst, ist auch Feuer* nicht zu vergessen, und damit war sie bisher gut gefahren. Dass es rund um Gerald Schöllen kräftig qualmte, würde sogar einem Blinden auffallen. Tante Martha hatte kein gutes Haar an Simones Mann gelassen. Die alte Dame gehörte zu den wenigen Menschen im Dorf, denen Heide auf Anhieb vertraut hatte, ohne sich erklären zu können, warum. Dazu kam Dieters Information über Schöllens Gefängnisaufenthalt. Illegaler Handel mit Doping- und Potenzmitteln war eine nicht zu unterschätzende Straftat.

Die Kidnapper – wenn sie denn tatsächlich existierten – hatten bisher keine Forderungen gestellt, und die Rollen in diesem vermeintlichen Entführungsdrama waren nicht so verteilt, wie man es erwarten durfte. Beate, die nicht direkt betroffen war, verhielt sich, als wäre ihr eigener Ehemann entführt worden. Unterdessen wurde in dem Haus ihrer Schwester Simone laut Musik gehört, herzhaft gelacht und Männerbesuch empfangen, der – zumindest dem Anschein nach – nicht die Eingangstür benutzte. Hatte Simone Schöllen etwa in ihrem Keller eine Leiche vergraben, wie man so treffend sagte? Schließlich wusste Heide aus eigener Erfahrung, dass man dort, wo man Ungewöhnliches vermutete, meistens nur ein wenig buddeln musste, um fündig zu werden. Stellte sich lediglich die Frage, wer die Überraschung ausgraben würde. Die Polizei und damit Dieter oder sie selbst.

*

Michel Haila stand vor dem begrünten Randstreifen, auf dem die Leiche lag, und wartete darauf, dass sein Kollege Karel Friedrichs ihm grünes Licht gab und ihn dichter an den Fundort gehen ließ. Kriminaloberkommissar Friedrichs von der Spurensicherung hatte im Erkennungsdienst das Sagen. Er hatte Bretter auslegen lassen. Jetzt umrundete er den Fundort und fotografierte dabei systematisch erst die Leiche und anschließend die umliegende Fläche. Nachdem er fertig war, reichte er den Fotoapparat an einen Kollegen weiter und winkte Haila zu sich. Beide hockten sich vor den Toten.

Michel, der sich wegen des widerlichen Geruchs den Ärmel seiner Wildlederjacke vor Mund und Nase gehalten hatte, stand auf und steckte die Hände in die Taschen seiner Jeans. »Hast du die Schmeißfliegen in der Wunde am Hinterkopf gesehen, Karel? Ich nehme an, er wurde erschossen. Die Kugel drang von vorne in den Kopf ein und trat hinten wieder aus. Ich bin zwar kein Mediziner, aber ich vermute, die Leiche liegt hier mindestens seit letzter Nacht. Allerdings denke ich auch, dass der Mann bereits seit Tagen tot ist.«

»Wir können im Moment davon ausgehen, dass er sich diese Barbarei nicht selbst angetan hat. Und er ist nicht hier gestorben. Ich gehe jede Wette darauf ein, dass man ihn auf den Grünstreifen gelegt hat, nachdem man ihn getötet hatte«, erwiderte Karel.

»Ja, ich schließe mich deiner Meinung an. Tatort und Fundort stimmen wahrscheinlich nicht überein«, bestätigte Michel.

»Er ist gekleidet, als hätte er gewusst, dass er sterben muss, und sich dafür richtig in Schale geworfen«, grummelte der raubeinige Friedrichs, der nie ein Blatt vor den Mund nahm. »Edelster Zwirn, soweit ich das beurteilen kann. Schau dir das Oberhemd und die Krawatte an. Wenn ich mich nicht täusche, ist das richtig feine Seide. Hinten am Parkplatz haben wir einen schwarzen Lackschuh sicherstellen können, italienische Edelmarke. Könnte ihm gehören. Der linke Schuh fehlt bisher.«

Friedrichs beugte sich über den Toten und begann, die Taschen des dunkelblauen Jacketts zu durchsuchen. In der äußeren rechten Brusttasche fand er ein iPhone. Er hielt es triumphierend hoch und reichte es Haila. »Schau einer an!«

Michel nahm ihm das Handy mit spitzen, behandschuhten Fingern ab, schob es in eine Klarsicht-Schutzhülle und stellte sofort fest, dass es freigeschaltet war. »Das letzte Mal wurde am Montag damit telefoniert. Es wurde eine Mobilnummer angerufen. Sieh nur.«

»Guck einer an!«, knurrte Friedrichs zufrieden, nachdem er einen Blick durch die Hülle auf das Display des Handys geworfen hatte. »Der Tote spricht schon mit uns. Erzählt uns, dass er am Montag, den 11. April, um 10.30 Uhr telefoniert hat.«

Michel machte sich mit konzentrierter Miene weiter an dem iPhone zu schaffen und verkündete wenig später: »Unter der gewählten Nummer ist im Moment allerdings niemand zu erreichen.«

»Ich nehme mir das Handy-Schätzchen gleich heute Nachmittag vor, und dann wollen wir mal sehen, welche Geheimnisse es noch ausplaudert, wenn es von mir gestreichelt wird«, erwiderte Friedrichs, der mittlerweile die Innentaschen des Jacketts abtastete und aus der rechten ein Bündel Geldscheine zog, das von einem Hunderter umwickelt und mit einem Gummiring zusammengehalten wurde. Er steckte die Scheine in eine Plastiktüte und grinste. »O Mann, o Mann. Frag mich nicht, was ich denke.«

»Na, was denkst du?«

»Warum schleppen die Leute so ’ne Masse Knete mit sich rum, wo es doch ’ne Plastikkarte gibt, mit der man sich fast alles kaufen kann?«

»Weswegen oder zu welchem Zweck steckt *Man(n)* Bargeld in dieser Größenordnung ein?«, überlegte Michel Haila laut.

»Keine Ahnung. Wenn ich mit meiner Moni am Monatsende beim Chinesen um die Ecke essen gehe, bin ich so manches Mal froh, dass ich vorher keinen Kredit beantragen musste«, spottete Friedrichs. »Ich will mich nicht zu weit aus dem Fenster hängen, aber einen Raubmord würde ich im Moment fast ausschließen. Wenn wir die Hunderter erst einmal zusammengerechnet haben, dürfen wir wohl über Tausender sprechen. Ich kann mich nicht erinnern, jemals einen solchen Packen Geldscheine in den Händen gehalten zu haben.«

Michel Haila erhob sich und ging vor Friedrichs durch das Gebüsch zurück zum Parkplatz. »Ich informiere Dieter. Er soll selbst entscheiden, ob er seine Fortbildungsveranstaltung vorzeitig abbricht.«

Wilhelm Imerhof hatte sich mittlerweile von Ingrid Langenhaus verabschiedet und kam ihnen entgegen. »Kein Suizid?«

Haila blickte ihn verwundert an. Hatte in der Stimme seines Kollegen Enttäuschung mitgeklungen?

»Wie denn?«, erwiderte Friedrichs. »Hast du ihn dir angeschaut, Wilhelm? Wenn du ihn dir genau ansiehst, weißt du, dass er sich nicht erschossen hat.«

Imerhof schüttelte den Kopf. Er war schon vor einer Stunde nicht in der Lage gewesen, hinter Haila durch die Büsche zu kriechen, um einen Blick auf die Leiche zu werfen. Seine Leni, mit der er im letzten Jahr Rubinhochzeit gefeiert hatte, sollte irgendwann am Vormittag operiert werden, und er wartete seit Stunden ungeduldig auf einen Anruf aus dem Krankenhaus. »Ich habe das Ehepaar Langenhaus befragt«, lenkte er ab. »Frau Langenhaus hat die Leiche aufgefunden.« Wilhelm Imerhof hatte mehr als vierzig Dienstjahre auf dem Buckel, und trotzdem schlugen ihm Situationen wie diese noch immer auf den Magen. Ganz besonders an einem Tag, an dem der Befund eines relativ harmlosen Eingriffs über das Leben der Frau bestimmte, die er liebte. Auf den Anblick vieler Gräuel, die er während seines Dienstes begutachtet hatte, hätte er lieber verzichtet, und viele Sünden, die er in seiner Ehe begangen hatte, bereute er bitter.

Michel, mit dem er über Lenis Krankenhausaufenthalt gesprochen hatte, legte ihm beruhigend die Hand auf den Arm, wandte sich an Friedrichs und fragte: »Okay, gehen wir also davon aus, dass wir es nicht mit einem Freitod zu tun haben?«

»Eine Waffe konnten wir bisher nicht sicherstellen. Außerdem schießt man sich nicht in den eigenen Kopf, ohne sich dabei die Finger schmutzig zu machen«, antwortete Friedrichs fast barsch. Er grinste ironisch. »Hast du Blutspritzer an seinen Händen gesehen, Michel? Ich habe keine entdecken können. Obendrein fehlt ein Schuh. Hinten im Sand haben wir Reifenspuren sichergestellt, ziemlich breite Schluffen, könnten von einem Geländewagen stammen. Bin gespannt, was wir auf diesem unglückseligen Fleckchen Erde noch alles finden werden.«

»Nach der Obduktion wissen wir mehr«, murmelte Wilhelm mürrisch. Eigentlich hatte er sich vorgenommen, einige Tage freizunehmen, ganz gleich wie Lenis Befund ausfallen würde. Doch jetzt durchkreuzte dieses Tötungsdelikt seine Pläne. Damit war ein Kurzurlaub in etwa so absehbar wie das nächste Weihnachtsfest. Sicherlich würde Fuchs seine Fortbildung abbrechen und bereits heute aus Hannoversch Münden zurückkommen. Für den Abend durfte er sich auf eine Dienstbesprechung einstellen.

»Na bitte«, rief Friedrichs. »Wir haben seine Brieftasche aufgespürt, lag einige Meter weiter im Gebüsch. Er heißt Laxhoff! Gunnar Laxhoff, geboren 1961.«

*

Schöllen dachte an seine Ehefrau, als er wach wurde. Sie hieß Simone, nicht Christina. Das war Fakt! Seitdem der Schattenmann ihm zu trinken gegeben hatte, war sein Kopf wieder klarer und spuckte Wissen aus. Simone war es auch gewesen, die die Vornamen ihrer gemeinsamen Töchter ausgesucht hatte. Er fühlte sich für die Erziehung der beiden Gören verantwortlich und duldete in seiner Gegenwart keine Frechheiten und Widerworte. Unglücklicherweise waren die Mädchen dickköpfig – Wildkatzen, die gezähmt werden mussten. Deswegen erschien es ihm geboten, seinen Damen täglich zu zeigen, wer der Herr im Haus war. Wie viel Macht er in dieser Hütte besaß, war ihm bewusst geworden, als einer seiner Entführer ihn völlig unerwartet in die Rippen getreten und sich anschließend auf seine

Hand gestellt hatte. Dabei hatte der Irre von Gerechtigkeit und Sühne geredet.

Merkwürdigerweise zeigten auch die Mäuse seit heute keine Furcht mehr vor ihm. Vorher war es ihm immerhin gelungen, die kleinen Nager für wenige Minuten zu vertreiben, indem er laut schrie oder seine gefesselten Füße anhob und sie schwungvoll auf den Holzboden fallen ließ. Doch mittlerweile hatten seine Mitbewohner sich an das dumpfe Poltern, das seine Schuhe auf dem Boden verursachten, und an sein Brüllen gewöhnt. Auch jetzt provozierten sie ihn, verschwanden hinter den Fußleisten, tauchten wenig später wieder auf und ignorierten ihn sogar, während sie dicht an seinem Körper vorbei oder über ihn hinweg liefen.

Ein kribbelnder, stechender Schmerz zog durch seine Beine und seine Arme. Vielleicht würde er nicht mehr laufen können, wenn man ihn endlich losband. Vielleicht würde er niemals wieder laufen können, dachte Schöllen und begann jämmerlich zu weinen. Vielleicht starben zuerst seine Gliedmaßen ab, dann der Rumpf und ganz zuletzt sein Hirn.

Ab Papa! Du bit böte, un Ichad it lieb! Ab Papa! Du bit böte, un Ichad it lieb!

War Paula, seine Jüngste, zu ihm in die Hütte gekommen? Nein – das konnte nicht sein! Paula war nicht real! Zwar gab es sie, aber sie hielt sich nicht mit ihm in der Hütte auf. Die Mäuse waren da. Sie waren anwesend. Er hatte zu wenig Flüssigkeit zu sich genommen und deswegen sah er Gespenster. Einen winzigen Moment lang hatte er sich tatsächlich eingebildet, seine Tochter säße in der rechten Ecke des Raumes – direkt hinter ihm –

und brabbelte in ihrer Kleinkindersprache und im passenden Rhythmus den Text zu Ravels Bolero, der aus dem Laptop knallte und ihn langsam, aber sicher in den Wahnsinn trieb.

TAM Ta Ta Ta, **Tam** Ta Ta Ta **Tam** Ta **TAM** Ta Ta Ta, **Tam** Ta Ta Ta, **Ta** Ta Ta Ta Ta Ta …

Ab Papa! Du bit böte, un Ichad it lieb!

TAM Ta Ta Ta, **Tam** Ta Ta Ta **Tam** Ta **TAM** Ta Ta …

Er nahm sich vor, die imaginäre Paula zu ignorieren und sich auf die Mäuse zu konzentrieren. Dabei fiel ihm ein, dass seine Tochter Inga vor einigen Wochen beim Mittagessen von einer weißen Maus erzählt hatte, die ein befreundetes Kind mit in den Kindergarten gebracht hatte. Seiner Frau war es nicht gelungen, Ingas Begeisterung in die richtigen Bahnen zu lenken, und als sie sich strikt geweigert hatte, ein Tier dieser Art im Kinderzimmer zu dulden, war das Mädchen frech geworden.

Der Haushalt und das lächerliche Drumherum lagen ausschließlich in Simones Wirkungskreis und waren Weibersache. Schöllen interessierte sich nicht im Geringsten für Tiere. Es sei denn, sie liefen ihm vor die Beine. Daher hatte er es gehalten wie immer. Er hatte Inga ausgeschimpft, bis sie weinte, und er hätte der widerspenstigen Göre liebend gerne einen ordentlichen Klaps auf den Po gegeben, wäre Simone nicht dazwischengegangen.

Ein unerträglicher Durst quälte ihn, und seine Hose, die fast getrocknet war, stank nach Urin. Ihm war schlecht. Wenn sein Blick auf die leere Wasserflasche fiel, die bis in die schräg gegenüberliegende Zimmerecke gerollt war, stiegen ihm Tränen in die Augen. Sein

Rachen war eine klebrige Höhle, seine Zunge dick und schwer. Wie viel Zeit war vergangen, seit er das letzte Mal getrunken hatte? Er dachte an seine Rolex, die er gewöhnlich vor dem Schlafengehen im Safe einschloss und morgens, sobald er aus dem Bad kam, anlegte. Auch an dem Morgen seiner Entführung musste er sie sich umgebunden haben. Deshalb war er sich ziemlich sicher, dass man ihm die Uhr gestohlen hatte. Wie lange hockte er bereits in dem knapp möblierten, dämmerigen Raum, starrte auf den Laptop, auf die leere Wasserflasche oder auf seine braungrauen Hausgenossen? Hundert Mal und öfter hatte er sich gefragt, wovon diese Allesfresser sich in seiner kargen Umgebung ernährten und wo sie sich ihr Wasser holten. Oder konnten sie leben, ohne zu trinken?

Ihm war kalt. Bald würde er erfrieren! Er hatte einen Anzug angehabt, als er am Montag aus dem Haus ging. Darauf würde er, ohne zu zögern, seine Firma verwetten. »Armani – schwarz – Gerald«, nuschelte er, als könnte der Klang seiner eigenen Stimme ihn in seiner Ansicht bestärken. »Du bist dir sicher, Gerald. Den schwarzen Armani, den du dir im letzten Jahr zugelegt hast. Armani – schwarz.« Er trug, wenn er in die Studios fuhr, dunkle Businessanzüge. Zwar nicht maßgeschneiderte, diesen Luxus brachten ihm seine Läden zurzeit nicht ein. Aber er leistete sich das Edelste, das man von der Stange kaufen konnte.

Okay, der erste Schritt war gemacht. Sein Hirn funktionierte. Schlagartig war ihm bewusst, was am Morgen seiner Entführung geschehen war. Er erinnerte sich an die Kleidung, die er getragen hatte, und an seine

Rolex. Sein Aktenkoffer hatte in der Diele gestanden. Er hatte ihn genommen und war wie gewohnt durch den Keller in die Garage gegangen. Und dann? Simone war ihm nachgelaufen. Gut, Gerald! Du hast deine Sinne wieder beisammen! Weiter! Er hatte bereits im Wagen gesessen, als er sie bemerkt hatte. Sie war –? Was? Er wusste es nicht! Prompt fiel ihm ein, dass er am Tag seiner Entführung ein ordentliches Donnerwetter veranstaltet hatte, weil sein blau gestreiftes Hemd nicht aufzufinden gewesen war und Simone die hellblaue Krawatte, die er sich umbinden wollte, nicht aus der Reinigung geholt hatte. Sie hatte, wie es ihre Art war, die Ohren auf Durchzug gestellt, als er ihr begreiflich machen wollte, wie nachlässig und undiszipliniert sie den Haushalt führte. Paula war daraufhin aus ihrem Kinderstuhl gekrabbelt, hatte sich an ihre Mutter geklammert und geflennt: ›Ab Papa! Du bit böte, un Ichad it lieb.‹

Ichad war der Name ihrer neuen Freundin aus der Krabbelgruppe, nahm Gerald jedenfalls an, denn seine Tochter brabbelte seit einigen Wochen ständig von Ichad. Er hatte Simone zum hundertsten Mal gesagt, dass er nicht länger mit anhören könne, wie das Kind beim Sprechen die eigene Zunge runterschlucke. Paula war alt genug und offensichtlich nicht behindert. Simone müsse ihr endlich das Sprechen beibringen, anstatt am laufenden Band mit den Blagen im Wasser rumzuplanschen oder Rutsche zu rutschen.

Im selben Moment hatte Inga – höchstwahrscheinlich absichtlich – ihre Cornflakes über den Frühstückstisch gekippt. Ehe er reagieren und sich in Sicherheit bringen konnte, war die matschige, milchige Kinderpampe über seinen Schoß geflossen. Nachdem er seinen Damen lautstark demonstriert hatte, wer der Chef im Hause war, hatte er ein zweites Mal an diesem gottverdammten Morgen geduscht und sich erneut umgezogen. Jetzt war er entsetzlich hungrig. Bedauerlicherweise war er nach dem häuslichen Desaster weggefahren, ohne zu essen. Oder hatte er gefrühstückt und sich die Heulerei angehört, während er seine Rühreier verspeiste? Nein! Wegen der hysterischen Weibsleute hatte er seine letzte Mahlzeit am Sonntagabend eingenommen. Seit Tagen hatte er keinen Happen gegessen. Sein Magen fühlte sich an wie ein leerer Ballon. Ihm war so schlecht wie nie zuvor in seinem Leben. Er zog seine Beine an und legte die Stirn auf seine Knie. Der Gestank von seinem eigenen Urin stieg ihm in die Nase. Er begann zu würgen, hob den Kopf, spuckte Galle und weinte.

Die Heirat mit Simone war der größte Irrtum seines Lebens gewesen. Leider ein Fehler, der sich schwerlich rückgängig machen ließ, ohne ordentlich in die Taschen zu greifen. Er eignete sich nicht zum Familienvater, und die Ehefrau Simone Schöllen hatte leider nicht gehalten, was die verheißungsvolle, anschmiegsame Geliebte einst versprochen hatte. Statt ihm im verspiegelten Schlafzimmer regelmäßig ein erotisches Sieben-Gänge-Menü zu servieren, kredenzte Simone seit Ingas Geburt einen äußerst dürftigen, mittelmäßigen Sexeintopf.

Seit mehreren Monaten weigerte sie sich sogar, überhaupt mit ihm zu schlafen. Sie hatte, damit er ihr nicht zu nahe kommen konnte, die kleine Paula in Ingas Zimmer verfrachtet und ihr Nachtlager in der rosa Kitschstube aufgeschlagen, die zuvor Paulas Kinderzimmer gewesen war. Deswegen hatte er sich Sonntagnachmittag mit Gewalt holen wollen, was ihm als Ehemann zustand. Doch Simone hatte sich gewehrt wie eine Raubkatze. Es war ihm zwar gelungen, sie ordentlich zu vermöbeln, aber bevor er es ihr hart besorgen konnte, um ihr zu zeigen, wer das Sagen hat, war die Schlampe ihm entwischt. Sie hatte ihm mit voller Kraft in den Unterleib getreten und sich mit den Kindern im Bad eingeschlossen. Paula hatte wieder gebrüllt: ›Du bit böte un Ichad it lieb.‹

Plötzlich fiel ihm ein, dass die beiden Gestalten, denen er unterschiedliche Namen gegeben hatte, um sie auseinanderzuhalten, ihn gezwungen hatten, einen handgeschriebenen Brief vorzulesen. Schattenmann, der grüne Gummistiefel trug, hatte gedroht, und Stiefelmann, der mit den blauen Gummistiefeln, hatte getreten. Leider hatte der Nebel, der einmal sein Gedächtnis gewesen war, den Inhalt des Schreibens verschluckt. Lediglich der Name der Verfasserin war irgendwo dort hängen geblieben, wo ein Hammer ihn laut dröhnend gegen seine Stirn schlug. Christina!, knallte es quälend laut durch seinen Kopf, ehe er in einen unruhigen Schlaf fiel. **Chris**-ti-na **Chris**-ti-na!

*

Kriminalhauptkommissar Fuchs hatte die Abendbesprechung der *MK Dankern* auf 21.00 Uhr festgesetzt. Michel Haila, Anton Trappe, Torben Cinke und Karel Friedrichs, der Spurensucher, saßen bereits am Besprechungstisch, als er eintrat. Wilhelm Imerhof stand allein am Fenster und starrte mit reglosem Gesichtsausdruck nach draußen. Bereits bei seiner Ankunft am Nachmittag war Dieter aufgefallen, dass Wilhelm Sorgen hatte. ›Dein Kollege Wilhelm Imerhof hat einen Tell‹, hatte Heide, die Pokerspielerin, ihm irgendwann verraten. ›Sobald er etwas verbergen möchte, kneift er seine Lippen zusammen und über seiner Nase bildet sich eine Falte. Gib dir etwas Mühe, und du kannst in seinem Gesicht lesen wie in einer Zeitung.‹

Dieter hatte vor nunmehr drei Jahren die Leitung des *FK1* in Lingen – das in der Polizeiinspektion Emsland/Grafschaft Bentheim auch für Tötungsdelikte zuständig ist – übernommen. Er wusste die Fähigkeiten bestimmter Mitarbeiter durchaus einzuschätzen. Deswegen war ihm von Anfang an klar gewesen, mit wem er die Mordkommission besetzen würde.

Sein Stellvertreter Michel Haila, alleinerziehender Vater einer Tochter, hatte seine Frau Barbara bei einem Verkehrsunfall verloren. An ihm schätzte Dieter besonders sein loyales, überlegtes Auftreten und die Fähigkeit, analytisch zu denken.

Anton Trappe, Kriminaloberkommissar, Vater zweier Kinder, galt als typischer Schreibtischhocker, der Akten verschlang und sich gerne darin festbiss, ohne darauf zu achten, ob der Feierabend begonnen hatte. Das Verhältnis zwischen Anton und Wilhelm Imerhof war seit längerer Zeit gespannt. Wilhelm stand in dem Ruf, es mit der ehelichen Treue nicht sehr genau zu nehmen. Vor drei oder vier Jahren hatte er ein Verhältnis mit Antons Frau Gitte gehabt. Anton und Gitte Trappe waren mittlerweile geschieden. Wollte Dieter den Gerüchten im Hause Glauben schenken, war Leni Imerhof Ehekummer gewöhnt. Sie hatte Wilhelms Affäre mit Gitte Trappe hingenommen, wie viele andere zuvor, und ihrem Mann zum wiederholten Mal verziehen.

Mit Torben Cinke und zwei ehemaligen Osnabrücker Kollegen spielte Dieter regelmäßig Skat. Torben war Anfang dreißig und ledig, aber in den resoluten und festen Händen einer sympathischen Grundschullehrerin mit dem Namen Anabel.

»Ich mache es so kurz wie möglich und fasse zusammen, was wir bisher wissen«, begann Dieter, nachdem auch Wilhelm Platz genommen hatte. »Das Opfer heißt Gunnar Laxhoff. Herr Laxhoff ist ein alter Bekannter, der bereits vor Jahren erkennungsdienstlich erfasst wurde. Seine Identität konnte daher anhand seiner Fingerabdrücke zweifelsfrei festgestellt werden. Abgesehen davon hatten wir das große Glück, am Leichenfundort seine Ausweispapiere sicherzustellen. Er wurde erst am letzten Freitag aus der Haft entlassen. Laut Dr. Ulrich durfte Laxhoff seine neugewonnene Freiheit nicht sehr lange genießen. Für die Feststellung des genauen Todeszeitpunkts bedarf es weiterer Untersuchungen, aber wir können vorerst davon ausgehen, dass er seit mindestens zwei Tagen tot ist und nicht länger als fünf. Todesursächlich ist eine Schussverletzung. Die Waffe wurde direkt an der Stirn aufgesetzt.«

Dieter hatte entschieden, die Gesprächsleitung an diesem Punkt an Torben Cinke weiterzugeben. »Erzähle bitte, was wir bisher erfahren haben, Torben«, wandte er sich an seinen jüngsten Kollegen.

Torben fuhr sich mit beiden Händen durch seine kurzgeschnittenen roten Haare. Er war sich nicht sicher, was der Chef genau zu hören wünschte. Nach kurzem Zögern entschied er sich, über den privaten Teil des Gesprächs, das sie miteinander geführt hatten, vorerst zu schweigen und sich kurzzufassen. »Am Montagabend erschien eine Frau Simone Schöllen auf dem Lingener Kommissariat, um eine Vermisstenmeldung aufzugeben. Sie wurde von unserem diensthabenden Kollegen vertröstet. Da Herr Schöllen …«

»Schöllen? Etwa Gerald Schöllen?«, unterbrach Anton Trappe und faltete die Hände vor seinem durchaus beachtlichen Bauch. Die Augen in seinem rundlichen Gesicht drückten Staunen aus.

»Kennst du ihn?«, wollte Karel Friedrichs wissen.

Anton nickte, betrachtete eine Weile scheinbar interessiert seine gefalteten Hände, schwieg beharrlich und strich dann einige Male verlegen über seinen Vollbart.

»Woher kennst du ihn?«, hakte Friedrichs nach.

Anton räusperte sich.

»Nun sag schon. Hast du Geheimnisse?«

»Aus dem Fitnessstudio in Meppen. Schöllen ist dort der Boss«, brummelte Anton.

Der athletische, durchtrainierte Friedrichs begann laut zu lachen und witzelte: »Du gehst ins Fitnessstudio, um zu trainieren, Anton? Donnerwetter! Das hätte ich nie gedacht. Gut, dass ich das jetzt weiß. Ich werde diese Mucki-Buden demnächst meiden. Sie bewirken offenbar das Gegenteil von dem, was ich mir von ihnen erhoffe.«

Anton Trappes Blutdruck stieg auf über zweihundert, und sein Gesicht wurde knallrot. Irgendwann wird er uns in dieser Runde vom Stuhl kippen, weil ihn der Schlag getroffen hat, dachte Dieter.

»Frau Schöllen erschien also am späten Montagabend auf dem Revier und wollte eine Vermisstenmeldung aufgeben«, setzte Torben ein zweites Mal an.

»Ich begreife die Zusammenhänge nicht«, murmelte Wilhelm. »Unser Toter heißt nicht Schöllen. Er heißt Laxhoff.«

»Wir haben erfahren, dass Laxhoff und Schöllen Halbbrüder sind«, erklärte Torben.

»Da haben wir ein bisschen viele Zufälle, und das verheißt nichts Gutes«, sagte Wilhelm.

»Können wir die Spekulationen bitte außen vor lassen? Wir sind hier nicht in der Lotterie, Imerhof«, giftete Anton.

Er würde keine Hahnenkämpfe mehr in seinem Team dulden, beschloss Dieter. Die Affäre zwischen Trappes Frau und Wilhelm lag mindestens drei Jahre zurück. Entweder Trappe bekam seine Emotionen in den Griff, oder er würde für den Querkopf eine Aufgabe außerhalb der MK suchen. Und das so schnell wie eben möglich.

»Es gibt noch eine Verbindung zwischen Laxhoff und Schöllen, die für uns äußerst interessant ist, Anton. Die Mobilnummer, die zuletzt von Laxhoffs Handy angewählt wurde, konnte eindeutig Gerald Schöllen zugeordnet werden«, sagte Michel Haila. »Und angerufen wurde am letzten Montag um 10.30 Uhr.«

Torben klopfte mit den Fingern auf die Tischplatte,

ließ seinen Blick umherschweifen und vermied es, Anton oder Wilhelm anzusehen. Wilhelm war zwar ein Schwerenöter, aber Torbens Sympathien lagen eindeutig bei ihm und nicht bei dem stets schlechtgelaunten Trappe. Unentschlossen suchte Torben in Dieters Miene nach einem Zeichen. Was genau sollte er den Kollegen erzählen und was besser erst einmal für sich behalten? Die Situation erschien ihm äußerst bedenklich. Fast bedauerte er den Chef. Er war froh, dass seine Anabel sich mit den Kindern fremder Leute beschäftigte und nicht den geringsten Wert darauf legte, ihm während seiner beruflichen Tätigkeiten über die Schulter zu schauen. Seine Süße war glücklich, solange er über seine Polizeiarbeit kein Wort verlor. Tötungsdelikte waren – so behauptete sie – entsetzlich gruselig und raubten ihr sogar dann den Nachtschlaf, wenn sie sich nur einen Krimi im Fernsehen angesehen hatte.

Dieter wurde auf der Dienststelle der *Kripo-Fuchs* genannt. Mit der Folge, dass man von seiner Lebensgefährtin – selbstverständlich ausschließlich hinter vorgehaltener Hand – als die *Füchsin* sprach. Vor allen Dingen zerriss man sich das Maul darüber, dass Frau von der Heide die unbequeme Angewohnheit besaß, ständig dort zu sein, wo sie nicht allein dem Chef in die Quere kam, sondern auch seinen Kollegen. Die Schreibkraft, Frau Moltke, die gerne viel und lange redete, sorgte stets dafür, dass die Flut der Geschichten mit dem Leitthema Fuchs nicht endete. Torben war sich ziemlich sicher, dass sie Dieter insgeheim zu ihrem Schwarm erkoren hatte. Sie erinnerte ihn an seine Großtante Agnes, die zu Lebzeiten über die Berühmtheiten der Regenbogenpresse gesprochen hatte, als wäre sie mit jeder einzelnen davon befreundet. Dieser Umstand hatte einmal dazu geführt, dass der kleine Torben sich erkundigt hatte, wer denn die nette Silvia von Schweden sei, weswegen sie so glücklich ausschaue und in welchem verwandtschaftlichen Verhältnis Tante Agnes zu ihr stehe.

Dieter Fuchs erwiderte Torbens Blick, nickte ihm zu und grinste. »Nur zu, keine Hemmungen, sprich weiter, Torben. Ich bin privaten Kummer gewöhnt.«

Torben fuhr zögernd fort. »Na gut, äh, die Situation stellt sich wie folgt dar ...«

»Lange Rede, kurzer Sinn«, unterbrach Dieter ihn. »Frau von der Heide rührt in unserem Süppchen, ohne bisher davon zu wissen. Ich bin darüber informiert, dass sie beauftragt wurde, die Suche nach dem vermissten Gerald Schöllen aufzunehmen. Seitdem befindet sie sich auf einer Recherchetour durch das Emsland. Mir ist außerdem bekannt, dass sie heute Nacht einen Zwischenstopp bei Schöllens Schwägerin Beate Buttenstett einlegt.«

Wilhelm blickte gedankenverloren an die Decke, Torbens Gesicht hatte sich ein wenig gerötet, und Anton schüttelte missbilligend den Kopf.

Friedrichs griente. »Hut ab! O Mann, o Mann! Bin ich froh, dass meine Moni den Leuten die neusten Tanzschritte beibringt, anstatt mir ständig auf den Füßen rumzulatschen«, raunte er seinem Tischnachbarn Torben zu und fing sich dafür einen äußerst missbilligenden Blick ein. Karel ignorierte Dieters gekräuselte Stirn und fügte laut hinzu: »Da hat die gute Frau Moltke in den nächsten Tagen einiges zu erzählen.«

Torben erinnerte sich gut daran, dass sie schon bei der Ankunft des neuen Chefs nette Details aus seinem Lebenslauf und aus dem seiner Freundin zu berichten gewusst hatte. Von wem die beredte Dame ihre Auskünfte bezog, hatte bisher niemand von ihnen herausgefunden. Für einen besonderen Lacherfolg hatte seinerzeit die Information gesorgt, die Detektivin Frau von der Heide habe sich zwar nach dem Abitur für den Polizeidienst beworben, aber den Sporttest nicht erfolgreich bestanden.

Der Frauenkenner Friedrichs, der seiner Monika absolut treu war und außer Haus lediglich mit den Augen genoss, hatte sich sehr bald ein rein äußerliches Urteil über die Füchsin bilden dürfen und ihr auf der Stelle eine glatte Zehn zugebilligt. Auf seiner Frauenskala entsprach das der Höchstpunktzahl. Damit hatte er sie in der Bewertung seiner geliebten Monika gleichgestellt, was äußerst selten geschah.

»Michel und ich besuchen morgen Simone Schöllen«, sagte Dieter. »Anton und Torben, ihr übernehmt den Innendienst und beschäftigt euch mit Laxhoffs beachtlichem Strafregister. Ihr wisst schon, das Übliche! Wo hat er eingesessen, wann und mit wem? Was hat er nach seiner Entlassung getrieben? Hat er eine Wohnung oder ein Hotelzimmer angemietet? Ihr schickt zwei Leute raus, die sich rund um die Fundstelle der Leiche umhören. Vielleicht finden sie jemanden, dem zur fraglichen Zeit ein Fahrzeug aufgefallen ist.«

»Das kann ich mir nicht vorstellen. In dieser gottverlassenen Gegend wohnt niemand«, brummelte Anton.

»Die Tankstellen, Videoaufzeichnungen usw. sehen

wir uns an, sobald Karel uns sagen kann, von welchem Fahrzeug die Reifenabdrücke stammen«, entschied Dieter. Eigentlich hatte er sich vorgenommen, nach der Besprechung Heide anzurufen, um sie über die veränderte Situation in der Vermisstensache Schöllen zu informieren. Jetzt verwarf er seinen Vorsatz. Schließlich war exakt das eingetreten, was er bereits gestern Abend befürchtet hatte. Sie fischte wieder einmal in seinem Teich und ließ ihn vor seinen Kollegen und vor der ganzen Welt dastehen wie einen Vollidioten.

*

Helen rief an, als Heide mit Simone und Beate im Wintergarten vor Platten und Schüsseln voller Essen saß. Simone hatte sofort nach ihrer Ankunft ein Familienalbum präsentiert und mit jedem Foto auf jeder einzelnen Seite demonstriert, dass Heide eine glückliche, gutsituierte Familie betrachten durfte. Nachdem das Album durchblättert war, wusste Heide, dass der fast schwarzhaarige Gerald Schöllen ebenso fotogen war wie seine bildhübsche blonde Frau und seine ebenso entzückend aussehenden, niedlichen Töchter. Er lächelte aus einem gutgeschnittenen, gebräunten Gesicht freundlich in die Kamera, zeigte dabei blendend weiße Zähne und einen durchtrainierten, wohlproportionierten Körper.

Anschließend hatten sie über die Entführung gesprochen und darüber das Essen vergessen. Simones Töchter, Paula und Inga, waren bei ihrer Ankunft übermüdet gewesen. Ihre Mutter hatte sie ins Wohnzimmer getragen, Inga auf das Sofa gelegt, Paula ein Bettchen auf zwei zusammengeschobenen Sesseln hergerichtet und eine *Pipi-Langstrumpf*-Kassette eingelegt, die jetzt immer weiter lief.

Heide schob Simones Fotoalbum zur Seite, als *Miss Marple* zu singen begann. Sie holte das Handy aus ihrer Handtasche und ging damit in den Garten. Erst nachdem sie auf einer Bank Platz genommen hatte, von der aus sie den hellerleuchteten Wintergarten sehen konnte, nahm sie den Anruf entgegen. Helen war ehrgeizig. In der Regel ließ sie sich nicht von vorgegebenen Bürozeiten durch den Tag leiten, sondern beendete ihre Arbeit, sobald sie der Meinung war, ein ausreichendes Pensum erfüllt zu haben. Heide, die schnell bemerkt hatte, dass Helen, genau wie sie selbst, zu den Menschen gehörte, die sich im freien Lauf und ohne Zügel am leichtesten, am schnellsten und am sichersten fortbewegten, ließ sie gewähren.

An diesem Donnerstag hatten Helens Recherchen im Fall Gerald Schöllen sie gegen acht Uhr am Abend ans Ziel geführt. Allerdings erst, nachdem sie sämtliche ihr zur Verfügung stehenden Möglichkeiten ausgeschöpft hatte. Mit der Auskunft eines ehemaligen Arbeitskollegen, Gerald Schöllen sei bis zu seinem zehnten Lebensjahr in einem kleinen Dorf in der Grafschaft Bentheim zur Schule gegangen, gelang ihr der Durchbruch. Von da an purzelten ihr die Informationen wie von alleine zu. Bald konnte sie in Gerald Schöllens Biografie lesen wie in einem offenen Buch.

»Hallo Chefin«, meldete sie sich, noch bevor Heide sie begrüßen konnte. »Es hat lange gedauert! Tut mir leid. Das Wichtigste zuerst: Gerald Schöllen hat einen

Halbbruder. Er heißt Gunnar Laxhoff und ist – salopp formuliert – ein ziemlich schlimmer Finger.«

»Verstehe«, erwiderte Heide und beobachtete, während sie Helens Stimme lauschte, interessiert Beate und Simone. Sie sprachen angeregt miteinander. Simone zündete zwei Zigaretten an und gab eine an ihre Schwester weiter. Dann erhob sie sich, holte die Rotweinflasche von einem Servierwagen, schenkte sich und auch Beate hastig ein und brachte die Flasche zurück. Simone war nicht nur jünger und hübscher als Beate. Sie wirkte mit den gelockten, blondierten Haaren, die ihr über die Schulter fielen, weicher als ihre Schwester und unterschied sich von ihr durch eine ruhigere Gestik und sanftere Stimme. Beide Frauen kauften wahrscheinlich die gleiche Kleidergröße, und auf den ersten Blick ähnelten sie sich, obwohl sie einen ganz unterschiedlichen Stil hatten. Simone trug eine schwarze, sehr elegant geschnittene Hose zu sandfarbenen hohen Pumps und einem gleichfarbigen, modischen Kaschmirpullover, der ihr nur knapp bis zur Taille reichte. Beate bevorzugte verspielte, lange weite Röcke aus blumigen Stoffen. Heute hatte sie sich für einen blauen Rock entschieden, bedruckt mit weißen Margeritenblüten, und dazu ein enges weißes Shirt und flache Sandalen angezogen. Während Heide die Abendsonne genossen hatte, war Beate in einem der Erdgeschosszimmer verschwunden und mit frisch gewaschenen Haaren und lackierten Nägeln erst wieder aufgetaucht, als das Essen gebracht wurde.

»Hörst du mir eigentlich zu, Heide?«, fragte Helen durchs Telefon.

»Selbstverständlich! Du sagtest, Gerald Schöllen habe einen Halbbruder.«

»Er heißt Gunnar Laxhoff. Die Mutter der Brüder verdiente ihr Geld als Prostituierte. Sie starb 1988.«

»Verstehe.«

»Zu diesem Zeitpunkt war Gerald siebzehn, sein Bruder zehn Jahre älter. Gunnar Laxhoff kam wiederholt mit dem Gesetz in Konflikt und verbüßte eine langjährige Haftstrafe wegen eines bewaffneten Tankstellenüberfalls.«

»Tatsächlich! Konntest du erfahren, wo er zurzeit lebt, Helen?«

»Nein, leider nicht, aber ich arbeite dran.«

»Ja, mach das.«

»Seinen Halbbruder, Gerald Schöllen, geboren 1971, hat man 1985, also im Alter von dreizehn Jahren, in einem Heim untergebracht. Schöllen ist vorbestraft wegen unzulässigem Handel mit Doping- und Potenzmitteln.«

»Ja, das habe ich bereits erfahren.«

»Soll ich großflächig weitergraben, Heide? Und vornehmlich Laxhoff und Schöllen unter die Lupe nehmen?«

»Unbedingt. Ich stolpere hier von einer Schwindelei in die nächste. Schöllens Ehefrau Simone hat mir vor einer guten Stunde versichert, ihr Mann hätte keine Familie mehr, seine Eltern wären tödlich verunglückt, als er zehn Jahre alt war. Geschwister gäbe es auch nicht, und die Tante, die ihn großgezogen hätte, wäre bereits vor Jahren verstorben.«

»Was möchtest du wissen? Oder besser gesagt, über wen möchtest du etwas erfahren?«

Thomas Orthes, Apotheker. Er hat die Apotheke seiner Tante gepachtet. Sie heißt Wanner, Marianne Wanner. Außerdem interessieren mich die Lübheins. Davon gibt es mehrere im Ort. Frederik, Ferdinand und Frank.«

Helen kicherte. »Willst du mich veräppeln?«

»Natürlich nicht!«, frotzelte Heide. »Ich möchte wissen, ob die Lübheins in Osnabrück eine Filiale eröffnet haben. Sie backen einen bemerkenswert leckeren Bienenstich.«

»Tatsächlich! Sehr interessant!«

»Ich würde es nicht wagen, dich auf den Arm zu nehmen. Du würdest mich köpfen, sobald ich nur mit einem Fuß über die Schwelle deines Büros trete.«

»Verscheißern kann ich mich allein«, brummelte Helen und fügte kichernd hinzu: »Hammer ist heute bereits getreten.«

»Bitte?«

»Dein Verflossener, der Staatsanwalt Alexander Hammer, ist heute über die Schwelle getreten, hat einen Strauß für dich abgegeben und etwas von *Ken-nen-lern-Tag* gefaselt.«

»Ich werde ihn anrufen und mich bei ihm für die Blumen bedanken.«

»Warum bist du immerzu höflich? Vergiss dieses überflüssige Dankeschön. Aber du tust ja ohnehin, was du willst«, murrte Helen.

»Und ich habe im Dorf eine ›Tante Martha‹ getroffen. Leider kenne ich ihren vollen Namen nicht. Ich habe ihr versprochen vorbeizuschauen, ehe ich zurückfahre. Bei der Gelegenheit werde ich mich nach ihrem Nachnamen erkundigen. Allerdings ist von ihr nichts Böses zu erwarten. Sie ist eine sehr nette, ältere Dame. Jetzt die interessanteste Information, liebste Helen. Hier kann ich wenig ausrichten. Deswegen arbeite ich von zu Hause aus weiter.«

»Du kommst bereits morgen? Das ist fein!«

»Frau Simone Schöllen spielt die Hauptrolle in dem Theaterstück *Mein Mann liebt mich sehr*, und ihre Schwester Beate unterstützt sie als Souffleuse. Den ersten Akt haben sie soeben beendet, aber ich denke, sie sollten ihn wiederholen und dem Stück einen anderen Namen geben.«

»Wie willst du es nennen?«

»*Mein Mann verprügelt mich.*«

»Schau einer an! Das ist interessant. »

»Die Hauptdarstellerin trägt das falsche Kostüm. Es ist zu kurz. Wenn sie nicht will, dass die Wahrheit ans Tageslicht kommt, sollte sie ihren Körper besser verhüllen. Sobald sie die Arme hebt und ihr Pullover hochrutscht und den Rücken frei gibt, zeigen sich die Spuren einer Misshandlung. Blaue Flecken und Blutergüsse passen nicht zu dem Titel *Mein Mann liebt mich sehr.*«

»Wie recht du hast.«

»Tschüs, Helen.«

»Schlaf gut, Chefin.«

Was geschieht hier, überlegte Heide, während sie Simone und Beate, die sich noch immer in dem hellerleuchteten Wintergarten aufhielten, nicht aus den Augen ließ. Die Schwestern saßen einander gegenüber. Beate strich mit gleichmäßigen Bewegungen über Simones Arm und redete mit gerötetem Gesicht auf sie ein. Heide steckte *Miss Marple* seufzend in ihre Hosentasche und ging ins Haus.

Als sie den Wintergarten betrat, blickte Beate erschrocken auf und verstummte. Heide setzte sich zurück an den Esstisch. »Ich werde mich morgen von Tante Martha verabschieden und mittags zurück nach Osnabrück fahren.«

»Aber ... du hast mir versprochen, Simone zu helfen und ... Was willst du bei Tante Martha?«, stotterte Beate.

»Ich werde von zu Hause aus weiterarbeiten. Hier kann ich nichts mehr ausrichten.« Sie wandte sich an Simone. »Falls du am Sonntag noch kein Lebenszeichen von deinem Mann hast, wendest du dich noch einmal an die Polizei.«

»Er ist tot. Das fühle ich.«

»Tot!«, echote Heide. »Du fühlst, dass er tot ist. Wie fühlt es sich an, zu wissen, dass der Mann, der einen verdrischt, nicht mehr lebt?«

»Gerald hat mich noch nie geschlagen. Er liebt mich«, murmelte Simone.

Heide stand auf, stellte sich hinter Simone, fasste deren Pullover am Taillenbund und zog ihn so weit hoch, dass die Blutergüsse zu sehen waren. »Gib dir keine Mühe. Ich habe bereits zu viele Frauen kennengelernt, die von ihrem Ehemann verprügelt wurden. Die blauen Flecken habe ich zufällig gesehen, als du für deine Kinder die Bettchen im Wohnzimmer hergerichtet hast. Du hast dich gebückt, und dabei ist dein Oberteil verrutscht.«

Während ihrer beruflichen Tätigkeit duldete Heide weder Halbwahrheiten noch das Verdrehen von Tatsachen. Lügen, ganz gleich aus welchem Grund sie vorgebracht wurden, vereitelten ihre Arbeit, zögerten den Erfolg hinaus oder verhinderten ihn sogar. Auch von Simone wollte sie sich nicht in die Irre führen lassen. Dass ihr betont unschuldig dreinblickendes Gegenüber genau dieses versuchte, fühlte sie ganz deutlich. Sie erhob sich, lächelte und wandte sich an Beate. »Den Tisch räumt ihr bitte allein ab. Ich bin müde und werde jetzt schlafen.«

*

Da ihre Gastgeberin nur das Erdgeschoss bewohnte, hatte Heide sich im Obergeschoss eines von drei leerstehenden Zimmern aussuchen dürfen. Sie hatte sich, ohne großartig darüber nachzudenken, für Beates Jugendzimmer entschieden. Jetzt stand sie in dem ungemütlichen Raum, sah sich unschlüssig um und wünschte sich weit fort. Sie griff nach der Bettwäsche, die ihre Bekannte auf einen braungestrichenen Holzstuhl gelegt hatte, und begann, ein altmodisches, dickes Federbett in einen Bezug zu pfropfen, der ihr viel zu eng für die unförmige Decke erschien. Ehe sie sich das Kopfkissen vornehmen konnte, hörte sie Beates Stimme. Sie ging zum Fenster und blickte auf die Einfahrt. Die beiden Schwestern eilten fast fluchtartig zu Simones Auto, dem roten Audi, den Heide bereits in Schöllens Garageneinfahrt gesehen hatte. Jede hielt ein Kind, eingewickelt in eine Decke, auf dem Arm. Nachdem ihre Töchter im Auto saßen, umarmte Simone Beate flüchtig. Wenig später ließ sie den Audi rückwärts über die Ausfahrt rollen.

Heide wollte ihren Fensterplatz gerade verlassen,

als sie bemerkte, dass Beate nicht zur Haustür ging, sondern zum Fahrradschuppen lief, ihn betrat, einen Moment später ein Fahrrad hinausschob und das hellbeleuchtete Grundstück verließ. Erst als die Bewegungsmelder sich ausgeschaltet hatten und der Garten in völliger Finsternis lag, zog Heide den Vorhang vor und schaltete im Zimmer das Licht an.

Nachdem auch das aufgeblähte Kopfkissen ein rotweißes Kleid bekommen hatte, versuchte sie einige Male erfolglos, Dieter auf seinem Handy zu erreichen. Sie sprach auf die Mailbox und bat um einen baldigen Rückruf. Bei Alexander hatte sie mehr Glück. Er nahm ihren Anruf so schnell entgegen, dass man meinen konnte, er habe nur darauf gewartet. Am Klang seiner Stimme bemerkte sie gleich, dass ihn irgendetwas bekümmerte. Sie verkniff sich die Frage nach seinem Wohlbefinden und beschloss, das Gespräch kurz zu halten und seine Gemütslage, so weit wie eben möglich, zu ignorieren. Alexander hatte schon während ihres Zusammenlebens durchaus zur Schwermut geneigt. Trotzdem war er – bis zu dem Moment, in dem sie erfahren hatte, dass er sie auf die hinterhältigste Weise betrog – ihr Fels in der Brandung gewesen, ihr Mann fürs Leben, zuverlässig, stets präsent, immer hilfsbereit.

»Ich danke dir für den Blumenstrauß, Alex«, begrüßte sie ihn artig und betont fröhlich, konnte es sich allerdings nicht verkneifen hinzuzufügen: »Allerdings wundere ich mich ein wenig, dass dir dieses Datum noch immer gegenwärtig ist.«

»Wie könnte ich den Tag, an dem wir uns kennengelernt haben, jemals vergessen«, erwiderte ihr Ex, in einer

Tonlage, die früher ihr Herz zum Schmelzen gebracht hätte. Heide atmete tief durch, schloss die Augen und zählte bis zehn, um wieder ruhiger zu werden. Ganz sachte, aber beständig hatte sich, während er ihr durchs Telefon schöntat, der altbekannte Groll über seinen Verrat zurückgemeldet. »Ich bin sprachlos ...«, murmelte sie und presste sofort die Lippen aufeinander, damit ihnen kein weiteres Wort entwich. Wollte sie vermeiden, dass die Erbitterung sie Sätze sagen ließ, die sie spätestens morgen bedauern würde, musste sie ihr Temperament zügeln. Sie zählte ein zweites Mal bis zehn, ehe sie bemüht gelassen sagte: »Ich nehme an, dass zwei Menschen ein und derselben Situation durchaus unterschiedliche Bedeutung zumessen können. Für mich war der Tag, an dem wir uns das erste Mal sahen, nicht besonders wichtig.« Damals war sie noch mit Dieter zusammen gewesen. Erst Wochen später hatte sie sich von ihm getrennt.

»Es gibt Begebenheiten, die sich auf ewig einprägen, Heide. Dazu gehört für mich unser *Ken-nen-lern-Tag.*«

»Es gibt tatsächlich Begebenheiten, die sich auf ewig einprägen«, wiederholte sie bissig, mit der Betonung auf den Wörtern *tatsächlich* und *ewig*. Währenddessen führte sie sich die beschämende, erniedrigende Situation seines Verrates vor Augen. Sah ihr Schlafzimmer, das Bett im Dämmerlicht, Alexanders überraschtes, entgeistertes Gesicht, seine Hände auf Patricias milchig weißer Haut, Patricias Brüste und ihre langen Beine, die sich wie Tentakel um seinen Körper gelegt hatten.

»Du wolltest mir damals nicht verzeihen, und du willst es auch heute nicht!«, resümierte er.

»Ich möchte mit dir über Beate Buttenstett sprechen und nicht über unsere Vergangenheit«, wich Heide aus und kam zum eigentlichen Grund des Anrufs. Sie fragte ihn, ob ihm die Namen Schöllen und Laxhoff ein Begriff seien, und erhielt den überflüssigen Ratschlag, Helen in den Presseberichten der neunziger, möglicherweise auch der achtziger Jahre nach den Initialen G. L. suchen zu lassen. Heide schenkte sich die flapsige Bemerkung, sie könne auf derlei Belehrungen verzichten, da Helen das für gewöhnlich zuerst in Angriff nahm. Sie beschloss, das unerfreuliche Gespräch schleunigst zu beenden.

»Bis bald, Alexander.«

»Ich würde dich gerne treffen, Heide«, bat Alexander in einem weichen Ton, den sie nur zu gut kannte und dem sie früher gerne nachgegeben hatte.

»Ich bin in den nächsten Tagen sehr beschäftigt«, ergriff sie die Flucht und betete insgeheim, dass er endlich begriff. Auf gar keinen Fall wollte sie ihn wiedersehen.

»Patricia und ich werden uns trennen.«

»Oh!«, entfuhr es Heide. »Das tut mir leid!«

»Unsere Ehe ist gescheitert. Wir befinden uns momentan ... wie sagt man? Wir befinden uns in einem Rosenkrieg.«

»Tatsächlich?«

»Ich hätte gerne persönlich mit dir gesprochen, Heide. Ich brauche deinen Rat.«

»Ich kann dir nicht helfen«, erwiderte sie und fügte im Stillen hinzu: Und ich will dir nicht helfen. Schlagt euch nur die Köpfe ein. Ihr habt es beide verdient! Wer hat mir beigestanden, nachdem ich dich und deine Patricia aus meinem Schlafzimmer verscheucht hatte?

»Der Streitpunkt zwischen uns betrifft ihre Zwillingstöchter«, führte Alexander weiter aus.

»Es sind ihre Töchter und nicht deine«, entfuhr es Heide kühl.

»Ich habe die Mädchen adoptiert. Trotzdem beansprucht Patricia das alleinige Sorgerecht.« Alexander klang weinerlich.

»Wie gesagt, Alex. Ich kann dir nicht helfen. Du musst dieses Problem mit Patricia klären. Ich bin sehr müde und würde jetzt gerne schlafen.«

»Sie verlangt, dass ich weiterhin Unterhalt für die Kinder zahle. Bist du nicht auch der Ansicht, dass mir in diesem Fall ein gemeinsames Sorgerecht zusteht?«

»Falls du dieses Problem nicht mit Patricia besprechen kannst, solltest du dich darüber mit einem Fachanwalt austauschen. Ich bin der falsche Ansprechpartner«, wehrte sie energisch ab.

»Hast du nie bedauert, dass du uns damals keine zweite Chance gegeben hast? Unsere Beziehung wäre es wert gewesen«, fragte Alexander wehleidig.

Heides Zorn, der fast in Mitleid umgeschlagen war, kehrte zurück. »Ich musste uns keine zweite Chance geben, mein Lieber. Nicht ich bin fremdgegangen, du bist derjenige gewesen, der unsere Beziehung aufs Spiel gesetzt hat. Und zu dir, Alex, habe ich kein Vertrauen mehr, werde es niemals wieder haben.«

»Ich möchte, dass wir einmal in Ruhe miteinander reden, Heide. Ich denke, es ist ...«

»Gute Nacht, Alex!«, schnitt sie ihm das Wort ab.

»Gute Nacht, Heide«, klang es resigniert und leise durch den Hörer.

Obwohl sie sich dagegen wehrte, berührte Alexanders Kummer sie. Er tat ihr leid. Die Frage, ob sie mittlerweile mit ihm verheiratet wäre, hätte er Patricia nicht kennengelernt, wollte sie sich nicht stellen. Insgeheim vermutete sie, dass er die Töchter seiner neuen Frau wahrscheinlich genauso gerne gehabt hatte wie sie selbst. Jetzt waren sie seine Kinder und verkörperten damit alles, was er sich immer gewünscht hatte. Vermutlich hatten sie Alexander eine Weile vergessen lassen, dass er nie eigenen Nachwuchs haben würde.

*

Beate stellte ihr Fahrrad hinter der Apotheke ab und nahm Tommys Haustürschlüssel aus ihrer Rocktasche. Noch ehe Simone sich verabschiedet hatte, war Beates Sehnsucht nach ihm übermächtig geworden. Ohne eine Sekunde darüber nachzudenken, hatte sie sich, gleich nachdem ihre Schwester gefahren war, auf ihr Fahrrad gesetzt hatte und war losgeradelt. Vor lauter Vorfreude auf eine gemeinsame Nacht mit ihm hatte sie vergessen, ihre Strickjacke anzuziehen. Jetzt fror sie erbärmlich, und Gänsehaut überzog ihre nackten Arme und Beine. Sie ärgerte sich einen kurzen Moment über die eigene Nachlässigkeit, vergaß ihren Unmut jedoch gleich wieder, als sie bemerkte, dass in seiner Wohnung kein Licht mehr brannte. Tommy war ein Morgenmensch. Gewöhnlich war er bereits in aller Herrgottsfrühe auf den Beinen, ging dafür aber zeitig schlafen. Dass er bereits im Bett lag, kam ihren Plänen entgegen. Sie würde ihn überraschen und die Initiative ergreifen. Nichts hasste sie mehr als den Augenblick der Ungewissheit, in dem sie mit klopfendem Herzen gezwungen war, darauf zu warten, dass er sie bat, die Nacht mit ihm zu verbringen.

Als sie die Haustür aufgeschlossen hatte und die Treppe zu seiner Wohnung hinaufstieg, schlug ihr der antiseptische Geruch entgegen, den sie insgeheim Tommys Rasierwasser nannte. Er desinfizierte nicht nur in kurzen Zeitabständen sein Bad und die Gästetoilette. Auch die Fußböden und die Möbel wurden regelmäßig von ihm behandelt, um jedem noch so unbedeutenden Keim den Garaus zu machen. Beate betrat die Diele, streifte ihre Schuhe ab, tastete sich im Dunkeln durchs Wohnzimmer und schlich in sein Schlafzimmer. Hier zog sie sich aus, hängte ihre Kleidung so sorgfältig, wie er es stets forderte und es in der Dunkelheit überhaupt möglich war, auf einen Stuhl, ertastete mit beiden Händen das Bettgestell, die Decke und legte sich zu ihm. Tommy hatte einen leichten Schlaf. Sie wusste, dass er sie längst gehört hatte, aber er bewegte sich nicht, stellte sich lange schlafend, ganz gleich wie und wo ihre Hände seinen Körper berührten. Erst als sie die Hoffnung fast aufgegeben hatte, zeigte er ihr, dass sie ihm willkommen war.

*

Heide hatte schon mehrere Male ohne Erfolg versucht, Dieter zu erreichen. Sie sprach erneut auf seine Mailbox, bat wieder um einen Rückruf und entschied, sich vor dem nächsten Versuch eine Dusche zu gönnen. Doch wo befand sich das Bad? Beate hatte ihr zwar drei Gästezimmer gezeigt, aber bei der Besichtigungstour das Badezimmer vergessen. Heide holte ihren Kosmetikbeutel und ein Handtuch aus ihrer Reisetasche und betrat die beleuchtete, fast quadratische Diele, deren Wände wie die des Treppenaufgangs mit den unterschiedlichsten Fotografien übersät waren. Am Nachmittag hatte Beate erzählt, ihr Vater wäre ein leidenschaftlicher Hobbyfotograf gewesen.

Die beiden anderen Gästezimmer befanden sich direkt an der Treppe, das wusste Heide sicher. Die mittlere der gegenüberliegenden Türen führte in den Raum, den sie bewohnte. Also würde sie das Ersehnte vermutlich links oder rechts neben ihrem Zimmer finden. Heide entschied sich für die linke Tür, öffnete sie, betätigte den Lichtschalter und unterdrückte einen Fluch, als sie begriff, wo sie sich befand. Sie war augenscheinlich in das Allerheiligste des verstorbenen Herrn Buttenstett eingedrungen und stand in einer Schleuse, die verhindern sollte, dass beim Betreten der Dunkelkammer von außen Licht einfiel.

Heides Bruder Christian, der nur wenige Jahre älter war als sie, hatte sich während seiner kreativen Phase eine kurze Zeit mit der Kunst des Fotografierens und dem Entwickeln seines Bildmaterials beschäftigt. Damals hatte sein pubertäres, wichtigtuerisches Gehabe ordentlich an ihren Nerven gezerrt. Sie hatte sie gehasst, diese ewige Meckerei: ›Tür zu, ich arbeite, du kleine Kröte, ich dreh dir gleich den Hals um, ab mit dir in den Kindergarten. Du bist so doof!‹

Jetzt starrte Heide auf schwere, schwarze Vorhänge, mit denen Herr Buttenstett den Vorraum abgeteilt hatte. Sie schob den Stoff auseinander und fand ihre Vermutung bestätigt. In der Dunkelkammer, die nun im Dämmerlicht lag, weil sie die Zimmertür nicht zugezogen hatte, hingen unzählige mit Wäscheklammern befestigte Schwarz-Weiß-Aufnahmen. Heide betrachtete sie interessiert und freute sich für Beate, dass deren Vater – im Gegensatz zu Christian – mit einem bewundernswerten fotografischen Talent gesegnet gewesen war. Mehrere Arbeiten, die eine jugendliche Beate und ein ungefähr gleichaltriges Mädchen zeigten, weckten Heides Interesse ganz besonders und berührten auf seltsame, unerklärliche Weise ihr Innerstes. Sie nahm eine dieser Aufnahmen, sah sich die Rückseite an, stellte fest, dass sie beschriftet war, las *Alexandra Rosenbring und Beate, Holte, im Frühling 1990* und verließ den Raum. Morgen würde sie Beate fragen, was aus der unbekannten Schönheit geworden war, mit der Herr Buttenstett seine Tochter so häufig abgelichtet hatte.

*

Bereits auf der Straße sah Simone Richards Schatten im Lichtkegel ihres Fahrzeuges. Sie war froh, dass sie die Bewegungsmelder am Gebäude und auch im Garten abgestellt hatte und die Rollos und Jalousetten heruntergelassen waren. Erleichtert betätigte sie den automatischen Toröffner, schaltete fast zeitgleich das Abblendlicht aus und ließ ihn im Schutz der Dunkelheit ins Haus gehen. Erst nachdem er aus ihrem Blickfeld verschwunden war, fuhr sie ihr Auto über die Rampe in die Kellergarage. Sie schloss das Tor, noch ehe sie den Motor ausschaltete.

Richard öffnete geräuschlos die hintere Fahrzeugtür und hob behutsam die schlafende Paula aus ihrem Kindersitz.

Die Kleine schlug die Augenlider auf und lächelte ihn an. »Hallo, wolln we Tennipieln?«

»Hallo Paula! Bist du müde?«

»Mmmh. Gan dol!« Paula schob ihren Daumen zurück in den Mund und schlief sofort wieder ein.

Simone reichte Richard den Schlüsselbund und sprach leise mit Inga, die sich, an der Hand ihrer Mutter, mit halbgeschlossenen Augen schwerfällig in Bewegung setzte.

»Ich freue mich sehr, dass du auf uns gewartet hast«, flüsterte Simone, als sie neben Richard die Treppen ins Obergeschoss hinaufstieg. Sie beschloss, ihm einen Haustürschlüssel zu geben, um diese oder ähnliche Situationen für die Zukunft zu vermeiden.

»Ich habe mir Sorgen gemacht«, erwiderte Richard ebenso leise und lächelte sie an, als er die schlafende Paula in ihr Bettchen legte. »Der Besuch bei deiner Schwester hat tatsächlich länger gedauert, als wir angenommen hatten. Willst du die Mädchen waschen und ihnen einen Schlafanzug anziehen?«

»Nein! Die Kinder sind todmüde. Ich habe ein entsetzlich schlechtes Gewissen, dass ich ihnen diesen Ausflug überhaupt zugemutet habe.« Simone drückte erst Inga, anschließend Paula einen Kuss auf die Stirn und verließ vor Richard das Kinderzimmer. »Morgen setze ich beide in die Badewanne. Eine Nacht werden sie ungewaschen überstehen.«

»Nein, sicherlich nicht«, stimmte er zu, während er Simone im Dämmerlicht, das von der Diele in den oberen Flur fiel, betrachtete. Sie sah angespannt und erschöpft aus. Seine Freundin meisterte das Leben mit ihren Töchtern auf eine beeindruckende Weise, und dafür bewunderte er sie. Obwohl die Mädchen einen Vater hatten, führte sie seit langem das Leben einer alleinerziehenden Mutter.

»Wie geht es dir?«, fragte er fürsorglich.

»Es war ein entsetzlicher Abend, den ich nur mit sehr viel Selbstdisziplin überstanden habe und so schnell wie möglich wieder vergessen möchte. Ich begreife beim besten Willen nicht, weswegen Beate ihre Bekannte beauftragt hat, nach Gerald zu suchen. Was hat sie sich dabei nur gedacht?«

»Ich hatte leider schon in der Grundschule des Öfteren den Eindruck, dass deine Schwester manchmal handelt, ohne zuvor ihren Verstand eingeschaltet zu haben.«

Sie gingen gemeinsam die Treppe hinunter und betraten die Küche. Dort marschierte Simone geradewegs zum Kühlschrank, nahm eine abgedeckte Käseplatte heraus, befreite sie von der Alufolie und stellte sie auf den Küchentisch. »Ich habe einen Mordshunger. Unter dem wachsamen Blick dieser Detektivin konnte ich keinen einzigen Happen essen. Gott sei Dank habe ich uns einen Imbiss vorbereitet, bevor ich zu Beate fuhr. Holst du uns eine Flasche Rotwein aus dem Keller und schaltest die Alarmanlage scharf? Und bitte vergiss nicht, die

Ketten an der Haustür und an der Kellertür vorzulegen, wenn du abgeschlossen hast.«

Nachdem Richard die Küche verlassen hatte, durchquerte sie das Esszimmer, knipste im Wohnzimmer eine Stehlampe an und nahm zwei Weingläser aus einem Sideboard. Skeptisch betrachtete sie den Raum, der ihr viel zu groß erschien und in dem sie sich nie wohl gefühlt hatte. Ihr tägliches Leben und das ihrer Kinder spielte sich in der Küche und im Obergeschoss ab. Sie hatte in den letzten Wochen oft auf der Türschwelle gestanden, den Blick umherschweifen lassen und sich gefragt, welcher Teufel sie geritten hatte, einen gewaltbereiten Mann zu heiraten, den sie nicht liebte und dem weder an ihr noch an dem gemeinsamen Nachwuchs etwas lag. Das Wohnzimmer, der neu errichtete Prachtbau insgesamt, wirkte ebenso frostig wie ihr Ehemann. Als sie Gerald kennengelernt hatte, war sie von ihm und von den Dingen, die ihn umgaben, beeindruckt gewesen. Damals hatte sie nicht gewusst, dass es seinem Wesen entsprach, rücksichtslos alles an sich zu reißen, wonach ihm zumute war. Sein Haus war mit den edelsten Materialien erbaut und mit den teuersten Designermöbeln ausgestattet worden. Nicht, weil er einen exklusiven Geschmack besaß. Er wollte lediglich all das haben, was sich nicht jeder leisten konnte. Seit langem fragte sie sich, wie sie ihn – mitsamt seinem überflüssigen Designer-Firlefanz – in den letzten Jahren ertragen hatte.

»Ich hasse dieses Versteckspielen«, seufzte sie, als sie zurück in die Küche kam und sich zu Richard an den Tisch setzte. »Es dauert bereits zu lange, und es macht mich krank, genau wie dieses protzige Haus. Ständig befürchte ich, Gerald könnte mir aus irgendeiner Ecke entgegenspringen.«

»Bald hat es ein Ende, Simone.«

Sie legte einen Schlüssel auf den Tisch. »Ich habe ihn heute Abend von Beates Schlüsselbund genommen. Sie betritt das Haus, wann sie möchte, und das mag ich jetzt nicht mehr. Du weißt, es fällt mir sehr schwer, Geheimnisse vor meiner Schwester zu haben, aber es lässt sich wohl nicht vermeiden.«

»Du wirst dich mit ihr auseinandersetzen müssen, sobald sie bemerkt, dass der Schlüssel fehlt.«

»Ja!« Simone seufzte. »Das werde ich zu gegebener Zeit machen, aber keine Minute früher als notwendig.«

Richard stellte zwei Gläser hin, schenkte einen winzigen Schluck ein, probierte, füllte beide Gläser bis zur Hälfte und setzte sich ihr gegenüber. »Sein Weinkeller ist nicht übel.«

»Ja, davon versteht er was.« Sie nahm ein Feuerzeug aus ihrer Hosentasche und zündete mehrere Teelichter an, die mit bunten Glaskugeln in einer silbrig glänzenden Schale lagen. »Ich weiß nicht, wie lange ich noch durchhalte, Richard. Warum haben wir uns nicht früher getroffen? Wir haben viel zu viel Zeit verloren.«

»Als Christina und ich geheiratet haben, warst du –« Richard lächelte. »Du warst noch ein Baby, ein Wickelkind.«

Simone zog ihre Pumps aus und bettete ihre Füße auf seinen Schoß. »Jetzt übertreibst du. Ich erinnere mich sehr gut an eure Hochzeit.« Sie nahm ihre Armbanduhr ab, legte sie auf den Tisch und schob, ohne nachzudenken, die Ärmel ihres Pullovers hoch, zog sie aber augenblicklich wieder nach unten, als sie in sein Gesicht blickte.

Richard hielt das Rotweinglas mit beiden Händen, betrachtete angespannt die rötlich schimmernde Flüssigkeit darin und dachte an die Spuren der Misshandlungen, die er an Simones Körper gesehen hatte, und daran, was Schöllen ihr seit fast sechs Jahren antat. Gerald Schöllen war ein Mann, dessen Sexualität gekoppelt war an Gewalt und Unterwerfung, Macht und Besitz. Er besaß kein Unrechtsbewusstsein und hätte gewiss keine Skrupel gehabt, sich irgendwann auch an seinen Kindern zu vergreifen.

»Es ist, seitdem ich mit dir zusammen bin, ein einziges Mal passiert, und das war am letzten Sonntag. Er hat mich nur geschlagen. Bevor er Schlimmeres anrichten konnte, bin ich ihm entwischt«, sagte Simone, als habe sie Richards Gedanken gelesen, und schaute dabei verlegen auf die Tischplatte.

»Nur!«, wiederholte Richard bitter. »Du sagst, *er hat mich nur geschlagen*, und wenn du das Wort *Schlimmeres* benutzt, möchtest du mir mitteilen, dass es ihm nicht gelungen ist, dich zu vergewaltigen, dir die Rippen zu brechen oder dich umzubringen?«

Simones Gesicht überzog sich mit einer gleichmäßigen Röte. Geralds Gewalttätigkeiten hatten gleich nach Ingas Geburt begonnen. Nachher hatte er sich jedes Mal bei ihr entschuldigt. Sie hatte ihm anfangs wirklich geglaubt, wenn er beteuerte, sein Verhalten tue ihm leid. Auf eine merkwürdige, unerklärbare Weise war sie ständig hin- und hergerissen gewesen. Einerseits hatte sie gehofft, es wäre wirklich vorbei, andererseits hatte sie immerzu mit der Angst gelebt, es könnte jeden Moment wieder passieren. Sie hatte sich klein und unbedeutend gefühlt, war entsetzlich einsam gewesen und hatte sich niemandem anvertrauen können.

»Gerald hat schlicht und einfach die Nerven verloren, Richard«, erklärte sie überraschend gefasst. »Er muss seit Monaten gespürt haben, dass ich mich nicht länger in Besitz nehmen lassen würde, und mein Umzug ins Kinderzimmer war deutlicher als alles, was ich ihm zuvor prophezeit hatte. Ich hatte plötzlich keine Angst mehr vor ihm und habe mich gegen ihn gewehrt. Damit hatte er nicht gerechnet. Ebenso wenig, wie er begriffen hat, dass es mir ernst ist und ich ihn verlassen werde. Er hat schon immer dazu geneigt, lediglich jene Fakten zu akzeptieren, die er selbst geschaffen hat.«

Richard räusperte sich. »Du hast Glück gehabt, Simone«, erwiderte er mit belegter Stimme. »Und du musst dich weder für etwas schämen, das er dir angetan hat, noch musst du dich rechtfertigen. Er hat Unrecht begangen, nicht du. Ich werde dafür sorgen, dass er dich nicht noch einmal misshandelt. Das verspreche ich dir.«

»Inga hat mich heute Nachmittag gefragt, warum du uns gestern besucht hast. Morgen wird sie wissen wollen, weswegen du heute gekommen bist«, wechselte sie das Thema.

Richard musste schmunzeln. Simone und er waren äußerst diskret. Trotzdem überraschte ihn Ingas Frage nicht. Seitdem er die Bambini-Gruppe des Tennisvereins übernommen hatte, sahen die Kinder in ihm zwar den Mann, der sie in der Halle oder auf dem Platz umherscheuchte. Aber sie fühlten auch, dass er sie sehr gerne hatte und ihre Mutter respektierte. Nur deswegen war es ihm in kürzester Zeit gelungen, ein vertrauensvolles Verhältnis zu ihnen aufzubauen.

»Und? Wie hast du diese Frage beantwortet?«

»Ich habe ihr erzählt, dass wir einiges zu erledigen haben, damit das geplante Kinderturnier ein Erfolg wird.« Simone stand auf, kniete sich vor ihm hin und legte ihren Kopf in seinen Schoß. Während sie seine Hände in ihren Haaren fühlte, wünschte sie sich, sie säßen bereits mit den Kindern in einem Flugzeug und stießen mit einem Glas Sekt auf die gemeinsame Zukunft an.

Richard umarmte sie, hielt sie fest und zog sie mit sich hoch, als er aufstand.

»Ich mag es nicht, wenn du vor mir kniest, Simone. Ich möchte dich für immer an meiner Seite haben und darauf achten, dass dir nichts geschieht. Du bist so zierlich und schmal, und Gerald ist so groß und kräftig. Wenn ich daran denke, was er dir angetan hat, habe ich einen Hass in mir, der mir den Atem nimmt.«

*

Heides Armbanduhr zeigte Mitternacht, und Beate war bisher nicht zurückgekommen. Sie entschied, ihren Beobachtungsposten am Fenster zu verlassen. Ihre bloßen Füße auf dem altmodischen Linoleumboden waren inzwischen eiskalt geworden und ihre nackten Beine und Arme ebenso. Mit Unbehagen sann sie darüber nach, welcher Zeitvertreib für Dieter dermaßen wichtig sein konnte, dass er ihren Anruf nicht entgegennahm. Sie war hundemüde. Der Blick in Beates finsteren Garten wirkte einschläfernd, und die Vorstellung, Beate und der Apotheker lägen gemeinsam unter einer kuscheligen Decke und lachten über eine Frau von der Heide aus Osnabrück, die man nach Lust und Laune verkohlen konnte, verbesserte ihre Stimmung nicht.

Sie griff sich *Miss Marple*, beschloss, Beate morgen zu fragen, wie sie die Nacht verbracht hatte, und legte sich mitsamt dem Handy ins Gästebett. Die Zweifel an der männlichen Treue musste sie endlich überwinden, darum wollte sie Dieter noch einmal anrufen. Sie würde sich Nettigkeiten ins Ohr flüstern lassen, seinen Zärtlichkeiten lauschen, wunderbar sanft einschlummern und friedlich träumen. Ab sofort, nahm sie sich vor, würde sie lediglich in wirklich absolut dringenden Fällen und nur, wenn es tatsächlich unvermeidbar war, in einem fremden Schlafzimmer übernachten. Vor allen Dingen wollte sie keine weitere Nacht auf einer harten, ungastlichen Matratze in einem scheußlichen Jugendzimmer verbringen.

Sie ließ *Miss Marple* Dieters Nummer wählen und hatte dieses Mal Glück. Der Anruf wurde entgegengenommen. Doch bevor sie ein heiseres *Fuchs* hörte, vernahm sie eine leise Hintergrundmelodie, die ihr durchaus bekannt war und die ausschließlich in besonders intimen Momenten in der Wohnung ihres Kommissars gespielt wurde. Die vertraute Musik brachte ihr Herz zum Rasen. Eine Zehntelsekunde oder weniger überlegte sie, die Verbindung zu unterbrechen, ehe sie einen

Ton gesagt hatte, entschied sich dagegen und plapperte stattdessen betroffen drauflos.

»Warum meldest du dich nicht bei mir? Feierst du den Abschluss deines Seminars?«

Sie kannte ihn gut genug, um zu wissen, dass er nur mit dieser unverwechselbaren, kehligen, rauen Stimme sprach, wenn er –! Verdammt –! Wenn er neben ihr im Bett lag. Ebenso gut hätte sie sagen können: Erzähle mir bitte von deiner sexy Kollegin, mit der du dich gerade vergnügst. Ist sie hübscher als ich?

»Ich hab das Seminar vorzeitig beendet«, knurrte Dieter.

Heide war erleichtert. »Warum hast du die Veranstaltung vorzeitig abgebrochen?«, fragte sie.

»Bei Haren wurde eine männliche Leiche aufgefunden.«

»Ich hoffe, es ist nicht Gerald Schöllen, über den wir sprechen. Ich habe bis soeben mit Simone Schöllen und Beate Buttenstett in trauter Runde zusammengesessen.«

Wäre es Schöllens Leiche, überlegte sie, hätte Dieter sie längst informiert. Eines wusste sie sicher, niemals würde er sie im finsteren Keller nach etwas suchen lassen, was sie nicht finden konnte, weil es nicht vorhanden war.

»Der Tote heißt Laxhoff«, erwiderte er knapp.

»Gunnar Laxhoff?«

»Ja, Gunnar Laxhoff! Erklärst du mir bitte, wie es möglich ist, dass du diesen Namen kennst?«, fragte er mit einer Stimme aus Eis.

Heide zwang sich zur Ruhe. Sie drehte das Feuer unter dem Kessel, in dem ihre unterschiedlichsten Emotionen jetzt heftig brodelten, nach unten und war bemüht, sie auf kleiner Flamme köcheln zu lassen. Dieter lag nicht mit einer unbekannten Schönen im Bett, wie sie zuerst vermutet hatte. Er steckte in Ermittlungen und musste ein Tötungsdelikt aufklären. Sie wollte Verständnis haben, sie wollte ihm vertrauen und nicht mehr eifersüchtig sein. Vor allen Dingen durfte sie sich ihm gegenüber niemals anmerken lassen, dass ihr das brennende, entsetzlich schmerzhafte Gefühl der Eifersucht überhaupt bekannt war.

»Helen hat in Erfahrung bringen können, dass Schöllen und Laxhoff Halbbrüder sind«, klärte sie ihn deshalb sehr freundlich, aber zurückhaltend auf.

»Sag mal, musst du mir ständig in die Quere kommen?«, giftete er.

Okay, er war wütend, und sie war erregt und traurig zugleich, und ihre Freundlichkeit war verbraucht. Sie wollte nicht streiten, weiß Gott nicht, aber falls ein Wortgefecht sich tatsächlich nicht vermeiden ließ, nur zu. Dieser arrogante, eingebildete Bulle, der konnte sie kreuzweise.

»Sag mal, spinnst du, Kommissar? Du benimmst dich, als hätte ich Schöllens Halbbruder erschlagen, um dich zu ärgern.«

»Er wurde nicht erschlagen«, brüllte Dieter. »Warum fischst du nicht in eigenen Gewässern? Du hast dich auf Wirtschaftskriminalität spezialisiert, und das aus gutem Grund. Ich sagte dir bereits gestern Abend, dass du dich besser ...«

Heide schaltete ihre Ohren auf Durchzug. Doch sie

war überaus interessiert daran, zu erfahren, was genau geschehen war. Vor allem hätte sie liebend gerne gewusst, wie Laxhoff zu Tode gekommen war.

»Er wurde nicht erschlagen?«, fragte sie hinterlistig.

Dieter tappte grollend in die aufgestellte Falle. »Wie kommst du darauf, von der Heide? Man hat ihn erschossen.«

»Erschossen! Das ist interessant! Und jetzt?«

»Jetzt? Was fragst du?«, donnerte er. »Du hast mir geschworen, mich ungehindert meine Arbeit machen zu lassen und dich aus der Sache rauszuhalten. Genau das hast du mir an Silvester versprochen! Seitdem ist kein halbes Jahr vergangen. Erst vor kurzem haben wir erneut lang und breit über dieses Thema gesprochen und uns vorgenommen ...«

»Ich habe dir lediglich zugesagt, dass ich mich bemühen werde, mich möglichst nicht absichtlich in deine Arbeit einzumischen«, unterbrach Heide ihn lautstark. »Und dieses Mal habe ich mich nicht bewusst eingemischt, ich bin nicht vorsätzlich ... ich bin sozusagen in diese Geschichte hineinkatapultiert worden.«

»Ich will nicht darüber nachdenken müssen, ob du vielleicht die nächste Leiche sein könntest, die bei Dr. Ulrich auf dem Obduktionstisch liegt«, brüllte Dieter zurück.

»Dieter, du übertreibst maßlos, du bist so ein aufgeplusterter, arroganter ...«

»Es muss sogar dir klar sein, von der Heide«, fiel er ihr ins Wort, »dass die Vermisstensache Schöllen und der Mord an Laxhoff miteinander in Verbindung stehen könnten. Es ist verantwortungslos von dir, aus lauter

Dickköpfigkeit in unseren polizeilichen Ermittlungen herumzuwuseln. Damit gehst du nicht allein mir auf den Zeiger, sondern auch meinen Kollegen. Weißt du, welchen Spitznamen man dir auf der Dienststelle verpasst hat?«

»Nein!«, schrie Heide, »und es interessiert mich nicht die Bohne.«

»Weißt du, dass man mich bereits bedauert, weil du mir ständig auf den Füßen rumlatschst?«

»Dann zieh die Füße ein und mach dich nicht so breit, verdammt! Du Macho!«

»Du brichst bitte auf der Stelle ab und kommst nach Hause«, sagte Dieter.

»Nach Hause?«, murmelte Heide. Sie hatte sich zwar vorgenommen, morgen abzureisen, war sich jetzt allerdings nicht mehr sicher, ob dies eine kluge Idee war. Vielleicht war es schlauer, im Dorf zu bleiben.

»Dir ist nicht klar, wo dein Zuhause ist?«, spottete Dieter und fügte zynisch hinzu: »Obwohl du in der Nordhorner Bleibe die Kleiderschränke gefüllt hast und mir für meine paar Klamotten nur wenige Zentimeter bleiben, weiß ich es leider ebenso wenig wie du. Oder hast du dich in den letzten Tagen nach einem Brautkleid umgesehen und deine Wohnung inseriert?«

Heide war fassungslos. Ihr momentan brisantestes Streitthema war noch nicht durch, da machte er bereits die beiden nächsten hochexplosiven Fässer auf. Ihr Osnabrücker Domizil war ein ewiger Zankapfel zwischen ihnen, ein anderer die Heirat. Sie ahnte, dass sie ihm wahrscheinlich unrecht tat, trotzdem sträubten sich ihr die Haare, sobald sie über eine Hochzeit nachdachte.

»Heide?«

Seine Stimme klang jetzt fast sanft, weich und behutsam.

»Ich dachte schon, du hättest aufgelegt«, grummelte er.

Scheinbar hatte sie sich geirrt. Milde oder der Wunsch nach Versöhnung war in diesen zuletzt vernommenen Worten nicht zu erkennen gewesen.

»Was ist? Möchtest du mir etwas Besonderes mitteilen?«, fragte sie zickig. Es reichte, auch ihre Geduld besaß einen Anfang und ein Ende.

»Nein! Schlaf gut oder auch nicht! Du sturer Dickkopf!«, blaffte Dieter, ehe er das Gespräch abbrach.

Er war wütend, und auch sie wollte über eine Versöhnung im Moment nicht nachdenken. Dieter war ein störrischer Esel, ein verdammt bockiger ... Heide verdrängte jeden Gedanken an ihn. Ehe sie in einen unruhigen Schlaf fiel, hatte sie die blauen Flecken und Blutergüsse auf Simones geschundenem, schmalem Rücken vor Augen.

*

Seitdem sein Bruder Gunnar zu ihm gekommen war und den Mief einer freudlosen Zeit mitgebracht hatte, vermischten sich in Schöllens Hirn Begebenheiten der Vergangenheit mit der Gegenwart. Dort, wo irgendwann einmal sein Verstand gewohnt hatte, herrschte heilloses Durcheinander.

Er schloss die Augen, drückte den Kopf auf seine Knie. Der beißende Geruch seiner unglücklichen Kindheit hatte sich in seiner Nase festgesetzt und war mit der stinkenden Nässe, die von seinem Schritt bis in die

Kniekehlen gekrochen war, verschmolzen. Als er die Augen wieder öffnete, richtete er den Blick starr vor sich auf den Dielenboden. Er wagte nicht, aufzusehen, weil er sich vor seiner jüngsten Tochter schämte. Sie saß vor ihm unter dem Tisch und schrie ohne Unterlass.

Ab Papa! Du bit böte, un Ichad it lieb!

Hinter Paula stand Gunnar und grinste seit Stunden, ohne ein einziges Wort zu sagen. Zum hundertsten Mal fragte Schöllen sich, wie die Kleine den Weg bis in die Hütte zurückgelegt hatte und auch, warum Gunnar ihn besuchte, wenn er ohnehin seinen Mund nicht aufmachen wollte, um mit ihm zu reden.

»Sprich mit mir, Gunnar«, krächzte er mit zerrissenen Lippen und einer Zunge, die dicker war als seine Füße.

TAM Ta Ta Ta, **Tam** Ta Ta Ta **Tam** Ta **TAM** Ta Ta Ta, **Tam** Ta Ta Ta, **Ta** Ta Ta Ta Ta Ta ...

Irgendwann in den letzten Stunden musste wohl – von ihm unbemerkt – Schattenmann oder Stiefelmann gekommen sein. Denn seitdem er aufgewacht war, hallte die Musik lauter durch den Raum und zwischen seinen Beinen befand sich eine gefüllte Wasserflasche. Schöllen wusste, dass sie das Kostbarste war, das er je besessen hatte.

Er umfasste die Flasche mit beiden Händen, hob sie an und trank in winzigen Schlückchen. Lange überlegte er, was geschehen war, seitdem dieser Schatz sich in seinem Besitz befand, und kam zu keinem Ergebnis. Doch eines war gewiss, seine Situation hatte sich nicht zum Besseren gewendet. Jetzt musste er auch für Paula und für Gunnar um Wasser bitten und für drei Leben bezahlen. Dabei ahnte er im Innersten, dass die Entführer kein Geld forderten. Sie wollten etwas von ihm, das er ihnen nicht geben konnte, weil er nicht begriff, was es war.

Er starrte in die hintere Ecke des Raumes, wo Gunnar sich vor wenigen Sekunden niedergelassen hatte. Obschon er wusste, dass er eine Backpfeife riskierte, begann er laut schluchzend zu weinen. Gunnar verabscheute kleine plärrende Jungen. Aber er rührte sich nicht, ganz gleich, wie laut Schöllen heulte. Er stierte ihn nur aus seinem fratzenähnlichen Gesicht an und sagte kein Wort. Lediglich Gunnars rechter Fuß begann, sich im Takt der laut dröhnenden Musik zu bewegen. **TAM** Ta Ta Ta, **Tam** Ta Ta Ta **Tam** Ta **TAM** Ta Ta Ta … Der kleine Gerald war ein ewig plärrender und rotzender Balg gewesen. Zu klein, zu mager, immer schmutzig und hungrig. Sogar auf der Beerdigung seiner Mutter hatte er nicht geheult, weil Gunnar es ihm verboten hatte. Schöllen legte sich auf den Boden und deckte das Gesicht mit einem Arm ab. Er heulte, bis er keine Tränen mehr hatte und in einen unruhigen Schlaf fiel.

Als er wach wurde, war Gunnar verschwunden und auch die kleine Paula konnte er nicht mehr sehen. Er griff nach der Wasserflasche, schraubte mit den gebundenen Händen den Verschluss ab, schluckte den lauwarmen Rest mit einem Mal runter und ließ die leere Flasche unter den Tisch rollen. Flüssigkeitsmangel! Flüssigkeitsmangel, Schöllen! Du siehst Gespenster, kehrst in deine Vergangenheit zurück, mixt dir im Hirn einen brisanten Cocktail, dessen Zutaten du besser schleunigst vergisst. Das Gebräu ist hochexplosiv und bringt dich und Gunnar möglicherweise für eine lange Zeit hinter Gitter!

TAM Ta Ta Ta, **Tam** Ta Ta Ta **Tam** Ta **TAM** Ta Ta Ta …

Die Scheißmusik verkörperte seine und Gunnars Vergangenheit und die ihrer nach Schnaps stinkenden Mutter, die ihre Bettgenossen häufiger gewechselt hatte als ihre Unterhosen. Dominant waren sie gewesen, die brutalen Schläger, die die Schlampe sich in die Wohnung geholt hatte. Von denen sie ihre Söhne und sich selber verprügeln ließ, um anschließend mit ihnen das Bett zu teilen. Scheiß drauf, ihr war egal gewesen, was Gunnar und der kleine Gerald anstellten, und auch er wollte nicht länger darüber nachdenken. Das Einzige, was er wirklich wollte, war Wasser. Sie sollten ihm endlich genügend zu trinken geben.

»Ein Königreich für einen Schluck Wasser«, krächzte er und lallte: »Ich bin der König! Wo ist das Wasser?«

TAM Ta Ta Ta, **Tam** Ta Ta Ta **Tam** Ta **TAM** Ta Ta Ta …

Von Ort zu Ort waren die Brüder ihrer Mutter, der Trinkerin, gefolgt, immer auf der Suche nach dem Glück, nach einem besseren Dasein, einem winzigen Lottogewinn oder wenigstens nach einer warmen Mahlzeit und einer Schachtel Zigaretten. Irgendwann hatten sie, die vom Jugendamt, die immer alles besser wussten, ihn, den winzigen, verwahrlosten Einzelgänger, in ein Heim gesteckt. Gunnar war für mehrere Jahre in den Jugendknast gewandert.

Aus. Vorbei. Ab dem Zeitpunkt waren Schule schwänzen, bummeln und faulenzen ein Tabu gewesen.

Und verdammt noch einmal! Der durchgeplante Tagesablauf im Heim, die regelmäßigen Mahlzeiten und die Aufsicht der Erzieher hatten ihm gutgetan. Er hatte für die Schule gelernt und zu seiner Überraschung festgestellt, dass er intelligent war und es ihm nach anfänglichen Schwierigkeiten leichtfiel, gute Noten zu schreiben. Sein Leben war reibungslos verlaufen. Tag für Tag, Monat für Monat, bis zu dem Moment, da Gunnar seine Strafe abgesessen hatte und man ihn aus dem Gefängnis entlassen hatte. Sie hatten gemeinsam gesoffen und anschließend …

Ab Papa! Du bit böte, un Ichad it lieb! Ichad! Ichad! Ichad, schrie Paula.

Wie konnte diese Göre von seinen Sünden wissen? Verdammt. Verdammt!

Vielleicht brachte man ihm bald frische Unterwäsche und Seife? Vielleicht einen Rasierapparat? Ganz gewiss würde man bald jemanden schicken, mit dem er verhandeln konnte.

TAM Ta Ta Ta, **Tam** Ta Ta Ta **Tam** Ta **TAM** Ta Ta Ta …

Vielleicht würde dieser Jemand auch diesen beschissenen Laptop mitnehmen oder ausschalten, damit das nervende Gedudel ebenso wie Paulas Stimme aus seinem Kopf verschwand.

Gunnar hatte gewusst, wie man sein Leben anpackt. Ganz gleich, wo er aufgetaucht war. Sein Wort war Gesetz! Gunnar war das einzig Beständige in dem Scheißleben gewesen, das sie geführt hatten. Gunnar war Geralds Familie, niemanden liebte er mehr als ihn. Wenn Schöllen es sich genau überlegte, war sein Bruder der einzige Mensch auf dieser Erde, für den er überhaupt jemals etwas empfunden hatte.

Ab Papa! Du bit böte, un Ichad it lieb! Ab Papa! Du bit böte, un Ichad it lieb!

»Dich auch, Kleine«, krächzte Schöllen. »Dich habe ich auch gerne.«

Freitag, den 15. April 2011

Die Polizeibeamten klingelten um kurz nach neun Uhr an der Pforte. Sie waren mindestens zwei Tage später dran, als Simone erwartet hatte.

Ehe sie den Türöffner betätigte und die ungebetenen Gäste auf das Grundstück ließ, betrachtete sie die beiden Männer lange auf dem Bildschirm der Überwachungskamera und versuchte, in ihren Gesichtern zu lesen. Doch ganz gleich, wie viel Mühe sie sich gab. In den Mienen der Polizisten sah sie außer einer freundlichen, aber unverbindlichen Gelassenheit nicht die geringste Gefühlsregung. Sie sprachen nicht miteinander, während sie auf Einlass warteten. Beide trugen Zivil. Der Rotblonde ein braun-grünes Tweedjackett zu einer braunen Hose und einem beigefarbenen Oberhemd. Der große Blonde eine schwarze, zerknautschte Lederjacke über einem gleichfarbigen T-Shirt und einer verwaschenen Jeans.

Der Blonde überragte seinen Kollegen um mehr als einen Kopf. Er strich sich mit einer knappen Bewegung die Haare aus dem Gesicht, steckte dann seine Hände in die Hosentaschen und schaute mit bewegungslosem Gesicht vor sich auf den Plattenweg. Der andere betrachtete das Display seines Handys, und einen kurzen Augenblick meinte Simone, ein Lächeln um seine Mundwinkel spielen zu sehen. Sicherlich las er eine Nachricht, über die er sich freute.

Vermutlich hatten die Polizisten die Videokamera längst entdeckt und ahnten, dass sie beobachtet wurden, überlegte Simone. Ihr Puls beschleunigte sich, klopfte so laut, dass sie sich fast gewiss war, auch ihre Besucher würden den dröhnenden Rhythmus ihres Herzens durch die Sprechanlage hören.

›Sie werden dich freundlich und zuvorkommend behandeln, aber lass dich nicht täuschen‹, hatte Richard gewarnt. ›Vergiss keinen Moment, wer vor dir steht, und denke stets daran, dass sie in Gesprächsführung geschult sind. Aber sie wissen nicht, dass Gerald dich geschlagen und missbraucht hat, und sie sollten es zu diesem Zeitpunkt auf keinen Fall erfahren. Du bist Frau Schöllen, du bist glücklich verheiratet. Gerade weil du nichts zu verbergen hast, wolltest du bereits am Montag auf dem Revier eine Vermisstenanzeige aufgeben. Du darfst die Polizisten auf gar keinen Fall unterschätzen. Allerdings ist es völlig normal, dass du in der Situation, in der du steckst, nervös bist. Du vermisst deinen Mann, du sorgst dich um ihn, er ist der Vater deiner Kinder, und du hast seit Montagmorgen kein Lebenszeichen von ihm erhalten. Du musst ruhig und gefasst bleiben. Ruhig, aber nicht zu ruhig. Lass dir ihren Ausweis zeigen. Reagiere besonnen und denke nach, bevor du auf ihre Fragen antwortest. Ein gesprochenes Wort kannst du nicht zurücknehmen. Simone, es ist selbstverständlich, dass du sofort von den Polizeibeamten wissen willst, ob man Gerald gefunden hat und wo. Ebenso normal ist es, dass du dich bei ihnen erkundigst, warum sie sich erst so spät bei dir melden und weswegen sie deine Vermisstenanzeige nicht aufgenommen haben.

Und bringe Paula vorsichtshalber am Freitag nicht in die Krabbelgruppe. Du fühlst dich besser, wenn sie bei dir ist. Falls die Fragen der Polizisten dich nervös machen, du eine kleine Pause brauchst, um über eine Antwort nachzudenken, gießt du ihnen Kaffee nach, bewirtest sie oder du beschäftigst dich mit dem Kind. Du kannst Paula ein Spielzeug holen, einen Schnuller oder das Fläschchen. Sobald Paula die Initiative übernimmt, lass sie. Sie wird die Beamten von dir ablenken. Was Besseres, als dass sie ihnen auf den Schoß krabbelt, kann dir nicht passieren.‹

Simone atmete tief durch, betete in Gedanken noch einmal die Verhaltensregeln durch, die sie mit Richard besprochen hatte, und eilte in die Küche. Sie hob Paula aus dem Kinderstuhl und ging, mit dem Mädchen auf dem Arm, zurück in die Diele.

*

Heide hatte in der vergangenen Nacht kaum geschlafen. Zwei schlaflose Nächte waren mehr, als ein Mädchen in mittleren Jahren – wie sie ja leider bereits eines war – verkraften konnte. Als sie Beates altmodisches, ungepflegtes Badezimmer betrat, entschied sie spontan, dass eine Katzenwäsche reichen musste, und verzichtete auf ihre Morgendusche. Wenige Minuten später stand sie in der Küche. Schnell stellte sie fest, dass die benutzten Teller, die Gläser und das Besteck vom Vorabend noch immer geduldig auf ihren Abtransport warteten und auch die reichhaltigen Fleisch-, Gemüse- und Kartoffelreste des Abendessens keinen Kühlschrank von innen kennengelernt hatten.

Sie beschloss, den geliebten Morgenkaffee irgendwann später, in einer angenehmeren Umgebung zu trinken, und wollte das Haus gerade samt Reisetasche verlassen, als eine gutgelaunte, frisch geduschte Beate die Diele betrat.

»Hallo, hast du gut geschlafen?«

»Hmmh«, brummelte Heide.

»Ich hoffe nicht, dass dir heute die Kopfschmerzen zu schaffen machen, die mich gestern Abend ganz plötzlich heimgesucht haben.«

»Tatsächlich? Du hattest Kopfschmerzen? Wie schrecklich!«, erwiderte Heide und fügte ironisch hinzu: »Deswegen musstest du dich gleich flach legen?«

»Und keine einzige Tablette im Haus!«, führte Beate weiter aus, ohne die Doppeldeutigkeit von Heides Worten zu beachten. »Entsetzlich! Ich wäre vor Schmerzen am liebsten die Wand raufgelaufen. Und das Schlimmste, sobald sich bei mir diese besondere Art Kopfschmerz meldet, folgt nach einer halben Stunde ein Migräneanfall, der mich tagelang ins Bett zwingt. Deswegen bin ich schnell mit dem Fahrrad ins Dorf geradelt und habe mir von Thomas eine bestimmte Sorte Schmerztabletten geben lassen. Nichts ist schlimmer als ein nächtlicher Migräneanfall, wenn man keine Medikamente im Haus hat.«

Heide schluckte die Bemerkung, das Landleben provoziere scheinbar Lügen und Schmerzen, hinunter, verfrachtete ihr bescheidenes Gepäck geschwind ins Auto und trennte sich so schnell wie eben möglich von ihrem ungastlichen Domizil. Erst als sie auf die Landstraße fuhr, fiel ihr ein, dass sie vergessen hatte, Beate nach der unbekannten Schönheit zu fragen, mit der Herr Buttenstett seine Tochter so häufig abgelichtet hatte.

*

Simone Schöllen öffnete die Tür genau in dem Augenblick, als die Polizisten die oberste Stufe des Hauseingangs betraten. »Ja bitte?«, fragte sie, so gelassen, wie es ihr möglich war.

»Duten Tach«, brabbelte Paula.

Der Blonde grinste. Er sah Paula aus blauen, temperamentvoll blitzenden Augen an und zauberte eine Vielzahl Lachfältchen in sein gebräuntes Gesicht. »Guten Tag, mein hübsches Fräulein. Verrätst du mir, wer du bist? Ich heiße Dieter.«

»Paua«, gab die Kleine bereitwillig Auskunft und fügte hinzu: »Inta nit da und Papa nit da.«

»Und wo ist Inta?«, fragte Dieter.

»Tindedaten.«

»Okay, das habe ich kapiert. Inta ist sicherlich deine Schwester, und sie ist im Kindergarten.«

»Tabbetuppe.«

»Du gehst schon in die Krabbelgruppe?«

»Ja!«

»Sie besucht die Gruppe nur am Freitag, aber Paula war heute früh etwas fiebrig«, erklärte Simone mit geröteten Wangen.

»Nei nit!«, schrie Paula.

Amüsiert bemerkte Dieter Simone Schöllens Verlegenheit und beschloss, die durchaus informative Unterhaltung mit dem Kind weiterzuführen. Dass Paulas Geplauder der Mutter peinlich war, konnte ein Blinder mit Krückstock sehen. Dabei war *Tabbetuppe-Schwänzerei* nicht strafbar, schmunzelte er im Stillen.

Michel Haila entschied, das alberne Kindergeschwätz abzubrechen. Er wandte sich an Simone, musterte sie und sagte forsch: »Mein Name ist Haila, und das ist mein Kollege Herr Fuchs.«

Dieter schluckte seine Verärgerung über Hailas gedankenlose Unterbrechung hinunter und war bemüht, die Kommunikation mit der Kleinen nonverbal über intensiven Blickkontakt aufrechtzuerhalten. Er strahlte sie an, Paula fing die gesendeten Schwingungen auf, war entzückt und teilte ihm ihre Empfindungen auf der Stelle mit.

»Du bit lieb! Ichad au lieb!«

Simone schoss erneut die Röte in die Wangen. Sie nahm dem Polizisten den Ausweis ab und betrachtete ihn, konnte sich aber, nachdem Haila das Dokument wieder eingesteckt hatte, in ihrer Aufregung nicht daran erinnern, was genau oder ob sie überhaupt etwas gesehen hatte. Sie musste sich jetzt nach Gerald erkundigen.

Sie hustete, krächzte: »Haben Sie …«, hustete wieder und war endlich in der Lage, halbwegs mit ihrer Alltagsstimme zu sprechen. »Haben Sie etwas über meinen Mann erfahren? Ich wundere mich sehr, dass Sie sich erst jetzt melden und meine Sorgen nicht bereits am Montag ernst genommen haben.«

»Eine Vermissten-Fahndung wird in der Regel eingeleitet, sobald angenommen werden kann, dass der Vermisste das Opfer einer Straftat wurde oder ein Unfall oder eine Selbsttötungsabsicht vorliegt. Das war zu diesem Zeitpunkt nicht der Fall«, erwiderte Haila. »Wir möchten Ihnen allerdings einige Fragen stellen, die Sie möglicherweise beantworten können.«

»Treten Sie doch bitte ein«, sagte Simone.

Sie ging vor den Männern ins Wohnzimmer, obwohl sie die Unterhaltung lieber in der Küche geführt hätte. Aber auf dem Küchentisch lag ihre Handtasche, und darin verwahrte sie ein Foto von Richard. Man konnte nie wissen, wozu Polizisten imstande waren. Möglicherweise kramten sie in einem unbeobachteten Moment in den Taschen und Schränken fremder Leute. In ihrer vertrauten, alltäglichen Umgebung würde es ihr zwar leichter fallen, sich selbstbewusst und natürlich zu geben als in Geralds Designer-Möbelhalle, aber sicher war sicher.

Sie zeigte auf ein weißes Ledersofa, bat die Beamten Platz zu nehmen, setzte sich ihnen gegenüber in einen Sessel und nahm Paula auf den Schoß. Ihre Tochter blieb keinen Moment ruhig sitzen. Sie strahlte den größeren an und zeigte ihm, wie gelenkig sie war und wie behände sie ihre Sitz-, Streck- und Standübungen auf den Oberschenkeln ihrer Mutter ausführen konnte.

»Möchten Sie eine Tasse Kaffee?«, fragte Simone. Als die Herren bejahten, stellte sie Paula kurz entschlossen auf den Teppich und ließ ihren Besuch mit dem Kind allein.

Michel blickte sich im Wohnraum um, sah Dieter an und lächelte ironisch. »Nobel geht die Welt zugrunde.

Bisher hatte ich keine Ahnung, dass man durch den Besitz einiger Fitnessstudios in kurzer Zeit ein Vermögen erwirtschaften kann.«

Dieter unterbrach seinen Flirt mit Paula, durchschritt den Raum, blieb vor einer Glasfront stehen und schaute auf einen großzügigen, im Innenbereich liegenden Pool mit angegliedertem Wellnessbereich und diversen Fitnessgeräten. Paula entdeckte einen silbrig glänzenden Kristallleuchter auf dem Couchtisch, stand blitzschnell auf ihren kurzen Beinchen, eine Zehntelsekunde später vor dem Tisch, und langte mit beiden Händen und begierigen Augen nach dem Kerzenständer. Michel Haila schob das Objekt ihrer Begierde einige Zentimeter weiter zur Tischmitte und damit außerhalb ihrer Reichweite.

Die Kleine stampfte energisch mit dem Fuß auf den Boden und protestierte laut schreiend: »Du bit böte, un Ichad it lieb! Du bit böte, un Ichad it lieb! Du bit böte!«

Simone Schöllen kam angerannt. Sie nahm ihre Tochter auf den Arm, sprach besänftigend auf sie ein, registrierte unterdessen, dass ihre Knie sich anfühlten, als wären sie aus Pudding, und sie sich unmöglich auch nur einen Schritt damit fortbewegen konnte. Sie redete trotzdem ununterbrochen weiter, sprach von der lieben Paula, die bald ein Mittagsschläfchen halten würde, und davon, wie brav das Kind sei. Doch ihre Tochter ließ sich vorerst nicht beruhigen. Sie sah den Polizisten wütend an, zog eine Schnute und wiederholte laut schluchzend und anhaltend: »Du bit böte, un Ichad it lieb! Du bit böte, un Ichad …!«

Michel war pikiert. »Ich habe lediglich den Kerzenständer in Sicherheit gebracht.«

Dieter musste lachen. Er löste sich von dem imposanten Anblick der kostspielig eingerichteten Freizeitoase und setzte sich auf eine knallrote *Le-Corbusier-* Liege. Als er bemerkte, dass dieses Möbelstück sich tatsächlich nur zum Liegen eignete, stand er augenblicklich wieder auf, nahm erneut neben Michel auf dem Sofa Platz, musterte Simone Schöllen und sagte: »Ihre Tochter ist ein energisches kleines Persönchen, das unverhohlen seine Meinung äußert. Und sie weiß genau, was sie will. Sie erinnert mich an eine Dame, die ich sehr gut kenne und die auch keinem Streit aus dem Wege geht. Ich stelle fest, Ihre Kleine schwärmt für Ichad, Frau Schöllen. Meinen Kollegen hingegen mag sie nicht besonders. Darf ich fragen, wer Ichad ist?«

»Selbstverständlich«, erwiderte Simone verlegen, mit hochrotem Kopf und wild pochendem Herzen, und umklammerte mit ihren zitternden Händen Paulas Oberkörper. Paula wehrte sich energisch. Sie strampelte so lange mit ihren Beinen, bis ihre Mutter sie losließ und zurück auf den Boden stellte. Simone versuchte, ruhiger zu werden. Sie wich dem Blick des Blonden aus, der seine Augen nicht von ihr ließ, und steckte ihre schweißnassen Hände verstohlen in ihre Hosentaschen.

»Sie wollten mir verraten, wer Ichad ist, Frau Schöllen«, hakte er freundlich lächelnd nach.

»Ichad geht mit Paula in die Krabbelgruppe. Sie heißt allerdings Ilka.«

»Nit!«, brüllte Paula.

»Du bist jetzt brav, Paula, und machst keine Dummheiten. Ich gehe in die Küche und komme sofort zurück.«

Dieter wandte sich an das Mädchen. »Ichad geht mit Paula in die Krabbelgruppe?«

Diese Bemerkung fand Paula äußerst witzig. Sie lachte laut und anhaltend und amüsierte sich köstlich, bis sie entschied, den Streit mit Michel Haila fortzusetzen. Sie sah ihn scheel an und erklärte: »Du bit böte!«

»Okay, okay! Ich bin böte.«

»Ichad Tennipieln!«

»Okay, Ichad spielt Tennis, das kann ich auch«, brummelte Michel mit finsterer Miene.

Paula hatte sich vor ihm aufgestellt, achtete jedoch auf einen angemessenen Sicherheitsabstand, bedachte ihren Kontrahenten mit einem finsteren Blick und wiederholte: »Du bit böte! Böte! Böte!«

Simone kam zurück, stellte Geschirr auf den Tisch, schenkte Kaffee ein, holte anschließend eine Holzkiste mit allerlei Spielzeug, kippte die Kiste vor Paula auf dem Teppich aus und setzte sich in ihren Sessel.

»Würden Sie mir jetzt bitte endlich erklären, weswegen Sie gekommen sind? Sie erzählten mir eben, Sie hätten einige Fragen«, sagte Simone, jetzt schon etwas ungeduldiger. ›Keiner darf erwarten, dass du ruhig bist. Es ist normal, wenn du nervös und fahrig wirkst‹, hatte Richard gesagt.

»Auf einem Parkplatz bei Haren an der Ems wurde eine Leiche aufgefunden«, teilte Michel mit.

Simones Gesicht war kreidebleich geworden. Sie fuhr sich mit beiden Händen durch die Haare und stammelte: »Aber –! Sie versicherten mir doch soeben, dass es nichts Neues über Gerald zu berichten gibt.«

»Bei dem Toten handelt es sich nicht um Ihren Mann, sondern um Gunnar Laxhoff. Kennen Sie ihn?«

Sie schüttelte den Kopf. »Nein.«

»Gunnar Laxhoff ist ein Halbbruder Ihres Mannes«, führte er weiter aus.

»Gerald hat keine Verwandten«, erwiderte Simone, noch immer kopfschüttelnd. »Ich begreife die Zusammenhänge nicht, und ich möchte endlich erfahren, wo sich mein Mann befindet.«

»Das wüssten wir auch gerne«, erwiderte Haila kühl.

»Wie alt bist du, Paula?«, fragte der Blonde.

Simones Geduld war verbraucht und ihre Nervosität kaum mehr zu bändigen. Richard hatte zwar recht gehabt mit seiner Annahme, Paula würde die Aufmerksamkeit der Polizeibeamten auf sich ziehen, aber das Frage-und-Antwort-Spiel zwischen dem langen Blonden und Paula, das seit geraumer Zeit vor ihren Augen ablief, ähnelte für sie einem Horrorfilm und war unerträglich. Statt ihre Fragen zu beantworten, beschäftigte der Lange sich auf die hinterlistigste Art und Weise mit dem Kind, und sein Kollege verhielt sich dermaßen widerborstig, dass sie ihm jedes Wort aus der Nase ziehen musste.

»Ich kenne keinen …, was sagten Sie …, wie heißt der Mann?«

»Laxhoff, Gunnar Laxhoff«, antwortete Haila, während Paula auf den Schoß seines Kollegen kletterte und äußerst interessiert mit beiden Händchen seine Nase befühlte.

»Mein Mann hat keinen Bruder«, wiederholte Simone mit zittriger Stimme.

»Halbbruder«, korrigierte Michel. Er warf Dieter und Paula einen kurzen Blick zu. Endlich hatte er begriffen und beglückwünschte den Chef insgeheim, dessen Strategie aufgegangen war. Während er vorgab, mit dem Kind zu spielen, hielt er die Mutter zum Narren und wartete seelenruhig ab, bis sie die Nerven verlor.

»Sie müssen uns schon glauben, dass wir Ihnen die Wahrheit sagen, Frau Schöllen«, erklärte Michel in einem sehr energischen, scharfen Ton. »Wenn wir Ihnen mitteilen, dass man die Leiche Ihres Schwagers aufgefunden hat, dann entspricht das den Tatsachen.«

»Ich mache mir große Sorgen um Gerald«, klagte Simone mit weinerlicher Stimme. »Bereits am Montagabend wollte ich eine Vermisstenanzeige aufgeben, aber man hat mein Ansinnen nicht ernst genommen und mich nach Hause geschickt. Ich schlafe kaum noch. Immerzu denke ich daran, dass man meinen Mann entführt hat und ihn irgendwo gefangen hält. Ich traue mich nicht aus dem Haus, weil ich Angst habe, Gerald oder einer seiner Entführer könnte gerade dann anrufen, wenn ich nicht da bin. Jetzt tauchen Sie hier auf und erzählen mir, dass man die Leiche seines Halbbruders gefunden hat. Gerald hat keinen Bruder. Zumindest habe ich bis vor wenigen Minuten nicht gewusst, dass er einen hat.« Sie schluchzte trocken auf, verbarg ihr Gesicht in den Händen und begann zu weinen.

Paula ließ sich vom Schoß des blonden Polizisten rutschen, lief überraschend flink zu ihrer Mutter und streichelte ihr übers Haar.

Simone suchte ein Taschentuch in ihrer Hosentasche

und tupfte ihre Tränen ab. »Entschuldigen Sie bitte. Ich bin mit meinen Nerven ziemlich am Ende.«

»Das ist doch verständlich«, versicherte der Beamte betont einfühlsam. Er strich sich seine Haare aus der Stirn, die er nicht akkurat geschnitten, sondern immer einige Zentimeter zu lang trug, und lächelte Simone freundlich an.

»Haben Sie noch Fragen? Falls nicht, würde ich jetzt gerne einkaufen fahren. Ich muss das Mittagessen vorbereiten und Inga um 12 Uhr aus dem Kindergarten abholen.«

Dieter warf einen Blick auf seine Armbanduhr und stellte fest, dass Frau Schöllen bis dahin mehr als genug Zeit blieb. »Erzählen Sie uns doch bitte in aller Ausführlichkeit, was am Montagmorgen geschah. Ist Ihnen etwas Ungewöhnliches aufgefallen? Haben Sie vielleicht fremde Fahrzeuge vor dem Haus gesehen, merkwürdige Telefonanrufe erhalten? Hatte Ihr Mann mit irgendjemandem Streit oder geschäftliche Auseinandersetzungen, Frau Schöllen? Gab es in den Studios Probleme, von denen wir wissen sollten?«

»Nein!«, wehrte sie energisch ab. Sie atmete einige Male tief ein und aus und zwang sich zum hundertsten Male an diesem Vormittag, die Ruhe zu bewahren. ›Du weißt, was du ihnen erzählen musst‹, hatte Richard gesagt. ›Lass dich nicht aus der Reserve locken. Falls sie es wünschen, wiederholst du immer und immer wieder dieselbe Version deiner Geschichte. Benutze andere Wörter, aber verändere nichts Wesentliches.‹

»Am Montagmorgen lief alles so ab wie immer, wir …«, begann sie. Noch ehe sie berichten konnte, dass

Gerald zu spät aufgestanden war, klingelte es an der Haustür. Simone war erleichtert und bemühte sich nicht, dieses Gefühl zu verbergen. Sie entschuldigte sich hocherfreut und ließ die Kommissare allein.

*

Ein Tag, der so grässlich begonnen hatte wie der heutige, konnte nichts Gutes bringen. Heide beschloss, in der Bäckerei Lübhein Brot zu kaufen, ehe sie nach Osnabrück zurückfuhr. Kaum hatte sie den Laden betreten, schob Renate Lübhein ihr einen Teller entgegen, auf dem – klein geschnitten und dick mit Butter bestrichen – helles Korinthenbrot zu einem Türmchen aufgeschichtet war. Heide dankte, griff beherzt zu und war begeistert. Der Weggen schmeckte köstlich. Sie würde Dieter damit morgen zum Frühstück beglücken.

»Geben Sie mir bitte von dem Weggen. Er schmeckt wunderbar. Ich werde ihn mit nach Hause nehmen.«

»Sie fahren nach Hause? Das war ja ein kurzer Urlaub. Meine Tante erzählte mir, dass sie gestern auf dem Weg zu einer Freundin waren, als sie zu uns ins Geschäft kamen.«

Na endlich, dachte Heide amüsiert. Diese Frage hatte sie bereits am Vortag erwartet, als sie die Bäckerei das erste Mal betrat. »Ich habe meine Bekannte Beate Buttenstett besucht«, stimmte sie bereitwillig zu.

»Ach die Beate, die kenne ich gut. Sicher haben Sie mit ihr studiert. Sind Sie auch Lehrerin?«

»Ich arbeite in einem Büro«, umschrieb Heide großzügig ihre Tätigkeit.

»Tante Martha ist etwas ... etwas komisch ... ein bisschen ...« Renate Lübhein wurde rot. Sie zögerte und musterte verlegen einen Bogen Einschlagpapier, ehe sie das Brot darauflegte.

»Sonderbar?«, half Heide ihr.

»Richtig, genauso ist sie. Sonderbar! Marthas Katzenträume haben mir früher eine entsetzliche Angst eingejagt. Solange man ein Kind ist und nicht selbständig denken kann, lässt man sich von dieser Spökenkiekerei beeindrucken. Jetzt raubt mir ihr Gerede nicht mehr den Schlaf.« Sie legte den ordentlich eingepackten Weggen auf die Glasablage und fügte erklärend hinzu: »Martha hat zu viel Phantasie. Mit den Jahren ist sie immer schrulliger geworden. Vergessen Sie, was sie Ihnen erzählt hat. Ich bekomme von Ihnen zweiachtzig.«

»Diese merkwürdige Geschichte, dass ein Mann, der Schöllen heißt, verschwunden sei, die hat Ihre Tante aber nicht frei erfunden«, stellte Heide fest, während sie ihr Portemonnaie aus der Handtasche kramte und das Geld abgezählt in eine Plastikschale legte, auf der die hiesige Raiffeisenbank mit ihrem Logo warb.

»Der Gerald Schöllen ist häufig geschäftlich verreist«, erklärte Renate Lübhein. »Martha bringt da wohl einiges durcheinander. Sie feiert bald ihren 85. Geburtstag, da sollte man nicht alles für bare Münze nehmen, was sie den Tag über so von sich gibt.«

Heide lachte. »Unser Familienoberhaupt heißt Lydia. Sie ist meine Großmutter und wird in diesem Jahr sechsundachtzig. Wir spielen regelmäßig Schach, und sie schlägt mich öfter, als mir lieb ist. Wenn ich wissen möchte, wie viele Tore die Spieler des VfL Osnabrück vor drei Wochen oder vor zwei Monaten geschossen haben, rufe ich sie an. Sie kennt jedes Mal die richtige Antwort.«

Die Bäckersfrau zeigte deutlich, dass Heides Reaktion nicht annähernd so ausgefallen war, wie sie es sich erhofft hatte. Sie zog die Mundwinkel nach unten, blickte in die Spiegelwand hinter der Theke, löste nervös die ansehnliche Schleife ihrer Servierschürze, um gleich darauf eine neue zu binden, ebenso untadelig und symmetrisch wie die vorherige. »Wie auch immer! Zumindest kostet diese alte Frau mich meine letzten Nerven«, klagte sie kopfschüttelnd. Sie atmete einige Male tief durch, besprühte die Glasfläche der Ablage und polierte ausgiebig mit einem geplätteten Küchentuch nach, ehe sie sich Heide erneut zuwandte. »Ja, die Menschen sind verschieden. Manche sind im hohen Alter noch richtig fit, und andere bekommen nichts mehr auf die Reihe.«

Heide musterte Frau Lübhein, die, nachdem sie die Verkaufstheke zum Glänzen gebracht hatte, mit ihrem Tuch über das Glas einer gerahmten Fotografie fuhr. Während sie sich das Bild besah, auf dem mehrere Männer in der Berufskleidung der Bäcker abgelichtet waren, fiel Heide die unbekannte Schönheit mit dem Namen Alexandra Rosenbring ein.

»Wissen Sie, wo ich die Familie Rosenbring finden kann?«, schoss sie aufs Geratewohl einen Versuchsballon ab.

»Nein«, murmelte Frau Lübhein, den Blick starr aus dem Fenster auf die Straße gerichtet. »Den Namen Rosenbring habe ich noch nie gehört.«

Bingo! Volltreffer!, entschied Heide, als sie das Brot

vom Ladentisch nahm. »Es fällt mir schwer zu glauben, dass Sie Alexandra Rosenbring nicht kennen«, erwiderte sie, ehe sie der Bäckersfrau einen schönen Tag wünschte und den Laden verließ.

*

Simone Schöllen kam nach einer Weile in der Begleitung einer dunkelblonden Frau zurück in den Wohnraum und stellte sie Dieter und Michel als ihre Schwester Beate Buttenstett vor. Dieter musterte Beate interessiert. So sah er also aus, der Anlass seines Ärgers. Wegen dieser Frau – die weder Haila noch ihn direkt anschauen mochte und an deren Mundwinkel sich bereits Falten der Erbitterung eingegraben hatten – hatte seine anschmiegsame Heide den heftigsten Streit der letzten acht Wochen mit ihm vom Zaun gebrochen. Er begriff beim besten Willen nicht, was in sie gefahren war. Wie konnte sie einer Person vertrauen, in deren Gesicht er auf Anhieb las, dass sie in ihrem Leben wenig gelacht und vieles hatte erleiden müssen. Außerdem fand er es äußerst fragwürdig, dass sie dem Anschein nach ebenso nervös war wie ihre Schwester Simone.

Beate brachte ein knappes *Guten Tag* über ihre Lippen und lehnte das Angebot ihrer Schwester, eine Tasse Kaffee mit ihnen zu trinken, rundweg ab. Stattdessen hockte sie sich zu Paula auf den Teppich und umarmte sie.

»Hallo Mäuschen, wollen wir ein wenig draußen spielen?«

»Das ist eine sehr gute Idee«, stimmte Simone Schöllen eifrig und hocherfreut zu.

Beate nahm Paula auf den Arm und verließ mit dem Kind den Raum.

Wenig später waren Tante und Nichte durch die deckenhohen Fensterscheiben im Garten zu sehen. Beate platzierte Paula, die jetzt einen blauen Anorak trug, auf der Sitzfläche einer Schaukel, gab ihr ein paar Mal Schwung, hob das Kind anschließend auf eine Rutsche und marschierte kurz darauf mit ihr zu einem Sandkasten. Dieter beobachtete Beate und fühlte sich bei ihrem Anblick an ein aufgescheuchtes Huhn erinnert. Sobald sie einmal nicht an dem Kind zerrte, strich sie die Haare hinter die Ohren oder zupfte an ihrem langen, weiten Rüschenrock, an ihrem Pullover oder Schal herum.

Dieter nippte an seinem Kaffee, stellte fest, dass er zu dünn und mittlerweile auch kalt geworden war, und machte sich seine Gedanken über die beiden Schwestern, die sich zwar ähnlich sahen, aber trotzdem gegensätzliche Gefühle in ihm hervorriefen. Beate Buttenstetts Anblick bereitete ihm Unbehagen, ohne dass er sich dieses Gefühl genau erklären konnte. Es mochte daran liegen, dass sie der Anlass seiner Streitereien mit Heide war, die ihn belasteten, weil sie die Nacht überdauert hatten. Des ungeachtet, war Simone Schöllen, mit den leicht blondierten Haaren, der adretten Frisur und der geschmackvoll gewählten, figurbetonten Kleidung, zweifellos die hübschere der beiden Schwestern. Sie wirkte weiblicher als Beate und war ihm bereits auf den ersten Blick wesentlich sympathischer gewesen. Allerdings hielt auch Simone Schöllen – rein äußerlich gesehen und obwohl sie mindestens zehn Jahre jünger war als Heide – keinem Vergleich mit seiner Schönen stand. Heide war größer und besser proportioniert. Obwohl sie sich immerzu über ihre Rundungen beklagte und ständig übers Abnehmen sprach, wollte er kein einziges Gramm an ihr missen.

Widerwillig trank er den kalten Kaffee und setzte die Befragung dort fort, wo Beate Buttenstett sie mit ihrem Erscheinen unterbrochen hatte. Allerdings merkte er sehr schnell, dass er sich keinen Zentimeter vorwärts bewegte, da die Hausherrin offenbar beschlossen hatte, Märchen zu erzählen. Er gab die Gesprächsleitung achselzuckend an Haila weiter, der ebenso wenig erreichte wie er. Eine Weile ließen sie Simone Schöllen reden, ohne sie zu unterbrechen. Im Wesentlichen erfuhren sie, dass Gerald Schöllen ein äußerst friedfertiger Mensch, ein liebevoller Vater und Ehemann und ein fairer, erfolgreicher Geschäftsmann gewesen sei.

»Eines weiß ich sicher«, stellte Dieter fest, nachdem sie sich verabschiedet hatten und zu ihrem Wagen gingen. »Ich habe selten jemanden befragt, der mich dermaßen ungeschickt angelogen hat wie Frau Simone Schöllen. Torben soll herausfinden, wer Ichad ist. Ich bin mir ziemlich sicher, dass er keine Person, die diesen Namen trägt, in Paulas Krabbelgruppe finden wird. Außerdem werden wir uns verstärkt auf die Suche nach Schöllens Wagen begeben. Aber zuerst sehen wir uns einmal Holte an.«

Michel verzog keine Miene und schwieg.

»Was ist mit dir, Haila?«, fragte Dieter.

»Die Kleine da, diese Paula, mit der möchte ich keinen Nachmittag verbringen«, knurrte Michel und dachte dabei an seine verstorbene Frau Barbara und an die ruhige, besonnene Art, mit der sie Jenny erzogen hatte.

»Bist du beleidigt, weil sie dich nicht mag?«, fragte Dieter amüsiert. »Oder weißt du jetzt endlich, wie dankbar du sein musst. Nicht jedes Kind ist so artig wie deine sanfte Jenny.«

*

18. Mai 2006

Meine liebe Schwester,

bis vor einigen Wochen wussten meine Töchter nicht, wer Suse oder wer Bine ist. Es war Bine, die als Erste begriff. Sie schaute in den Spiegel, zeigte auf ihr Abbild und anschließend auf sich selbst und nannte ihren Namen. Jetzt haben beide ihr eigenes Ich erkannt. Sie wissen, dass sie getrennt voneinander existierende Personen sind, und haben damit einen großen Teil ihrer Zweisamkeit bereits verloren. Niemand weiß besser als ich, dass die Zwillinge mit dieser Erkenntnis den ersten Schritt in das finstere Tal der Einsamkeit gegangen sind.

Am liebsten spielen sie in Mariannes Garten. Ihr Vater hat ihnen ein hellblaues Miniaturhaus mit den passenden Einrichtungsgegenständen aus Holz gebaut und die Möbel bunt angestrichen. In ihrem Spielhaus befinden sich zwei Zimmer. Die Fenster haben bruchsichere Butzenscheiben und Klappläden. Der Eingang besteht aus einer kunstvoll gestalteten Kassettentür. Sie lässt sich mit einem goldfarbenen Schlüssel verschließen, und über dem Schloss wurden ein gleichfar-

biger Griff und ein Schildchen angebracht, in das die Namen der Bewohnerinnen eingraviert sind.

Nur manchmal machen meine Töchter mir ein wenig Platz in ihrer geheimen Welt der Zweisamkeit. Sie laden mich in ihr Wohnzimmer ein. Dann darf ich mich auf ihre niedrige rosa Holzbank setzen, und sie kredenzen mir selbstgebackenen Sandkuchen. Bis vor kurzem tranken wir den Phantasiekaffee aus imaginären Tassen. Doch letzte Woche bin ich auf den Dachboden gestiegen und habe das winzige blau geblümte Puppenservice aus unserer alten Spielkiste geholt. Sicherlich erinnerst du dich an das Geschirr. Suse und Bine freuten sich, als ich es ihnen in ihr Häuschen brachte, und schenkten mir verschiedene märchenhafte Getränke ein.

Sie sprachen mit mir in der Sprache, die auch ich verstehe. Doch diese Momente des Glücks sind leider spärlich gesät. Sehr bald zeigten sie mir, dass mein Besuch lang genug gedauert hatte.

Vor dem Kinderhäuschen steht ein lindgrünes Schaukel- und Klettergestell, daran hängen zwei armdicke Kletterstricke und vier Schaukeln mit rotem Sitzbrett und knallgelber Rückenlehne. Nebenan, auf einem aufgeschütteten, mit Efeu bewachsenen Hügel, befindet sich eine großflächige Sandkiste. Die Spitze des Babyberges können die Mädchen über eine flach geneigte Leiter direkt erreichen oder bäuchlings über die Grünfläche. Ich habe beobachtet, dass Bine stets als Erste oben ist. Sie klettert flink die Stufen hinauf, während Suse den Berg hochrobbt. Ohnehin ist Bine ihrer Schwester stets einige Schritte voraus. Sobald ich die Terrassentür öffne, rennen beide im Gleichklang nebeneinander ins Freie. Auf dem Rasen hat Bine bereits einen Meter Vorsprung. Weil sie ihre Schwester einholen möchte, schreit Suse häufig und ruft: »Halt an, Bine, halt an.« Von diesem Geschrei lässt Bine sich nicht beeindrucken. Doch sobald Suse stolpert und fällt, bleibt sie augenblicklich stehen und wartet, bis ihre Schwester sich aufgerappelt hat. Dauern ihr Suses Bemühungen zu lange oder weint sie zu erbärmlich, marschiert Bine zurück. Sie tröstet ihre Schwester in diesem – mir unverständlichen – Kauderwelsch und hilft ihr auf die Beine. Nach Suses Sturz bewegen sie sich nur einen kurzen Augenblick auf gleicher Höhe, laufen lediglich einige Zehntelsekunden im Gleichschritt. In diesen Momenten weiß ich sicher, dass Suses Seele Deiner ähnelt und Bine nach mir kommt. Auch ich hätte Dir helfen müssen, nachdem Du gestrauchelt warst. Ich hätte wissen müssen, dass Dir die Kraft zum Aufstehen fehlte. Verzeih mir!

In Liebe Deine Christina

Marianne legte den Brief zur Seite, als Volker das Esszimmer betrat. Er hielt ein vollbepacktes Frühstückstablett in den Händen und stellte es auf dem Esstisch ab. Als er sah, dass sie geweint hatte, nahm er ein Taschentuch aus der Brusttasche seines Jacketts und reichte es ihr.

Marianne bemühte sich um ein Lächeln. Sie kannte Volker fast fünfzig Jahre. Er war der beste Freund ihres verstorbenen Mannes gewesen und hatte ihr so manches Mal in schweren Zeiten beigestanden. »Seit wie vielen Jahren leihst du mir diese weißen Damasttücher?«, fragte sie.

»So lange ich lebe, mein Liebes, werde ich für dich stets ein frisch gebügeltes bei mir tragen.«

»Wundert deine Zugehfrau sich nicht über deinen enorm großen Bedarf?«, versuchte sie zu scherzen.

»Es überrascht sie, dass die Tücher ständig auf merkwürdige Weise verschwinden und ich alle paar Wochen neue kaufen muss«, erwiderte Volker und dachte, dass es weniger schmerzhaft war, ihre Tränen zu sehen, als das gequälte, nur ihm zuliebe aufgesetzte Lächeln, das nicht bis in ihre Augen reichte. Früher war sie eine lebenslustige, temperamentvolle Frau gewesen. Ihre wundervolle Altstimme hatte das Haus und den Garten mit den herrlichsten Liedern erfüllt. Pausenlos war sie in Bewegung gewesen, hatte sich und allen anderen bewiesen, dass auch die Schritte, die man notwendigerweise machen musste, um sich fortzubewegen, in einen Tanz verwandelt werden konnten.

Seitdem ihre Enkelkinder verunglückt waren, wirkte sie oft wie erstarrt und die ihr eigene Heiterkeit wurde verdeckt von einem Schleier, den ihr das Schicksal aus Melancholie gewoben hatte. Nur selten gelang es Volker, diesen Schleier anzuheben, und in wenigen glücklichen Momenten entdeckte er darunter die Lebensfreude, die er so sehr an ihr liebte. Er war bei Gott nicht abergläubisch, doch ab und an überkam ihn der Gedanke, auf Mariannes Leben laste ein Fluch. Den frühen Tod ihres Mannes hatte man durchaus als Schicksalsschlag bezeichnen dürfen, aber nicht das Unglück, das anschließend über sie und ihren Sohn Richard hereingebrochen war. Dafür musste man Verbrecher verantwortlich machen, die ihrem Umfeld menschliche Gesichter zeigten. Dabei waren sie Bestien, die er täglich verfluchte und inbrünstig verabscheute. Erst durch Mariannes Leid war ihm bewusst geworden, dass er imstande war, einen bohrenden, abgrundtiefen Hass zu fühlen, der bis in den schwärzesten Winkel seiner Seele reichte.

Eine Gänsehaut bedeckte Mariannes Arme und zog bis über den Rücken. Sie fror plötzlich erbärmlich und meinte sicher zu wissen, dass die junge Frau, die soeben im Schritttempo mit ihrem Golf am Haus vorbeigefahren war, ihr und auch ihrem Sohn Richard Unheil bringen würde. Sie erhob sich, ging zum Tisch, betrachtete die Vase, in die Volker sein wöchentliches Blumengeschenk gestellt hatte, und dachte, dass er der gütigste und fürsorglichste Mann war, den sie kannte. Seine Komplimente wärmten ihre Seele und stärkten ihr Selbstbewusstsein. Sie deckte das Geschirr auf, schob die Vase mit dem Strauß in die Tischmitte und bat Volker Platz zu nehmen. Ehe sie sich zu ihm setzte, griff sie nach der Teekanne, schenkte ein, stellte die Kanne zurück auf ein versilbertes Stövchen und schob den Brotkorb neben Volkers Gedeck.

»Erzähle mir, was dich bedrückt!«, bat er.

Sie räusperte sich und war bemüht, ihrer Stimme einen sachlichen Ton zu geben. »Eine junge Frau hat gestern bei Renate Kuchen gekauft und erzählt, dass sie Beate Buttenstett besuchen möchte. Anschließend kam sie zu Tommy und mir in die Apotheke und verlangte nach Kopfschmerztabletten. Eben habe ich sie wieder gesehen. Sie fuhr am Haus vorbei. Richard weiß von Simone, dass diese Frau eine Detektivin ist, die von Beate Buttenstett beauftragt wurde, nach Gerald Schöllen zu suchen.«

»Interessiert sie sich nur für den vermissten Schöllen, oder will sie in der Vergangenheit graben und Unruhe stiften? Hat sie Fragen gestellt?«

Marianne zuckte mit den Achseln. »Leider ist sie bereits gestern im Laden auf Tante Martha getroffen, die ihre Spökenkiekerei zum Besten gegeben hat. Offenbar ist es der jungen Dame sichtlich schwergefallen, ihr Interesse an Marthas Geschichten zu verbergen. Eben hat Renate angerufen und mir erzählt, dass diese Frau sich heute Morgen nach der Familie Rosenbring erkundigt hat und wissen wollte, wo sie Alexandra finden kann.«

»Es wäre verfrüht, sich deswegen Sorgen zu machen. Wir müssen abwarten.«

»Ja, wahrscheinlich hast du recht. Ich bin entsetzlich angespannt«, vertraute sie ihm an. »Diese junge Frau …? Sie wirkte auf mich, als sei sie …« Marianne zögerte. »Ich weiß nicht, wie ich es erklären soll, es ist nur ein Gefühl. Um ehrlich zu sein, ich bin sehr beunruhigt.«

Volker nahm ihre Hand und lächelte beruhigend. »Es gibt keinen Grund, sich aufzuregen, Liebes.«

»Wahrscheinlich nicht«, stimmte sie halbherzig zu, während sie sich große Mühe gab, sein Lächeln zu erwidern. Sie sah ihn an. Volkers Haar war licht geworden in den letzten Jahren. Früher war er untersetzt, fast dick gewesen. Doch seit einigen Wochen verlor er kontinuierlich an Gewicht. Er bewegte sich regelmäßig und ernährte sich gesund. Vor der geplanten Heirat mit ihr unternahm er tatsächlich alles Denkbare, um ihr zu gefallen.

Volker erwiderte ihren Blick. Er sah die Traurigkeit in ihren Augen und wusste, woran sie dachte. »Wenn Kinder vor den Eltern und den Großeltern sterben, geschieht eine Katastrophe«, murmelte er.

»Die Welt gerät aus dem Gleichgewicht«, bekannte sie. »Die Regel des Sterbens, alt vor jung, wird außer Kraft gesetzt. Ganz gleich, wie sehr du dich bemühst, wie tief dein Glaube an Gott ist. Du erkennst keinen Sinn in dem Geschehen, und du verlierst jede Hoffnung. Wen trifft die Schuld an dem Tod der Kinder? Christina? Mich? Müssen wir über Schicksal reden? Über Fügung oder über Gottes Wille? Sag es mir.«

Volkers Gesicht erstarrte, und der Ausdruck seiner Augen wurde hart. »Ich werde die Schuld nicht bei den Unschuldigen suchen und genauso wenig bei Gott! Wann werden die Verbrecher büßen und wo? Im Himmel? In der Hölle? Mir ist es lieber, sie bekommen ihre Strafe im Hier und Jetzt!«

Nüchtern betrachtet gab es tatsächlich keinen Anlass zur Besorgnis, überlegte Marianne. Zu Tommy und zu Renate Lübhein kamen häufig Fremde. Warum nicht eine Detektivin? Die Bäckerei war auch außerhalb des Dorfes bekannt für gute Qualität, und die Jugendstil-Einrichtung der Apotheke war bereits des Öfteren in Lokalblättern und in Fachzeitschriften abgebildet gewesen. Die Schränke ihres Urgroßvaters hatten seitdem so manchen interessierten Antiquitätenhändler in den Ort gelockt. Marianne betrachtete den Brotkorb, griff nach einem Rosinenbrötchen und legte es auf ihren Teller. Sie wollte gerne mit der Vergangenheit abschließen und positiv in die Zukunft schauen. Vielleicht war der Name Rosenbring zufällig gefallen, überlegte sie und wusste doch, dass es solche Zufälle nicht gab.

*

Tante Martha wohnte in der Dorfmitte, in einem älteren Klinkerbau. Heide hatte nach einer Türklingel oder einem Klopfer gesucht und anschließend – als sie weder das eine noch das andere entdeckte – einige Male laut gerufen. Weil die Hausherrin sich auch daraufhin nicht meldete, drückte sie energisch die Messingklinke hinunter und war nicht überrascht, die Haustür unverschlossen vorzufinden. Heide betrat einen langen, schmalen Flur, der das Erdgeschoss mittig teilte, blieb zögernd stehen und rief ein weiteres Mal. Noch bevor sechs der zehn Minuten Wartezeit vergangen waren, die Heide ihrer Ungeduld abgetrotzt hatte, öffnete die alte Dame eine der drei Türen, die sich auf der linken Flurseite befanden. Martha zeigte ehrliche Freude über den Besuch. Ihre niedlichen, grauen Löckchen wippten, als sie Heide fröhlich begrüßte und in eine kleine Wohnstube bat, deren Fenster zur Hauptstraße zeigten.

Heide ließ sich auf ein zierliches, dunkelgrünes Plüschsofa fallen, das den Namen Kanapee verdiente, und streckte die Beine von sich. Tante Martha stellte eine Porzellan-Bonbonniere auf den Tisch, direkt neben ein aufgeschlagenes Buch, und nahm den Deckel ab. Heide entdeckte zu ihrer Freude Konfekt, ließ sich von der Gastgeberin erzählen, dass diese Süßigkeiten in eigener Heim- und Handarbeit entstanden waren, und langte zu. Nachdem die erste dieser Köstlichkeiten vernascht war, griff sie nach dem Buch, registrierte mit leichter Verwunderung, dass sie die Bibel in der Hand hielt, legte sie zurück und verdrückte einige weitere Pralinchen, bis ihr Kreislauf langsam wieder in Schwung kam.

»Du musst was Vernünftiges in den Magen kriegen. Bestimmt hast du noch nicht gefrühstückt«, sagte Tante Martha, als sie zurückkam. »Jemand, der morgens mit diesem Heißhunger in meine Bonbondose fasst, hat nichts Anständiges gefrühstückt. Ich hab dir ein Käsebrot gemacht mit Lübheins Weggen. Der schmeckt besonders lecker, wenn man ihn dick mit guter Butter bestreicht und dann 'ne Menge jungen Gouda drauflegt.«

Heide griff nach dem belegten Korinthenbrot, biss hinein, kostete, genoss und stellte zufrieden fest, dass Tante Martha nicht übertrieben hatte. Sie konzentrierte sich mit allen Sinnen auf ihren Imbiss und war sich gewiss, niemals zuvor in ihrem Leben ein so köstliches Brot gegessen und einen so delikaten, aromatischen Kaffee getrunken zu haben.

Tante Martha setzte sich ihr gegenüber und beobachtete sie zufrieden. »Schmeckt es dir?«

»Köstlich!«, erwiderte Heide mit vollem Mund. Sie wischte sich mit der Serviette den Mund ab, genoss den letzten Schluck Kaffee und seufzte behaglich. »Jetzt geht es mir richtig gut. Das war wundervoll. Ich fühle mich wie neugeboren.«

»Schön, dass du satt bist.«

»Sie lesen in der Bibel?«

»Manchmal, wenn ich mir nicht sicher bin, was ich machen soll, sagen mir Gottes Worte, was falsch und was richtig ist.«

»Heute auch?«

»Ja, Lukas, Kapitel 6, der 37. Vers. Ab und an kommen einem ja Zweifel an dem, was unser Herrgott mit seinen Menschenkindern anstellt, aber ich bin nun mal ein Christenmensch und kein Chinese. Deshalb muss ich wohl glauben, dass alles, was er tut, irgendwie seine Richtigkeit hat.«

Heide war verblüfft. Sie schwieg eine Weile und dachte darüber nach, ob Tante Martha mit der Bemerkung, sie sei kein Chinese, etwas Besonderes gemeint haben könne. Sie beobachtete ihre Gastgeberin, fand aber in ihrer Mimik rein gar nichts, was diesen Verdacht bestätigte. Tante Martha hatte das Buch in beide Hände genommen und schaute mit regungslosem Gesicht auf den schwarzen Einband.

Ein bisschen verschroben war die alte Frau tatsächlich. In dieser Hinsicht musste man Renate Lübhein und auch Beate zustimmen. Aber das tat der Sympathie, die Heide für sie empfand, keinen Abbruch. Wahrscheinlich war Tante Martha zu oft allein und vereinsamte langsam, aber stetig. Möglicherweise erging es den alten Leuten auf dem Land ebenso wie den Städtern, wenn die Kinder und Enkelkinder nicht in der Nähe wohnten. Sie würde Tante Martha ihre Telefonnummer geben und sich demnächst mit einer Grußkarte für das leckere Frühstück bedanken.

Eigentlich hatte Heide sich vorgenommen, nach Marthas Enkelin Nele zu fragen, die laut Beate gar nicht existierte. Doch jetzt ließ sie von ihrem Vorhaben ab. Wahrscheinlich lag Beate mit ihrer Vermutung richtig, aber wen interessierte es, ob Nele in der Realität existierte. Was war Schlimmes daran, dass Tante Martha sich ihre Wünsche in den Alltag träumte. Hatte sie selbst als Kind nicht auch lange Gespräche mit einem imaginären, rothaarigen Mädchen geführt? Und wem hatte sie damit geschadet? Niemandem. Also bitte: Etwas mehr Herz! Beate konnte ihr mit ihrer angeblichen Wahrheitsliebe und ihrem Gefasel von einer beginnenden Altersdemenz den Buckel runterrutschen.

Martha schenkte Heide ungefragt Kaffee nach und schob ihr das Milchkännchen zu. »Willst du mir nicht erzählen, warum du ins Dorf gekommen bist? Du denkst, dass ich 'ne Tratsch-Tante bin. Das stimmt, aber wenn es drauf ankommt, kann ich schweigen wie ein Grab.«

Das Wort *Grab* war Heides Stichwort. Es erinnerte sie an den Zweck ihres Besuches. »Sie erzählten mir gestern, Marianne Wanner sei vom Schicksal ordentlich gebeutelt worden und man müsse lediglich auf den Friedhof gehen, dann wisse man Bescheid. Was wollten Sie mir damit sagen?«

Martha lächelte listig und blickte Heide aus funkelnden Augen an. »Wem hab ich das erzählt?«

Heide schmunzelte. »Mir!«

»Wer ist *mir*?«

Heide mochte Tante Martha. Der Wortwitz und auch das Temperament der alten Dame gefielen ihr. »Ich!«, kicherte sie.

»Wer ist *ich*? *Ich* ist nicht Beates Freundin.«

»Nein? Warum ist Beate nicht meine Freundin?«

»Beate und du, ihr passt nicht zusammen. Beate hat keinen eigenen Kopf. Das hat se von ihrer Mutter geerbt. Ilse hatte auch keinen, aber du, du hast einen. Da wette ich drauf!«

»Okay. Ich verrate Ihnen ein Geheimnis, wenn Sie mir versprechen, es für sich zu behalten.«

Martha nickte. »Nur zu, ich bin schon ganz kribbelig. Spann mich nicht länger auf die Folter.«

»Ich bin eine Privatdetektivin und versuche herauszufinden, wo sich Gerald Schöllen befindet. Ich verdiene mein Geld also mit dem, was Sie nicht ausstehen können! Ich stecke meine Nase in die Angelegenheiten fremder Leute.«

»Das ist interessant. Hast du eine Pistole bei dir?«

»Nein«, log Heide und dachte an die Waffe in ihrer Handtasche und daran, dass Tante Martha und Oma Lydia fast die gleichen Fragen stellten. Ihre Omi ängstigte sich auch unentwegt um sie, träumte von wilden Schießereien, Straßengangs und Entführungsdramen. »Polizisten sind bewaffnet. Ich wäre zwar gerne eine Polizeibeamtin geworden, aber ich bin es nicht.«

»Warum bist du keine geworden? Du guckst mich an, als ob es dir leidtut.«

Heide seufzte. »Ich habe den sportlichen Anforderungen nicht genügt.«

Martha lachte. »Du bist, um es mal so zu sagen, wie es ist, mit Pauken und Trompeten durch die Prüfung gefallen.«

»Genauso ist es.« Diese Schmach würde sie nie überwinden, gestand Heide sich ein und seufzte. »Ich bin«, erklärte sie, »leider ziemlich unsportlich und habe den Sporttest, der damals während der Aufnahmeprüfungen durchgeführt wurde, nicht bestanden.«

Der athletische Zehnkämpfer Dieter war fassungslos gewesen und hatte, als sie ihm von der Blamage berichtete, gelacht wie nie zuvor in seinem Leben. Anschließend hatte er ihr vorgeschlagen, ordentlich mit ihm zu trainieren und das ganze Prozedere zu wiederholen. Doch Heide hatte seinen Vorschlag entschieden und empört von sich gewiesen. Wenn der deutsche Staat sie nicht als Polizistin wollte – na bitte – dann eben nicht. Sie hatte beschlossen, erst Jura zu studieren und danach eine Detektei zu gründen, dieses Vorhaben gegen den Willen ihres Vaters zügig durchgesetzt und ihre Entscheidung im Großen und Ganzen nie bedauert.

»Ich sagte schon, dass ich verschwiegen bin wie ein Grab – wenn ich will«, wechselte Martha abrupt das Thema. »Schöllen ist tot, da wette ich drauf, aber mir glaubt ja keiner. Um ihn ist es nicht schade. Das war einer, mit dem ein anständiger Mensch nichts zu tun haben sollte. Vor ein paar Jahren wurde schon einmal viel über die Familie Wanner geredet. Wenn zu viel und zu lange gequasselt wird, dann macht man den Menschen, um die es geht, das Leben schwer. Das will ich Marianne nicht antun. Aber eines verrate ich dir. Geh auf den Kirchhof und guck dich da mal um.«

Ältere Leute beschäftigten sich liebend gerne mit der Grabpflege und gingen häufig zum Friedhof, dachte Heide. Sie musste nicht das Grab ihrer Mutter besuchen, um sich ihr nahe zu fühlen. Einen Friedhofsbesuch würde sie sich ersparen. »Wo sollte ich mich Ihrer Meinung nach umsehen?«, fragte sie.

»Über wen haben wir denn eben gesprochen?«

»Über Gerald Schöllen!«

»Und über wen noch?«

»Über die Familie Wanner.«

»Guck einer an, wir verstehen uns.«

»Nein, ich begreife nichts. Was soll dieses verflixte Ratespiel? Ich bin auf der Suche nach dem vermissten Gerald Schöllen. Seit gestern tappe ich im Dunkeln, und Sie werfen mir kleine Häppchen hin, die mich nicht satt machen. Was – verflixt noch einmal – hat die Familie Wanner mit Schöllen zu schaffen?«

»Du musst weiter denken, Kind. Ich meine, nicht nur von gestern bis heute.«

Heide seufzte. Mittlerweile ging ihr das Frage-und-Antwort-Spiel, bei dem die Antworten stets im Nebel verschwanden und nicht zu greifen waren, auf die Nerven. Sie öffnete ihre Handtasche und suchte die Fotografie darin, auf der Beate mit dem unbekannten Mädchen zu sehen war. Nachdem sie das Bild gefunden hatte, legte sie es vor Tante Martha auf den Tisch. »Kennen Sie diese Schönheit? Das Foto habe ich in der Dunkelkammer des verstorbenen Herrn Buttenstett entdeckt. Merkwürdigerweise gab es noch unzählige andere, auf denen Beate mit diesem Mädchen abgebildet ist. Ich habe den Eindruck gewonnen, dass diese Unbekannte Beate sehr gut kennt. Deswegen würde ich mich gerne mit ihr unterhalten.«

»Beate Buttenstett! Das ist Beate Buttenstett!«

Heide verdrehte die Augen und setzte ungeduldig

nach: »Mich interessiert die junge Dame mit den großen, blauen Augen und den wundervollen blonden Haaren, die neben Beate sitzt.«

Tante Martha räusperte sich. Heide blickte auf und stellte fest, dass die Augen der alten Frau sich mit Tränen füllten. »Das ist Beates Freundin«, murmelte sie mit belegter Stimme, ehe sie leise den Namen nannte. »Alexandra Rosenbring.«

»Alexandra Rosenbring! Richtig! So heißt sie, aber wo finde ich sie?«, fragte Heide resolut.

Tante Martha legte ihre Hand auf die Bibel und flüsterte: »Die Alexa ist beim lieben Gott. Ich habe gebetet, und jetzt weiß ich es sicher. Der liebe Gott passt jetzt gut auf sie auf.«

*

Helen meldete sich mit dem zweiten Klingelzeichen. Heide wartete die liebliche Kundenbegrüßung ihrer Mitarbeiterin nicht ab, wünschte sofort einen schönen guten Morgen und bat sie nachzusehen, was in der Bibel unter Lukas, Kapitel 6, Vers 37 zu lesen war. Anschließend erzählte sie knapp von der Fotografie, die ihr zufällig in die Hände gefallen war, und beschrieb die Reaktionen der beiden Personen, bei denen sie sich nach Alexandra Rosenbring erkundigt hatte.

Helens Ehrgeiz war geweckt, noch ehe Heide zu Ende gesprochen hatte, und sie reagierte wie erwartet. »Sie blocken, Chefin! Die Bäckersfrau ebenso wie die liebenswerte, ältere Dame Martha. Wer blockt, will verhindern, dass man irgendjemandem auf den Pelz rückt. Ich mach mich gleich dran. Müsste ja mit dem Deubel zugehen, wenn ich nicht erfahren würde, was es mit dieser Alexandra Rosenbring auf sich hat und wie, wann und wo sie gestorben ist.«

Heide beendete das Gespräch und wollte die Hauptstraße just in dem Augenblick überqueren, in dem Michel Haila den Dienstwagen im Schritttempo durch das Dorf kutschierte.

»Wer geht denn da spazieren?«, fragte Michel betont heiter. Er hielt an und gab Heide mit einer Handbewegung zu verstehen, dass er ihr den Vortritt ließ.

Sie warf ihm ein knappes Lächeln zu und nahm das Angebot mit einem Kopfnicken an. Während sie dicht am Auto entlang über die Straße ging, schlug sie mit der flachen Hand laut klatschend auf das Blech der Motorhaube, ohne Dieter auf dem Beifahrersitz zu beachten.

»Fahr bitte dort drüben auf den Parkplatz«, forderte er, den Blick auf Heide gerichtet, die ihren Weg auf der anderen Straßenseite mit schnellem Schritt fortsetzte. Noch ehe Haila eingeparkt hatte, schnallte Dieter sich ab, riss die Beifahrertür auf und spurtete los. Als er Heide eingeholt hatte, hielt er sie am Ärmel fest.

»Guten Morgen, meine Schöne.«

Heide blieb stehen und sah sich suchend um. »Wo finde ich beides? Ich sehe keine Schöne und auch keinen guten Morgen!«

Dieter umarmte sie fest und drückte sein Gesicht in ihr Haar. »Es tut mir leid!«

»Falsch, mein Lieber. Du müsstest eigentlich sagen: Es tut mir leid, Dickkopf«, murmelte sie in seine Lederjacke.

»Ich liebe dich, du Dickkopf, und es tut mir sehr leid,

und ich verspreche dir, ich werde mich bessern«, erwiderte er und begann zu lachen. »Wenn ich beim Aufwachen nicht deine verwuschelten Haare und deine miesepetrige Miene sehen darf, geht's mir den ganzen Tag bescheiden.«

»So einfach funktioniert das dieses Mal nicht«, wehrte sie ab und befreite sich energisch aus seinen Armen. »Lass dir etwas einfallen. Mit dem Männchen machen und bitte, bitte, meine Schöne, gewinnst du dieses Mal keinen Blumentopf. Da gibt es nichts zu lachen. Und leg mir ja nicht wieder einen Kilo holländische Bonbons vor die Haustür. Nichts hasse ich mehr als dieses zusammengewürfelte Mischmasch aus Pfefferminz, Himbeerdrops und Lakritz. Erwiesenermaßen macht es süchtig. Hat man ein klitzekleines Bonbon probiert, will man immer mehr. Man kann die Hände nicht davon lassen, bis die Tüte leer gefuttert ist.«

Dieter zog sie wieder eng an sich und flüsterte eindringlich, in einem Ton, der bei ihm selten war: »Versprich mir, dass du vorsichtig bist. Darum hatte ich dich bereits gebeten, ehe diese Rheinländerin über Laxhoffs Leiche gestolpert ist. Schöllen könnte der Mörder seines Halbbruders sein. Ich will mit meinen Vermutungen nicht ins Dunkle schießen, aber Schöllen und auch Laxhoff haben eine kriminelle Vergangenheit, und diesen Umstand solltest du bei deinen Recherchen nicht außer Acht lassen. Versprichst du es mir?«

»Ich verspreche es«, nuschelte sie in seine Lederjacke und fühlte sich geborgen.

*

Auf dem Weg nach Nordhorn bemerkte Heide, dass der lieben *Miss Marple* die Luft ausgegangen war. Sie beschloss, einen Abstecher bei ihrer Freundin Isabel einzulegen, um ihr Handy aufzuladen. Isabel, die Goldschmiedin, verkaufte ihren selbst entworfenen Schmuck in einem kleinen Geschäft, das sich in Nordhorns Innenstadt befand. Mit etwas Glück gelang es Heide, ihre Freundin bei dieser Gelegenheit zu überreden, ihr bei der anstehenden Aufgabe Gesellschaft zu leisten.

Isabel ließ sich nicht lange bitten. »Klar begleite ich dich«, stimmte sie sofort zu. »Eigentlich wollte ich die Auslage neu gestalten, aber das hat Zeit.«

Während *Miss Marple* an einer Steckdose zu Kräften kam, machten Heide und Isabel es sich in dem winzigen Personalraum des Geschäftes gemütlich. Heide erzählte in groben Zügen von ihrem Auftrag und sprach über den Passat mit dem Grafschafter Kennzeichen, den sie hinter Schöllens Haus entdeckt hatte. »Der Besitzer des Wagens heißt Richard Wanner. Er wohnt gleich um die Ecke in der Hagenstraße, am Alten Hafen. Ich habe mir eben die Wohnsituation dort angesehen. Er muss neben dem Gebäude parken, und er ist gezwungen, den vorderen Eingang zu nutzen.«

»Du willst dich vor die Tür stellen und auf ihn warten«, spöttelte Isabel.

Heide ignorierte den Einwand und fuhr fort: »Der Parkplatz und die Eingangstür sind leider nur von der Terrasse eines Cafés aus gut zu überblicken. Wir suchen uns einen Tisch im Außenbereich. Ich möchte mir einen ersten Eindruck von dem Mann verschaffen. Vielleicht habe ich mich auch verrannt. Möglicherweise ist es besser, ich sehe mich in der nächsten Woche an seiner Arbeitsstelle nach ihm um.«

»Du willst mir doch nicht etwa verschweigen, dass wir uns gleich aufmachen, um nach einem Entführer Ausschau zu halten?«, fragte Isabel ironisch.

»Richard Wanner hat keine Ahnung, wer wir sind – falls er uns überhaupt bemerkt. Außerdem gibt es bisher keinen Grund, anzunehmen, dass er in den Entführungsfall Schöllen verstrickt ist.«

»Was verheimlichst du mir? Du verschweigst mir etwas«, knurrte Isabel. »Deine Augen verraten, dass du auf der Jagd bist.«

»Ah ja! Tatsächlich? Das wundert mich. Wie sehen sie aus, wenn ich jage?«

»Sie verändern ihre Farbe. Das sanfte Rehbraun verwandelt sich in ein dunkles Jagdgrün, ähnlich wie bei meiner armen Mitzi – Gott hab sie selig. Diese Farbveränderung deiner Augen ist mir bereits vor mehr als zwanzig Jahren an dir aufgefallen.«

»I wo«, widersprach Heide halbherzig. Dieter hatte angeblich bereits Ähnliches beobachtet. Sie zögerte einen Moment, überlegte und entschied, Isabel von Gunnar Laxhoff zu erzählen. »Möglicherweise steht der Entführungsfall Schöllen mit einem Mordfall in Verbindung. In Haren an der Ems wurde eine männliche Leiche gefunden. Es handelt sich um Schöllens Halbbruder.«

»Weiß Dieter, dass dieser vermeintliche Kidnapper praktisch sein Nachbar ist?«, wollte Isabel wissen, als sie gemeinsam das Geschäft verließen.

Heide lachte. Isabel hatte die Sachlage klar erkannt.

Dieters Zuhause befand sich in der Synagogenstraße, lediglich einen Steinwurf vom Alten Hafen entfernt. Die Vorstellung, dass ihr Kommissar und Richard Wanner mit einem Bierchen auf gute Nachbarschaft angestoßen hatten, war tatsächlich erheiternd. »Vielleicht kennst du ihn auch, ohne es zu wissen. Schließlich liegt dein Laden fast ebenso dicht an Wanners Wohnung«, gab sie zu bedenken.

»Er könnte mir durchaus über den Weg gelaufen sein«, gestand Isabel zögernd ein. »Beschreib ihn mir!«

»Ich kann dir leider nicht genau sagen, wie er aussieht. Ich weiß nur, dass er wahrscheinlich sehr schlank und nicht sehr groß ist und eine Brille trägt. Ich habe …« Heide blieb abrupt stehen und sprach nicht weiter. Sie fasste ihre Freundin am Mantelärmel, drehte sich um und schlug die entgegengesetzte Richtung ein.

»Was ist los?«, flüsterte Isabel, die ihr gefolgt war. »Du siehst aus, als wäre dir ein Gespenst begegnet.«

»Bingo! Volltreffer«, erwiderte Heide aufgeregt. »Glück muss der Mensch haben.«

»Sprich deutlich. Ich begreife nichts.«

»Beinahe wären wir eben Simone Schöllen und ihren Töchtern in die Arme gelaufen«, erklärte Heide zufrieden. »Sie wurden von einem Brillenträger begleitet.«

»Richard Wanner?«

»Das herauszufinden, liebste Isabel, dürfte nicht schwierig sein«, erklärte Heide fröhlich und fügte mit strahlenden Augen hinzu: »Oh, ich liebe meinen Beruf. Gäbe es ihn nicht, ich würde ihn erfinden.«

*

Der BMW stand schräg vor Heides Carport, gerade so, dass sie genügend Platz hatte, um langsam und vorsichtig daran vorbeizufahren. Das Auto war ein Nachfolgemodell des Wagens, den Alexander während ihrer gemeinsamen Zeiten gefahren hatte. Die Farbe war fast identisch, auch die Ziffern auf dem Kennzeichen. Lediglich die Buchstaben waren andere. Statt *OS* für *Osnabrück* ein *L* für *Leipzig*, Alexanders neuen Wohnort, statt *AH* für *Alexander Hammer AP*, was vermutlich für *Alexander und Patricia* stand. Es wunderte Heide, dass er nach dem gestrigen Telefongespräch erneut einen Versuch unternahm. Sie fragte sich, was ihn dazu brachte, anzunehmen, sie könnte ihm alles, was er ihr angetan hatte, verzeihen.

Alexander hockte im Treppenhaus auf der obersten Stufe, direkt vor ihrer Wohnungstür. Die Ellenbogen hatte er auf die Knie gestützt und das Gesicht in den Händen vergraben. Als er sie hörte, erhob er sich und sah ihr entgegen. Heide erschrak, als sie ihm gegenüberstand. Er hatte abgenommen. Sein ehemals brünettes Haar wurde von unzähligen feinen, silberfarbenen Strähnen durchzogen. Hinter den Brillengläsern entdeckte Heide unter müden braunen Augen Tränensäcke, die von schlaflosen Nächten berichteten. Alexanders Anblick ging ihr nahe, und einen Atemzug lang überlegte sie, ihn in die Wohnung zu bitten. Es ging ihm schlecht, und sie hatten sich einmal sehr geliebt. Jetzt stand Alexander, der stets Wert darauf gelegt hatte, adrett auszusehen, in einem zerknitterten Anzug und ungeputzten Schuhen vor ihrer Tür und bat um Einlass. Was sprach dagegen, noch einmal ein Gespräch mit ihm zu führen, ihn zu trösten, ihm auf die Füße zu helfen, ihm zu verzeihen.

Er umfasste ihr Gesicht mit beiden Händen und blickte sie schweigend an. Momentaufnahmen ihrer Zweisamkeit stürzten auf sie ein und klickten, einer Diashow gleich, durch ihr Gedächtnis. Die Erinnerung verschwand ebenso schnell, wie sie gekommen war, und die Vernunft nahm ihren Raum ein. Alexander musste seine Probleme allein bewältigen. Er war nicht zu ihr gekommen, um sich trösten zu lassen oder um noch einmal um Verzeihung zu bitten. Alexander hatte den Weg von Leipzig nach Osnabrück auf sich genommen, weil er gehofft hatte, ihre Liebe könne wieder dort aufleben, wo sie vor mehr als vier Jahren gestorben war.

»Es tut mir leid, Alex. Ich habe leider keine Zeit für dich. Ich bin sehr beschäftigt und erwarte heute Abend Besuch«, sagte sie in einem Ton, der ihm mehr als jedes ablehnende Wort verdeutlichte, dass seine Bemühungen zwecklos waren.

»Es ist der Fuchs, nicht wahr? Hast du mich schon mit ihm betrogen, als wir noch zusammen waren? Wolltest du dich deswegen nicht mit mir versöhnen?«

Heide war empört, und einen Moment verschlug es ihr die Sprache. »Du musst verrückt sein. Es ist besser, du gehst jetzt«, erwiderte sie, nachdem sie sich gefangen hatte.

»Ich werde dich nicht noch einmal fragen, Heide.«

»Das würde ich dir auch nicht empfehlen«, erwiderte sie kühl und fügte fast unhörbar hinzu: »Es sei denn, du möchtest, dass ich den kleinsten Funken Respekt, den ich noch vor dir habe, ebenfalls verliere.«

Sie sah ihm nach, als er die Treppe hinunterstieg, und schloss die Wohnungstür erst auf, als sie ihn durch das großflächige Fenster des Treppenhauses auf der Straße entdeckte. In der Diele stellte sie sich vor den Garderobenspiegel, betrachtete ihr Gesicht, fand darin die Trauer um den Mann, der er einmal gewesen war, und blickte sich so lange an, bis ein Lächeln zu ihren Mundwinkeln schlich, dort verweilte und in ihre Augen huschte. Es war vorbei! Alexander durfte sich in der Vergangenheit ausbreiten. In der Zukunft ihres Lebens würde sie ihm keinen Raum geben.

*

Helen war bereits gegangen. Alexanders Erinnerungsstrauß hatte sie auf Heides Schreibtisch gestellt, die Blumen aber in ein leeres Gurkenglas gestopft und ihnen nur einen Schluck Wasser gegeben. Das Glas war zwar sauber, aber viel zu niedrig für das üppige Bukett und gab ihm keinen Halt. Einige Stiele waren bereits abgeknickt, andere wurden nur teilweise mit Flüssigkeit versorgt oder verdursteten bereits. Man brauchte keine besondere Sensibilität, um zu begreifen, dass Helen den Blumenstrauß ebenso ablehnte wie den Mann, der ihn überreicht hatte. Heide nahm Gurkenglas und Strauß, ging damit in die Küche, warf zuerst die Blumen und anschließend die provisorische Vase in den Mülleimer. Wie wunderbar wäre es, könnte sie die unangenehmen Erinnerungen, die sie mit Alexanders Namen verband, mit den Blumen entsorgen und allein die schönen Momente im Herzen bewahren.

Auf der Essbar lagen, ordentlich und akkurat, wie Heide es von Helen gewohnt war, die schriftlich festgehaltenen Ergebnisse der Nachforschungen, um die sie gebeten hatte. Heide streifte die Pumps von den Füßen, setzte sich auf einen Hocker und überflog die Aufzeichnungen.

Rechercheergebnisse Vermisstensache Schöllen

Telefongespräch mit Heide am Donnerstag,
den 14. April 2011:

- *Passat NOH – XC 90 zugelassen auf Richard Wanner, geb. 1970, Bauingenieur, wohnhaft in Nordhorn, Am Alten Hafen.*
- *Gerald Schöllen, geb. 1971, verheiratet, 2 Kinder, vorbestraft wegen unzulässigem Handel mit Doping- und Potenzmitteln, lebte bis zu seinem zehnten Lebensjahr in Emlichheim (Kreis Grafschaft Bentheim), anschließend ständig wechselnde Wohnorte.*
- *Vater: Herbert Schöllen, geb. 1940 (Wohnort unbekannt).*
- *Mutter: Annegret Schöllen, geb. Laxhoff, geb. 1943, gest. 1988.*
- *Schöllens Halbbruder: Gunnar Laxhoff, geb. 1961, ansehnliche kriminelle Kariere, einige kleinkriminelle Straftaten, langjährige Haftstrafe (bewaffneter Tankstellenüberfall).*
- *Frederik ☺, Ferdinand ☺ und Frank ☺ Lübhein (scheinbar unbescholten und mit weißer Weste). Ebenso Renate Lübhein und Thomas Orthes ☺, geb. 1970, Apotheker, wohnhaft in Holte, Hauptstraße.*

Grüße Helen

Der Anblick der Smileys ließ Heide schmunzeln und an das Korinthenbrot denken, das sie in der Bäckerei gekauft hatte. Sie stand auf, kippte den Inhalt ihrer Handtasche auf den Küchentisch, nahm den Weggen und legte ihn in die Brotkiste, ehe sie sich erneut Helens Notizen zuwandte.

Rechercheergebnisse Vermisstensache Schöllen

Telefongespräch mit Heide am Freitag,
den 15. April 2011:

- *Tante Martha (Nachname noch nicht bekannt): Lukas Kapitel 6, Vers 37 (Neues Testament) = »Richtet nicht, so werdet ihr auch nicht gerichtet. Verdammet nicht, so werdet ihr nicht verdammt. Vergebet, so wird euch vergeben.«*
- *Alexandra Rosenbring (geb. 1974 in Lingen?). Falls diese Alexandra Rosenbring gemeint ist, solltest du dich in Verbindung setzen mit Sandra Bochmann in Meppen Tel. (0 59 31) 11 22 33 3. Ich habe ihren Namen über die Homepage des Windthorst-Gymnasiums in Meppen erfahren. Möglicherweise hat die von dir gesuchte Alexandra Rosenbring dort 1992 gemeinsam mit Frau Bochmann Abitur gemacht.*

Grüße Helen

Heide schrieb *Ich danke dir!* unter die Notizen und brachte Block und Stift zurück in Helens Arbeitszimmer. Sie würde ein Bad nehmen, dabei ein Glas Rotwein trinken und keinen einzigen weiteren Gedanken an Alexander verschwenden. Ehe sie mit dem Rotweinglas in der Hand ins Badezimmer marschierte, schob sie eine CD in die Anlage. Im Bad betrachtete sie die unterschiedlichsten Karaffen und Deckelbehälter, in denen sie ihre Badezusätze aufbewahrte. Sie entschied sich für Jasmin mit Blüten und gab eine große Menge ins einlaufende Badewasser.

Während der Duft sich sachte ausbreitete, schlenderte sie ins nebenanliegende Schlafzimmer, kleidete sich aus und öffnete ihren Wäscheschrank. Sie ließ ihre Hand über einen Stapel Frottiertücher gleiten, fühlte inmitten der flauschigen Textilien plötzlich etwas Schmales, zog es heraus und blickte auf ein rosafarbenes, sexy Spitzenstrumpfband, eingeschweißt in transparenter Folie. Sie betrachtete es amüsiert, roch daran und registrierte begeistert, dass das Schmuckstück von einem Meisterkonditor aus Marzipan angefertigt worden war und somit essbar. Sie zögerte nicht lange, riss die Folie ab, biss hinein und freute sich, dass es Dieter mit diesem Joke endlich einmal gelungen war, ihren Geschmack zu treffen.

Im Laufe des letzten Jahres war sie gezwungen gewesen, einige seiner Späßchen hinzunehmen. Im November hatte sie – zu einem äußerst ungünstigen Zeitpunkt – einen Lachsack in ihren Unterlagen gefunden, dessen Gekicher sich entlud, als sie ihre Aktenmappe während einer geschäftlichen Besprechung öffnete. Lediglich der Lachsack und Dieter hatten diese Episode in die Kategorie *Ein witziger Vormittag* eingeordnet.

Im Monat davor waren es *Sorgenpüppchen* gewesen, mit denen er sie veräppelt hatte. Sie hatte die Figürchen in einem rotkarierten Stoffbeutel auf ihrem Nachttisch entdeckt. Dieter hatte grinsend und mit blitzenden Augen am Kleiderschrank gelehnt, Heide beobachtet und ihr versichert, ab heute müsse sie nicht mehr ihm, sondern einem der Püppchen ihre Sorgen erzählen und das kleine Ding danach unters Kopfkissen legen. Am nächsten Morgen wären ihre Sorgen verschwunden.

*

Als Dieter die Wohnung betrat, empfingen ihn ein verführerischer Duft und Katie Meluas schmeichelnde Stimme. Er warf seine Jacke über die Garderobe, ging in die Küche, stellte seine Einkaufstüte auf die Spüle, verstaute die Lebensmittel im Kühlschrank und wollte das mitgebrachte Obst in die Schale auf den Küchentisch legen, als er das bunte Durcheinander entdeckte, das sich auf der Tischplatte ausbreitete. Er kam augenblicklich zu dem Schluss, dass die Sammlung weiblicher Eitelkeiten ihren Ursprungsaufenthalt in einer schwarzen Reisetasche gehabt hatte, die von seiner Schönen ›Meine Handtasche‹ genannt wurde. Vermutlich hatte sie den Inhalt der Tasche auskippen müssen, um in dem eindrucksvollen Wirrwarr überhaupt etwas zu finden. Es war weiß Gott erstaunlich, welch unterschiedliche Dinge Heide – außer ihrer Waffe – täglich bei sich trug.

Ein Foto, das eine jugendliche Beate Buttenstett neben einem sehr hübschen Mädchen zeigte, fand Dieters besonderes Interesse. Er betrachtete es, las auf der Rückseite: *Alexandra Rosenbring und Beate, Holte, im*

Frühling 1990 und stellte fest, dass Heide darunter das aktuelle Datum geschrieben hatte. Anschließend packte er den Handtascheninhalt auf einen Stuhl, brachte die Obstschale in die Küche und beschloss, den Tisch zu decken, Eier und Nudeln für den Salat zu kochen, Mozzarella, Tomaten und Parmaschinken klein zu schneiden und den Parmesan zu reiben. Auch das geplante Dressing ließ sich gut vorbereiten. Aus Erfahrung wusste er, dass Heide liebend gern stundenlang in der Wanne lag. Der Stimmung zwischen ihnen konnte es bestimmt nicht schaden, gönnte er seiner Liebsten erst einmal etwas Ruhe.

*

Eine halbe Stunde später stand er im Badezimmer und betrachtete eine Weile das entspannte Antlitz seiner Angebeteten, ihre geschlossenen Augen und die unzähligen Blütenblätter, unter denen sie, zu seinem Bedauern, ihren Körper versteckte, ehe er sie begrüßte und sich zu ihr auf den Wannenrand setzte.

»Hallo, meine Schöne.«

Heide riss die Augen auf. »Puh, habe ich mich erschrocken. Ich habe dich nicht so früh erwartet!«

»Ich möchte gerne mit dir die abschließenden Friedensverhandlungen einleiten. Eigentlich hatte ich dies bereits für den Nachmittag geplant, aber entweder war ich beschäftigt oder dein Handy war besetzt.«

»Eine Badezimmer-Friedenskonferenz«, frotzelte Heide. »Das hört sich vielversprechend an. Welchen Vorschlag bringen Sie in die Verhandlungen ein, Herr Kommissar?«

»Ich habe eingekauft und werde der gnädigen Frau heute Abend etwas Delikates kochen und dazu ein Glas Merlot kredenzen, falls Gnädigste das Dessert übernehmen.«

»An welche Nachspeise haben Herr Kommissar gedacht?«

»Die Art, die Form und den Geschmack dieser Delikatesse dürfen die Dame selbst bestimmen.«

»Ein Essen und ein Fläschchen Wein reichen nicht aus, um zu einem erfolgreichen Friedensabschluss zu kommen, da Ihre Angebetete fast gesättigt ist, Herr Kommissar. Sie hat vor einer knappen Stunde mit großem Genuss ein Strumpfband verspeist. Wünschen Herr Kommissar tatsächlich ein zufriedenstellendes Ergebnis der Verhandlungen, wäre er gezwungen, sein Angebot aufzustocken.«

»Was halten Madame von einem kleinen Appetizer in Form eines Kusses?«

»Als Auftakt zu einem vielversprechenden Einigungsgespräch ist ein Kuss, gekoppelt an einige intensive Streicheleinheiten, durchaus geeignet.«

Erwartungsvoll legte Heide den Kopf in den Nacken und schloss die Augen. Während sie seine Lippen, seine Zunge und seine Hände fühlte, beschloss sie, vorerst zu genießen und die geplante Attacke erst bei der Zahl Zehn auszuführen. Sie zählte, kam bis drei, vergaß weiterzuzählen, setzte irgendwann neu an und riss ihn zu sich ins Blütenmeer, als sie bei fünfzehn angelangt war. Sie tauchte mit ihm unter, kam irgendwann wieder hoch, hörte Wasser, das auf den Fliesenboden platschte, sah das verdutzte Gesicht ihres Kommissars inmitten der schwimmenden Jasminblüten und stellte fest: »Du siehst klasse aus! Das nächste Mal nehme ich Rosen. Ich glaube, die stehen dir noch besser.«

»Ich muss sofort duschen, ich rieche wie …«

»Nicht jetzt«, unterbrach sie ihn, ehe sie ihn erneut unter Wasser zog. »Wir gönnen uns den Nachtisch vor dem Hauptgericht.«

*

»Schöllens Tochter Paula spricht sehr undeutlich«, sagte Dieter viel später, als sie am gedeckten Küchentisch vor seinem Versöhnungsmenü saßen.

»Ich habe sie auch zuerst nicht verstanden. Ihre Mutter musste mir anfangs jedes Wort übersetzen«, stimmte Heide zu.

Dieter schaufelte Salat auf seinen Teller, probierte einen Bissen und nickte zufrieden, bevor er weitersprach. »Die Kleine brabbelte immerzu von einem Ichad. Als ich Simone Schöllen fragte, wer damit gemeint sei, hat sie mich sehr ungeschickt angelogen und etwas von einer Ilka gefaselt, die gemeinsam mit ihrer Tochter die Krabbelgruppe besucht. Paula hat ihr allerdings energisch widersprochen.«

Heide zündete die Kerzen an, hob ihr Glas und prostete ihm zu. »Darauf, dass wir ab sofort in diesem Fall miteinander arbeiten und nicht gegeneinander, Kommissar.«

»Nur im Geheimen, meine Schöne. Offiziell hältst du dich raus«, erwiderte er und hob ebenfalls sein Glas. »Warum lachst du?«

»Sei dankbar, dass du Frieden mit mir geschlossen

hast. Nur deswegen verrate ich dir, dass der Männername Richard in Paulas Sprache Ichad heißen könnte.«

Dieter betrachtete sein Steak, schnitt es an und begutachtete die Schnittfläche. Das Fleisch war auf den Punkt genau gebraten. Das machte ihm so leicht niemand nach. Auch dieser lächerliche Furz Alexander Hammer nicht. »Wieso gerade Richard?«, wollte er wissen. »Es gibt sicherlich mehrere Namen, die auf Ichad passen.«

Heide, die ihn beobachtete, konnte sich ein Lächeln nicht verkneifen. Sie würde ihm entgegenkommen, den Anfang machen und etwas von ihrem Wissen preisgeben. Während sie ihm von dem Wagen hinter Schöllens Haus erzählte und ihm den Namen des Halters verriet, griff sie nach der Salatschüssel. Sie war bemüht, möglichst unauffällig ausschließlich Tomaten auf den Löffel zu schieben und dabei Nudeln, Käse und Schinken an den Schüsselrand zu verbannen. Ständig verführte Dieter sie mit leckeren Dickmachern. Irgendwann war sie fett wie eine Mettwurst und ihr Kommissar schaute sich nach einer frischen dünnen Porreestange um.

Heide aß langsam, aber mit Appetit, trank zwischendurch ein Schlückchen Wein, sprach über Richard Wanner und fühlte sich rundum zufrieden. Noch etwas mehr Praxis und Dieter kochte bald ebenso gut wie Alexander. Ab sofort würde sie es sich richtig gutgehen lassen und in der Küche keinen Topf mehr anfassen, um ihrem Liebsten die Möglichkeit zu geben, sein Können weiter zu verfeinern. Allerdings teilte ihr Kommissar ihr im Moment lediglich Fakten mit, die sie bereits kannte. Dazu gehörte auch, dass Laxhoff eine ansehnliche kriminelle Karriere hingelegt hatte, die von einigen kleinkriminellen Scharmützeln bis zu einer langjährigen Haftstrafe wegen bewaffneten Raubüberfalls reichte. Sie war geduldig und konnte warten. Keine Information ohne Gegeninformation! So war es immer gewesen, und so sollte es bleiben.

»Schau mir in die Augen, Kleines«, begann er das alte Spiel zu spielen, nachdem sie mehrere Male demonstrativ gegähnt und stirnrunzelnd, aber schweigend in ihr Weinglas geschaut hatte.

Sie lächelte und spielte mit. »Ich weiß etwas, was du nicht weißt, Humphrey.«

»Verrate es mir, Kleines!«, forderte er.

»Das kostet!«

»Ich weiß.«

»Heute Nachmittag habe ich Simone und ihre Kinder in Begleitung eines Mannes am *Alten Hafen* in Nordhorn gesehen. Ein Brillenträger, schlank, akkurat geschnittenes, dunkles, graumeliertes Haar, schmales Gesicht. Er war nur wenige Zentimeter größer als Simone.«

Dieter griff in den Brotkorb, brach ein Stückchen von einer Baguettestange ab und tunkte es in das Salatdressing. »Wir konnten Laxhoffs Brieftasche am Leichen-Fundort sicherstellen. Der Fundort ist übrigens nicht der Tatort.« Er schob seinen Stuhl zurück und verschränkte die Arme hinter dem Nacken.

»Wie wurde Laxhoff erschossen?«, fragte Heide amüsiert, weil sie in der Miene ihres Liebsten den Unwillen über den momentanen Erfolg seiner Polizeiarbeit lesen konnte.

»Aufgesetzter Kopfschuss«, knurrte er abweisend.

»Und welche Waffe wurde benutzt?«, hakte sie unerbittlich nach.

»Die Tatwaffe konnten wir bisher nicht sicherstellen. Wir tappen absolut im Dunkeln.«

Auch der Klang seiner Stimme zeigte ihr, dass er mit den bisherigen Ermittlungsergebnissen mehr als unzufrieden war.

»Ich denke, Simone wurde regelmäßig misshandelt. Ihr Rücken und auch ihre Arme sind übersät mit blauen Flecken und Blutergüssen. Wer, wenn nicht Schöllen, sollte sie dermaßen brutal über einen längeren Zeitraum verprügelt haben?«, sagte Heide.

»Ich habe mir das Foto angesehen, das auf dem Küchentisch lag. Hat das eine besondere Bedeutung, Heide? Es ist bereits einige Jahre alt.«

»Ich habe es in Herrn Buttenstetts Dunkelkammer gefunden. Es zeigt Beate Buttenstett und Alexandra Rosenbring. Diese Fotografie war eine unter vielen Aufnahmen von den beiden. Deswegen bin ich stutzig geworden. Ursprünglich wollte ich mich bei Alexandra Rosenbring über Beate informieren. Allerdings entwickelte sich die Sache anders, als ich angenommen hatte.«

»Wer ist Alexandra Rosenbring?«

»Ich weiß es nicht, Dieter«, erwiderte Heide und erzählte ihm von Tante Martha.

»Die ältere Dame, die deiner Oma Lydia ähnelt, hat also angedeutet, Alexandra Rosenbring sei gestorben.«
Eines wusste Dieter sicher. Wenn Tante Martha Oma Lydia ähnelte, dann mochte er sie auch. Lydia und er

waren ein Herz und eine Seele, seit er ihr ein gestohlenes Handtäschchen zurückgebracht hatte.

Heide nippte an ihrem Wein, streckte den Arm aus und griff nach dem Foto, das Dieter zuoberst auf das Sideboard gelegt hatte. ›Geh auf den Kirchhof und guck dich da mal um‹, hatte Tante Martha gesagt und auch, dass vor ein paar Jahren zu viel über die Familie Wanner geredet worden sei und man ihr das Leben schwergemacht habe.

»Ich denke, ich habe einen Fehler gemacht, Dieter.«

Dieter blickte sie fragend an.

»Ich hätte mir den Friedhof in Holte ansehen müssen. Räumst du das Geschirr in die Maschine? Ich möchte in der Bibel lesen.«

»Warum?«, fragte er und lachte laut auf. »Willst du deine Badezimmer-Sünden beichten? Heirate mich, meine Schöne, dann ist zumindest diese Beichte überflüssig.«

Heide schüttelte energisch den Kopf. Bis eben hatte sie angenommen, Tante Martha sei etwas seltsam, doch je länger sie überdachte, was die alte Dame von sich gegeben hatte, desto sicherer wurde sie, dass jedes von Marthas Worten ein gezielter Fingerzeig gewesen war. Eine Art Wegweiser. Die Bemerkung, sie sei ein Christenmensch und kein Chinese, genau wie der Hinweis auf Lukas, Kapitel 6, Vers. 37.

Dieter stellte die Teller übereinander und brachte sie in die Küchenzeile. Heide hatte ein sehr feines Gespür. Falls sie der Ansicht war, ein Besuch auf dem Friedhof würde sie in den Ermittlungen weiterbringen, dann wollte er sich dem nicht in den Weg stellen. »Was hältst du von einem Samstagsausflug in den Hümmling? Schauen wir uns die Grabstätte der Familie Wanner an.«

»Zu Laxhoffs und Schöllens Familie werden wir auf dem Friedhof in Holte keine Informationen finden«, überlegte Heide laut. »Helen hat in Erfahrung gebracht, dass Schöllen mit seiner Mutter und seinem Bruder in einem kleinen Dorf in der Niedergrafschaft wohnte und dort in die Schule ging. Später sind sie sehr oft umgezogen.«

*

Er hatte Schöllens Versteck langsam umrundet und den Wagen an der Rückfront hinter einem verfallenen Schuppen so geparkt, dass er vom Feldweg aus nicht zu sehen war. Nachdem er ausgestiegen war, öffnete er den Kofferraum, hob die Benzinkanister heraus und trug sie zum Schuppen. Er stellte sie vor der niedrigen Holztür ab, machte sich an dem Schloss zu schaffen und verschwand kurz darauf mit seiner Fracht im Inneren der baufälligen Bude. Als er nach einer Weile zurückkam, nahm er den dunklen Umhang vom Beifahrersitz, schlüpfte hinein, setzte die Maske auf, zog seine grünen Gummistiefel an und streifte die Handschuhe über. Es war nur eine Frage der Zeit, dann würde jeder vergessen haben, dass ein Mensch mit dem Namen Gerald Schöllen jemals existiert hatte. Er selbst kannte niemanden, der Gerald Schöllen vermissen würde.

*

Schöllen wachte auf, als der Schattenmann die Hütte betrat. An der Dunkelheit, die sich vor die Ritzen der hölzernen Fensterläden geschoben hatte, erkannte er, dass wieder eine Nacht angebrochen war. Einen Moment überlegte er, wie lange man ihn bereits gefangen hielt, gab aber sofort wieder auf. Er hatte es nicht gewusst, ehe er eingeschlafen war, warum sollte sich das geändert haben. Seit er sich in der Hütte aufhielt, hatte er keinen Bissen zu sich genommen. Trotzdem verspürte er seit längerer Zeit keinen Hunger mehr. Doch eines war ihm mittlerweile klargeworden. Seine Entführer führten einen Krieg gegen ihn, den er nicht gewinnen konnte, weil sich etwas in ihrem Besitz befand, das er brauchte, um zu kämpfen. Sie besaßen Wasser und gaben es ihm nur, wenn sie dafür Antworten auf ihre Fragen bekamen.

Er rappelte sich auf, lehnte den Rücken an den Holzpfahl und legte die gebundenen Hände in seinen Schoß. Im kläglichen Licht der Deckenlampe sah er, dass der Stiefelmann ihm gegenüber auf einem Stuhl saß. Wahrscheinlich beobachtete er ihn durch die Sehschlitze in dem Strickschlauch, unter dem er seit Tagen sein Gesicht verbarg. Sicherlich hatte er ihn auch im Schlaf nicht aus den Augen gelassen.

»Antworten! Ihr wollt Antworten von mir, und ich will trinken«, flüsterte Gerald heiser, mit trockenem Mund und einer Zunge, die sich kaum bewegen ließ. Er konnte den Kampf nur gewinnen, wenn er Wasser bekam.

»Ja!«, krähte der Stiefelmann, den Gerald an seinen blauen Gummistiefeln erkannte. »Endlich hast du es begriffen!«

»Folter«, stöhnte Gerald. »Das ist Folter.«

»Ja!«, stimmte der Schattenmann zu, der sich jetzt neben den Stiefelmann gestellt hatte.

»Ehe du eingeschlafen bist, hast du mir von deiner Tätowierung erzählt«, nahm der Schattenmann das Gespräch an der Stelle wieder auf, wo es durch Schöllens Müdigkeit unterbrochen worden war.

»Ja!«

»Du sagtest mir, sie befände sich über deinem Steiß und sie zeige ein schwarz bestrumpftes Frauenbein.« Er stand auf, reichte Schöllen eine geöffnete Wasserflasche und blieb breitbeinig vor ihm stehen.

Während Schöllen die Flasche anhob, sie ansetzte und die Flüssigkeit durch seine Kehle laufen ließ, fiel ihm ein, dass die Lehrerin im Traum bei ihm gewesen war. Sie hatte vor seinen Füßen gelegen und im Takt der Musik ihre Handflächen auf den Dielenboden geschlagen.

TAM Ta Ta Ta, **Tam** Ta Ta Ta **Tam** Ta **TAM** Ta Ta Ta ...

Schöllen hatte sie sofort an ihren schwarzen Strümpfen und den roten hochhackigen Schuhen erkannt. Das feine Fräulein hatte es jeden Mittwochnachmittag mit einem bärtigen Kerl in einem offenen Cabrio getrieben und dazu die Musik gehört, die seit Tagen durch die Hütte plärrte. ›Sie ist ein rattenscharfes Luder, dem man es einmal ordentlich besorgen muss‹, hatte Gunnar gesagt. Der kleine Gerald hatte noch nicht gewusst, was mit dem Begriff *rattenscharfes Luder* gemeint war. Er hatte nur die Groschen der Jungen eingesammelt, die dem Fräulein durch Gunnars Fernglas beim Bolerotanzen zuschauen wollten. Bolero, Kindheit und Jugend – auch Geralds kriminelles Vorleben – waren in seiner Erinnerung eng miteinander verknüpft.

TAM Ta Ta Ta, **Tam** Ta Ta Ta **Tam** Ta **TAM** Ta Ta Ta, **Tam** Ta Ta Ta, **Ta** Ta Ta Ta Ta Ta …

»Goldhaar«, murmelte Gerald, nachdem die Flasche leer getrunken war.

»Erzähle mir von ihrem Goldhaar«, erwiderte der Schattenmann. »Magst du goldfarbenes Haar?«

»Ja!«

»Und? Was gefällt dir sonst noch?«

»Brüste!«

»Wen siehst du vor dir, wenn du Goldhaar sagst?«

»Fräulein Gündermann«, nuschelte Gerald.

»Wer ist Fräulein Gündermann?«

»Eine Lehrerin … in einem Scheißdorf …«

»Du erinnerst dich nur an die Lehrerin, wenn du an Goldhaar denkst?«, krächzte der Schattenmann.

»Nein!«, stöhnte Schöllen. Es war ihm bisher gelungen, sie zu vertreiben, aber jetzt sprangen sie ihm ins Gesicht, schwirrten durch den Raum, klagten ihn an, zeigten ihm ihre schönen Beine und Brüste und ihr wundervolles blondes Haar.

Samstag, den 16. April 2011

Auf dem Friedhof in Holte, der sich in der Dorfmitte, neben der Kirche, befand, herrschte reger Betrieb. Wie wahrscheinlich überall in Deutschland, fand auch hier die Grabpflege hauptsächlich vor dem Wochenende statt. Die Grabstätte der Familie Wanner entdeckten Heide und Dieter auf dem ältesten Teil des Dorffriedhofes. Daneben lag die der Familie Rosenbring. Beide Familiengräber waren großzügig und einheitlich mit riesigen, kugelig geschnittenen Buchsbäumen bepflanzt. Kräftig wuchernde Efeublätter deckten den ganzen Erdboden ab und bildeten den Untergrund für mehrere bepflanzte Blumentröge, aus denen die ersten Frühlingsblüher ihre bunten Köpfchen ins Freie streckten.

Die großflächigen Grabsteine waren Anfang des letzten Jahrhunderts aus Bentheimer Sandsteinen gefertigt worden. In den Stein der Familie Rosenbring hatte man als letztes Datum Alexandra Rosenbrings Sterbetag eingraviert. Sie war am 13. Mai 1974 geboren worden und im September 1992 im Alter von achtzehn Jahren gestorben. An dem Geburtsdatum meinte Heide erkennen zu können, dass es sich bei der Verstorbenen um die Alexandra Rosenbring handelte, die wie Frau Sandra Bochmann, zu der Helen bereits Kontakt aufgenommen hatte, eine Schülerin des Windthorst-Gymnasiums in

Meppen gewesen war. Heide setzte sich auf eine schmiedeeiserne Bank, die vor den Grabstätten stand, und musterte nachdenklich beide Steine. An den sich stets wiederholenden Geburtsnamen der Frauen erkannte sie, dass die Mitglieder der Familien seit etwa hundert Jahren immer wieder untereinander geheiratet hatten. Die Familien Wanner und Rosenbring waren ganz offensichtlich miteinander verwandt.

»Was fällt dir zu den Inschriften der Grabsteine ein, wenn du sie miteinander vergleichst?«, fragte Dieter.

»Ich denke, dass beiden Familien am 12. April vor zwei Jahren unermessliches Leid zugestoßen ist. An diesem Tag starben die knapp 35-jährige Christina Wanner, geborene Rosenbring, und zwei sechs, fast siebenjährige Mädchen«, erwiderte Heide bedrückt. »Sabine und Susanne Wanner wurden am selben Tag geboren. Sie werden Zwillingsschwestern gewesen sein, ebenso wie Christina und Alexandra, vor deren Namen auch dasselbe Geburtsdatum eingraviert wurde. Sagt man nicht, dass Zwillingsgeburten in bestimmten Familien gehäuft auftreten?«

Dieter setzte sich neben Heide. »Wenn ich es mir genau überlege, kann ich mit großer Wahrscheinlichkeit ausschließen, dass diese drei Personen unter einer lebensbedrohlichen Krankheit gelitten haben, die am selben Tag wie zufällig zum Tode geführt hat. Ursächlich für ihren Tod könnte ein Unfall gewesen sein. Vielleicht ein Flugzeugabsturz, ein Verkehrsunfall oder ein Schiffsunglück. Wer weiß? Möglicherweise kommt auch ein Verbrechen in Betracht. Obwohl ich mir fast sicher bin, dass wir uns hier auf einer falschen Fährte bewegen, die uns weder zu dem vermissten Schöllen noch zu Laxhoffs Mörder führt, werde ich noch heute von Torben Cinke recherchieren lassen, woran Christina Wanner und ihre beiden Kinder gestorben sind. Torben hat heute Innendienst.«

Vor dem Grabstein der Familie Rosenbring lag ein üppiges Blumenbukett aus weißen Lilien und großflächigem Bindegrün. Manche Blütenblätter waren verwelkt. Vermutlich hatten die Blumen bereits seit einigen Tagen ohne Wasser auskommen müssen. An den gebundenen Stielenden des Buketts war ein breites weißes Band befestigt. Im einfallenden Sonnenlicht leuchteten goldfarbene Buchstaben auf.

»Dieter, kannst du erkennen, was auf die Schleife geprägt wurde?«

Er erhob sich zwar und stieg über die niedrige Buchsbaumhecke, aber noch bevor er die Schleife so drapierte, dass der Text gut zu lesen war, winkte er ab. »Ich denke, du liegst mit deinem ansonsten bewundernswerten Spürsinn ausnahmsweise einmal daneben. Du hast zu viel in die Andeutungen einer alten Dame hineininterpretiert. Wahrscheinlich wollte sie sich wichtigmachen, und du bist ihr auf den Leim gegangen.«

Heide blickte sich um. Wenige Meter entfernt bepflanzten eine ältere Frau und ein etwa zehnjähriges Mädchen eine schmale Grabstätte mit rötlich knospenden Petunien. Die Gärtnerinnen gehörten wahrscheinlich in die Kategorie der Menschen, die nicht ohne Grund Optimisten genannt wurden. Auf jeden Fall waren sie der Meinung, das Wetter würde keinen Frost mehr bringen, und setzten deswegen die Pflanzen vor den Eisheiligen ins Freie. Sie unterhielten sich angeregt, drehten aber beide Heide und Dieter den Rücken entgegen. Heide nahm ihren Fotoapparat aus der Handtasche, stellte sich neben Dieter und fotografierte den Grabschmuck samt der bedruckten Schleife. Möglicherweise gelang es ihr, anhand des Fotos in Erfahrung zu bringen, in welcher Friedhofsgärtnerei der Text aufgedruckt worden war.

»Bisher bin ich davon ausgegangen, dass diese Prägeschleifen ausschließlich an Grabkränzen oder Gestecken befestigt werden, die man zu einer Beerdigung mitbringt. Mit Beschriftungen wie *Der letzte Gruß* oder Ähnlichem«, kommentierte Heide fast empört, als sie den Fotoapparat zurück in ihre Handtasche steckte. »Nie zuvor habe ich einen Spruch an einem Grabschmuck gesehen, der sich liest wie ein Rachefeldzug.« Sie schüttelte fassungslos den Kopf und wiederholte das Gelesene laut. »*Gutes wird mit Gutem vergolten, Böses mit Bösem. Nichts wird vergessen, die Zeit der Vergeltung wird kommen.*«

Als sie die Zeilen ein weiteres Mal überflog, begriff sie plötzlich. Wie hatte Tante Martha sinngemäß formuliert? ›Wenn ich mir nicht sicher bin, was ich machen soll, sagen mir Gottes Worte, was falsch und was gut ist. Manchmal kommen mir Zweifel, ob alles richtig ist, was der Herrgott macht, aber ich bin ein Christenmensch und kein Chinese.‹ »Der Vers 37 des Lukas-Evangeliums, von dem Tante Martha gesprochen hat, steht in einem Widerspruch zu der Aussage, die auf dieser Schleife zu lesen ist, Dieter. Vermutlich ist ihr der ungewöhnliche Grabschmuck genauso aufgefallen wie uns, als sie den Friedhof besuchte. Daraufhin hat sie sich Gedanken über Rache, Hass und Vergebung gemacht und in der Bibel nach Antworten auf ihre Fragen gesucht.«

Dieter nickte. Heide hatte ihm gestern Abend die betreffende Bibelstelle gezeigt. »*Verdammet nicht, so werdet ihr nicht verdammt. Vergebet, so wird euch vergeben*«, rezitierte er jetzt aus der Erinnerung und fügte hinzu: »Holte ist eine kleine Ortschaft. Ich nehme an, die gute Tante Martha weiß mehr über die Familiengeschichte der Wanners und der Rosenbrings, als sie dir verraten hat.«

»Das denke ich auch.«

»Obwohl ich keinen Zusammenhang zwischen dem Mord an Laxhoff, dem Verschwinden von Schöllen und den Familien Wanner und Rosenbring sehe, schlage ich vor, der alten Dame einen Besuch abzustatten. Dir geht es anschließend besser, weil du auf dein Bauchgefühl gehört hast, Heide, und ich bin ruhiger, wenn ich deine imaginäre Friedhofsfährte abhaken kann.«

»Die einzige Verbindung zwischen den kriminellen Halbbrüdern und diesen Familien könnte das von mir vermutete Liebesverhältnis zwischen Richard Wanner und Simone Schöllen sein«, gab Heide zu bedenken.

Dieter steckte die Hände in die Taschen seiner Lederjacke und frotzelte: »Du weißt, ich kann nicht nur mit den jungen, ich kann auch mit den älteren Damen. Deswegen werde ich mal mein Glück bei Tante Martha versuchen. Möglicherweise erzählt sie mir mehr als dir.«

»Angeber«, murmelte Heide, als sie nach ihm über die Grabeinfassung aus Buchsbaum stieg. »Mal gucken, ob du heute Abend Glück bei den jüngeren Damen hast. Falls du mich mit der Bezeichnung *junge Dame* meinst, könntest du dich irren, du Macho.«

»Wir sollten uns ein Butterbrot bei Tante Martha abholen. Hast du mir nicht erzählt, ihre Brote sind genauso lecker wie die deiner Oma Lydia? Mein Magen fühlt sich an, als hätte ich ihn seit einer Woche nicht mehr gefüttert.«

»Besser«, gestand Heide. »Tante Marthas Butterbrote schmecken besser als die von Oma Lydia. Auch ihre Pralinchen sind köstlich.«

*

Beate wachte auf und fühlte Tommys Hand an ihrem Nacken. Sie drehte sich auf den Rücken, öffnete die Augen und sah sein Gesicht über ihrem. Obwohl sie wusste, dass es wahrscheinlich nicht geschehen würde, wünschte sie sich inständig, er würde sie umarmen. Tommy war eigen. Er hasste den Austausch von Zärtlichkeiten vor der morgendlichen Dusche. Sicherlich war er, ehe er sie geweckt hatte, im Bad gewesen und hatte sich dort die Spuren der gemeinsam verbrachten Nacht abgewaschen. Bereits am Anfang ihrer Affäre, die sich mittlerweile mit sehr viel Mühe ihrerseits zu einer vorehelichen Gemeinschaft entwickelt hatte, war Beate entschlossen gewesen, sein eingebildetes Leiden zu ignorieren. Sobald ihr erstes Kind geboren war, würde er ohnehin keine Zeit für seine Marotten mehr haben und sie blitzschnell vergessen. Sie warf ihm einen Handkuss entgegen und war bemüht, das Gefühl der Fremdheit, das sie oft empfand, wenn sie in seinem Bett aufwachte, hinwegzulächeln.

Tommy ordnete ihr Lächeln und die hochgezogenen Augenbrauen richtig ein. Beate konnte ihm so leicht nichts vormachen. »In welcher Reihenfolge wollen wir vorgehen, Beate«, fragte er, obwohl der morgendliche Ablauf bereits seit vielen Jahren immer derselbe war. »Zähne putzen, duschen, frühstücken oder zuerst Liebe machen?«

»Vor dem Duschen Liebe machen ist für dich nicht möglich«, erwiderte sie leichthin.

»Das ist richtig«, stimmte er zu, stand auf und ging ins Badezimmer. Dort seifte er über dem Waschbecken zum wiederholten Male an diesem Morgen seine Hände ein, nahm sich anschließend die Unterarme vor, drehte den Wasserhahn auf, langte nach der Nagelbürste, bearbeitete seine Haut, bis sie schmerzte, trocknete sie ab, cremte sie sorgfältig ein und streifte ein frisch gewaschenes Paar Handschuhe über. Zurück im Schlafzimmer, steckte er die Hände in die Taschen seines weißen Bademantels und setzte sich zu Beate auf die Bettkante.

Beate gähnte. »Wenn ich es mir genau überlege, könnte ich ein zweites Nickerchen vertragen. Ich bin noch einige Tage krankgeschrieben. Magst du nicht noch einmal zu mir unter die Decke kriechen? Du würdest mich sehr glücklich machen. Wir könnten den neuen Tag genauso anfangen, wie wir den alten gestern beendet haben.«

Sie griff unter seinen Bademantel, spürte einen kurzen, beglückenden Moment die Innenseite seiner Oberschenkel und zog die Hand blitzschnell zurück, als sie in sein regungsloses Gesicht schaute. Er hatte die Lippen aufeinandergepresst und starrte mit verschlossener Miene auf den gerahmten Druck eines Picasso-Gemäldes. Beate wusste, dass er den Druck irgendwann von einer früheren Freundin geschenkt bekommen hatte. Was nicht bedeutete, dass es etwas über seinen Kunstgeschmack aussagte. Picassos *Kind mit Taube* hatte in den Achtzigern fast jede Studentenbude geschmückt. Tommy besaß ein sehr kompliziertes Innenleben. Doch ganz gleich, wie schwierig und anstrengend das Zusammensein mit ihm war, sie durfte niemals vergessen, dass er sie brauchte und liebte. Deswegen musste sie geduldig mit ihm sein und die eigenen Sinne schärfen. Es lag ihm eben nicht, einen Wunsch klar und deutlich zu äußern. Sie war darauf angewiesen, selbst herauszufinden, was er mochte. Wollte sie ihn glücklich machen, war sie gezwungen, sich an seine Bedürfnisse heranzutasten, sie zu erraten oder zu spüren. Niemals sagte er: *Nein, ich möchte das nicht* oder *Dieses und jenes gefällt mir. Streichle mich hier oder küsse mich dort.*

Sie hatte sich längst an sein verzwicktes, erzwungenes Ratespiel der Liebe gewöhnt, genau, wie sie sich damit abgefunden hatte, dass er nur mit ihr schlief, wenn die blickdichten Rollos heruntergelassen waren und Stereoanlage und Fernseher keinen Strom bekamen. Auch das Leuchten der Stand-by-Lämpchen an den Elektrogeräten irritierte ihn. Ihr erster und einziger Versuch, ihn im Kerzenschein zu verführen, war kläglich gescheitert. Wie leblos hatte er neben ihr gelegen, sie mit verhangenem, nach innen gewandtem Blick fixiert. So wie jetzt, als er in leicht gebeugter Haltung vor dem Bett stand und zu ihr herunter schaute. Beate legte eine Hand an seine Wange und fuhr mit der anderen zärtlich über seinen Nasenrücken, zeichnete seine Augenbrauen nach und streichelte ihm übers Haar. Eine unendliche Zärtlichkeit erfüllte sie, als sie ihn ansah, und trieb ihr Tränen in die Augen. Niemanden hatte sie je so sehr geliebt wie ihn, und niemals wieder würde sie sich einem anderen Mann auf diese schmerzhafte, aber auch beglückende Weise hingeben können.

»Bleib liegen«, stammelte Tommy verlegen. »Ich bringe dir das Frühstück ans Bett.« Ab und an gab es Momente in ihrem Zusammensein, überlegte er, in denen es ihm schlechtging, weil Beate ihn – naiv, wie sie war – in ihr Innerstes schauen ließ und sich ihm damit völlig wehrlos auslieferte. Warum begriff sie nicht, dass es die Intimität, die sie sich zwischen ihnen wünschte, niemals geben konnte? Oft hasste er sie in diesen vertraulichen Situationen, sorgte sie doch mit ihrem Verhalten dafür, dass er sich niederträchtig und gemein fühlte und gegen sein schlechtes Gewissen ankämpfen musste.

Beate nahm ihre Hände aus seinem Gesicht und schlang beide Arme fest um seinen Nacken. »Ich möchte nicht im Bett frühstücken.« Sie wusste, dass er, nachdem sie die Wohnung verlassen hatte, die Bettwäsche wechseln würde. Sollte sie sich allerdings in seinen Laken etwas Essbares in den Mund schieben, würde er auch noch das Bettgestell abwischen, die Matratze samt Bettdecke und Kissen zum Lüften auf den Balkon stellen und den Teppichboden im Schlafzimmer saugen.

Tommy befreite sich sehr abrupt aus ihren Armen. Sie schluckte ihre Enttäuschung runter und verdrängte die Tränen, die sich plötzlich und unerwartet zurückgemeldet hatten.

»Meine Bekannte, die Detektivin, war entsetzlich anstrengend«, klagte sie, mit Wut in der Stimme, nachdem sie sich wieder gefangen hatte. Sie folgte ihm, lediglich mit einem Slip bekleidet, in die Küche und fuhr fort: »Heide hat ständig dieselben Fragen wiederholt und am Donnerstag beim Abendessen mit der ihr eigenen Sturheit dafür gesorgt, dass Simone fast die Nerven verlor. Wahrscheinlich habe ich meine alte Freundin überschätzt. Sie ist bisher weiß Gott keine Hilfe gewesen. Mal gucken, ob sie überhaupt irgendetwas über Gerald erfährt.«

Tommy wandte sich ab, nahm die Glaskanne von der Kaffeemaschine und ließ Wasser hineinlaufen. »Deine Bekannte ist gekommen, um dir und Simone zur Seite zu stehen. Ich habe angenommen, du magst sie.«

Beate fuhr sich mit der Hand über die Stirn. »Ich habe sie beauftragt, nach Gerald zu suchen, und ich werde ihr ein Honorar bezahlen. Vielleicht mochte ich Heide tatsächlich irgendwann einmal, doch das ist lange her.«

»Na, ich weiß nicht«, sagte Tommy. Er goss das Wasser in den Wasserbehälter der Kaffeemaschine, legte eine Filtertüte ein, schaufelte Pulver hinein und achtete sorgsam darauf, seine weißen Handschuhe nicht zu beschmutzen.

»Ich hatte vergessen, wie rechthaberisch sie ist«, erklärte Beate. »Sie hat mich ununterbrochen gemustert.

Meine Kleidung, meine Frisur. Scheinbar begreift sie nicht, dass ich im Moment keine Zeit habe, mich mit meinem Aussehen zu beschäftigen. Sie wollte unbedingt gemeinsam mit mir den Abwasch erledigen, was vollkommen überflüssig war. Montag wird die neue Geschirrspülmaschine geliefert. Dreimal ein- und ausgeräumt und diese unangenehme, eklige Arbeit ist erledigt, ohne dass sich irgendjemand die Finger schmutzig macht.«

»Verstehe!« Beate neigte tatsächlich dazu, sich gehen zu lassen, seit sie und er ein Paar waren. Aber es war ihm egal, ob sie sich aufbrezelte oder nicht.

»Die gute Heide hielt sich bereits als Kind auf der Sonnenseite des Lebens auf. Alles, was sie angepackt hat, wurde ein Erfolg. Sie ist ein typisches Nesthäkchen, die kleine Schwester, stets beschützt von zwei älteren Brüdern. Zuerst war sie mit einem Staatsanwalt befreundet. Den hat sie gnadenlos abgeschossen und sich anschließend sofort wieder ihren Ex, diesen Kripobeamten, gekrallt. Sie ist ziemlich unbarmherzig – finde ich jedenfalls«, schränkte sie ihre Kritik ein, als sie Tommys skeptischen Blick registrierte.

»Hättest du auch gerne einen großen Bruder gehabt?«

Beate strahlte ihn an. »Du bist für mich mein großer Bruder, mein Geliebter, bald mein Ehemann, mein Elternersatz. Du bist und warst für mich immer alles, was ich wollte. Benötigte ich Schutz, bekam ich ihn von dir. Heute denke ich, wir haben uns schon geliebt, ehe wir wussten, was Liebe bedeutet.«

»Ja«, murmelte Tommy und wechselte das Thema.

»Marianne hat mich angerufen. Sie will ihr Haus mit dem riesengroßen Grundstück verkaufen und möchte, dass es in der Familie bleibt. Deswegen bietet sie es mir für einen äußerst fairen Preis zum Kauf an.«

Beate zog die Stirn in Falten. Sie würde nicht dulden, dass Tommy Mariannes Angebot annahm. Sie zwang sich ein gekünsteltes Lachen ab, ehe sie erwiderte: »Wir haben ein Heim, Tommy. Es gehört dir ebenso wie mir. Wie sagt man so schön? Alles, was mein ist, ist auch dein, Schatz! Ich kann mir beim besten Willen nicht vorstellen, irgendwo anders zu leben als in meinem Elternhaus. Wenn du mich willst, musst du auch mein Hab und Gut nehmen. Das eine ohne das andere ist nicht möglich.«

»Nein?«

»Du weißt, ich habe einiges auf der hohen Kante. Ich bin ein reiches Mädchen«, log sie mit einer Leichtigkeit, von der sie selbst überrascht war. »Außerdem gefällt mir diese Wohnung, und ich finde sie absolut praktisch. Deswegen sollten wir sie nach unserer Hochzeit unbedingt behalten.«

»Ja«, murmelte Tommy.

»Stell dir vor, wir sind verheiratet und du hast Notdienst. Möchtest du dich im Hinterzimmer der Apotheke auf einer schmalen, unbequemen Liege ausruhen? Das wäre entsetzlich. Diese Wohnung ist mit Geld nicht zu bezahlen. Wir machen es uns hier gemütlich, wenn du den Wochenenddienst übernehmen musst. Du musst nur einige Stufen hinuntersteigen, und schwupp befindest du dich im Verkaufsraum, um deine Kunden zu bedienen. Bequemer geht es nun wirklich nicht.«

Beate drehte ihm ihre nackten Brüste entgegen, redete von der geplanten Hochzeit, kam zu ihm, lehnte sich eng an ihn und beschäftigte sich mit der Kordel seines Bademantels, die er doppelt verknotet hatte. Sie sprach von dem weißen Kleid, von den Blumenmädchen, der Kirche, dem Menü und davon, wie wundervoll und märchenhaft alles sei, weil es sehr selten geschehe, dass eine Kinderliebe in einer Ehe ende.

Als Tommy ihr Gefasel nicht länger ertrug, nahm er ihre Hände von seinem Körper, blickte sie gedankenvoll an und fragte spöttisch: »Warum machst du das, Beate?«

»Was?«, fragte sie erschrocken.

»Warum idealisierst du die Vergangenheit?«

»Bitte? Ich idealisiere die Vergangenheit? Würdest du mir bitte erklären, wie du das gemeint hast?«

»Du presst dein Leben in eine rosafarbene Schablone, und du redest, als wären wir seit vielen Jahren ein Herz und eine Seele. Wir haben niemals gemeinsam den Kindergarten besucht.«

»Ich hatte eine wunderbare, märchenhafte Kindheit«, widersprach sie mit Tränen in den Augen. »Die lass ich mir von niemandem nehmen, auch nicht von dir. Du weißt, dass mein Vater damals Bürgermeister im Dorf war. Allein aus diesem Grund habe ich immer eine Sonderstellung eingenommen. Ich war ebenso beliebt wie er. Obwohl er der Rektor unserer Schule war, haben ihn alle vergöttert. Das ist äußerst ungewöhnlich. In der Regel ist kein Lehrer bei allen Schülern beliebt. Das war bei meinem Vater allerdings der Fall. Den liebte jeder, von der ersten bis zur Abschlussklasse.«

»Ja«, sagte Tommy und dachte, während sie über den alten Buttenstett sprach, jetzt beginnt ihr Theaterstück. Sie führt allein Regie, verteilt die Rollen, übernimmt selbst die Hauptrolle der allseits beliebten Prinzessin. Andere Mädchen werden zu ihren Hofdamen ernannt, Richard zu ihrem Lakai und ich selbst – Thomas Orthes – zum Prinzen ihres Herzens.

»Du weißt genau wie ich, dass der süße Tommy und die kleine Beate bereits ein Herz und eine Seele waren, als sie noch gemeinsam die Grundschule besuchten«, hörte er Beate sagen. »Und du weißt auch, dass ...«

»Ja! Ja!«, wiederholte er mehrere Male und ließ sie lamentieren. Er erinnerte sich sehr gut daran, dass die pausbäckige, pummelige Beate, die zu allem Überfluss auch noch die Tochter des alten Buttenstett war, ihn zu ihrem Favoriten erwählt hatte, als er in der vierten Klasse gewesen war und sie in der ersten. Auf dem Pausenhof war sie ständig in seiner Nähe gewesen, und auch an den Nachmittagen war sie ihm kaum von der Seite gewichen. Sie hatte sich immer benachteiligt gefühlt und war es auch gewesen. Möglicherweise hatte Beate während der bunten, schönen und lebenswerten Spielzeiten ihrer Kindheit ab und an eine der Nebenrollen übernehmen dürfen. Allerdings nur, weil die wahren Prinzessinnen Mitleid mit ihr gehabt hatten. Die Hauptrollen in der realen Welt waren stets bravourös und mit aller denkbaren Selbstverständlichkeit von anderen gemeistert worden.

»Wir lieben uns doch, Tommy«, sagte Beate bittend und begann zu weinen.

»Ja«, erwiderte er und wünschte sich weit weg. »Wir lieben uns, Beate.«

*

Heide und Dieter saßen in Tante Marthas Wohnzimmer. Dieter hatte es sich auf dem plüschigen Kanapee gemütlich gemacht, sich nach dem Nachnamen ihrer Gastgeberin erkundigt und erfahren, dass sie Martha Holtmanns hieß. Bereits nach wenigen Minuten war es ihm gelungen, der alten Dame mit seinem jungenhaften Lächeln und einem Kompliment über ihre frisch ondulierte, graue Lockenfrisur ein Strahlen ins Gesicht zu zaubern und ihre anfängliche Skepsis zu vertreiben. Nachdem ihm das geglückt war, warf er Heide einen triumphierenden Blick zu und kam zum abschließenden Teil seines geplanten Feldzuges.

Er erzählte von der Polizeiarbeit im Allgemeinen, sprach über Friedhöfe, über die Grabstätten der Familien Wanner und Rosenbring und über schwere Schicksalsschläge, die manchen Menschen besondere Stärke abverlangten. Während seiner Charmeoffensive ließ er es sich gutgehen, nutzte das zierliche Sofa in der vollen Breite, hatte die Arme auf die Lehnen gelegt und die Beine weit von sich gestreckt. Ab und zu griff er nach einem Stückchen Konfekt, lobte die Beschaffenheit und den Geschmack der selbstgemachten Süßigkeiten, strahlte Tante Martha aus seinen blauen Augen an, nippte an seinem Kaffee, pries das starke Gebräu in den höchsten Tönen und hatte das Herz der alten Dame gewonnen, ehe die Tasse leer getrunken war.

»Ich hab ja die Sammelkiste, da leg ich immer alles

rein, was so in der Zeitung steht, von den Leuten, die ich kenne«, sagte Tante Martha nach einer Weile bereitwillig. »Die Todesanzeigen und alles andere. Das kann ich Ihnen gerne zeigen, Herr Kommissar.« Sie erhob sich schwerfällig und verließ das Zimmer.

Dieter guckte Heide amüsiert an und warf ihr einen Handkuss zu. »Na bitte, meine Schöne, ich hab's ja gesagt. Vor meinem Charme ist keine sicher. Damit habe ich bis jetzt jede um den Finger gewickelt.«

»Man soll den Tag nicht vor dem Abend loben, du Großmaul«, zog sie ihn auf. »Ich werde dir schon noch zeigen, wer vor dir sicher ist.«

Die Zeitungsartikel, die Tante Martha wenig später aus einer altertümlichen Holzkiste hervorkramte und nacheinander auf der Tischplatte ausbreitete, stammten allesamt aus der Zeit zwischen dem 13. und 20. April 2009 und waren in der Regionalpresse erschienen. In ihnen wurde von einem tragischen Verkehrsunfall berichtet, bei dem eine Emsländerin mit ihren sechsjährigen Zwillingstöchtern ums Leben gekommen war.

»Das war eine Katastrophe für Richard und für Marianne«, murmelte Tante Martha, während sie mit zittrigen Fingern umständlich in der Holzkiste kramte, bis sie endlich die Todesanzeige gefunden hatte und sie Heide reichte. »Das hat die Marianne bis heute nicht verkraftet. An einem Tag die Schwiegertochter und die beiden Enkeltöchter zu verlieren. Das ist hart. Da kann der Mensch an Gott zweifeln. So fröhliche, hübsche Kinder waren das, die Bine und die Suse. Wenn ich sie gesehen hab, dann hab ich immer an die Alexandra und an die …« Tante Martha brach ab. Sie zog ein mit hellblauer Spitze umhäkeltes Taschentuch aus ihrer Kitteltasche und betupfte mehrmals ihre geschlossenen Lider.

Heide betrachtete das bedruckte Büttenpapier mit dem schwarzen Trauerrand einen Moment lang, ehe sie die doppelseitige Karte aufklappte. In der Anzeige wurde mitgeteilt, Richard Wanner trauere um seine Ehefrau Christina und um seine Töchter Sabine und Susanne. »Und Richard Wanner, wie hat er diesen entsetzlichen Verlust verarbeitet?«, fragte sie und gab die Trauerkarte an Dieter weiter.

»Wie wohl?«, erwiderte die alte Dame knapp. »Gelitten hat er! Er hatte ja auch schon genug mitgemacht.«

»Bitte?«, fragte Dieter. Er fuhr sich mit einer Hand durch sein volles blondes Haar und betrachtete Tante Martha aufmerksam.

»Nun so – mit allem, was geschehen ist. Ich mein man so«, wich sie aus, während sie nach einer Fliege schlug, die sich auf dem Ärmel ihrer Bluse niedergelassen hatte.

»Ich nehme an, Alexandra und Christina waren Zwillingsschwestern«, stellte Heide fest.

Tante Martha nickte. Sie wich Heides Blick aus, sah stattdessen aus dem Fenster und erwiderte fast kühl: »Das stimmt. Sie waren Schwestern. Das mit den Zwillingen lag bei den Rosenbrings in der Familie. Die hatten schon immer Zwillinge, aber das ist ja jetzt vorbei. Jetzt sind ja alle tot. Alexandra und auch Christina und ihre Kinder.«

Dieter tippte mit seinem rechten Fuß gegen Heides linkes Bein. Er schaute sie warnend an und zog dabei die Augenbrauen hoch. Obwohl sie sein Zeichen richtig deutete, das da hieß: Warum so ungeduldig? Du verschreckst die Frau. Sie macht jetzt schon dicht!, hakte Heide nach: »Alexandra Rosenbring starb bereits im September 1992. War sie krank? Woran ist sie gestorben?«

»Da weiß ich nichts drüber. Ich weiß nur, dass der liebe Gott den Menschen ihre Sünden vergibt, wenn sie tot sind, und das ist auch gut so.« Tante Martha presste die Lippen zusammen. Sie riss Dieter die Karte aus der Hand, überlegte einen Moment und fügte klagend hinzu: »Ich vergess schon viel. Das liegt am Alter. Das darf mir niemand übelnehmen.«

»Musste Gott Alexandra vergeben?«, fragte Heide verwundert. »Alexandra Rosenbring war achtzehn Jahre alt, als sie starb. Ich kann mir beim besten Willen nicht vorstellen, welche Sünden sie auf ihr Gewissen geladen haben soll, die Gott ihr vergeben müsste.«

»Ich vergesse viel«, wiederholte die alte Dame. Sie fuhr mit beiden Händen durch die Luft und verscheuchte dabei missmutig dieselbe Fliege, die sich bereits zuvor auf ihrem Blusenärmel niedergelassen hatte und die nach dem ersten misslungenen Angriff ein süßes Örtchen auf dem Konfekt vor Dieters Nase gefunden hatte.

»Zu viel!«, klagte sie zornig, ehe sie nach dem Glasdeckel griff und die Leckereien erneut in der Bonbonniere verschloss. »Ich vergesse viel zu viel. Das liegt am Alter.«

Dieter runzelte skeptisch die Stirn. Er hob den Deckel der Bonbonniere wieder an, betrachtete die Pralinchen, wählte mit Bedacht eine Marzipankugel, schob sie sich in den Mund und nahm eine Nusspraline, ehe er den Deckel zurücklegte und kauend erwiderte: »Das glaube ich Ihnen nicht, Frau Holtmanns. Ich denke, dass Sie Frau von der Heide nicht grundlos den Hinweis gegeben haben, sie möge sich auf dem Friedhof umsehen. Sie sagten, Marianne Wanner sei vom Schicksal ordentlich gebeutelt worden und man müsse lediglich auf den Friedhof gehen, dann wisse man Bescheid.« Lächelnd betrachtete er die Praline zwischen seinen Fingern, drehte sie einige Male, steckte sie in den Mund, kaute bedächtig, nickte wohlwollend und fuhr fort: »Was wollten Sie damit andeuten, Frau Holtmanns? Ich vermute, Sie haben den Spruch auf der Schleife an dem Blumenbukett gelesen, das auf der Grabstätte der Familie Rosenbring liegt. Sie haben sich zu Recht Ihre Gedanken dazu gemacht. Über Rache und Vergebung nachgesonnen. Aber wir begreifen die Zusammenhänge nicht. Sie müssen uns auf die Sprünge helfen. Wer hat den Strauß mit der Schleife auf der Grabstätte abgelegt und warum?«

Tante Martha schüttelte energisch den Kopf. »Das weiß ich wirklich nicht.« Sie schob die Zeitungsausschnitte übereinander, steckte sie mitsamt der Todesanzeige zurück in die Holzkiste, verschloss sie und stellte sie auf ihren Schoß.

»Die Familie Rosenbring hat Ihnen sicherlich eine Trauerkarte geschickt, als Alexandra starb«, versuchte Heide aufs Neue ihr Glück. »Würden Sie uns die Karte zeigen?«

Tante Martha schüttelte mehrere Male energisch den

Kopf. »Wahrscheinlich habe ich es vergessen. Bestimmt sogar, aber ich glaube, ich habe damals keine Anzeige bekommen. Richtig! Damals war ich gar nicht zu Hause. Ich habe meine Enkelin Nele besucht.«

Heide ignorierte den Hinweis auf Nele, die, laut Beate Buttenstetts Aussage, lediglich in der Phantasie der alten Dame existierte. Sie griff nach Tante Marthas Hand und blickte ihr in die Augen. »Tante Martha, als wir uns das erste Mal trafen, sagten Sie, Sie seien der festen Meinung, Gerald Schöllen sei tot. Außerdem meinten Sie, dass es um ihn nicht schade sei, weil man als anständiger Mensch besser nichts mit ihm zu schaffen habe. Sie erzählten mir auch, vor ein paar Jahren sei viel zu viel über die Angehörigen der Familie Wanner geredet worden und damit habe man ihnen das Leben schwergemacht. Deswegen würden Sie kein Wort mehr über sie verlieren.«

»Tu ich auch nicht«, rief Tante Martha erzürnt. »Kein einziges Wort verlässt mehr meine Lippen. Ich schweige wie ein Grab.« Sie entzog Heide ihre Hand, streckte Zeige- und Mittelfinger hoch und fügte hinzu: »Ich schwöre es, bei allem, was mir heilig ist.«

»Hat Ihnen irgendjemand verboten, mit uns über die Familien Wanner und Rosenbring zu sprechen?«, fragte Dieter misstrauisch.

»So ein Blödsinn! Mir verbietet niemand den Mund. Ich sag genau das, was ich will«, empörte Martha sich. Sie legte ihre Hand wie schützend über die Holzkiste auf ihrem Schoß. »Das weiß doch jeder. Ich sag, was ich will. Oder etwa nicht? Ich lass mir von niemandem den Mund verbieten.«

»Da bin ich mir leider nicht mehr sicher«, zweifelte Heide. »Sie rieten mir, ich solle auf den Kirchhof gehen und mich dort umsehen. Diesen Ratschlag haben der Kommissar und ich mittlerweile befolgt. Wir haben uns die Grabstätten der Familien Wanner und Rosenbring angesehen und den Spruch auf der Schleife gelesen. Jetzt müssen Sie uns weiterhelfen. Was denken Sie, wer hat den Grabstrauß dort abgelegt?«

Tante Martha stellte ihre Sammelkiste auf den Tisch. Sie stützte sich mit den Handflächen auf den Sessellehnen ab, erhob sich mühsam, stieß dabei einen wehklagenden Seufzer aus und sah Dieter an. »Ich weiß nicht, was Sie von mir wollen, Herr Kommissar. Alles, woran ich mich erinnere, habe ich Ihnen gesagt. Eigentlich begreife ich nicht einmal, worüber wir die ganze Zeit reden. Und einen Grabstrauß mit einer Schleife und einem Spruch habe ich schon viele Jahre nicht mehr gesehen.«

»Würden Sie mich anrufen, falls Ihnen noch etwas Wichtiges einfällt, Frau Holtmanns?«, bat Dieter. Er drückte ihr seine Visitenkarte in die Hand und lächelte sie freundlich an.

»Mir tun die Beine weh, Herr Kommissar«, erwiderte Tante Martha fast sanft. »Deswegen müssen Sie mich jetzt entschuldigen. Ich will mich ein Stündchen hinlegen. Vielleicht melde ich mich morgen bei Ihnen, wenn es mir bessergeht.«

»Du hast es wieder einmal vermasselt, von der Heide«, zog Dieter Heide auf, als die Haustür sich hinter ihnen schloss und sie nebeneinander zu seinem Wagen gingen. »Warum nur bist du so entsetzlich ungeduldig?«

»Ich begreife es nicht.«

»Was kapierst du nicht? Dass du immer so ungeduldig bist?«

»Quatsch! Ich begreife nicht, weswegen die äußerst angenehme Stimmung zwischen Tante Martha und uns plötzlich umschlug und das Gespräch aus dem Ruder lief.«

»Drei Mal darfst du raten, von der Heide!«

»Alexandra! Sie wollte nicht über Alexandra Rosenbring sprechen, und sie wollte sich nicht zu dem Bukett auf ihrem Grab äußern.«

Dieter nickte. »Den Eindruck hatte ich auch. Jetzt frage ich mich, ob wir den Spruch auf der Schleife als eine Warnung aus der Gegenwart verstehen sollen. Oder ob hier eine Stimme aus der Vergangenheit über Alexandra spricht und ihren Verwandten auf diese Weise mitteilt, das sie sterben musste, weil man sich an ihr – Gott weiß wofür – gerächt hat. Nur, verflixt noch mal, was hat das alles mit unseren aktuellen Ermittlungen zu tun?«

»Tante Martha behauptete zwar, über Alexandras Tod nichts zu wissen, aber im selben Atemzug sprach sie auch über Sünden, die Gott den Menschen vergibt, wenn sie gestorben sind.« Heide schüttelte den Kopf. *»Gutes wird mit Gutem vergolten, Böses mit Bösem. Nichts wird vergessen, die Zeit der Vergeltung wird kommen*! Ich frage mich unentwegt, was Alexandra Böses getan haben könnte, dass irgendjemand ihr dafür fast zwanzig Jahre nach ihrem Tod diesen Spruch aufs Grab legt.«

»Ich denke zwar, es wird uns dem Ziel keinen Schritt

näher bringen, aber ich werde mich bemühen, alles über das Mädchen zu erfahren. Vor allen Dingen sollten wir wissen, woran sie starb.« Dieter zog die Fernbedienung aus der Tasche seiner Lederjacke und öffnete die Autotür. Bevor er einstieg, griff er nach seinem Handy und rief auf der Dienststelle an.

Als Heide wenig später von ihm erfuhr, dass man Schöllens Wagen in Meppen sichergestellt hatte und er deshalb sofort auf die Dienststelle nach Lingen fahren würde, beschloss sie, die Fährte Alexandra Rosenbring allein weiterzuverfolgen. Als Erstes wollte sie Helens Hinweis nachgehen und Kontakt zu Frau Bochmann in Meppen aufnehmen, die ja möglicherweise gemeinsam mit Alexandra Rosenbring das Windthorst-Gymnasium besucht hatte. Kurz entschlossen griff sie *Miss Marple*, rief Sandra Bochmann an und verabredete ein Treffen am Montagnachmittag.

Sonntag, den 17. April 2011

Gestern hatte die Detektivin sich wieder im Dorf aufgehalten. Deswegen musste er besonders achtsam sein. Um keinerlei Risiko einzugehen, hatte er das Fahrzeug gewechselt, einen Umweg von sechzig Kilometern in Kauf genommen und die Ortschaft im Dunkeln in einem weiten Bogen umrundet. Jetzt erreichte er den Sandweg, der zur Hütte führte, aus südlicher Richtung, fuhr am Karpfenteich vorbei bis zur Grundstücksgrenze und parkte den Wagen hinter mehreren Eiben, die in den letzten Jahrzehnten eine beachtliche Höhe erreicht hatten und nun eine dichte Hecke bildeten.

Er öffnete das Handschuhfach und griff nach der Pistole. Einen Augenblick lang blickte er auf seine rechte Hand, die die Waffe hielt. Sie war ganz ruhig, zeigte nicht das geringste Zittern. Das wunderte ihn nicht.

Er hatte Schöllens Entführung – Schöllens Tod – seit langem geplant und auch schon ein Plätzchen gefunden, wo er die Leiche entsorgen würde. Schöllen hasste Wasser und fürchtete sich davor, weil in seiner Kindheit niemand ein Interesse daran gehabt hatte, dem kleinen Gerald das Schwimmen beizubringen. Tote schwammen ohnehin nicht, wenn die Lebenden dafür sorgten, dass ihr Körper nicht wieder auftauchte, überlegte er, als er seinen Blick über den kleinen See schweifen ließ, der irgendwann als Karpfenteich angelegt worden war und den man heute lediglich dazu nutzte, Campingstühle und einen Grill davor zu stellen.

Der Besitzer hatte keine Ahnung von der Fischzucht gehabt. Das Gewässer war zu tief angelegt worden, und es wurde durch Grundwasser gespeist. Karpfen gediehen bevorzugt in warmen, flachen Gewässern. Darum hatten sie sich in diesem Teich nie wohl gefühlt. Fast musste er lachen, als er an Schöllens Grab dachte.

»Hau ab, Gunnar!«, gab Gerald dem Schattenmann Bescheid, nachdem der die Hütte betreten hatte und sich vor sein Opfer hockte. »Verschwinde, wenn du mir kein Wasser besorgen kannst!« Viel zu wenig hatten die Schweine ihm seit seiner Gefangennahme zu trinken gegeben, sann Schöllen. Darum saß Paula unter dem Tisch und belästigte ihn, und daher rührten seine Kopfschmerzen und die lähmende Müdigkeit. Nahm der Mensch zu wenig Flüssigkeit auf, litt er unter Übelkeit. Deswegen war er nicht imstande, sich zu konzentrieren, war desorientiert und würde möglicherweise sogar bald in ein Delirium fallen.

Der Schattenmann zog den Stuhl vor Geralds Füße, setzte sich und reichte ihm eine volle Wasserflasche, deren Verschluss bereits abgeschraubt war.

»Sie zeigen mir ihre blonden Haare, die schlanke Taille und ihre langen Beine. Ihre Brüste, jung und schön, aber nicht unschuldig! Doch süß und zart!«, raunte Gerald dem Schattenmann verschwörerisch zu, nachdem er getrunken hatte. Fast im selben Moment fiel ihm ein, was Gunnar ihm damals versprochen hatte. Sie ist heute dein Püppchen, hatte Gunnar gesagt, und sie gehört dir allein. Dein Püppchen will, dass man es jagt und mit ihm Bolero tanzt. »Gunnar und ich sind wie verrückt nach dem Puppenfangen gewesen«, wisperte er und überlegte schwerfällig, dass es nur am Wasser lag, dass seine Püppchen ihn besuchten, obwohl er sie nicht gerufen hatte. Es lag am Wasser, das seine Entführer ihm viel zu spärlich zuteilten. Flüssigkeitsmangel, Gerald! Deswegen geht es dir miserabel. Deswegen zeigt sie dir ihr weißes Gesicht und ihre angsterfüllten Augen. Deswegen hörst du Gunnars Stöhnen und fühlst Begierde und erinnerst dich an das Gefühl der Macht, als wäre es gestern geschehen. Flüssigkeitsmangel, Schöllen!

Ab Papa! Du bit böte, un Ichad it lieb. Ichad! Ichad! Ichad! Ab Papa! Du bit böte, un Ichad it lieb. Ab Papa! Du bit böte, un Ichad it lieb. Ab Papa! Du bit böte, un ...

Wer ist Ichad?, hallte plötzlich und unerwartet Gunnars Stimme durch den Raum. Gerald fuhr erschrocken zusammen und entdeckte, dass sein Bruder sich zu der kleinen Paula unter den Tisch gehockt hatte, eine Fratze zog und ihm mit der Faust drohte. Flüssigkeitsmangel, Gerald Schöllen! Du phantasierst. Niemand sitzt unter dem Tisch. *Verflucht noch einmal, du kleiner Hosenscheißer!*, brüllte Gunnar. *Sag mir endlich, wer Ichad ist!*

»Wer ist Ichad?«, fragte Schöllen laut.

»Ichad ist der Mann, mit dem Simone dich betrügt. Ichad ist der Mann, der bald der Vater deiner Kinder sein wird«, krächzte der Schattenmann.

»Du lügst, du Schwein!« Einbildung, Gerald Schöllen!, knallte es durch Geralds Kopf. Flüssigkeitsmangel! Sobald du getrunken hast, wird es dir bessergehen. Du wirst dich mit Simone versöhnen und ihr versprechen, dass du sie nie wieder schlagen wirst. Plötzlich fiel ihm ein, was der Schattenmensch seit langem von ihm forderte und auch, dass dieser Mistkerl erst Frieden gab, wenn er –? Was? Wenn er seinen Namen unter ein beschissenes Dokument setzte, in dem der Dünnschiss stand, den er selbst erzählt hatte. Rotz, der niemanden interessierte, verquirlte Scheiße, die er endlich vergessen wollte. Er öffnete den Mund, fuhr mit seiner ausgetrockneten, pelzigen Zunge über die Lippen, fühlte die Risse und Krusten darauf und sah, dass der Schattenmann zuerst seine Handfesseln löste, danach die an den Füßen und zuletzt die Schnur, die seinen Oberkörper am Pfosten festhielt. Aus der Ferne registrierte er, dass die Hände des Schattenmannes unter seine Ellenbogen griffen und ihm auf die Beine halfen.

Man unterschreibt nicht sein eigenes Todesurteil, du dreckiger Hosenscheißer!, schrie Gunnar, der unter dem Tisch hervorgekrochen kam.

»Ich hab Durst, Gunnar«, lallte Gerald.

Montag, den 18. April 2011

Die Standuhr in der Diele zeigte genau 7.00 Uhr, als es an der Wohnungstür klingelte. Richard Wanner deponierte seinen vollen Kaffeebecher im Schlafzimmer auf einer Kommode, schlüpfte in seine Jeans, setzte die Brille auf und sah sich nach seinem hellblauen Pullover um. Wahrscheinlich hatte er ihn bei Simone vergessen. Er ging in die Diele und öffnete mit nacktem Oberkörper die Tür, ohne vorher durch den Spion zu schauen.

Simone hatte ihm die Kripobeamten derart exakt und ausführlich beschrieben, dass er sofort wusste, wer in aller Herrgottsfrühe vor ihm stand. Nur einen Wimpernschlag lang wunderte er sich über den Zeitpunkt ihres Erscheinens, bevor er begriff, dass sie die frühe Stunde bewusst nutzten, um das Überraschungsmoment auf ihrer Seite zu haben und ihn zu verunsichern. Er ignorierte den Ausweis, den der lange Blonde ihm hinhielt, und registrierte nur, dass der Kommissar sich mit dem Namen Fuchs vorstellte, den auch Simone ihm genannt hatte. Der kleinere der beiden, von dem sie auch gesprochen hatte, trug den Namen Haila. Er führte die Beamten in den Wohnraum, bot ihnen einen Platz in der dunkelblauen Sitzgruppe an und fragte, ob sie Kaffee wünschten. Haila und Fuchs setzten sich zwar, lehnten allerdings den angebotenen Kaffee ab.

»Ich nehme an, Sie sind gekommen, um mich zu dem Brand unserer Hütte zu befragen«, erklärte Richard.

»Brand?«, fragte Haila überrascht. »Wo hat es gebrannt?«

»Von Samstagnacht auf Sonntagmorgen ist das Wochenendhäuschen an unserem Karpfenteich in Flammen aufgegangen. Ich bin sofort rausgefahren und habe mir das Malheur angesehen. Die Hütte war ziemlich baufällig und wurde nur noch ganz selten benutzt. Letztendlich ist nichts Schlimmes passiert.«

»Brandstiftung?«, fragte Dieter knapp.

»Ich denke nicht. Das Holz war alt und hat gebrannt wie Zunder. Man nimmt an, dass Halbstarke sich dort herumgetrieben und in der Hütte gegrillt haben. Denkbar, dass der Grill umgekippt ist. Zumindest haben die Feuerwehrmänner die Überreste eines Kohlegrills gefunden, nachdem das Feuer gelöscht war. Es ist kein großer Verlust!« Richards Blick schweifte in die Ferne, ehe er zögernd hinzufügte: »Falls Sie gestatten, würde ich mir gerne den Schlaf aus den Augen waschen. Sie haben mich aus dem Bett geklingelt!«

Im Badezimmer stellte er sich vor den Waschtisch, blickte in den Spiegel, sah sein angespanntes, müde wirkendes Gesicht, die Schatten unterhalb der Augen, die der Eintagebart noch finsterer scheinen ließ, als sie tatsächlich waren. Er griff nach dem Rasierapparat. Er wollte gepflegt aussehen, wenn er den Polizeibeamten erneut gegenübertrat. Vor allen Dingen musste er die folgenden Minuten nutzen, um seine Nerven zu beruhigen.

Bereits am Freitagnachmittag, gleich nachdem ihm

eine noch immer aufgeregte und übernervöse Simone ihr Gespräch mit den Polizeibeamten in aller Ausführlichkeit geschildert hatte, war er sich gewiss gewesen, bald in den Kreis der Verdächtigen aufgenommen zu werden. Außerdem hatte Simone ihn auf zwei Frauen hingewiesen, die sich am Freitagnachmittag nahe seiner Wohnung aufgehalten hatten. Obwohl Simone sie lediglich von weitem gesehen hatte, war sie sich hundertprozentig sicher gewesen, dass es sich bei der einen der Damen um die Detektivin von der Heide gehandelt hatte. Unglücklicherweise hatte ihre naive Schwester Beate diese Detektivin mit der Suche nach Gerald Schöllen beauftragt, ohne sich vorher zu erkundigen, ob sie damit einverstanden war.

Seitdem sann er darüber nach, ob diese Frau sich tatsächlich ohne böse Absicht in der Nähe seiner Wohnung aufgehalten hatte oder ob Simone und er bereits seit längerer Zeit von ihr observiert wurden. Womöglich hatte sogar Schöllen sie beauftragt. Obwohl einiges für einen Zufall sprach, glaubte er nicht recht daran. Frau von der Heides Lebensgefährte war einer der Polizisten, die ihn gleich befragen würden. Er wohnte fast in seiner Nachbarschaft.

Warum also, beruhigte er sich, sollte Frau von der Heide nicht an einem Freitagnachmittag in der Nordhorner Innenstadt spazieren gehen, ein Café besuchen oder Einkäufe erledigen. Genau diese Argumente hatte er Simone wiederholt vorgebetet, um sie zu beruhigen. Doch Simone ließ sich nicht so leicht beruhigen. Im Nachhinein ärgerte es ihn ohnehin maßlos, dass er versucht hatte, sie zu beeinflussen. Seine gutgemeinten Ratschläge hatten lediglich dazu gedient, sie – die eine schlechte Lügnerin war – zu verunsichern, und damit das Gegenteil von dem bewirkt, was er beabsichtigt hatte.

Unglücklicherweise waren er und Simone, seitdem Schöllens Halbbruder ermordet aufgefunden worden war, gezwungen gewesen, ihre Pläne zu ändern. Da sie nur ein äußerst schwaches Nervenkostüm besaß und er nicht auf ihre Kaltblütigkeit hoffen konnte, hatte er in der vergangenen Nacht lange wach gelegen, ihre Situation neu überdacht und die unterschiedlichsten Möglichkeiten durchgespielt. Letztendlich war er zu dem Entschluss gekommen, dass es am schlausten war, den Beamten den größten Teil der Wahrheit mitzuteilen. Sollten sie tatsächlich während der Ermittlungen erfahren, dass Simone und er seit Monaten ein Verhältnis miteinander hatten, machte es keinen Sinn, dieses abzustreiten. Dass die Polizeibeamten allerdings so geschwind erfuhren, mit wem Simone ihren Ehemann betrog, hatte er nicht erwartet. Deswegen interessierte es ihn im Moment besonders, wer die Polizisten auf seine Spur gebracht hatte. Seine Mutter und ihr Freund Volker schloss er von vornherein aus. Dafür, dass sie der Polizei diesen Hinweis nicht gegeben hatten, würde er die Hand ins Feuer legen. Außer ihnen und seinem Cousin Thomas konnte niemand wissen, dass er und Simone seit Monaten ein Paar waren. Auch ihre Schwester Beate nicht.

›Der Dunkelhaarige ist ungeduldiger gewesen‹, hatte Simone erzählt. ›Dafür hat der andere mich dermaßen intensiv beobachtet, dass ich nicht mehr richtig denken konnte. Während dieser entsetzlichen Fragestunde hat er Paula indirekt praktisch als Waffe benutzt und mich mit ihrer Hilfe total verunsichert. Er ist raffiniert, vielleicht sogar durchtriebener und gemeiner als sein Kollege. Möglicherweise arbeiten sie aber auch genauso, wie man es immer im Krimi sieht: Der eine übernimmt die Rolle des Bösen und der andere die des Verständnisvollen. Sie sprechen sich vorher ab und machen dich während der Befragung so kirre, dass du nicht mehr weißt, wo oben und wo unten ist.‹

*

Beate, die dazu neigte, sich an sorgenvollen Tagen mit Aufback-Pizza zu trösten, hatte am Sonntagabend mit Entsetzen festgestellt, dass sie, seitdem ihr Schwager verschwunden war, mindestens ein Kilo Gewicht zugelegt hatte. Daraufhin hatte sie entschieden, das *Kummerkilo* ebenso schnell abzutrainieren, wie sie es sich angegessen hatte. Sie war früh aufgestanden, hatte ihre Sportschuhe angezogen und war losgerannt. Wobei sich die Auswahl der Laufstrecke komplizierter erwies als sonst, da sie krankgeschrieben war und möglichst von niemandem gesehen werden wollte. Deshalb wählte sie eine Strecke durch den Wald.

Den Entschluss, bei Simone eine kleine Pause einzulegen, traf sie, als sie nach einer Viertelstunde bemerkte, dass ihre Kondition wesentlich schlechter war als zuvor vermutet. Sie schaltete geschwind von *Laufen* auf *Spazierengehen* um, betrat das Grundstück des Ehepaars Schöllen von der rückwärtigen Seite, schaute durch die Terrassentüren in den Wintergarten, warf einen Blick durch das Wohnzimmerfenster, klopfte ans Küchenfenster, stellte überrascht fest, dass ihre Schwester nicht zu Hause war und dass die Alarmanlage – wie tagsüber üblich – nicht scharf geschaltet war.

Sie zog ihren Schlüsselbund aus der Tasche ihrer geliebten, ausgewaschenen braunen Jogginghose, betrachtete ihn lange und staunte. Simones Haustürschlüssel hing nicht mehr an dem Ring, an dem Beate ihn selbst befestigt hatte. Sie überlegte und kam zu dem Schluss, dass nur ihre Schwester ihn abgenommen haben konnte. Ihre Verwunderung schlug rasch in Unmut um. Aus dem Unmut wurde Entrüstung, und die Entrüstung steigerte sich zur Wut. Wenn nicht mit meinem Schlüssel, dann eben auf einem anderen Weg, beschloss Beate zornig.

In der Regel deponierte ihre Schwester einen Ersatzschlüssel für Notfälle unter einem blauen Keramiktopf, der neben dem Garagentor stand – doch aus Gründen, die sich Beate lediglich allmählich erschlossen und die sie in Rage brachten, lag auch dort kein Schlüssel. Sie ließ ihren Blick über die rückwärtige Hauswand schweifen, betrachtete die Balkongeländer, registrierte erfreut, dass eine der Glastüren offen stand und zwei weitere gekippt waren. Stand nicht im Geräteraum neben der Garage eine Leiter? Ließ Simone diese Tür nicht immer geöffnet, damit die Kinder jederzeit ihre Roller, Räder und Kettcars herausholen konnten? Sie drückte den Türgriff der weiß angestrichenen Metalltür nach unten und stellte gleich darauf fest, dass ihre Vermutung richtig gewesen war. Die lange, schmale Leiter war aus Aluminium und somit leicht zu tragen.

Durch die angelehnte Balkontür betrat sie Ingas Zimmer, wunderte sich über die veränderte Einrichtung, über einen hellblauen Herrenpullover und über ein schwarzes, transparentes Etwas, das auf einem ungemachten Bett lag. Bisher hatte sie keinen einzigen Gedanken daran verschwendet, welche Nachtwäsche ihre Schwester trug. Im Grunde genommen interessierte es sie auch nicht, mit wem Simone schlief. Aber das Wissen, dass Simone Geheimnisse vor ihr hatte und ihr dabei ständig vorspielte, wie eng und vertraut sie miteinander waren, kränkte sie tief und trieb ihr Tränen in die Augen.

Wer der Besitzer des Herrenpullovers war, wusste Beate, als sie das Logo mit den vier Buchstaben auf dem Ärmel entdeckte. Marianne Wanner kaufte bevorzugt diese Marke, und ihr Sohn Richard hatte sie seit jeher getragen. Mehrere Gepäckstücke, die im Korridor standen, versperrten den Zutritt zu Simones Ankleideraum und zum Bad. Beate schob sie ungeduldig mit den Füßen beiseite, betrachtete eine Zeitlang den roten Reisekoffer ihrer Schwester, der weit geöffnet vor ihrem Kleiderschrank lag, und begriff. Im Badezimmer entdeckte sie gleich darauf auf der Spiegelablage ein billiges Rasierwasser, das sicherlich niemals von Gerald Schöllen benutzt worden war.

Simones Auto hörte Beate, als sie auf dem Treppenansatz stand und überlegte, ob es ratsam war, sich auch im Erdgeschoss umzusehen. Sie schaute aus dem Korridorfenster, sah, dass ihre Schwester das Fahrzeug in der Einfahrt geparkt hatte und Paula aus dem Kindersitz hob. Wahrscheinlich hatte sie Inga in den Kindergarten gebracht, überlegte Beate. Es sah ihrer Schwester ähnlich, wegzufahren, ohne die Fenster zu schließen.

Beate wunderte sich über die Kälte, die sie plötzlich fühlte. Es war ihr egal, ob Simone sie entdeckte oder nicht. Ihre Schwester war für sie gestorben. Sie verließ das Haus, wie sie gekommen war, und brachte die Leiter zurück. Erst nachdem sie eine ganze Weile durch den Wald gelaufen war und ihr die Luft zum Atmen ausging, setzte sie sich auf einen Stapel Baumstämme und weinte sich ihre Enttäuschung von der Seele.

*

Richard Wanner hatte sich mit dem Rücken gegen ein leeres Bücherregal gelehnt und die Arme vor der Brust verschränkt. Er blickte abwechselnd Dieter Fuchs und Michel Haila an, dachte an Simone und ihre Kinder und daran, dass er sich nicht aus der Fassung bringen lassen würde.

»Wir haben einige Fragen, die Sie uns beantworten sollten, Herr Wanner«, begann Michel Haila.

»Ja bitte, fragen Sie«, erwiderte er ruhig. »Ich werde mich bemühen, Ihre Fragen korrekt zu beantworten.«

»Möchten Sie nicht von uns wissen, weswegen wir Sie bereits am frühen Montagmorgen stören, Herr Wanner?«, fragte Kriminalkommissar Fuchs.

»Den Grund für Ihr Erscheinen werde ich bestimmt erfahren, und ich habe Zeit«, sagte er betont gelassen.

»Ich habe den Eindruck gewonnen, dass Sie ihn bereits kennen.« Dieter schaute Richard mit hochgezogenen Augenbrauen an und ließ seinen Blick dann durch den karg möblierten Raum schweifen. Zwei Teppiche lagerten aufgerollt vor einer kahlen Fensterfront. Mehrere Regale und eine Schrankwand waren leer geräumt, davor standen einige aufeinandergestapelte Umzugskartons und Bilderrahmen. Dass Wanner einen Umzug vor oder hinter sich hatte, war offensichtlich. »Sie kennen Frau Simone Schöllen, Herr Wanner?«, begann er.

»Ja.«

»Sie wissen, dass ihr Ehemann seit dem vergangenen Montag vermisst wird?«

»Ja.«

»Wo hielten Sie sich an diesem Tag auf?«

»Ich habe das Wochenende und den Montag bei meiner Mutter verbracht und bin erst am Dienstag zurück nach Nordhorn gefahren.«

»Sie waren das ganze Wochenende mit Ihrer Mutter zusammen?«

»Ja!«

»Möchten Sie umziehen, Herr Wanner?«

»Ja.«

»Erzählen Sie uns, wohin?«

»Selbstverständlich«, stimmte Wanner zu.

In seiner Miene zeigte sich weder Verlegenheit noch Schuldbewusstsein. Dieter bemerkte die Falten in Wanners hagerem Gesicht, den bitteren Zug um die Mundwinkel, seine grauen Haare. Der Mann wirkte überkonzentriert, fast kampfbereit. Er hielt die Hände dicht an den Körper gepresst, hatte den Oberkörper leicht vorgebeugt, die Beine gespreizt und vermittelte den Eindruck, jeden Moment zum Sprung anzusetzen, um seine Besucher anzugreifen und zu vertreiben.

»Ich habe vor einigen Monaten von einer deutschen Firma das Angebot bekommen, auf einer Baustelle in Schanghai die Bauleitung für ein Projekt im Wohnungsbau zu übernehmen«, erklärte Richard knapp. »Wir hatten die Absicht, am vergangenen Mittwoch aufzubrechen. Leider hat sich unsere Abreise verzögert. Ich musste unsere Flüge stornieren.«

»Darf ich fragen, über wen Sie sprechen, wenn Sie das Wort *wir* benutzen?«, hakte Dieter nach und fügte hinzu: »Selbstverständlich interessiert es mich auch, warum Sie nicht zum geplanten Termin abgereist sind.«

Richard steckte die Hände in die Taschen seiner Jeans und erklärte: »Simone Schöllen und ich haben beschlossen, Deutschland gemeinsam mit den Kindern zu verlassen. Gerald Schöllens Entführung – oder wie immer Sie sein Verschwinden nennen wollen – hat unsere Pläne leider vereitelt. Wir waren uns einig, dass man uns möglicherweise mit einer Straftat in Verbindung bringen würde, wenn wir tatsächlich abreisten. Um dem vorzubeugen, sind wir geblieben.«

»Wann haben Sie Ihre Reise ins Ausland geplant, Herr Wanner?«, wollte Dieter wissen.

»Vor einigen Monaten.«

»Sagen Sie mir bitte, wann genau dieser Entschluss gefasst wurde.«

Wanners Gesichtszüge erstarrten. »Den exakten Zeitpunkt kann ich Ihnen leider nicht nennen. Simone und ich haben uns oft darüber unterhalten und die Vor- und Nachteile eines Auslandsaufenthaltes gegeneinander abgewogen.«

»Ein langfristiger Aufenthalt im Ausland, vor allen

Dingen mit Kindern, erfordert sicherlich intensive Planung und eine längere Zeit der Vorbereitung.«

»Ja, das ist richtig.«

»Was bringt Sie dazu anzunehmen, dass Gerald Schöllen aus freien Stücken untergetaucht ist?«

»Ich habe es sofort geahnt, und seitdem ich von Simone weiß, dass Schöllens Halbbruder ermordet aufgefunden wurde, bin ich mir sogar sicher. Schöllen ist kriminell! Ein Gangster! Deswegen bitte ich Sie, finden Sie ihn und sperren Sie ihn ein. Ich habe einen Arbeitsvertrag unterschrieben. Ich möchte Simone unter keinen Umständen allein mit ihren Töchtern in Deutschland zurücklassen. Ich befinde mich jetzt in einer verzwickten Situation, denn ich muss eine hohe Strafe zahlen, falls ich meinen Vertrag nicht einhalte.« Richard nahm die Hände aus den Hosentaschen, verschränkte die Arme vor der Brust und fragte: »Sie möchten tatsächlich nichts trinken? Vielleicht Wasser oder Saft?«

»Nein danke«, erwiderte Michel, während Dieter lediglich schweigend den Kopf schüttelte.

»Entschuldigen Sie mich bitte. Stört es Sie, wenn ich mir jetzt gleich einen Morgenkaffee aufgieße?«, wollte Wanner wissen. Ohne die Antwort auf seine Frage abzuwarten, ging er in eine dem Wohnraum angegliederte Küche. Dort hörten Dieter und Michel ihn eine Weile hantieren, ehe er mit dem Becher in beiden Händen erneut seinen Platz vor dem Bücherregal einnahm.

»Sie gehen davon aus, dass Gerald Schöllen uns lediglich glauben lassen will, er sei entführt worden?«, fragte Michel.

»Nicht nur das«, erwiderte Wanner. »Ich bin mir fast

sicher, dass Schöllen an dem Tod seines Halbbruders zumindest mitschuldig ist und dass er deswegen abgetaucht ist oder – besser formuliert – sich auf der Flucht befindet.«

»Würden Sie uns bitte erklären, was Sie annehmen lässt, Gerald Schöllen könne schuldig am Tod seines Bruders sein?«, setzte Michel nach.

Richard stellte mit versteinerter Miene den Kaffeebecher zur Seite, ballte beide Hände zu Fäusten, blickte erst Michel, danach Dieter an und erwiderte kühl: »Schöllen ist ein Schwein. Er kennt weder Anstand noch Moral. Am vorletzten Sonntag hat er Simone festgehalten und geschlagen. Übrigens nicht das erste Mal. Bevor er sie vergewaltigen konnte, ist es ihr gelungen, sich und die Kinder in Sicherheit zu bringen.«

»Es ist Ihnen bestimmt nicht leichtgefallen, zu wissen, dass die Frau, die Sie lieben, von ihrem Mann misshandelt wird. Warum sind Sie nicht aktiv geworden?«, fragte Dieter kopfschüttelnd und fügte hinzu: »Es fällt mir schwer, zu glauben, dass Sie tatenlos zugeschaut haben.«

»Sehen Sie sich meine Hände an«, sagte Wanner und streckte Dieter beide Handflächen demonstrativ entgegen. »Hundert Mal habe ich überlegt, ob ich ihm damit an die Kehle gehe, ihn töte oder zumindest verprügele. Aber ich bin nicht der Mensch, der auf diese Weise Probleme löst. Obwohl ich es gerne getan hätte, als Simone mir von diesen Vorfällen erzählte. Allein schon, um ihr und ihren Kindern die Möglichkeit zu verschaffen, in Frieden zu leben.«

Wanner nahm seinen Kaffeebecher, trank daraus

und murmelte: »Ich verstehe diese Sorte Mann nicht. Ich kann einfach nicht begreifen, wie sie ticken. Für die Gesundheit meiner Frau hätte ich alles gegeben. Und Schöllen? Er tritt das, was für andere Menschen ein großes Geschenk ist, mit Füßen.«

»Wir sind bisher davon ausgegangen, dass Ihre Frau und Ihre Töchter bei einem Verkehrsunfall ums Leben kamen«, bekannte Haila bedrückt.

»Ja, das ist richtig. Sie starben in Christinas Auto. Meine Frau war mit den Kindern im Schwimmbad gewesen. Es ging ihr gut. Sie nahm keine Medikamente mehr, durfte wieder Auto fahren. Wir hofften, dass sie ihre Krankheit ein für alle Male hinter sich gebracht hätte.«

»An welcher Krankheit litt Ihre Frau?«, fragte Dieter.

»Eine psychogene Depression. Sie brach kurz nach der Geburt unserer Zwillingstöchter aus. Letztendlich hat nicht diese entsetzliche Krankheit meine Frau besiegt, sondern eine leichte Linkskurve auf einer ansonsten schnurgeraden Straße, von Lähden nach Holte.«

Michel war hellhörig geworden. »Wurde die Ursache des Unfalls nicht geklärt?«

»Nein.«

»Würden Sie uns diesen Umstand bitte genauer erläutern?«, hakte er sofort nach.

Richards Gesichtszüge erstarrten. Er schloss einen Moment die Augen und atmete tief durch. »Das müssen Sie schon allein herausbekommen. Ihre Kollegen haben sich damals nicht mit Ruhm bekleckert.«

»Wir müssen Ihr Alibi überprüfen, Herr Wanner«, sagte Dieter.

Richard Wanner nickte. »Selbstverständlich, ich schreibe Ihnen die Adresse meiner Mutter auf. Übrigens, Simone kann Ihnen kein Alibi präsentieren. Sie war den Montag über mit Reisevorbereitungen beschäftigt. Wir wollten ja ursprünglich am Mittwoch Deutschland verlassen. Darüber waren übrigens nur meine Mutter und Dr. Volker Heidmann, ein langjähriger Freund unserer Familie, informiert. Glauben Sie mir, Simone könnte keiner Fliege etwas zuleide tun.«

»Sprechen Sie über den Rechtsanwalt Dr. Heidmann?«

»Ja.«

»Eines begreife ich nicht«, merkte Dieter an. »Warum diese Heimlichkeiten, Herr Wanner? Warum hat Frau Schöllen nicht die Scheidung eingereicht und reinen Tisch gemacht?«

»Simone hat Angst vor ihrem Ehemann, davor, dass er die Kinder als Druckmittel gegen sie einsetzt. Sie befürchtete, er könnte wieder gewalttätig werden. Bis jetzt hat er die Kinder nicht geschlagen, aber sie ist der festen Meinung, sie und die Mädchen können sich ihm nur entziehen, solange er ihre Pläne nicht kennt. Es ist ihr nicht leichtgefallen, sich für mich zu entscheiden. Ihre ältere Schwester hat ihr nie genügend Freiraum gegeben, um sich zu entfalten, und Schöllen hat ihr mit seiner rabiaten Art jedwedes Selbstbewusstsein genommen.«

»Bevor wir uns verabschieden, noch eine Frage, Herr Wanner«, sagte Dieter, als er vor den beiden anderen den Wohnraum verließ. »Nennt die kleine Paula Sie Ichad?«

»Ja«, Wanner lächelte.

»Gut kombiniert, von der Heide«, dachte Dieter, während er Richard Wanner ansah und ganz plötzlich in dessen Augen etwas von der Lebensfreude fand, die wahrscheinlich irgendwann einmal das herausragende Merkmal seines Charakters gewesen war.

Wanner griff nach einem Block und einem Stift, die auf der Kommode im Flur lagen, und notierte den Namen und die Adresse seiner Mutter. Dann riss er das beschriebene Blatt ab, reichte es Dieter.

»Wie haben Sie es geschafft, neben dem Verhältnis mit Simone Schöllen eine so liebevolle Beziehung zu ihren Kindern aufzubauen? Mussten Sie nicht ständig befürchten, dass die Kleinen Ihr Geheimnis – absichtlich oder nicht – ausplaudern?«, fragte Dieter.

»Simone und ich haben lange überlegt, wie ich am schnellsten mit den Kindern vertraut werden könnte, ohne dass es einem Außenstehenden auffiel. Schließlich haben wir beschlossen, dass ich die Bambini-Gruppe des Tennisvereins übernehme. Inga ist ein sportliches Ausnahmetalent. Ich trainiere sie fast täglich. Darum verwundert es niemanden, dass sie oft über ihren Trainer spricht. Inga und ich verbringen sehr viel Zeit miteinander.«

»Paula hat noch einige Schwierigkeiten mit der deutschen Sprache«, stellte Dieter fest und registrierte, dass Herr Wanner ein Mann war, der sein Handeln exakt plante. Diese Planungen betrafen nicht allein sein berufliches Leben. Sie schlossen das private mit ein.

Wanner schmunzelte. »Das ist richtig. Keiner ist bisher darauf gekommen, dass Paula mich meint, wenn sie über Ichad spricht. Weder ihre Tante Beate noch ihr Vater.«

Irrtum, schoss es Dieter durch den Kopf. Heide hatte sofort eine Verbindung zwischen der Bezeichnung *Ichad* und dem Männernamen Richard gezogen.

»Jetzt, da Sie wissen, dass Simone und ich ein Paar sind, würde ich sie und die Kinder gerne bis zu unserer Abreise zu mir nach Nordhorn holen. Mir würde es wesentlich besser gehen, wüsste ich sie in meiner Nähe.«

»Machen Sie das«, erwiderte Dieter. »Nur sollten Sie sich zu unserer Verfügung halten. Das gilt auch für Frau Schöllen.«

*

»Wir werden Wanners Alibi noch heute Vormittag überprüfen«, sagte Dieter nachdenklich, als sie zu ihrem Auto gingen. »Zeitnah, bitte! Ich will verhindern, dass man sich abspricht. Falls das nicht bereits geschehen ist. Wir fahren jetzt nach Holte und reden mit seiner Mutter. Anton und Torben suchen Dr. Heidmann auf. Seine Privatadresse herauszufinden dürfte nicht schwierig werden. Die Kanzlei befindet sich in Osnabrück.«

»Du traust Richard Wanner nicht?«

»Einige Bemerkungen, die er von sich gegeben hat, verdienen durchaus, noch einmal genauer unter die Lupe genommen zu werden. Eines weiß ich allerdings. Er gehört zu den Menschen, die in erster Linie kopfgesteuert reagieren. Er ist ein Taktiker, ein Stratege …«

»Dagegen ist nichts zu sagen. Das allein macht ihn nicht verdächtig.«

»Nein, sicherlich nicht! Dagegen ist grundsätzlich nichts zu sagen. Möglicherweise kann ich ihn besser einschätzen, sobald ich seine Mutter kennengelernt habe.«

»Das könnte sein«, stimmte Michel ihm zu. »Richard Wanner wirkte mindestens zehn Jahre älter, als er tatsächlich ist.«

»Ja«, bestätigte Dieter. »Und du siehst aus, als würde dir eine Mütze Schlaf guttun.« Er schloss den Wagen auf und ließ sich auf den Fahrersitz fallen. »Ich schlage vor, du nutzt unsere Fahrt nach Holte, um ein kleines Nickerchen zu machen.«

»Ich habe mich erst nach Mitternacht hingelegt und bin seit halb fünf auf den Beinen«, erwiderte Michel, als sie auf die Lingener Straße abbogen. Er hatte seine Tochter Jenny viel zu zeitig wecken müssen, ihr ein Frühstück zubereitet und sie bei seiner Schwester Natalie abgeliefert, die sie gegen acht Uhr zur Schule bringen würde. Auf dem Weg zu seiner Schwester war er gezwungen gewesen, mit der ansonsten lammfrommen Zehnjährigen eine äußerst unangenehme Auseinandersetzung zu führen. Sie hatte partout nicht einsehen wollen, dass die versprochene Shopping-Tour, die eigentlich für den Nachmittag geplant gewesen war, vertagt werden musste.

»Laut Dr. Ulrich war Laxhoff seit mindestens zwei Tagen tot, als man ihn auffand. Jetzt frage ich mich natürlich, wo befand sich die Leiche, ehe sie gefunden wurde?«, sagte Dieter, als er bemerkte, dass Michel nicht schlief, sondern mit weit aufgerissenen Augen durch die Windschutzscheibe auf die Straße schaute.

»Wurde sie etwa zwischengelagert? Wenn ja, weswegen reagiert Laxhoffs Mörder auf diese Weise? Muss ihm nicht daran gelegen sein, die Leiche so schnell wie eben möglich loszuwerden? Gehen wir einmal davon aus, dass Schöllen seinen Bruder tatsächlich ermordet hat! Wo hielt Schöllen sich dann ab Montagmorgen auf? Warum parkt er den Wagen praktisch vor unserer Nase in der Meppener Innenstadt? Hat er die Leiche seines Bruders mehrere Tage im Kofferraum seines Autos aufbewahrt? Ganz gleich, wie ich es drehe und wende, überall entdecke ich Ungereimtheiten, die ich möglichst schnell beseitigt haben möchte.«

»Exakt«, stimmte Michel zu. »Insgesamt betrachtet wirkt die Spurenlage, als habe ein Idiot im Affekt gehandelt und absolut kopflos agiert. Nach dem, was ich über Schöllen erfahren habe, kann man ihm einiges nachsagen, aber mit Sicherheit nicht, dass er dumm ist.«

»Das sehe ich genauso.«

»Fingierte Spuren? Wer weiß, möglich ist es. Da stellen sich gleich neue Fragen. Wer hat Interesse daran, Schöllen zu belasten? Und wo befindet sich Schöllen jetzt? Ist er überhaupt noch am Leben?«

Michel brachte seinen Sitz in die Liegeposition. Er schloss die Augen, lehnte sich zurück und betete erfolglos einige Minuten Schlaf herbei. Sobald der Dienstplan überraschend auf den Kopf gestellt wurde, fielen seine gut durchdachten Planungen – was Kind und Haushalt anbetraf – auseinander wie ein Kartenhaus im Luftzug. In dieser Hinsicht erging es ihm wie den unzähligen anderen alleinerziehenden Müttern oder Vätern. Doch darüber wollte er sich nicht beklagen. Er war dankbar, dass Jenny nicht in Barbaras Kleinwagen gesessen hatte, als sie auf der B 213 bei Haselünne unter einen Lastwagen gerast war. Das Schicksal hatte ihm wenigstens sein Kind gelassen. Richard Wanner hingegen hatte bei einem Verkehrsunfall nicht allein seine Frau, sondern auch seine beiden Töchter verloren. Jenny hatte herzzerreißend geweint, als er sie heute Morgen bei seiner Schwester zurückgelassen hatte. War dieser Fall erst zu den Akten gelegt, würde er mit ihr bei *Bolle Jan* in Denekamp Pfannkuchen essen. Jenny mochte sie am liebsten, wenn sie dick mit Marmelade bestrichen waren.

*

Eine merkwürdige, befremdliche Unruhe hatte bereits am Sonntagabend von Heide Besitz ergriffen und sie auch nicht losgelassen, als sie vor ihrer Staffelei gestanden hatte, um Celias Geburtstagsgeschenk den letzten Schliff zu geben. Deswegen hatte sie sich gleich morgens auf den Weg nach Holte gemacht. Beates Elternhaus, das sie am Donnerstag noch freundlich im strahlenden Sonnenschein empfangen hatte, lag jetzt finster und abweisend inmitten einer dicht bepflanzten, moosgrünen Oase. Dunkle Wolken hingen schwer unter einem schwarzen Himmel und erzählten von einem nahe vorbeiziehenden Gewitter. Heide fuhr durch das weit geöffnete Gartentor über die lange, mit Kies bedeckte Einfahrt und parkte ihren Golf auf dem Stellplatz direkt hinter Beates Auto. Der Kater Samstag lag träge auf der obersten Stufe der verklinkerten Eingangstreppe. Daneben stand das Fahrrad, mit dem Beate sich am Donnerstag davongeschlichen hatte. Sie war also höchstwahrscheinlich zu Hause.

Heide stieg aus ihrem Auto und schaute sich misstrauisch um. Obwohl niemand zu sehen war, hatte sie den Eindruck, beobachtet zu werden. Sie ließ ihren Blick langsam über die Hausfront und über die hellen Stores gleiten, die vor den oberen Fenstern hingen, und wurde das Gefühl nicht los, dass ihr jemand zusah. Dabei zeigte nicht einmal der Kater Samstag Interesse an ihrem Erscheinen. Er kam gemächlich auf die Beine, als der Besuch sich ihm näherte, und stahl sich davon, als Heide die Stufen betrat und auf den Klingelknopf drückte. Einen Augenblick meinte sie, durch das Dielenfenster einen Schatten zu sehen, obwohl sie aus dem Inneren des Hauses kein Geräusch hörte.

Sie klingelte ein weiteres Mal, wartete eine Weile ab, sah sich erneut um, drückte ihr Ohr an die eingesetzte Spiegelscheibe der hölzernen Tür und lauschte. Als ein leichtes Poltern sie vermuten ließ, jemand stände direkt dahinter, wurde sie zornig. Die Vorstellung, dass Beate ihr aus reinem Eigennutz mehrere Stunden Nachtschlaf geraubt hatte und ihr jetzt wie einem Hausierer den Eintritt verwehrte, trieb ihr die Zornesröte in die Wangen. Sie startete einen dritten Versuch, hielt den Klingelknopf dieses Mal nach unten gedrückt, begann zu zählen und beschloss, den Klingelterror erst bei der Zahl Fünfzig abzubrechen.

Als Heide bei einundzwanzig angelangt war, öffnete sich die Tür. Obwohl sie mit Beates Anwesenheit gerechnet hatte, traf das plötzliche Erscheinen ihrer ehemaligen Kommilitonin sie überraschend und verschlug ihr einen Moment lang die Sprache. Sie brach die Klingel-Attacke ab und starrte verblüfft in Beates Gesicht. Mit dem fleckig roten Teint, dem verzerrten Mund und den strähnigen, ungewaschenen Haaren wirkte ihre Bekannte wie eine Furie. Sie trug wieder ihre braune Jogginghose und den ausgewaschenen dunkelblauen Pullover, hatte beide Hände in die Hüften gestützt und blickte Heide an, als stände eine Fremde vor ihr.

»Ich fühle mich schlecht, Heide. Vielleicht werde ich krank. Ich bin nicht in der Verfassung, mich mit dir zu unterhalten. Möchtest du, dass ich dir einen Abschlag auf dein Honorar zahle?«

Heide setzte einen Fuß zwischen Tür und Türrahmen, blieb aber auf dem Treppenabsatz stehen. »Du weißt, dass es mir nicht darum geht. Ich habe eine Frage. Sie betrifft Alexandra Rosenbring.«

»Kenne ich nicht. Wie gesagt, im Moment passt es mir nicht!«

»Du hast mich beauftragt, nach Gerald Schöllen zu suchen. Ich habe mich nicht darum gerissen, dir diesen Gefallen zu tun.«

»Ja! Ich habe dich danach gefragt ... Das ... das habe ich. Doch ich habe jede Hoffnung verloren. Du kannst Simone nicht helfen«, stammelte Beate.

Sie drehte Heide den Rücken zu und ging ins Wohnzimmer. Dort warf sie sich bäuchlings auf das Sofa, drückte ihr Gesicht in ein Kissen und schluchzte herzzerreißend. Heide setzte sich zu ihr und nahm ihre Hand. Gab es Informationen über Schöllens Verschwinden? Aber warum hatte Dieter sie nicht darüber informiert? *Miss Marple* hatte genügend zu essen bekommen und war empfangsbereit. Das wusste sie sicher, weil sie erst vor einer halben Stunde mit Helen telefoniert hatte, überlegte Heide und ließ den Morgen Revue passieren. Dieter und sie hatten gemeinsam in seiner Wohnung in Nordhorn gefrühstückt und sich dabei ausführlich über die Familie Wanner unterhalten. Er hatte ihr erzählt, dass er Richard Wanner gleich morgens, gemeinsam mit Michel Haila, befragen wollte. Er hatte auch gesagt, dass er und sein Kollege gegen sieben Uhr an der Alten Kirche am Markt verabredet waren. Sie und Dieter hatten die Wohnung gemeinsam verlassen. Er war zum verabredeten Treffpunkt gegangen, und sie war nach Holte gefahren.

»Gibt es Neuigkeiten, von denen ich nichts weiß, Beate?« Verzweifeltes Wimmern und einige trockene Schluchzer waren Beates einzige Antwort.

»Ich hole dir ein Glas Wasser und eine Kopfschmerztablette«, beschloss Heide. Sie ging in die Küche und stellte augenblicklich fest, dass der Raum sich in einem noch beklagenswerteren Zustand befand als am Freitagmorgen. Achselzuckend ließ sie kaltes Wasser aus dem Hahn laufen, bis sie endlich ein sauberes Glas fand und es füllte. Dann suchte sie ein freies Plätzchen auf dem vollgemüllten Küchentisch, stellte ihre Handtasche ab und nahm eine Kopfschmerztablette aus ihrem Kosmetiketui. Einen kurzen Moment überlegte sie, Dieter anzurufen, um sich bei ihm nach Schöllen zu erkundigen. Sie war zwar mit ihm beim Italiener in Nordhorn zum Mittagessen verabredet, aber die Frage, ob im Fall Schöllen etwas Gravierendes geschehen war, brannte ihr unter den Nägeln. Nichtsdestotrotz würde sie ihre Neugierde bis zum Mittag zügeln.

»Was wird nur aus Simone und den Kindern, wenn Gerald nicht zurückkommt?«, schluchzte Beate.

»Wie kommst du darauf, dass Schöllen nicht zurückkommt?«, fragte Heide, nachdem Beate ihren Weinkrampf mit einem lauten Abschlussseufzer beendet hatte, von der liegenden in die sitzende Position gekommen war, den Kopf gehoben hatte und sie aus einem bemitleidenswert zerknitterten Gesicht ansah.

»Ich habe Angst. Seit Simone mir erzählt hat, dass Gunnar Laxhoff erschossen wurde, komme ich nicht zur Ruhe. Könnte es nicht sein, dass Gerald auch tot ist?«

Heide schwieg. Diese Frage wollte und konnte sie nicht beantworten. Sie war vor dem geplanten Friedhofsbesuch nur bei Beate vorbeigekommen, weil sie die Hoffnung gehabt hatte, mehr über Alexandra Rosenbring zu erfahren und damit auch etwas über den Grabschmuck. »Würdest du mir bitte etwas über Alexandra Rosenbring erzählen?«

Beates Gesicht rötete sich. »Ich kenne keine Alexandra Rosenbring.«

Heide ging zurück in die Küche und holte ihre Handtasche. »Ich habe dieses Foto in der Dunkelkammer deines Vaters gefunden«, klärte sie Beate auf und hielt ihr das Foto hin, auf dem sie mit Alexandra abgebildet waren.

»Du hast geschnüffelt«, empörte Beate sich.

»Ich habe nicht geschnüffelt«, widersprach Heide energisch. »Auf der Suche nach dem Badezimmer bin ich zufällig in die Dunkelkammer deines Vaters geraten. Was du übrigens hättest vermeiden können, wärest du an dem besagten Abend nicht sang- und klanglos verschwunden und hättest mich allein gelassen. Die Aufnahmen sind mir sofort aufgefallen. Dein Vater hat dich früher sehr oft zusammen mit Alexandra fotografiert.«

»Wir waren mal befreundet, aber sie hat mich verraten«, entfuhr es Beate.

»Was meinst du, wenn du sagst, sie habe dich verraten?«

»Darüber will ich nicht sprechen!«

»Woran ist Alexandra Rosenbring gestorben? War sie krank?«

Beate zuckte die Schultern. »Keine Ahnung. Sie war eine falsche Schlange. Ich wollte schon viele Jahre vor ihrem Tod nichts mehr mit ihr zu tun haben.«

Beate nahm eine Cognac-Karaffe und zwei von mehreren Gläsern, die ihren Platz auf einem Teewagen gehabt hatten. Sie stellte den Cognac-Schwenker vor sich auf den Tisch, schenkte großzügig ein und hielt Heide ein volles Glas hin.

Heide ignorierte den angebotenen Cognac und stellte fest: »Du willst nicht über Alexandra Rosenbring sprechen.«

Beate schüttete den Alkohol in einem Zug herunter, ehe sie antwortete: »Nein! Will ich nicht, weil ich nichts über sie zu sagen habe.«

Heide griff nach ihrer Handtasche und verließ den Wohnraum. Im Türrahmen blieb sie stehen, wandte sich um und betrachtete Beate, die jetzt das andere Glas ansetzte. »Ich glaube dir nicht, Beate. Du weißt etwas, aber du willst es mir nicht sagen. Was hat Alexandra dir angetan, dass du nicht mit mir über sie reden willst?«

*

Der beigefarbene Peugeot fiel Heide sofort auf, als sie vor dem Friedhof in Holte parkte. Gleich darauf sah sie auch die Besitzerin des Fahrzeugs. Marianne Wanner stand vor einem Container, in dem Grünabfälle gesammelt wurden, und warf dunkelgrünes Papier hinein, ehe sie mit raschen Schritten und gesenktem Kopf an Heide vorbeilief, ohne sie wahrzunehmen. Heide nahm den direkten Weg zu Alexandra Rosenbrings Grab, setzte sich wieder auf die schmiedeeiserne Bank und musterte die Grabstätte vor sich. Das bedruckte Schleifenband lag fast genau so, wie Dieter es drapiert hatte, die Schrift dem Betrachter zugewandt. Doch es war jetzt an einem üppigen Strauß roter Rosen befestigt, der in einer Vase stand. Beim Anblick der frischen Blumen überlegte Heide, ob sie in dem dunkelgrünen Papier transportiert worden waren, das Marianne Wanner soeben entsorgt hatte. Das Gefühl, beobachtet zu werden, das sie schon beschlichen hatte, als sie sich auf Buttenstetts Grundstück aufgehalten hatte, kam plötzlich zurück, heftiger und quälender als zuvor. Sie schalt sich hysterisch, sah sich um und lehnte sich erst beruhigt gegen die harte, metallene Rückenstütze der unbequemen Bank, als sie niemanden entdecken konnte, der zu ihr herüberschaute. Ihr Blick fiel erneut auf die Schleife. *Gutes wird mit Gutem vergolten, Böses mit Bösem. Nichts wird vergessen, die Zeit der Vergeltung wird kommen.* Über diesen Leitspruch hatte sie lange genug gegrübelt, sich Gedanken gemacht über Rache, Vergeltung und Aussagen wie: *Zahn um Zahn*, *Auge um Auge* oder *Gleiches mit Gleichem vergelten.* Doch nur mit sehr viel Phantasie war es ihr gelungen, einen Zusammenhang zu Gerald Schöllen oder Gunnar Laxhoff herzustellen. Die einzige Verbindung, die ihr einfiel, ergab sich aus dem Verhältnis zwischen Simone Schöllen und Richard Wanner und führte von Richards verstorbener Ehefrau Christina über ihre Zwillingsschwester Alexandra, um dann bei deren früherer Freundin Beate Buttenstett zu enden. Wahrscheinlich traf Dieters Vermutung zu, und der Spruch auf dem Schleifenband stand in keinerlei Zusammenhang mit dem Mord an Laxhoff und Schöllens Verschwinden.

Heide erhob sich und schlug den Rückweg ein. Ehe sie wieder nach Nordhorn fuhr, würde sie einen Blick in den Grünabfallbehälter werfen. Mit ganz viel Glück fand sie auf dem Papier, das Marianne Wanner weggeworfen hatte, einen Hinweis, der ihr den Weg in ein Blumengeschäft zeigte, das auch Grabschmuck verkaufte. Nur wenig später begriff sie, dass heute tatsächlich ihr Glückstag war. Das Einwickelpapier stammte aus einem Laden in Nordhorn. Er hieß *BluBiz* und befand sich in der Kokenmühlenstraße. Heide kannte ihn gut. Celia, die Lebensgefährtin ihres Vaters, kaufte im *BluBiz* ein, und auch sie selbst ließ sich dort gerne kurz gebundene Sträuße zusammenstellen. Heute war der Laden wie jeden Montag nur vormittags geöffnet. Heide warf einen Blick auf ihre Armbanduhr und stellte erfreut fest, dass ihr bis zum Geschäftsschluss und bis zu ihrer Verabredung mit Dieter genügend Zeit für einen Abstecher blieb.

*

An der Wand hinter der Sitzgruppe hing ein farbenfrohes Aquarell, das zwei Mädchen zeigte. Sie waren gleich angezogen und saßen dicht nebeneinander auf einem Hocker vor einem Klavier, die Gesichter dem Betrachter zugewandt. Die eine der etwa vierjährigen Schwestern lächelte folgsam. Ihre kleinen Händchen lagen mit gespreizten Fingern brav auf den Tasten. Die andere hatte einen Fuß auf den Hocker gestellt und das Bein angezogen. Sie umfasste ihr Knie mit beiden Händen. Ihr Lächeln wirkte frecher als das ihrer Schwester, so, als wollte sie sagen: Schaut nur, ich bin ich, und ich bestimme, wann und ob ich musiziere.

Michel war vor dem Bild stehen geblieben und betrachtete es interessiert.

»Der Künstler hat die Mädchen kaum gekannt und fast ausschließlich nach Fotografien und unseren Erzählungen gearbeitet«, sagte Volker Heidmann, dem Michels Interesse nicht entgangen war. »Trotzdem ist es ihm gelungen, das Wesen der Zwillinge in seinem Werk einzufangen. Wenn die beiden nicht redeten und sich nicht bewegten, was äußerst selten geschah, dann konnten nur ihre Mutter und ihre Großmutter sie auseinanderhalten.« Heidmann lächelte. »Die vordere ist Sabine, dahinter sehen Sie Susanne. Bine war ihrer Schwester immer einen Schritt voraus, und Suse hatte eine ausgezeichnete Beobachtungsgabe.«

Er schwieg einen Augenblick und fügte wehmütig hinzu: »Die Kinder waren angeschnallt und saßen im Fond des Autos in ihren Sitzschalen, als der Unfall geschah. Ihre Mutter war mit ihnen im Schwimmbad gewesen. Aber das hat Ihnen Richard ja erzählt. Er hat eben angerufen und mich darüber informiert, dass uns zwei Beamte der Kriminalpolizei aufsuchen würden. Setzen Sie sich bitte. Frau Wanner kommt jeden Moment zurück. Sie ist zum Friedhof gefahren.«

Dieter nahm in einem Sessel Platz und beobachtete Michel, der zu einem Tischchen ging, auf dem gerahmte Schnappschüsse der Zwillinge standen. Einzeln aufgenommen und gemeinsam. Auf der Schaukel, in ihrem Spielhaus, auf dem Roller, auf dem Rad. Beide auf dem Rücken eines Pferdes, im Schwimmbad, im Wasserbecken, klatschnass auf der Rutsche, auf der Liegewiese.

»Darf ich Ihnen etwas anbieten? Kaffee?«

»Nein danke«, erwiderte Dieter.

Michel war ans Fenster getreten und blickte in einen Garten, der einer riesengroßen bunt gestrichenen Puppenstube oder einem üppig ausgestatteten Spielplatz ähnelte. Marianne Wanner betrat den Raum. Sie sah erst Dieter, anschließend Michel aus großen Augen erschrocken an, zog die Schultern hoch und steckte ihre Hände in die Taschen eines wadenlangen Strickkleides. Sie wirkte schutzbedürftig und hilflos. Ihr Freund ging zu ihr, legte einen Arm um ihre Taille und stellte erst Dieter, anschließend Michel vor. Die Frau nickte, machte aber keine Anstalten, ihrem Besuch die Hand zu reichen. Dieter, der aufgestanden war, setzte sich wieder in den Sessel und schlug die Beine übereinander.

»Die Herren möchten wissen, womit wir uns am Montag, dem 11. April beschäftigt haben.«

»Dr. Heidmann, mein Sohn Richard und ich haben das ganze Wochenende, einschließlich Montag, aufgeräumt«, murmelte Marianne. »Ich habe beschlossen, das Haus zu verkaufen. Deswegen gibt es einiges zu organisieren. Der alte Plunder steht jetzt in der Garage, damit er zum Sperrmüll gebracht werden kann.« Sie räusperte sich und fragte: »Warum möchten Sie das wissen? Verdächtigen Sie meinen Sohn? Denken Sie, er hat mit Schöllens Verschwinden zu tun? Das ist lächerlich!«

Michel musterte Marianne Wanner, während er an Jenny und Barbara dachte. Er fand, dass sie entsetzlich abgespannt und müde aussah und auf eine sehr anrührende Weise niedergeschlagen wirkte. Vielleicht beruhte dieser Eindruck aber auch nur auf seiner eigenen Einbildungskraft. Schließlich fühlte er sich der Familie Wanner durch ein ähnliches Schicksal verbunden.

»Mein Sohn hat Ihnen bestimmt erzählt, dass er gemeinsam mit Simone und ihren Kindern ausreisen wird. Ich möchte Sie bitten, diese Information für sich zu behalten.« Ihre Stimme klang zittrig. Sie nahm die Hände aus den Taschen und verschränkte die Arme vor der Brust.

»Warum, Frau Wanner? Warum möchten Sie das?«, fragte Michel sanft, in einer Tonart, die sich von der, die er gewöhnlich während einer Befragung anschlug, deutlich unterschied. Er erntete dafür von Dieter einen überraschten Blick, ehe dieser aufstand und sich neben ihn stellte.

»Richard war keine drei Jahre alt, als sein Vater

starb«, erklärte sie. »Ich habe ihn allein großgezogen, und diese Aufgabe hat mich am Leben erhalten. Als meine Schwiegertochter und meine Enkelkinder tödlich verunglückten, hatte ich eine entsetzliche Angst, Richard könne sich etwas antun. Ich dachte, dass er niemanden mehr hatte, für den es sich lohnte, weiterzuleben. Aber seitdem Simone und er sich gefunden haben, weiß ich, dass es auch für ihn eine Zukunft geben kann, und dafür bin ich sehr dankbar.« Marianne Wanner räusperte sich und atmete tief ein, ehe sie fortfuhr: »Die beiden haben ihr Verhältnis geheim gehalten. Auch Beate Buttenstett weiß bis heute nicht, dass sie gemeinsam mit den Kindern das Land verlassen werden.«

»Wie darf ich das verstehen?«, fragte Michel.

»Beate wäre niemals mit dem Umzug ihrer Schwester einverstanden. Und auch nicht damit, dass Simone und Richard ein Paar sind«, erwiderte Volker Heidmann.

»Beate und Richard kennen sich bereits seit langem. Sie waren während ihrer Jugend für eine sehr kurze Zeit etwas enger miteinander befreundet. Richard hat diese Freundschaft nach wenigen Wochen beendet. Das hat Beate ihm bis heute nicht verzeihen können«, erklärte Frau Wanner.

»Verschmähte Liebe«, fasste Dieter zusammen und musste lächeln.

»Ja«, stimmte Marianne zu. »So nennt man das wohl.«

»Ich war bisher der Ansicht, Frau Buttenstett und Frau Schöllen hätten ein sehr gutes, vertrauensvolles Verhältnis zueinander«, sagte Dieter verwundert und nahm sich vor, noch einmal mit Heide über die Schwestern zu reden. Er führte sich die Traueranzeige vor Augen, die Martha Holtmanns ihm gezeigt hatte. Es fiel ihm schwer, sich vorzustellen, dass Marianne Wanner, die ihren Anteil an der Hölle auf Erden bereits durchlebt hatte, ihn anlog und Theater spielte.

»Können Sie mir sagen, wie es zu dem Unfall kam, bei dem Ihre Schwiegertochter und Ihre Enkelkinder starben, Frau Wanner?«, fragte Michel.

Marianne war kreidebleich geworden. »Christina ist mit dem Wagen von der Straße abgekommen und gegen einen Baum geprallt.«

»Es gab eine Zeugin, die behauptete, ein weiteres Fahrzeug sei in den Unfall verwickelt gewesen«, erklärte Heidmann. »Sie sagte aus, dieses Auto habe Christinas Wagen von der Fahrbahn gedrängt, doch letztendlich gab es dafür keinerlei Beweise. Ich denke heute, die Kinder haben Christina abgelenkt. Die Mädchen waren sehr temperamentvoll, besonders Bine fiel das Stillsitzen schwer.«

»Christina hatte ihre Krankheit fast überwunden«, murmelte Marianne Wanner. »Ich weiß es, weil sie es ihrer Schwester Alexandra geschrieben hatte und ich den Brief lesen durfte. Trotzdem hätte ich verhindern müssen, dass sie sich ans Steuer setzt. Ich hätte sie begleiten müssen. Es ist meine Schuld, dass ...« Sie verstummte. Ihr nach innen gewandter Blick verriet ihren Besuchern, dass sie rund um sich niemanden mehr wahrnahm.

Christina hatte den Brief am 23. März 2009 verfasst und Marianne hatte ihn nach dem Tod ihrer Schwiegertochter so oft gelesen, dass sie den Inhalt auswendig kannte.

Meine liebe Alexandra,

seit einigen Tagen geht es mir erstaunlich gut. Dr. Hosskamp ist der Ansicht, dass die Medikamente jetzt endlich ihre Wirkung entfalten und ich mich auf dem Weg der Besserung befinde. Ich wünschte, es gelänge mir, ein Leben zu führen, in dem die Einnahme der Tabletten nicht über mein Wohlbefinden entscheidet und darüber, wann ich schlafe oder wache, ob ich traurig bin oder glücklich.

Marianne kutschiert mich und die Kinder fast jeden Nachmittag ins Schwimmbad. Suse und Bine freuen sich, dass ich mich zwischen sie auf die Rückbank des Autos setze. Sie nennen ihre Omi »Chauffeur Marianne« und haben ihr neulich Richards Schirmmütze aufgesetzt. Selbstverständlich fragen sie mich, warum ich nicht selbst fahre und sie nie, wie die Mütter der anderen Kinder, mit Richards Wagen von der Schule abhole. Ich habe ihnen erklärt, dass ich zwar einen Führerschein besitze, aber seit langer Zeit nicht mehr Auto gefahren bin und es unter dem Einfluss der Medikamente auch nicht darf.

Du wärest ebenso froh wie ich, könntest Du sie sehen, meine hübschen Wassernixen in ihren knallroten Badeanzügen. Das Wasser ist ihr Element. Dort fühlen sie sich wohl. Sie kennen keine Angst und bewegen sich, als wären sie mit Schwimmflossen geboren. Ich sehe ihnen zu, und ich bin sehr stolz auf meine temperamentvollen kleinen Mädchen, die uns beiden so sehr ähneln. Doch gerade in diesen glücklichen, unbeschwerten Momenten erkenne ich umso deutlicher, wie wenig ich von meinen Kindern weiß und wie viel

Zeit ich bereits ohne sie und Richard im Finstern vergeuden musste …

Nachdem Dieter bemerkt hatte, dass Frau Wanner mit ihren Gedanken in eine Welt abgetaucht war, die für ihn unerreichbar blieb, wandte er sich an Herrn Heidmann und fragte verwundert: »Christina Wanner schrieb Briefe an ihre Schwester Alexandra?«

Der andere nickte zustimmend. »Sie hat Alexandra regelmäßig geschrieben, ebenso wie andere Menschen Tagebuch führen oder eine Biografie verfassen. Das Briefeschreiben an ihre verstorbene Schwester war ein Teil ihrer Therapie.«

*

Gegen 13.00 Uhr stellte Heide ihren Golf im Parkhaus an der Seilerbahn ab, überquerte die Kokenmühlenstraße im Laufschritt und erfuhr sofort, dass das Glück ihr an diesem Tag erneut zur Seite stand. Frau May, die Besitzerin des kleinen Blumengeschäftes, hatte ihren Laden noch nicht geschlossen. Sie räumte knospende Frühlingsblüher und die ersten Sommerblumen zusammen und stellte sie dicht an dicht auf einen Wagen, um sie ins Innere des Gebäudes zu transportieren. Als sie Heide auf sich zukommen sah, unterbrach sie ihre Arbeit und ließ sie vor sich in den Verkaufsraum gehen.

Heide wollte der Floristin nicht die Mittagspause stehlen, deswegen hielt sie sich nicht mit einem langen Vorgeplänkel auf, sondern kam gleich zur Sache. Sie holte ihren Fotoapparat aus der Handtasche, schaltete ihn ein, suchte auf dem Display die Aufnahmen, die sie von dem Grabschmuck gemacht hatte, und zeigte sie ihr.

Frau May, die Heides Beruf kannte, wunderte sich nicht. Sie schüttelte bedauernd den Kopf. »Ich dachte mir schon, dass diese Sache einen Haken hat. Der Spruch ist mir gleich so komisch vorgekommen. Einen Satz mit dieser Botschaft lässt man eigentlich nicht auf eine Kondolenzschleife drucken. Das habe ich dem Kunden auch sofort gesagt. Aber er meinte, es wäre so eine Art Leitspruch für die Verstorbene gewesen und auch, dass sie eine längere Zeit als Dolmetscherin in China gearbeitet hätte.«

»Kennen Sie den Mann, der das Gesteck und die Schleife in Auftrag gegeben hat?«

»Nein! Er hat telefonisch bestellt, mir jedes Wort pingelig genau buchstabiert und sich den Text zwei Mal wiederholen lassen, damit ich auch ja keinen Fehler einbaue. Als er die Bestellung abgeholt hat, war ich leider nicht im Laden. Nicole hat ihm den Grabschmuck samt Schleife ausgehändigt. Er hat bei der Gelegenheit für letzten Samstag Rosen vorbestellt. Rote, wenn ich mich nicht irre. Ich war nur bis mittags im Geschäft, und er hat sie erst am Nachmittag abgeholt.«

Nicole war Frau Mays Auszubildende und ihre einzige Mitarbeiterin. »Falls Nicole seinen Namen auch nicht kennt, könnte sie ihn mir vielleicht beschreiben«, hoffte Heide.

»Daraus wird nichts werden. Zumindest nicht in den nächsten drei Wochen. Sie macht Urlaub, und ich habe keine Ahnung, wo oder wie wir sie erreichen können. Vor kurzem ging er hier am Schaufenster vorbei«, fuhr

Frau May fort. »Die Nicole hat ihn mir zwar gezeigt, aber ich habe ihn nur ganz kurz gesehen, erst im Profil und dann von hinten. Das Einzige, was mir zu ihm einfällt, ist, dass er nicht besonders groß war und eine Brille getragen hat.«

Tommy Orthes war Brillenträger, überlegte Heide, als sie sich auf den Weg zum Italiener in die Ochsenstraße machte, wo sie Dieter treffen würde. Aber auch der Mann, den sie am Freitag in Simone Schöllens Begleitung gesehen hatte und der vermutlich Simones Liebhaber Richard Wanner gewesen war, hatte eine Brille getragen. Und beide, Wanner und Orthes, würde sie selbst als nicht sehr groß beschreiben.

*

Während Heide das Restaurant durchschritt, sah sie sich suchend um und entdeckte Dieter schließlich auf der Außenterrasse. Er saß an einem der hintersten Tische, dicht am Vechte-Ufer, und beobachtete gedankenversunken einige Enten, die im Wasser gründelten. Erst als Heide vor ihm stand, hob er den Kopf und schaute sie an.

»Hallo, meine Schöne.«

»Wartest du schon lange auf mich?«

Dieter schüttelte den Kopf und hielt ihr die Speisekarte hin. »Ich habe bereits bei einer schlanken, blonden Göttin bestellt. Sie ist blutjung, ihre Haare sind fast so lang wie ihre Beine, sie heißt Jennifer und arbeitet hier neuerdings zwei Mal in der Woche als Aushilfe.«

»Du bist ja bereits bestens informiert.« Heide setzte

sich ihm gegenüber, sah ihn kurz an, registrierte den enttäuschten Zug um seine Mundwinkel und wusste Bescheid. Er war bedrückt, weil die Nachforschungen im Fall Laxhoff nicht so reibungslos liefen, wie er sich das wünschte. Sie stellte ihre Handtasche neben sich auf den Stuhl, nahm ihm die Karte aus der Hand und legte sie auf den Tisch, ohne hineinzusehen.

Mehr als ein Fläschchen Wasser und einen gemischten Salat würde sie sich nicht gönnen. Am Morgen, auf Dieters Digitalwaage, hatte sie wieder einmal entsetzt feststellen müssen, dass ihr Nordhorner Gewicht stets ein Kilo höher war als das Osnabrücker und auch, dass sie bei der Auswahl ihrer Garderobe wohl instinktiv auf die Kleidungsstücke zurückgriff, die einen hohen Elastan-Anteil aufwiesen und somit dehnbar waren.

Dieter runzelte die Stirn, betrachtete sie und bewies ihr dann erneut, dass er ihre Schwächen besser kannte, als es ihr so manches Mal lieb war. »Sorge dich nicht! Meine Waage zeigt mindestens 1150 Gramm zu viel an.«

»Ich habe keinen Hunger«, schwindelte sie. »Deswegen nehme ich die bewährte Nummer 36 der Speisekarte, den Salat des Hauses, ohne Brot und Käse.«

»Du bist immerzu hungrig«, widersprach er. »Ich kenne niemanden, der ständig so mordsmäßig hungrig ist wie du und der trotzdem eine so tolle Figur hat.« Er setzte sein unverschämt überhebliches Grinsen auf und schlug mit der Handfläche demonstrativ dorthin, wo bei vielen Männern seines Alters bereits ein Bauchansatz zum Vorschein kam. »Wenn wir erst einmal verheiratet sind und du nach Nordhorn gezogen bist, werden wir uns jeden Morgen lieben und anschließend um den Vechtesee joggen. Das hält fit.«

»Jetzt weiß ich wenigstens, warum sich bei mir alle Haare sträuben, sobald du übers Heiraten und über den Umzug redest«, spöttelte Heide.

»Du möchtest also den Salat essen?«

Heide nickte.

»Ich nehme den Mittagstisch.«

»Einschließlich Dessert?«

»Ja! Den Nachtisch darfst du verspeisen.«

»Damit bin ich einverstanden«, erwiderte sie und verfluchte insgeheim ihre Naschsucht und ihren ungezügelten Appetit auf Süßes.

»Ist ziemlich einfach, dich glücklich zu machen«, versuchte er, zu scherzen. Doch in seinen Augen konnte sie lesen, dass ihm eigentlich nicht danach zumute war.

»Ihr steckt in den Ermittlungen fest«, stellte sie sachlich fest. »Bemüh dich nicht, lustig zu sein, wenn dir nicht danach ist. Es geht dir miserabel.«

Dieter nickte. »Niemand kennt mich so gut wie du. Du weißt, wenn man in den ersten 48 Stunden nach einem Verbrechen keinen roten Faden findet, an dem man sich entlanghangeln kann, wird es schwierig. Bin ich ehrlich, muss ich eingestehen, dass ich überhaupt keinen sehe. Möglicherweise wird es mir auch …«

Dieter brach ab, als Jennifer, die Bedienung, an den Tisch trat. Er gab lächelnd die Bestellung auf und wartete, bis die junge Frau gegangen war. »Möglicherweise finden sich tatrelevante Spuren in Schöllens Fahrzeug, das wir ja Gott sei Dank am Samstag sicherstellen konnten.«

»Das Schleifenband mit dem ungewöhnlichen Spruch stammt aus einem Nordhorner Blumengeschäft. Die Besitzerin konnte den Kunden, der die Bestellung aufgegeben hat, nur äußerst notdürftig beschreiben. Er ist nicht sehr groß und trägt eine Brille«, verriet Heide ihm.

»Klasse«, Dieter lächelte ironisch. »Mal ganz abgesehen davon, dass ich mir von deiner Friedhofsspur ohnehin nicht viel versprochen habe, frage ich mich, wie viele mittelgroße Brillenträger Deutschland bevölkern und Niedersach…«

»Thomas Orthes trägt eine Brille, ebenso Richard Wanner«, schnitt Heide ihm das Wort ab.

»Wer – zum Teufel – ist Thomas Orthes?«

»Thomas Orthes hat Marianne Wanners Apotheke gepachtet. Er ist ihr Neffe und damit auch Richard Wanners Cousin.«

»Daraus«, versuchte er, zu scherzen, »können wir schließen, dass das *Brilletragen* bei den Wanners und Orthes wohl eine erbliche Komponente hat. Es liegt also sozusagen in der Familie.«

»Ich war heute Vormittag noch einmal bei Beate«, berichtete Heide. »Genauer gesagt: Ich habe mir den Eintritt in ihr Haus ertrotzt.«

»Wie stellt man das an, ohne eine Waffe einzusetzen?«, foppte Dieter. »Oder hast du die Pistole zwischen dem anderen Krimskrams in deiner Tasche gefunden und sie der Frau Buttenstett an den Kopf gehalten?«

Heide ignorierte seinen Einwand und sah ihn mit gerümpftem Näschen an. »Du hast tatsächlich keine Ahnung, wie man sich Zugang zu einer fremden Wohnung verschafft. Dabei funktioniert es auf die simpelste Art und ohne einen Hauch von Gewalt anzuwenden.«

»Tatsächlich?«, murmelte Dieter und beobachtete dabei Jennifer, die mit einem vollbepackten Tablett in beiden Händen und einem eindrucksvollen Hüftschwung über den holprig-steinigen Terrassenboden trippelte.

Heide folgte seinem Blick, schüttelte missbilligend den Kopf, verkniff sich aber vorerst eine abfällige Bemerkung über die bevorzugten Beobachtungsobjekte der Männer im Allgemeinen.

»Man legt den Zeigefinger auf den Klingelknopf und drückt ihn nach unten. So lange, bis irgendjemand die Tür öffnet, Herr Kommissar«, erwiderte sie.

Jennifer kam zu ihnen, lächelte, lobte das sommerliche Aprilwetter und stellte die Getränke auf den Tisch.

»Augen weg«, zischte Heide, nachdem die junge Schönheit sich abgewandt hatte und zum Nachbartisch trippelte. Dabei stieß sie mit der Absatzspitze ihres Pumps ein Mal kräftig gegen Dieters Wade.

Dieter ignorierte den Tritt gegen sein Bein und spielte den Verwunderten. »Wie macht sie das?«

»Wie macht sie was?«

»Wie gelingt es diesem jungen Mädchen, einen ganzen Tag auf diesen wahnsinnsdicken Sohlen herumzustolzieren und über den holprigen Bodenbelag zu tänzeln, ohne sich die Haxen zu brechen.«

»Du hast dir Gedanken über Plateauschuhe gemacht und dich um ihre Gesundheit gesorgt, während sich deine Augen zufällig auf ihrem Po ausruhten und dort Urlaub machten?«

»Ja.«

»Dafür habe ich Verständnis«, frotzelte Heide. »Du bist so ein verflixter Mach…«

»Mir geht es heute nicht sehr gut«, schnitt Dieter ihr das Wort ab und sah sie aus ernsten Augen an. »Du darfst mich heute nicht auf die Schippe nehmen.«

»Ich weiß«, erwiderte Heide. »Du hast seit Freitag kaum geschlafen. Trotzdem kommt ihr im Mordfall Laxhoff nicht voran, und das bereitet dir große Sorgen.«

»Erzähle mir von Beate Buttenstett.«

»Ich finde Beates Verhalten – merkwürdig.« Sie machte ein nachdenkliches Gesicht und fügte hinzu: »Hysterisch! Genau. Sie verhält sich hysterisch.«

»Ich habe sie mittlerweile kennengelernt und weiß, was du meinst, wenn du sagst, sie verhalte sich merkwürdig. Ich stimme dir zu. Frau Wanner erzählte übrigens, dass Frau Buttenstett Richard Wanners Verhältnis zu Simone Schöllen niemals gutheißen würde. Er war früher enger mit Beate befreundet und hat ihr diese Freundschaft aufgekündigt. Das hat sie ihm wohl bis heute nicht verzeihen können.«

Heide lachte. »Beate und ihre Männer! Das könnte der Titel einer emsländischen Tragödie sein. Derzeit ist sie mit Thomas Orthes liiert. Sie erzählte mir, die Heirat sei bereits geplant. Im Moment befindet sie sich wohl in einem Zustand, den ich, allerdings in abgeschwächter Form, aus alten Zeiten sehr gut von ihr kenne. Sie ist so verknallt, dass sie nicht mehr weiß, was sie tut. Ich vermute mittlerweile, dass sie aus lauter Verliebtsein ab und an einen über den Durst trinkt. Genau das hat sie früher in ähnlichen Situationen gemacht.«

»Schau einer an. Eine kleine Schnapsdrossel! Obwohl … Es wundert mich nicht wirklich.«

»Am Donnerstagabend zum Beispiel«, erklärte Heide, »war Beates Sehnsucht nach ihrem Liebsten so groß, dass sie mich allein gelassen hat, nur um sich bei ihm Kopfschmerztabletten abzuholen.«

Die hübsche Jennifer brachte das Essen, und während sie die vollen Teller auf den Tisch stellte, die leeren Gläser abräumte und die Bestellung für ein weiteres Getränk aufnahm, machte sie Dieter schöne Augen. Doch Heide stellte amüsiert fest, dass ihr Kommissar flirtresistent war. Er war so sehr mit den eigenen Überlegungen und Problemen beschäftigt, dass er weder das verführerische Lächeln noch den koketten Augenaufschlag der jungen Schönheit wahrnahm.

*

Dieter und Michel waren auf dem Weg in einen Besprechungsraum, als Wilhelm das Polizeigebäude betrat. Die Miene des älteren Kollegen sprach Bände und ließ keinen Zweifel an dem glücklichen Ausgang des Krankenhausaufenthaltes seiner Frau zu.

»Deiner Frau geht es gut«, begrüßte Dieter ihn.

»Sehr gut. Sie wird Mitte der Woche aus dem Krankenhaus entlassen.«

»Dieter und ich unterhielten uns gerade über Schöllens Wagen. Ein absoluter Treffer!«, sagte Michel hocherfreut, als sie den Raum betraten. Er rieb sich die Hände, grinste und setzte sich neben Torben an den großen ovalen Tisch.

Dass sie Schöllens Fahrzeug, einen schwarzen Cayenne, sichergestellt hatten, konnte man tatsächlich als Glückstreffer zur richtigen Zeit bezeichnen, stimmte Dieter im Stillen zu. Nachdem Karel Friedrichs vor einer guten Stunde die ersten Ergebnisse der Spurensicherung telefonisch mitgeteilt hatte, war eine kräftige Brise Optimismus durch das Team gegangen. Die Neuigkeiten hatten sacht aufkommende Unzufriedenheit mit dem Stand der Ermittlungen verscheucht und für jene fast euphorische Stimmung gesorgt, die sich immer dann einstellte, wenn die ersten handfesten Resultate vorlagen. Im Inneren des Kofferraums hatten Friedrichs' Leute Laxhoffs zweiten Schuh gefunden, nach dem sie sich am Leichenfundort vergeblich umgesehen hatten, und auch Textilfasern sichergestellt, die sie zweifellos dem Jackett und der Hose des Toten zuordnen konnten.

Während Dieter und Wilhelm sich zu den anderen an den Tisch setzten, legte Friedrichs mehrere Fotografien eines schwarzen Cayenne auf dem Besprechungstisch aus. »Eine echte Granate! Hat 500 PS! Die Reifenprofile stimmen mit den Spuren überein, die wir an der Fundstelle sicherstellen konnten. Wir haben die Spurensicherung an der Karosserie noch nicht komplett abgeschlossen, aber wir wissen mit Sicherheit, dass Gunnar Laxhoff im Kofferraum befördert wurde.«

»Es ist durchaus vorstellbar, dass die Brüder sich am Montag getroffen haben«, sagte Michel. »Aus Gründen, die wir nicht kennen, kommt es zum Streit, bei dem Schöllen seinen Halbbruder Laxhoff erschießt. Nachdem er die Leiche mit dem Wagen an den Fundort gefahren und dort abgelegt hat, flieht er.«

Dieter schüttelte den Kopf. »Gegen diese Annahme sprechen die Daten seiner Kontoauszüge«, widersprach er. Die Auswertung der Bankkonten hatte gezeigt, dass nach Schöllens Verschwinden keine Kontobewegungen mehr stattgefunden hatten, was gegen eine Flucht sprach. Auch in den Monaten zuvor waren keine größeren Geldbeträge abgehoben worden. Dieser Umstand warf selbstverständlich die Frage auf, wie oder wo Gerald Schöllen sich Geld besorgt hatte, um über die Runden zu kommen.

»Er könnte einen Komplizen haben oder bei irgendjemandem untergeschlüpft sein.« Torben nahm die Warmhaltekanne, schenkte Anton und sich Kaffee ein und schob seinem Kollegen das Milchkännchen und die Zuckerschale hin, bevor er den Kaffeebecher zum Mund führte. »Die Fahndung nach Schöllen ist übrigens angelaufen.«

Die Apothekerin Marianne Wanner ging Dieter nicht aus dem Kopf. Über die Gespräche, die er und Michel mit ihr, ihrem Lebensgefährten und ihrem Sohn geführt hatten, waren die Kollegen bereits informiert. Frau Wanner und Dr. Heidmann hatten zwar angegeben, dass sie – gemeinsam mit Richard Wanner – zur fraglichen Zeit den Dachboden aufgeräumt hätten, trotzdem wurde Dieter das Gefühl nicht los, etwas Wichtiges zu übersehen. Möglicherweise war es die Atmosphäre in dem Haus gewesen, die er nicht wieder loswurde und die ihn beunruhigte. Leid, Trauer, Stille hatte er gespürt, aber auch … Was? Stärke? Kraft? Lebensmut? Ein Unfall, bei dem drei der engsten Angehörigen ums Leben gekommen waren. Wie verkraftete man so etwas, wie lebte man damit weiter? Er sah auf und ließ den Blick über die Gesichter seiner Kollegen schweifen. Bis auf Michel hatte keiner von ihnen einen ähnlich harten Schicksalsschlag hinnehmen müssen.

»Anton, ich hatte dich gebeten festzustellen, ob es Auffälligkeiten bezüglich des Verkehrsunfalls gab, bei dem Frau Wanner und ihre sechsjährigen Töchter Sabine und Susanne am 12. April 2009 tödlich verunglückten.«

Anton nickte zustimmend. Er schlug eine Akte auf, sah allerdings nicht hinein, sondern erwiderte Dieters Blick, als er antwortete: »Es existiert tatsächlich die Zeugenaussage einer 82-jährigen Frau, die sich zum Zeitpunkt des Unfalls mit ihrem Sohn auf einer Ackerfläche in unmittelbarer Nähe des Geschehens aufhielt. Sie will gesehen haben, dass ein zweites Fahrzeug in den Unfall verwickelt war.«

»Wurde diesem Hinweis nachgegangen?«, wollte Dieter wissen.

»Die Ermittlungen wurden eingestellt, als man erfuhr, dass die Zeugin seit längerer Zeit unter einer Altersdemenz litt und der Sohn die Angaben seiner Mutter nicht bestätigen konnte. Allerdings ...«

»Hast du versucht, ein Gespräch mit der alten Dame zu führen?«, unterbrach Dieter ihn.

»Ich habe mich heute Mittag telefonisch mit dem Sohn in Verbindung gesetzt. Dabei habe ich erfahren, dass seine Mutter verstorben ist. Immerhin hat er seine Aussage – kein zweites Fahrzeug bemerkt zu haben – noch einmal bestätigt. Doch er schränkte sie insoweit ein, dass er angab, er habe zum Zeitpunkt des Unfalls mit dem Kopf über dem laufenden Motor seines Traktors gehangen, während seine Mutter sich in der Fahrerkabine aufhielt. Von dort aus hatte sie eine wesentlich bessere Sicht auf die Straße.«

»Wie kam es genau zu diesem Unfall?«, fragte Michel Haila leise und mit unbeweglichem Gesicht. »Richard Wanner erzählte uns heute Morgen, seine Frau sei auf einer ansonsten schnurgeraden Straße in einer leichten Linkskurve von der Fahrbahn abgekommen.«

Anton, der bei Michels Frage sofort an dessen verstorbene Frau Barbara dachte, räusperte sich und sah in seine Mappe. »Die Aussage deckt sich mit dem, was hier festgehalten worden ist. Nachdem das Auto von der Straße abgekommen war, prallte es gegen einen Baum. Auf den Fotografien, die am Unfallort aufgenommen wurden, sieht man, dass der Wagen buchstäblich halbiert wurde.« Anton klappte die Mappe zu und reichte sie Michel.

»Hast du die Aussage der Zeugin vorliegen?«, wollte Dieter wissen.

»Ja, sie ist abgeheftet, hinter dem gelben Post-it.«

Michel schlug die Mappe erneut auf, blätterte darin, bis er das Gesuchte gefunden hatte und zitierte: »*Das kleine blaue Auto fuhr viel zu schnell, das größere schwarze immer hinterher. Ich dachte, jetzt fährt das schwarze auf das blaue hinten drauf, so dicht war es dran. Und plötzlich flog das kleine Auto aus der Kurve. Das sah aus wie im Film, und dann knallte es gegen den Baum. Ich hab nur geschrien und auf das blaue Auto und den Baum geguckt, und als ich wieder auf die Straße gesehn hab, da war das große schwarze Auto verschwunden.*«

»Dieser Unfall muss in keinem Zusammenhang mit dem Mord an Laxhoff stehen«, gab Torben zu bedenken. »Und mit der Beschreibung *großes, schwarzes Auto* hat sie nicht zwangsläufig über Schöllens Cayenne gesprochen.«

»Nein, das muss nicht sein«, stimmte Michel zu. »Es könnte ein Zufall sein.« Er presste die Lippen aufeinander, schloss die Mappe und sah Dieter an, der seinen Blick stirnrunzelnd erwiderte, sich mit dem Zeigefinger über den Nasenrücken fuhr und damit jedem im Raum zu verstehen gab, dass er an diese Sorte Zufälle nicht so ohne weiteres glauben wollte.

»Man hat damals an dem Autowrack keine Spuren eines anderen Wagens gefunden«, sagte Friedrichs. Doch wie penibel und wie lange hatte man danach gesucht – und wie sinnvoll war die Suche nach Fremdspuren an einem Haufen Blech?, schoss es ihm durch den Kopf.

»Zusätzlich möchte ich anmerken, dass der Cayenne zu diesem Zeitpunkt bereits auf Schöllens Namen zugelassen war«, ergänzte Torben. »Schöllen hatte ihn acht Wochen zuvor gekauft, könnte also in diesen Verkehrsunfall verwickelt gewesen sein. Allerdings dürfte es schwierig werden, herauszufinden, ob er seinen Wagen nach dem 12. April 2009 wegen eines Blechschadens in die Reparatur gegeben hat. Ich würde trotzdem gerne dranbleiben und meine Fühler ausstrecken.«

»Mach das«, stimmte Dieter zu. Er griff in die Innentasche seiner Lederjacke und nahm die Fotografien heraus, die Heide ihm bereits am Samstagabend ausgedruckt hatte, blätterte sie durch, reichte Torben eine davon und gab Wilhelm die anderen. »Auf Alexandra Rosenbrings Grab lag am Wochenende dieses Grabgesteck. Was nichts Besonderes ist. Auffällig ist auch nicht die Schleife, sondern vielmehr der Spruch, mit dem sie bedruckt wurde.«

»Begreife ich nicht«, sagte Anton, als er sich eine der Fotografien ansah. »Wer hat die Aufnahmen gemacht?«

»Das ist unerheblich«, erwiderte Dieter. »Vor allen Dingen, weil wir bisher nicht ...«

»Schau einer an, die Füchsin«, unterbrach Karel Friedrichs ihn.

»Deine letzte Bemerkung habe ich überhört, Friedrichs.«

»Sonst gibt es Kloppe«, fügte Karel amüsiert hinzu.

»Oder noch Schlimmeres«, ergänzte Dieter.

»Worin besteht die Verbindung zu unserem Fall?«, hakte Anton nach.

»Das möchten wir gerne herausfinden«, sagte Michel Haila, mit dem Dieter bereits über den Grabschmuck gesprochen hatte. Es würde ein sehr langer, arbeitsreicher Abend werden, aber sie kamen voran. An Schlaf war ohnehin nicht zu denken, und Jenny hatte er bei seiner Schwester untergebracht.

*

Sandra Bochmann, eine schlanke Mittdreißigerin mit sehr wachen graublauen Augen und brünetten, kurzgeschnittenen Locken, wohnte in einem gepflegten Reihenhaus nahe der Ems. Sie begrüßte Heide freundlich, bat sie gleich in den Wohnraum und bot ihr einen Platz an einer riesigen, langen Tafel an, die dem Anschein nach nicht nur als Esstisch benutzt wurde, sondern auch als Arbeitstisch für die unterschiedlichsten Tätigkeiten. Ein Drittel der Holzplatte war mit Zeitungspapier bedeckt, auf dem junge Künstler ihre Tusche- und Knetarbeiten ausgebreitet hatten. Der mittlere Teil diente Frau Bochmann offensichtlich als Schreibtisch. Heide sah darauf einen Stapel Hefte, einen roten Korrekturstift und eine Zensurenliste. Am hinteren Ende hatte die Hausherrin zwei Gedecke, eine Teekanne und eine Schale mit Gebäck aufgetischt. Heide setzte sich auf einen von zwölf unterschiedlichen Jugendstilstühlen und schaute sich neugierig um. An den beiden fensterlosen Längsseiten des Raumes waren vollgestellte, deckenhohe weiße Bücherregale angebracht, die in dieser Form und Farbe bereits seit Jahrzehnten der Verkaufsknüller einer bekannten schwedischen Möbelkette waren. Durch eine Glasfront an der Schmalseite des Zimmers blickte Heide auf eine Rasenfläche und eine fest eingebaute, geklinkerte Sitzgruppe mit einem Steingrill. Der Platz wurde rundum von großzügig angelegten Staudenbeeten eingerahmt. An unterschiedlich hohen Holzgittern, die hinter den Beeten angeordnet waren, kletterten Efeu und blätterlose Rankpflanzen hoch, die das erste knospende Frühlingsgrün ahnen ließen.

»Unser Garten, der Spielplatz meines Mannes«, sagte Sandra Bochmann, der Heides Interesse nicht entgangen war, und lächelte. »Er verbringt jede freie Minute in seinem Minireich.« Sie schenkte Tee ein und hielt Heide die Gebäckschale hin. »Ihre Mitarbeiterin Frau Schneider sagte, dass Sie mit mir über Alexandra

Rosenbring sprechen möchten, aber sie verriet mir nicht, warum.« Heide lehnte die angebotenen Plätzchen ab, nippte an ihrem Tee und überlegte, was und wie viel sie über Schöllen erzählen sollte. Sie stellte die Tasse ab und sah Sandra Bochmann direkt an. »Während einer Recherche, die ich in einer Vermisstensache durchführe, bin ich ganz zufällig auf den Namen Alexandra Rosenbring gestoßen. Leider musste ich feststellen, dass jede Person, bei der ich mich nach ihr erkundige, eine Wand aufbaut oder mich anlügt. Dieses Verhalten macht mich zwangsläufig misstrauisch, zusätzlich kitzelt es meine Neugierde.«

»Was wissen Sie?«

»Ich habe erfahren, dass Alexandra im Mai 1974 geboren wurde und im Alter von 18 Jahren, im September 1992, gestorben ist«, erwiderte Heide und sah Frau Bochmann direkt an. »Ich vermute, sie hatte eine Zwillingsschwester mit dem Namen Christina. Christina Wanner, geborene Rosenbring, ist vor zwei Jahren mit ihren Töchtern tödlich verunglückt.«

»Sehen Sie, ich habe Ihrer Mitarbeiterin meine Telefonnummer gegeben, weil ich erfahren möchte, was Alexa dazu gebracht hat, sich selbst zu töten. Ich will es wissen, weil ich mir dann vielleicht verzeihen kann, dass ich dieses Unglück nicht verhindert habe.«

»Alexandra Rosenbring hat Selbstmord begangen?«

»Sie hat sich in eine randvoll mit Wasser gefüllte Badewanne gesetzt und sich die Pulsadern aufgeschnitten. Ihr Todestag jährt sich im Herbst zum neunzehnten Mal. Ich denke oft an sie. Sobald der September naht, frage ich mich, was ich hätte tun können, um ihren Tod abzuwenden. Ich mache mir Vorwürfe.« In Sandra Bochmanns Augen standen Tränen. Sie wischte flüchtig mit der Hand über ihre Stirn, stand auf, drehte Heide den Rücken zu und sah aus dem Fenster.

»Sie waren befreundet?«

»Ja! Alexandra – Alexa –, ihre Schwester Christina, die wir Tina nannten, Katja Soderbaum und ich. Wir vier waren seit der fünften Klasse unzertrennlich. Katja lebt heute in Süddeutschland. Sie und ich haben uns oft gefragt und wir fragen uns heute noch, was im Frühling 1992 geschehen ist. Welches Ereignis die Zwillinge dermaßen aus der Bahn geworfen haben könnte, dass sie ganz plötzlich und ohne eine Erklärung jeden Kontakt zu uns abbrachen und nicht mehr duldeten, dass ihnen irgendjemand aus unserer alten Clique nahe kam. Katja und ich haben alles Denkbare unternommen, damit sie wieder mit uns sprachen. Wir haben sie angefleht, wir haben geschimpft, wir haben geheult. Aber es half alles nichts. Irgendwann haben wir aufgegeben. Heute frage ich mich, ob wir möglicherweise nicht hartnäckig genug waren. Vielleicht hätten Katja und ich Alexas Selbstmord verhindern können.«

»Und Christina Rosenbring? Hatten Sie nach Alexandras Tod Kontakt zu ihrer Schwester?«

»Nein.« Sandra Bochmann setzte sich zurück an den Tisch und sah Heide bittend an. »Melden Sie sich bei mir, falls Sie erfahren, was damals geschehen ist? Vielleicht hilft es mir, wenn ich weiß, weswegen Alexa nicht mehr leben wollte. Wissen Sie, Frau von der Heide, Alexa und Tina – sie waren etwas Besonderes.«

Dienstag, den 19. April 2011

Der Brief kam mit der Hauspost, trug weder Briefmarke noch Absender, lag um acht Uhr auf Dieters Schreibtisch und steckte fünf Minuten später in einer Schützhülle. Der Inhalt des Schreibens sorgte dafür, dass die Mitglieder der MK Dankern sich eine halbe Stunde später im Besprechungszimmer trafen.

»Was ist passiert?«, fragte Friedrichs, der als Letzter eintraf und sich neben Torben Cinke setzte.

Torben schob ihm den Brief entgegen. »Schöllen hat uns geschrieben. Er gesteht, dass er am 11. April 2011 seinen Bruder Gunnar Laxhoff im Streit erschossen hat. Angeblich hat Laxhoff Schöllen wegen mehrerer Straftaten erpresst. Zusätzlich kündigt Gerald Schöllen in dem Schreiben seinen Selbstmord an.«

»Mehrere Straftaten?«, Friedrichs war fassungslos. »Führt er sie einzeln auf?«

Dieter nickte. »Schöllen gesteht, am 12. April 2009 einen Verkehrsunfall absichtlich herbeigeführt zu haben. Bei diesem Unfall starben Christina Wanner und ihre Töchter Sabine und Susanne. Angeblich hat Frau Wanner ihn anhand einer Tätowierung als den Mann identifiziert, der sie im Frühling 1992 vergewaltigt hat, und ihm mit einer Anzeige gedroht.«

»Wenn sich unsere Kundschaft jetzt selbst anzeigt

und für Gerechtigkeit sorgt, können wir meinetwegen den Laden dichtmachen und in Rente gehen. Aber vorher guck ich sicherheitshalber mal nach, ob ich Schöllens Fingerabdrücke auf seinem angeblichen Geständnis finde«, flachste Friedrichs, während er Papier und Schrift kritisch musterte. »Falls welche drauf sind, bete ich zum Herrgott, dass sich diese Art der Aufklärung durchsetzt. Sehr empfehlenswert! Die Straftat gestehen, am besten gleich schriftlich, uns ein Geständnis schicken und ab die Post hinter schwedische Gardinen!«

»Ebenso wenig, wie die Spuren in Schöllens Fahrzeug den tatsächlichen Beweis dafür erbringen konnten, dass er seinen Bruder Gunnar Laxhoff ermordet hatte, beweisen ein paar schwammige Bemerkungen in einem maschinegeschriebenen Abschiedsbrief, dass er diese Straftaten begangen hat«, brummelte Anton Trappe.

»Spaßverderber«, schlug Friedrichs zurück. »Wusste nicht, dass du so scharf auf Arbeit bist.«

»Torben, wir haben die Zeugenaussage dieser alten Dame, die vor zwei Jahren den Unfall gesehen hat. Hast du sie vorliegen?«, fragte Dieter nachdenklich. »Falls mein Erinnerungsvermögen mich nicht trügt, deckt sie sich mit dem, was in dem Schreiben über den Unfall zu lesen ist.«

»Du hast recht«, stimmte Torben zu. »Zeugenaussage und Geständnis stimmen überein.«

*

Simone hatte beschlossen, den beiden Polizisten kein zweites Mal die Gelegenheit zu geben, Paulas unbedarftes Geplapper als Waffe gegen sie einzusetzen. Darum entschied sie, erst die Kleine schlafen zu legen, ehe sie Richard anrief und anschließend die Polizei informierte. Um Paula müde zu machen, war sie sehr lange mit dem Kind spazieren gegangen. Beim anschließenden Tickfangen im Garten hatte die Kleine sich bereits nicht mehr auf ihren Beinchen halten können. Jetzt schlief Paula, und Simone war sich sicher, dass sie während des Gesprächs mit den Kriminalbeamten nicht von Kindergeplapper durcheinandergebracht werden konnte.

Das Kuvert hatte sie auf dem Glastisch in Geralds ungemütlicher Ausstellungshalle deponiert. Jetzt saß sie fast reglos auf dem Sofa, wartete auf Richard und betrachtete den Umschlag vor sich wie einen Feind, der ihr jeden Moment Böses antun würde. Den Inhalt des Briefes kannte sie auswendig, was keine besondere Leistung war. Sie war ihrem Mann vor seinem Tod lediglich wenige Wörter wert gewesen. Während ihr zum hundertsten Male Fragen durch den Kopf gingen, die ihr bisher niemand gestellt hatte, führte sie sich die mit der Maschine geschriebenen Zeilen vor Augen.

Meine liebe Simone,

obwohl es Gründe gibt, die meine Verhaltensweise zumindest erklären, kann ich keinen Weg finden, mit meiner Schuld zurechtzukommen. Deswegen werde ich diese Welt für immer verlassen. Wegen der finan-

ziellen Dinge wendest Du Dich am besten an Ralph Snieders, der Dir auch mein Testament überreichen wird.

Verzeih mir!

Dein Gerald

Sie musste den Polizisten logische und nachvollziehbare Antworten geben, dabei ruhig und gefasst, aber nicht gleichgültig wirken. Mitentscheidend für einen möglichst glaubwürdigen Eindruck war ihre Körperhaltung. Vor allem anderen war es wichtig, Hände und Füße stillzuhalten und eine dem Anlass entsprechende Miene aufzusetzen.

Als die Türglocke ging, erhob sie sich und marschierte mit butterweichen Knien in den Korridor. Sie blieb vor dem Garderobenspiegel stehen, registrierte, dass ihr Gesicht kalkweiß war, ihre Augen riesengroß schienen und sich darunter tiefe Schatten eingefressen hatten. Zufrieden stellte sie fest, dass der Spiegel ihr exakt das Bild von sich zuwarf, das jedermann in der momentanen Situation von ihr erwarten durfte. Ganz unbestreitbar sah sie aus wie eine Ehefrau, die erst vor kurzer Zeit erfahren hatte, dass sie Witwe geworden war.

Simone hatte gehofft, Richard würde vor den Beamten eintreffen. Doch ärgerlicherweise musste sie feststellen, dass nicht er, sondern die Kriminalkommissare Fuchs und Haila vor der Tür standen. Sie schluckte ihre Enttäuschung hinunter und ging, ohne den Gruß der Männer zu erwidern, vor ihnen ins Wohnzimmer. Dort nahm sie gleich den Umschlag vom Tisch und hielt ihn

Dieter entgegen. Erst als er ihr den Brief abnahm, bemerkte sie, dass er dünne Einweghandschuhe trug. Wahrscheinlich hatte er sie, von ihr unbemerkt, auf dem Weg ins Wohnzimmer übergestreift. Es war nicht ungewöhnlich, dass er seine Hände schützte, um keine Fingerabdrücke auf dem Papier zu hinterlassen, beruhigte Simone sich.

Sie setzte sich zurück auf das Sofa, beschloss, nicht weiter über diese Handschuhe nachzudenken, und blickte mit unbewegter Miene in den Garten. Irgendwann, vor sehr langer Zeit, hatte sie sich vorgenommen, dass sie, sollte sie einmal einen eigenen Garten besitzen, jeden Herbst hundert und mehr Narzissen setzen würde. Dottergelbe Narzissen waren ihre Lieblingsblumen, doch diese bescheidenen Schönheiten fühlten sich nur in der Gesellschaft ihrer Geschwister wohl. Sie brauchten einander, um ihre ganze Pracht zu entfalten und als breit gefächertes Blumenkissen auch aus der Ferne auf den Menschen zu wirken.

Geralds ständige Präsenz und Besserwisserei hatten ihr auch die Freude an dem Garten genommen. Frühlingsblüher zwischen dem frischen Grün des Rasens würden Optimismus verbreiten und die Vorfreude auf den kommenden Sommer anzeigen. Ohne sie wirkte das frischgemähte Gras langweilig und öd. So, als wäre der Erdboden lediglich grasgrün angestrichen worden. Genau wie die Hecke, die aus immergrünen Gewächsen bestand und sich an der Grundstücksgrenze als undurchdringbare Wand aufbaute und ihr jetzt das Gefühl vermittelte, sie hockte bereits in einem Gefängnis. Als sie noch in ihrem erlernten Beruf als Floristin gearbeitet hatte, war ihre Welt ausgefüllt gewesen mit Blüten und Blättern in den unterschiedlichsten Formen und Farbnuancen. Sie hatte täglich florale Kunstwerke geschaffen, mit ihnen die Stimmung jedes Anlasses eingefangen, fröhliche Augenblicke und traurige, Hochzeitsfeiern, Taufen, Beerdigungen. Sie war kreativ gewesen, hatte Stil- und Farbempfinden gehabt. Doch Geralds Demütigungen, seine Übergriffe auf ihre Seele und ihren Körper hatten ihre Kreativität und ihre Spontanität getötet. Deswegen war ihr Dasein mit der Zeit grau geworden, sie führte ein ödes, tristes Leben, das erst durch Richards Liebe, durch seine Zärtlichkeit und sein Verständnis wieder bunt geworden war.

»Möchten Sie, dass wir einen Arzt verständigen oder Ihre Schwester?«, fragte Michel Haila, ehe er den Inhalt des Schreibens überflog.

Simone, die ihm den Rücken zugewandt hatte, drehte sich um, sah, dass jetzt er den weißen Briefbogen in den Händen hielt und auch, dass er die gleichen Handschuhe trug wie sein Kollege. »Nein! Bitte verständigen Sie nicht meine Schwester. Richard kommt gleich. Ich brauche keinen Arzt«, wehrte sie ab.

»Wann wurde Ihnen der Brief zugestellt, Frau Schöllen?«, wollte Dieter wissen.

»Er steckte heute im Briefkasten, als ich die Zeitung rausgenommen habe«, erwiderte Simone, wie gleichgültig, mit monotoner Stimme. Sie hatte erneut ihre unbequeme Stellung auf dem Sofa eingenommen, saß steif und kerzengerade, hatte die Hände gefaltet in den Schoß gelegt, die Füße parallel nebeneinander gestellt und starrte mit reglosem Gesicht nach draußen.

»Der Umschlag ist nicht frankiert. Er wurde also nicht vom Briefträger gebracht«, sagte Dieter, ohne Simone Schöllen aus den Augen zu lassen. Mittlerweile wurde die Frau ihm unheimlich. Sie hatte bisher kaum gesprochen und keine Gefühle gezeigt. Die ganze Situation erschien ihm mehr als suspekt und ließ ihn äußerst aufmerksam und kritisch sein. »Sie sind sicher, dass der Brief gestern noch nicht im Briefkasten steckte?«

»Ich bin mir ganz sicher, dass er gestern noch nicht dort war. Die Post wird immer mittags eingeworfen«, murmelte sie, »und die Tageszeitung bereits sehr früh am Morgen.«

»Und wann genau haben Sie den Brief aus dem Briefkasten genommen?«

»Heute, als ich Inga in den Kindergarten gebracht habe.«

»Bevor Sie Inga in den Kindergarten gefahren haben oder erst danach?«

Simone Schöllen wandte sich Dieter zu und wirkte plötzlich wie verwandelt. Ihre zuvor gezeigte Lethargie war umgeschlagen in eine übernervöse Anspannung, die sich nicht allein in ihrem Ausdruck widerspiegelte. Sie rieb sich mit den Handflächen unruhig über die Oberschenkel und wechselte rastlos immer wieder die Stellung ihrer Beine. Einen Moment später sprang sie hektisch auf, durchquerte mit zuckendem Mund, dem Weinen nahe, den Raum und lehnte sich mit dem Rücken gegen eine Schrankwand. Schluchzend, aber zornig fuhr sie Dieter an: »Wie an jedem Wochentag habe ich die Kinder gegen acht Uhr in mein Auto gesetzt, das Garagentor geöffnet, bin über die Rampe ins Freie gefahren und durch das Gartentor auf die Straße. Ich habe angehalten, die Zeitung aus dem Briefkasten genommen und den Brief gesehen. Gelesen habe ich ihn erst, als ich zurückgekommen bin.«

»Sie holen immer zuerst die Zeitung und fahren danach die Kinder ...?«

»Nein«, unterbrach Simone laut und fügte entschieden, fast schreiend hinzu: »Nicht immer! Gerald wollte sie stets beim Frühstück lesen. Deswegen musste ich sie ihm schon sehr früh bringen.«

»Sie haben uns erst mittags mitgeteilt, dass Sie diesen Brief erhalten haben. Warum haben Sie damit so lange gewartet, Frau Schöllen?«, fuhr Dieter ungerührt fort. »Oder haben Sie mit Herrn Wanner oder Ihrer Schwester gesprochen, ehe Sie uns anriefen?«

Simone wurde rot und erwiderte zögernd: »Nein ... mit niemandem. Ich ... ich musste erst Paula zu Bett bringen. Sie braucht ihr Mittagsschläfchen. Wenn sie nicht geschlafen hat, ist mit ihr den ganzen Tag über nichts anzufangen.«

»Ist es nicht viel zu früh gewesen für ein Mittagsschläfchen?«

»Paula hat in der Nacht wenig geschlafen. Sie hatte wohl schlecht geträumt und deswegen lange geweint. Als ich sie endlich beruhigt hatte, war es fast Morgen.«

»Sie müssen doch schockiert gewesen sein, als sie den Inhalt des Briefes zur Kenntnis genommen haben«, sagte Dieter verwundert. »Hatten Sie nicht das Bedürfnis, sofort mit irgendjemandem zu sprechen?«

»Paula musste schlafen«, murmelte Simone Schöllen.

»Nach Ihren Angaben haben Sie das Schreiben gegen acht Uhr im Briefkasten vorgefunden und sind anschließend zum Kindergarten gefahren. Wenn ich davon ausgehe, dass Hin- und Rückweg zusammen etwa 30 Minuten gedauert haben und ich zusätzlich noch einmal 15 Minuten einrechne, bis Sie den Brief geöffnet und gelesen hatten, frage ich mich, womit Sie sich beschäftigt haben, ehe Sie uns informierten.«

»Ich habe mit Paula einen Spaziergang gemacht«, flüsterte sie.

Dieter runzelte die Stirn und sah Michel an. Frau Schöllens Verhalten war nicht nachzuvollziehen.

Die Frau hielt ihren Blick wieder starr aus dem Fenster gerichtet und flüsterte: »Ich nehme an, er hat irgendjemanden gebeten, mir diesen Brief zukommen zu lassen.«

»Wer ist Ralph Snieders?«, fragte Michel.

Sie zuckte die Schultern.

»*Wegen der finanziellen Dinge wendest Du Dich am besten an Ralph Snieders, der Dir auch mein Testament überreichen wird*«, zitierte er.

»Unser Steuerberater heißt Snieders.«

»Sie haben gesehen, dass der Text nicht handschriftlich verfasst wurde«, sagte Dieter. »Wo bewahrt Ihr Mann seinen Rechner oder Laptop auf?«

Simone Schöllen zog ein Taschentuch aus ihrer Hosentasche, tupfte damit über ihre Lider und wies schweigend, mit einer flüchtigen Bewegung ihres Kopfes, auf eine geschlossene Tür, die sich neben der Schrankwand befand. Anschließend knüllte sie das Taschentuch zusammen und steckte es zurück in ihre Hosentasche, ehe sie leise erwiderte: »Gerald hat ihn unterschrieben, und das reicht mir.«

»Sie sind sicher, dass es sich bei der Unterschrift um die Ihres Mannes handelt?«

»Ja.«

»Wir würden uns gerne sein Arbeitszimmer ansehen. Sind Sie damit einverstanden?«, fragte Dieter. »Falls Sie die Zustimmung zu einer Hausdurchsuchung verweigern, Frau Schöllen, werden wir Ihnen in weniger als zwei Stunden einen Durchsuchungsbeschluss vorlegen. Sie ersparen sich und uns sehr viel Zeit, wenn Sie freiwillig einer Durchsuchung des Arbeitszimmers zustimmen. Möglicherweise können wir nachweisen, dass der Brief auf seinem Rechner verfasst wurde. Es ist außerdem nötig, einem Schriftgutachter ein handschriftlich gefertigtes Dokument vorzulegen, damit wir sichergehen können, dass die Unterschrift von Ihrem Mann stammt.«

Simone Schöllen warf Dieter einen skeptischen Blick zu. »Ich möchte diesen Beschluss sehen«, erwiderte sie laut und deutlich.

»Nimmst du Kontakt mit Dr. Junge auf, Michel?«, bat Dieter, ohne Richard Wanner zu beachten, der den Raum betreten hatte und sich flüsternd mit seiner Freundin unterhielt.

Michel Haila öffnete eine der breiten Glastüren, betrat die Terrasse, schloss die Tür hinter sich und drehte ihnen, das Telefon bereits am Ohr, den Rücken zu. Dieter kannte das Prozedere, das eingehalten werden musste, sobald sie ein Haus oder eine Wohnung durchsuchen wollten. Wobei in diesem Fall höchstwahrscheinlich keine große Überzeugungsarbeit zu leisten war. Im Moment sprach Michel sicherlich mit dem zuständigen Untersuchungsrichter, den er von der Notwendigkeit des Beschlusses überzeugen musste, um die Genehmigung für die Durchsuchung zu erhalten. Dieter war lange genug im Dienst, um ziemlich sicher zu wissen, dass Torben Cinke spätestens in zwei Stunden mit dem unterschriebenen Beschluss und einem Pulk Kollegen vor der Haustür stehen würde. Sie würden jeden Raum des Privathauses und auch die der Fitnessstudios unter die Lupe nehmen. Bis dahin würden sie beide sich keinen Schritt aus Schöllens Privathaus fortbewegen und weder Simone Schöllen noch Richard Wanner aus den Augen lassen. Jetzt hatte Wanner einen Arm um ihre Schultern gelegt, hielt den Blick durch die Glasscheibe auf Michels Rücken geheftet und beobachtete ihn.

Michel telefonierte lange, fuhr sich mehrere Male mit der Hand durchs Haar und lachte kurz auf, ehe er das Gespräch beendete und den Wohnraum betrat. »Staatsanwältin Margit Spellmann wird während der Hausdurchsuchung anwesend sein. Sie bringt den Beschluss mit«, verkündete er leise, nachdem er die Glastür hinter sich geschlossen hatte.

Dieter nickte zustimmend. Es war durchaus üblich, dass ein Staatsanwalt bei einer Durchsuchung anwesend war, und die attraktive Margit kannte er gut. Er wandte sich erneut an Wanner. »Frau Schöllen hat Sie über den Inhalt des Schreibens, das sie im Briefkasten vorgefunden haben will, informiert, Herr Wanner?«

»Simone hat mich angerufen und mir den Brief vorgelesen.« Wanners Gesicht, das noch vor wenigen Minuten zornesrot gewesen war, war jetzt kalkig weiß und wirkte, als habe er seit vielen Stunden keinen Schlaf gehabt.

»Sie besitzen einen Haustürschlüssel, Herr Wanner?«, fragte Dieter.

»Ich möchte einen Anwalt verständigen«, entgegnete Simone Schöllens Geliebter.

»Das ist Ihr gutes Recht«, stimmte Dieter zu. Es war ihm nicht entgangen, dass Herr Wanner seine Frage nach dem Besitz eines Schlüssels ignoriert hatte. »Besitzen Sie einen Schlüssel zu diesem Haus?«, wiederholte er.

»Ja, ich habe einen Schlüssel.«

»Seit wann?«

Der Mann verzog das Gesicht und erwiderte barsch: »Ich kann Ihnen nicht genau sagen, wann Simone ihn mir gegeben hat. Vielleicht vor einer Woche.«

»Mussten Sie nicht befürchten, dass Herr Schöllen unerwartet sein Haus betritt, während Sie da sind? Oder rechneten Sie nicht mit seinem Kommen, weil Sie bereits seit längerer Zeit wussten, dass er dazu nicht mehr in der Lage ist?«

»Ich lege immer die Kette von innen vor«, flüsterte Simone.

»Wir sagen kein einziges Wort mehr, Simone. Ich verständige meine Mutter. Sie wird Volker schicken.«

»Herr Dr. Heidmann ist Ihr Rechtsanwalt?«, fragte Michel, bekam aber keine Antwort. Richard Wanner telefonierte bereits.

Während der nächsten halben Stunde saßen Simone

Schöllen und Richard Wanner schweigend nebeneinander und warteten auf Volker Heidmann. Paula, die sich zwischenzeitlich laut weinend bemerkbar gemacht hatte und aus dem Bettchen geholt worden war, lag mit dem Kopf auf dem Schoß ihrer Mutter und nuckelte zufrieden an ihrem Milchfläschchen. Der Familienanwalt erschien in Marianne Wanners Begleitung. Während er Dieter und Michel mit Handschlag begrüßte, warf sie ihnen lediglich einen kurzen, kritischen Blick zu und beachtete sie nicht weiter. Stattdessen umarmte sie Simone Schöllen, strich ihr tröstend über die Wangen und nahm ihr das Kind ab. Anschließend wandte sie sich an Dieter, erklärte kurz, sie würde jetzt Paula wickeln und anziehen, Inga aus dem Kindergarten abholen und anschließend die Mädchen mit zu sich nach Hause nehmen. Sobald die leidliche Angelegenheit geklärt sei und die Polizisten sich entschuldigt hätten, würde sie die Kinder zurückbringen. Ohne eine Antwort abzuwarten, verließ sie den Wohnraum. Kurze Zeit später hörte man die Haustür ins Schloss fallen.

Die Staatsanwältin Margit Spellmann und mehrere Polizeibeamte trafen nur wenig später ein. Margit überreichte Volker Heidmann den Durchsuchungsbeschluss, schickte die beiden Kollegen ins Obergeschoss und ging mit Dieter auf die Terrasse. Sie schloss die Schiebetür hinter sich, zog eine Schachtel Zigaretten aus der Tasche ihres schwarzen Blazers, hielt sie Dieter hin und drückte ihm gleichzeitig ein Feuerzeug in die Hand.

»Ich hab es mir abgewöhnt.« Dieter gab ihr Feuer und grinste dabei von einem Ohr zum anderen. »Du siehst gut aus, Margit.«

»Man tut, was man kann, um in Form zu bleiben!« Sie rauchte genussvoll, schnippte die Asche in die Handfläche ihrer linken Hand, die kirschrot geschminkten Lippen gerade so weit geöffnet, dass Dieter ihre blendend weißen Zähne sehen konnte. Als sie zu Ende geraucht hatte, warf sie ihre Zigarette auf den Steinboden der Terrasse, drückte sie mit dem Absatz ihres Pumps aus, bückte sich und hob die Kippe auf. »Hast du eine Tüte? Man will ja keinen Schmutz zurücklassen.«

Dieter langte in seine Hosentasche und gab ihr einen Plastikbeutel. Ehe sie vor ihm zurück ins Wohnzimmer ging, legte sie die Zigarettenkippe hinein und steckte sie in ihre Handtasche.

»Den Rechner, den Drucker und die Aktenordner packen wir ein«, entschied Dieter, als sie sich mit Haila im Arbeitszimmer umsahen. Er öffnete die Schreibtischschubladen, blätterte einige Kontoauszüge durch, erkannte, dass die Geschäftskonten bis Anfang des Monats April abgeheftet waren und auch, dass darunter mehrere unbezahlte Rechnungen lagen.

»Mein Mann hat den größten Teil seiner Unterlagen in unserem Meppener Studio aufbewahrt. Dort hatte er sich ein Büro eingerichtet«, erklärte Simone Schöllen, die auf der Türschwelle stand.

Torben Cinke, der sich nach der Durchsuchung des Obergeschosses mit einem Kollegen die Garage vorgenommen hatte, betrat das Arbeitszimmer und wandte sich an Dieter. »Hast du einen Moment Zeit für mich? Ich möchte dir etwas zeigen.«

Dieter nickte zustimmend und ging mit seinem Kollegen in die Diele. Als er die Tür hinter sich geschlossen hatte, gab Torben ihm zwei Briefbögen, die jeweils in transparenten Schutzhüllen steckten.

»Wo habt ihr die gefunden?«, fragte Dieter, nachdem er gelesen hatte, was darauf stand.

»Sie lagen zwischen dem Altpapier im Papiercontainer«, erwiderte Torben und grinste. »Ich denke, es handelt sich um zwei unterschiedliche Entwürfe des bereits vorliegenden Dokumentes. Leider, genau wie die letzte Fassung, nicht handgeschrieben. Ein Mal: *Meine liebe Simone, danke für die Zeit mit Dir*, und die andere: *Meine liebe Simone, ich danke Dir für die Zeit, die wir miteinander verbringen durften*!«

»Wurde das gleiche Papier verwendet, und stammen der Brief und die Entwürfe aus einem Drucker?«, wollte Margit wissen, die Dieter gefolgt war, ihm jetzt die Folien aus der Hand nahm und sie betrachtete.

»Das bleibt abzuwarten«, entgegnete Dieter skeptisch. »Auf den ersten Blick würde ich sagen, sie könnten aus demselben Drucker stammen, zumindest aus demselben Modell. Friedrichs wird sie sich ansehen und uns bald Genaueres dazu mitteilen können.« Er wandte sich an Torben. »Warum freust du dich dermaßen?«

»Sieht man mir meine Freude an?«

»O ja!«

»Der Altpapiercontainer war schnell durchforstet. Vermutlich wurde er am letzten Donnerstag, also am 14. April geleert.«

»Wieso vermutest du, dass er gerade am Donnerstag das letzte Mal geleert wurde?«

»Die älteste Zeitung stammt vom 15. April, also vom letzten Freitag. Die Briefentwürfe müssten also nach dem Vierzehnten hineingelegt worden sein. Sagte Frau Schöllen nicht, ihr Mann habe das Haus seit Montag, dem 11. April, nicht mehr betreten?«

»Bingo!«, freute Dieter sich. »Die Befragung wird auf dem Revier fortgesetzt.«

»Richard Wanner wird uns auch begleiten?«, fragte Torben.

Dieter nickte. »Wir nehmen sie uns einzeln vor. Zuerst sprechen wir mit Simone Schöllen.«

*

Marianne Wanner hatte Inga und Paula im Obergeschoss eine Kommode gezeigt, auf die farbig lackierten Schubladen gewiesen und die Mädchen gebeten, einen Blick hineinzuwerfen. Die altertümliche Holzkommode war seit dem Tod der Zwillinge nicht mehr geöffnet worden. Sie enthielt die unterschiedlichsten Bastelutensilien, deren Anblick bei Simones Kindern sofort einen wahren Begeisterungssturm ausgelöst hatte.

Wenig später breitete Marianne Stifte und farbiges Tonpapier auf dem Küchentisch aus und forderte Inga und Paula auf, ein schönes Bild für die Mama zu malen. Nur mit Mühe konnte sie die Tränen zurückhalten, weil sie ganz plötzlich Suse und Bine vor Augen hatte, die oft am selben Platz gesessen hatten wie Simones Kinder in diesem Augenblick. Sie hatten, wenn sie sich unbemerkt glaubten, über Christina gesprochen und überlegt, was sie tun könnten, damit die Mama wieder gesund wurde.

Als Volker sie von seinem Handy anrief und ihr berichtete, dass er auf dem Weg nach Lingen sei, wo man

Richard und Simone erneut vernehmen wolle, ließ sie die Kinder allein, ging mit dem Telefonhörer in der Hand in den Wintergarten, nahm eine Porträtaufnahme ihrer Schwiegertochter von der Fensterbank und setzte sich in einen Korbstuhl.

»Ich habe ihnen nachdrücklich geraten, den Kriminalbeamten vorerst keine weiteren Auskünfte zu geben«, sagte Volker.

Marianne legte das gerahmte Foto auf ihren Schoß und fuhr sanft mit dem Zeigefinger über das Glas, während sie mit unnatürlich schriller Stimme fragte: »Ich begreife das nicht! Das ist verrückt! Was verspricht man sich von dieser absolut unnötigen Aktion?«

»Ich möchte dich nicht unnötig beunruhigen, Marianne, aber es gibt einige Ungereimtheiten, die das Verhalten der Beamten durchaus rechtfertigen.«

»Ja?«, fragte Marianne, den Blick auf Christinas sanfte Augen geheftet, die sie ruhig und allwissend aus einem Gesicht anblickten, das Marianne beinahe so vertraut war wie das eigene.

»Simone hat Schöllens Abschiedsbrief bereits am frühen Morgen im Briefkasten vorgefunden, noch bevor sie Inga in den Kindergarten gebracht hat, aber erst Stunden später die Polizei verständigt.«

»Hast du den Brief gelesen?«, murmelte Marianne und fügte in Gedanken, an Christina gewandt, hinzu: *Du weißt, was in dem Brief steht, Tina. Du weißt alles. Dir kann niemand mehr etwas vormachen. Die Toten können es nicht und die Lebenden auch nicht.*

»Ja!«, klang es durch den Hörer.

»Das ist gut!«

»Du weißt, dass Schöllens Bruder Gunnar Laxhoff getötet wurde und auch, dass man seine Leiche bei Haren aufgefunden hat!«, sagte Volker.

»Ja, darüber haben nicht nur wir beide bereits gesprochen, darüber redet jeder im Dorf. Und bisher habe ich von niemandem gehört, der Schöllen deswegen bedauert.« Marianne hielt den kühlen Bilderrahmen an ihre Wange und schloss die Augen. Das Glas fühlte sich angenehm glatt an. Sie stand auf, stellte den Rahmen zurück auf die Fensterbank und schenkte Christina ein Lächeln.

»Schöllen gesteht in diesem Brief den Mord an seinem Bruder. Er schreibt, dass er mit dieser Schuld nicht weiterleben kann.«

»Wirklich?«, sagte Marianne laut und lachte ironisch auf. »Er hat sich also tatsächlich umgebracht. Das bedaure ich nicht. Ganz im Gegenteil. Ich bin erleichtert darüber, dass sogar ein herzloser Mensch, wie Schöllen es gewesen ist, zeitweilig so etwas wie ein Gewissen besaß. Ich hoffe, er hat ordentlich gelitten, ehe er ins Jenseits hinüberging, und ich bete, dass er jetzt in der Hölle schmort.«

»Denke nicht, dass ich Schöllen bemitleide, Marianne. Mir wäre es nur wesentlich lieber, Simone und Richard wären nicht in diese unleidliche Angelegenheit mit hineingezogen worden.«

»Ja, mir geht es genauso«, stimmte sie ihm zu, den Blick auf das bunte Holzhaus gerichtet, dessen Farben im späten Abendlicht auf eine bizarre Art verblichen und abgenutzt wirkten.

»Ich weiß nicht, ob es mir gelingt, die Vorwürfe, die gegen sie erhoben werden, zu entkräften«, sagte Volker.

»Willst du andeuten, dass jetzt der Zeitpunkt gekommen ist, in dem …«

»Nein!«, beschloss Volker energisch. »Wir warten ab, und du rührst keinen Finger! Ich werde alles Mögliche unternehmen, um Richard und Simone aus dieser Sache rauszuholen. Im Moment stehen ihre Chancen nicht schlecht. Es sei denn, die Beamten zaubern zusätzliches Belastungsmaterial aus dem Hut.«

»Ist es nicht absolut verständlich, dass Simone, nachdem sie den Brief gelesen hatte, die Nachricht vom Selbstmord ihres Ehemannes erst einmal allein für sich verarbeiten musste, bevor sie die Polizei darüber informierte? Das sollte eigentlich jeder begreifen.«

»Schöllen gesteht in dem Brief, dass er Christina im Frühling 1992 vergewaltigt hat, und er gibt zu, dass er den Verkehrsunfall, bei dem sie mit ihren Kindern tödlich verunglückte, absichtlich herbeigeführt hat. Angeblich hat Christina ihn an einer Tätowierung als ihren Vergewaltiger erkannt.«

»Tatsächlich?«, erwiderte Marianne kühl. Während sie Volkers Worten lauschte, stieg sie langsam die Treppe hinauf, öffnete die Tür zu Christinas Schreibzimmer, zog die unterste Schublade des Schreibtisches auf, suchte nach einer Sammelmappe und hielt wenig später eine Zeichnung in den Händen.

»Marianne?«, fragte Volker. »Warum antwortest du mir nicht? Hörst du mir nicht zu?«

»Ja«, murmelte sie, während sie die Zeichnung betrachtete, die ein schwarz bestrumpftes Frauenbein zeigte, dessen Fuß in einem roten Pumps steckte. »Ich höre dir zu. Du sprachst über zwei Entwürfe dieses Briefes, die man in Simones Altpapiercontainer gefunden hat, und darüber, dass dieser Umstand sie belastet. Das begreife ich nicht. Schöllen selbst könnte die Briefe dort entsorgt haben.«

»Die Briefentwürfe wurden nach dem 15. April in den Container gelegt, und Simone hat ausgesagt, dass sie ihren Mann am Montag, den 11. April das letzte Mal gesehen hat.«

»Ich möchte wissen ...« Marianne brach ab, räusperte sich und murmelte: »Ich frage mich, woher diese Entwürfe stammen und wer sie in den Altpapiercontainer geworfen hat.«

»Ja, das frage ich mich auch.«

»Ich begreife das nicht. Es wirkt auf mich, als wolle irgendjemand Simone belasten.«

»Wir wissen beide, Marianne, dass einige Vorkommnisse sich nicht in der Art und Weise zugetragen haben, wie Schöllen sie in seinem Brief beschrieben hat. Immerhin war Richard damals bereits mit Christina befreundet. Oder irre ich mich?«

»Nein«, erwiderte sie. »Du irrst dich nicht.« Richard und Christina waren bereits verlobt gewesen, als die Katastrophe geschah, die das Leben der Familie von einem auf den anderen Moment in einen Alptraum verwandelt hatte.

»Ich melde mich bei dir, sobald es etwas Neues gibt«, beendete Volker das Gespräch.

Es war wahrscheinlich das Beste, Inga und Paula erst einmal bei sich zu behalten, entschied Marianne, nachdem sie zurück in die Küche gegangen war. Sie bereitete das Abendbrot für die Mädchen zu, badete sie, machte sie bettfertig und scheuchte sie dann unter lautem Gejohle in ihr Schlafzimmer. Der Gedanke, gerade heute Nacht Simones Töchter neben sich zu haben, beruhigte sie und schenkte ihr auf eine unerklärbare Art eine Zufriedenheit, die sie lange nicht mehr gefühlt hatte.

*

Mit seiner Nymphe hatte sie sich nie messen lassen können, dachte Tommy, während er Beate ansah, die vor ihm in der Küche stand und ihn anstrahlte. Er kannte den flehenden Ausdruck ihrer Augen und wusste, was sie heute Abend von ihm fordern würde. Beate wollte gestreichelt und geküsst und von ihm ins Bett getragen werden. Seine Nymphe und er hatten sich überall geliebt, und es war ihm gleichgültig gewesen, ob oder wann sich einer von ihnen die Zähne geputzt oder geduscht hatte. Mit ihr an seiner Seite waren die Tage und die Nächte leicht und beschwingt gewesen. Keinen einzigen Gedanken hatte er an Keime, Bazillen, Bakterien oder Viren verschwendet. Ein Tag hatte viele Stunden Freizeit gehabt, als Seife, Wasser, Desinfektionsmittel und Handcreme noch nicht den Ablauf seines armseligen Daseins bestimmten.

»Ich bin hungrig«, sagte Tommy. »Zeit fürs Abendbrot!« Er fasste Beate an den Schultern, schob sie zur Seite, öffnete den Kühlschrank und sah hinein.

»Ich könnte uns einen Salat zubereiten«, schlug Beate vor, die sich so dicht hinter seinen Rücken gestellt hatte, dass ihr Atem seinen Nacken streifte.

»Ja, das wäre schön«, log Tommy. »Darauf habe ich

Appetit.« Er trat hastig zur Seite und ging in die Essecke. Vor einer antiken Vitrine blieb er stehen und betrachtete sein blaues Service.

Beate beobachtete ihn. Sie wusste, dass das Geschirr, auf das er starrte, seiner Verflossenen gehört hatte. *Meissen*, Zwiebelmuster, kobaltblau, vor 1900. Ein Erbstück irgendeiner Tante, aus Zeiten, in denen die jungen Damen aus wohlsituierten Familien eine komplette Aussteuer mit in die Ehe brachten.

Beate hatte sich schon vor langer Zeit eine eigene Meinung über Tommys Verflossene gebildet, über ihre Art, sich zu kleiden, darüber, wie sie gesprochen, getanzt und ihre Haare getragen hatte. Doch nach anfänglichen Auseinandersetzungen mit Tommy, bei denen stets seine »Nymphe« der Anlass ihres Streits gewesen war, hatte sie sich vorgenommen, möglichst zu schweigen, wenn er sie erwähnte oder irgendeinen Plunder aus seinen Schränken holte, der ihr gehört hatte. Tommy betrachtete jeden Aschenbecher, jede Vase, jedes Schälchen, das irgendwann von seiner Nymphe berührt worden war, wie ein Heiligtum. Tausendmal und öfter hatte Beate sich geschworen, dass diese Dinge Tommys Umzug in ihr Elternhaus nicht überstehen würden. Bei der nächstbesten Gelegenheit wollte sie beginnen, diese Erinnerungsstücke heimlich zu entsorgen. Ehe Tommy sich versah, würde er diese albernen Souvenirs vergessen haben.

Ab und an, wenn er eine seiner depressiven Phasen durchlitt, belog Beate ihn, um ihn aufzumuntern. *Deine Nymphe wusste, was toll aussieht*, pflegte sie dann zu sagen. *Ich habe nie eine hübschere Frau gesehen als sie.*

Sie war intelligent, belesen, überall beliebt und der Mittelpunkt jeder Gesellschaft. Beate beschloss, die Traurigkeit, die sie jetzt in seinem Gesicht erkannte, zu ignorieren, und erzählte von einer Nachbarin, die innerhalb von vier Jahren in wenigen Monaten das dritte Kind bekommen würde, und davon, was irgendjemand dazu gesagt hatte. Nachdem sie den neuesten Dorfklatsch losgeworden war und von einem Kleid geschwärmt hatte, das sie in irgendeinem Katalog gesehen und sich bestellt hatte, kam sie zu dem Thema, das ihr am liebsten war.

»Ich habe dich immer geliebt, nur dich, Tommy. Du mich auch? Hast du auch nur mich geliebt?«

»Ja!«, sagte Tommy. Er hatte sie vergessen gehabt! Beate Buttenstett, die nichtssagende Kleine. Verschwunden – ausgelöscht – winzig – unbedeutend. Sie hatte keinen Platz gehabt in seinen Gedanken, die sich ausschließlich mit seiner Liebsten, mit seinem Studium und später mit seinem Beruf beschäftigt hatten. Erst als er ins Dorf zurückgekommen war, um Mariannes Apotheke zu übernehmen, hatte er sich wieder an sie erinnert, an ihre kleinliche Art zu denken und daran, dass sie bereits während der Schulzeiten stets seine Nähe gesucht hatte und ihm lästig gewesen war, in ihrer plumpen, anmaßenden Vertrautheit.

Während Beate redete und sich hektisch in der Küche beschäftigte, Schubladen aufriss, Lärm machte, Salz auf den Boden schüttete und ein Gurkenglas umwarf, beobachtete er sie schweigend. Es gab stille Stunden in seiner Seele, in denen Beates dümmliches Geschwätz ungewöhnlich stark an seinem Nervenkostüm kratzte. Gerade heute hatte sie eine dieser Stunden erwischt. Im Zusammensein mit seiner Nymphe hatte er diese Stimmungen, in denen er gerne für sich gewesen wäre, nicht gekannt. Sie hatte er nie von sich gewiesen. Jeder Augenblick, den er gemeinsam mit ihr verbringen durfte, war ein Geschenk ihres Gottes gewesen, der nicht seiner sein konnte.

»Wir gehören zusammen, Schatz! Das ist am wichtigsten. Wir dürfen niemals vergessen, dass wir ...«

Während er sie reden ließ, fragte er sich, ob sie tatsächlich in den letzten Jahren verlernt hatte, die Wahrheit von der Lüge zu unterscheiden. Wie gelang es ihr, mit dieser Lebenslüge die gemeinsamen Nächte mit ihm zu überstehen? Oder täuschte sie ihn auf dieselbe, hinterhältige Art und Weise wie er sie? Stellte auch sie sich vor, er wäre ein anderer, sobald sie gemeinsam in einem Bett lagen? Schlief er nicht mit ihr, wie er mit seiner Nymphe geschlafen hatte? Oft wunderte er sich am Morgen darüber, wie einfach es ihm fiel, diese beiden Frauen, die so gänzlich unterschiedlich waren, nachts in seiner Vorstellung zu vertauschen.

Beate machte es ihm leicht. Hatte sie sich doch bisher nie darüber beklagt, dass er sie im Dunkeln mit einem Kosenamen ansprach, den er, sobald es hell war, nicht über seine Lippen brachte, weil er allein der anderen gehörte. Dabei war ihm durchaus bewusst, dass die Realität keineswegs seiner nächtlichen Wunschwelt entsprach, und am Tage litt er darunter, dass seine Wirklichkeit farblos, öde und einsam war.

Tommy deckte den Tisch mit Weingläsern, Tellern, Besteck, einem Brotkorb und einer Butterschale und fragte, ob er ihr nicht helfen könne. Zupfte Salat, kochte Eier, schnitt Tomaten in Scheiben, führte jeden Handgriff aus, als stände jemand hinter ihm und steuerte ihn fern, bewegte seine Hände, seine Arme und Beine. Dieser Jemand ließ ihn an diesem Abend sprechen, lachen, Beate küssen und später mit ihr in der Finsternis schlafen, währenddessen er in seinem Kopf ein Sofa für seine Nymphe herrichtete, sie sich darauf ausstreckte und mit ihm über die Frau lachte, die früher schon fortwährend – und stets zur falschen Zeit – zu viel und zu lange geredet hatte.

Mittwoch, den 20. April 2011

Heide hatte – auch um sich abzulenken – den Dienstagabend mit ihrem Vater und dessen Lebensgefährtin Celia verbracht. Irgendwann hatte Dieter sich gemeldet, ihr von der Hausdurchsuchung bei Schöllen erzählt und ihr mitgeteilt, dass es sehr spät werden würde und sie nicht auf ihn warten solle. Seine Stimme hatte müde und erregt zugleich geklungen. Das Gespräch hatte weniger als fünf Minuten gedauert. Heide kannte ihn gut genug, um zu wissen, was in ihm vorging und in welcher Ermittlungsphase er und seine Kollegen steckten. Wahrscheinlich standen sie kurz vor einem Durchbruch.

Während Dieter an der Aufklärung eines Verbrechens arbeitete, kam er nicht zur Ruhe und bewegte sich unentwegt an der oberen Grenze dessen, was er zu leisten vermochte. War seine Arbeit erfolgreich beendet, brach er zusammen und holte den Schlaf, den er bis dahin versäumt hatte, an einem Stück nach. Er warf sich auf sein Bett oder ein Sofa, fiel in einen todesähnlichen Tiefschlaf und war weder durch gutes Zureden noch mit anderen Verführungen wach zu kriegen. Irgendwann – nach Stunden, manchmal auch erst nach zwei Tagen – sprang er auf, war gleich quietschvergnügt, hatte einen Mordshunger und aß den Kühlschrank leer.

Als Heide ihn am frühen Morgen in der Diele hörte,

stand sie auf, schlüpfte in eine Jogginghose und ein T-Shirt und ging ihm entgegen. Sie musste ihn nicht fragen, ob der vergangene Tag und die eingelegte Nachtschicht erfolgreich verlaufen waren. Seine unzufriedene Miene zeigte ihr deutlich, dass er und seine Kollegen nicht die Ergebnisse vorweisen konnten, die er sich am Vorabend erhofft hatte.

»Ist das deine Collage, die dort eingewickelt an der Wand steht?«, fragte er und zeigte ihr damit, dass seine Beobachtungsgabe auch im häuslichen Umfeld funktionierte, wenn sie beruflich gefordert wurde.

»Celia hat für heute Vormittag zum Frauen-Brunch eingeladen. Gemeinsam mit den Männern wird ihr Geburtstag erst am nächsten Freitag gefeiert.«

»Wundert mich, dass du mit dem Bild überhaupt fertig geworden bist«, brummelte er und fügte laut hinzu: »Machst du mir einen Espresso? Ich will schnell unter die Dusche springen und mich anschließend gleich wieder auf den Weg machen.«

Sie drückte ihm einen flüchtigen Kuss auf die Wange und beschloss, als sie die Schatten unter seinen Augen bemerkte, seine heißgeliebte Espressomaschine zu ignorieren. Sie würde ihm Kakao zubereiten, der beruhigte die Nerven und war äußerst nahrhaft – für sie selbst leider ein absolutes Tabu, aber für Dieter in der momentanen Situation genau das Richtige.

»Wir haben Simone Schöllen und Richard Wanner gegen Mitternacht wieder gehen lassen. Obwohl ich kein gutes Gefühl dabei hatte.«

Heide runzelte skeptisch die Stirn. »Sei nicht albern, Dieter. Ich möchte mich nicht über Richard Wanner äußern, aber Simone habe ich kennengelernt, und ich kann sie mir beim besten Willen nicht als männermordenden Vamp vorstellen.«

»Irgendetwas passt ganz und gar nicht zueinander. Friedrichs hat auf dem Abschiedsbrief, den sie erhalten hat, neben den Fingerabdrücken ihres Mannes auch ihre eigenen sichergestellt.«

»Friedrichs musste Simones Abdrücke finden. Schließlich hat sie den Umschlag angefasst und auch den Briefbogen. Ziehst du dir etwa Handschuhe an, ehe du die Post holst, einen Brief öffnest und ihn liest?«, spöttelte Heide.

Dieter setzte sich an den Küchentisch, zog die Schuhe aus, legte die Füße auf einen Stuhl und verschränkte die Arme hinter dem Nacken. »Leider Gottes oder – wenn man in Simone Schöllens Sinne sprechen möchte – Gott sei Dank tragen die Entwürfe, die wir in der Altpapiertonne sichergestellt haben, weder ihre noch seine Fingerabdrücke. Sie sind blitzeblank.«

»Das ist tatsächlich sehr merkwürdig«, stimmte ihm Heide zu.

»Außerdem ist der Schriftsachverständige sich zu neunzig Prozent sicher, dass die Unterschrift unter dem Abschiedsbrief Schöllen zugeordnet werden kann. Er scheint also zumindest eigenhändig unterschrieben zu haben. Aber erst, wenn wir Schöllens Leiche gefunden haben und durch eine Obduktion definitiv festgestellt worden ist, dass es sich bei der Todesursache um Selbstmord handelt, können wir den Fall Laxhoff abschließen.«

»Was spricht gegen die Annahme, Schöllen habe sich selbst getötet?«, fragte Heide.

»Dagegen sprechen die beiden Briefbögen, die im Papiercontainer lagen und auf denen zwei Varianten seines Textes standen. Hätte Schöllen sie tatsächlich verfasst, müssten wir eigentlich seine Abdrücke darauf finden.«

Heide hörte ihm schweigend zu, während sie ein dickflüssiges Zucker-, Milch- und Kakaogemisch in einen Liter heiße Milch rührte und alles zusammen aufkochen ließ.

»Wobei wir wieder bei den Handschuhen wären, meine Schöne«, fuhr Dieter ergänzend fort. »Dass Schöllen beim Verfassen der Entwürfe, beim Einlegen des Papiers in den Drucker oder beim Herausnehmen Handschuhe getragen hat, ist höchst unwahrscheinlich. Was macht mein Espresso? Hörst du mir überhaupt zu?«

»Ich dachte mir, Kakao ist bekömmlicher als Kaffee. Du wirkst ohnehin auf mich, als würdest du jeden Augenblick zusammenbrechen.«

»Simone Schöllen hat einen fahrigen und nervösen Eindruck gemacht«, erzählte Dieter. »Bei der momentanen Beweislage müsste ich, falls ich tatsächlich annehme, dass sie diese Entwürfe verfasst und anschließend in den Altpapiercontainer gelegt hat, davon ausgehen, dass sie ihre Sinne nicht beisammenhat. Du kennst sie, Heide. Ist sie nicht zurechnungsfähig?«

»Vielleicht will euch jemand glauben lassen, dass sie ihren Verstand verloren hat.«

»Siehst du! Der Meinung bin ich mittlerweile auch. Ich werde den Eindruck nicht los, dass wir absichtlich, seit mehreren Tagen, an der langen Leine über eine falsche Fährte geführt werden.«

»Es könnte ohnehin sein, dass sämtliche Spuren, die im Fall Laxhoff auf seinen Bruder als Täter hinweisen, fingiert wurden, um Schöllen für eine Tat bestrafen zu lassen, die er nicht begangen hat«, fasste Heide ihre Überlegungen zusammen.

»Schöllen bezichtigt sich in dem Brief, der uns über die Hauspost zugestellt wurde, mehrerer Straftaten, Heide. Er gesteht, seinen Bruder ermordet zu haben. Zusätzlich gibt er an, Christina Wanner im Frühling 1992 vergewaltigt zu haben. Und er schreibt, er habe den tödlichen Verkehrsunfall bewusst verursacht, weil sein Opfer ihn wiedererkannt hat.«

»Es wundert mich ohnehin, dass man damals der Aussage dieser älteren Frau nicht nachgegangen ist, die ein zweites Auto am Unfallort gesehen haben will, als Christina Wanner und ihre Kinder verunglückten«, meinte Heide nachdenklich. Sie nahm einen Becher aus dem Geschirrschrank, füllte Kakao ein und reichte ihn Dieter.

»Die ermittelnden Polizeibeamten haben die Angaben nicht ignoriert«, widersprach Dieter energisch. »Allerdings deutete am Unfallort gar nichts darauf hin, dass ein zweites Fahrzeug involviert gewesen ist.« Dieter seufzte. »Insgesamt gesehen bewegen wir uns in einem riesengroßen Kuddelmuddel.«

Heide warf einen Blick auf die dampfende, schokoladenbraune Flüssigkeit, die ihr hinterhältig aus dem blauen Milchtopf entgegenlächelte, überschlug die Menge der verführerisch duftenden Kalorien, griff nach dem gläsernen Deckel und legte ihn – energisch, aber mit großem Bedauern – auf den Topf.

Dieter nippte an dem heißen Kakao, nickte zufrieden und stellte den Becher auf den Tisch.

»Ich habe erfahren, dass Alexandra Rosenbring sich selbst getötet hat, Dieter. Sie hat sich die Pulsadern aufgeschnitten«, sagte Heide bedrückt. »Ich habe mich mit einer ehemaligen Freundin der Zwillingsschwestern unterhalten. Eigentlich hat diese Information mich nicht besonders überrascht. Tante Marthas Reaktion auf meine Frage nach Alexandra hat mich bereits das Schlimmste vermuten lassen. Zumindest begreife ich jetzt auch ihre Bemerkung, Gott würde Alexandra vergeben. Tante Martha ist eine strenggläubige Katholikin. In ihren Augen ist ein Suizid sicherlich eine große Sünde.« Heide setzte sich Dieter gegenüber und schob ihre bloßen, eiskalten Füße unter seine Oberschenkel, um sie zu wärmen.

»Ich stelle mir unentwegt folgende Fragen«, sprach Dieter seine Gedanken laut aus. »Warum lässt Schöllen die Leiche seines Bruders nicht bequemerweise am Tatort liegen, sondern transportiert sie in seinem Auto ab? Konnte es ihm nicht einerlei sei, wann man seinen ermordeten Bruder findet, wenn er ohnehin beschlossen hatte, Selbstmord zu begehen? Oder traf er diesen Entschluss später? Wo hielt er sich bis zum Einwerfen des Abschiedsbriefs auf? Und – falls nicht er selbst als Postbote fungierte – wer warf diesen Brief für ihn in Simones Briefkasten? Trug der Überbringer auch Handschuhe? Wir haben, wie ich bereits sagte, nur die Abdrücke des Ehepaars Schöllen auf dem Umschlag gefunden. Nächste Frage! Falls Schöllen den Cayenne nicht fuhr, muss doch ein anderer Handschuhe tragender Unbekannter damit unterwegs gewesen sein? Simone Schöllen sagte allerdings aus, ihr Mann habe es grundsätzlich nicht geduldet, dass ein anderer als er selbst das Auto fuhr.«

»Simones Aussage, dass niemand seinen Wagen fahren durfte, passt zu all den anderen unangenehmen Charaktereigenschaften, die ich bereits über dieses Ekelpaket Gerald Schöllen gehört habe«, grummelte Heide. »Man denke nur an die Blutergüsse und blauen Flecken, die ich auf ihrem Rücken entdecken musste.«

»Ja, siehst du. Über die unterschiedlichsten Motive, Gerald Schöllen zu töten, habe ich mich noch nicht einmal ausgelassen. Auch diese ständigen Misshandlungen, die seine Frau erdulden musste, könnten für sie, aber auch für ihren Geliebten Richard Wanner, ein Grund gewesen sein, sich seiner für immer zu entledigen.«

»O ja«, stimmte Heide zu und warf Dieter einen finsteren Blick zu. »Häusliche Gewalt ist ein nachvollziehbares Mordmotiv.«

»Du musst dir einen anderen Fußwärmer suchen, meine Schöne. Ich möchte jetzt duschen und gleich zurück nach Lingen fahren. Ich hatte dir doch erzählt, dass Wanners Wochenendhaus abgebrannt ist. Gestern Abend hat ein anonymer Anrufer die hiesige Feuerwehr darüber informiert, dass er einen leeren Benzinkanister am Karpfenteich entdeckt hat. Das könnte auf Brandstiftung hinweisen. Der Anrufer vermutet, das Feuer könnte etwas mit Schöllens Verschwinden zu tun haben. Schöllens Cayenne wurde angeblich in der letzten Woche in der Nähe des Grundstücks gesehen. Ich denke allerdings, die Dorftrommeln haben jeden wissen lassen, dass Richard Wanner uns gestern aufs Revier nach Lingen begleiten musste. So ein Verhör bringt die Phantasie der Mitmenschen in der Regel in Bewegung.«

Nachdem Dieter die Küche verlassen hatte, stand Heide ebenfalls auf und ging zum Fenster. Warum, überlegte sie, während sie einen Zeitungsausträger auf der Straße beobachtete, hatte Alexandra Rosenbring sich umgebracht? Schöllen hatte gestanden, Christina vergewaltigt zu haben, nicht Alexandra. Oder hatte Gerald Schöllen die Schwestern verwechselt? Sie beschloss, nach Holte zu fahren, ehe sie sich auf den Weg zu Celias Geburtstagsbrunch machte. Sie würde ihre Hemmungen überwinden und mit Marianne Wanner über die Vergewaltigung und über Alexandras Selbstmord sprechen. Marianne war mit Christina Rosenbring verwandt gewesen und kannte möglicherweise die Zusammenhänge. Anschließend wollte sie noch einmal Beate aufsuchen.

*

Nach dem Frühstück stand Thomas Orthes vor Marianne Wanners Haustür. Er trug trotz des sommerlichen Wetters einen Wintermantel, hatte die Hände tief in den Taschen vergraben, sagte keinen Ton und starrte Volker aus einem erschöpften, kreidebleichen Gesicht, mit blutunterlaufenen, müden Augen an. Volker bat ihn ins Esszimmer. Dort saß Marianne mit Simones Kindern an einem chaotisch wirkenden Frühstückstisch vor leergegessenen Müslischüsseln und wischte Paula gerade mit einer Serviette Himbeermarmelade vom Mund. Als sie aufschaute und Tommy ansah, kam sie zu der Gewissheit, dass alles, was sie befürchtet hatte, nachdem er sie im letzten Jahr um einige von Christinas Briefen gebeten hatte, jetzt eintreffen würde und auch, dass sie gar nichts dagegen unternehmen konnte.

»Setz dich zu mir«, forderte sie ihn auf und bat Volker mit einem schnellen Blick, sich um die Kinder zu kümmern und sie und Tommy allein zu lassen.

Volker ignorierte Paulas Geplapper. Er nahm sie auf den Arm, fasste Ingas Hand und verließ mit beiden Mädchen den Raum.

Tommy guckte mit teilnahmsloser Miene auf seine behandschuhten Hände. »Warum sind die Kinder bei dir? Richard hat mich gestern angerufen und mir gesagt, dass man ihn und Simone freigelassen hat.«

»Paula und Inga schliefen bereits, als die beiden heimkamen. Simone holt sie gleich ab.«

»Ich möchte dir danken für alles, was du für mich getan hast, Tante Marianne.«

»Was ist geschehen, Tommy?«, fragte sie behutsam und sehr leise, obwohl sie sich vor seiner Antwort fürchtete und am liebsten laut geschrien hätte.

»Ich dachte, es würde mir bessergehen, nachdem ich für Gerechtigkeit gesorgt hätte, aber ich habe mich geirrt.« Tommy ließ sich neben sie auf einen Stuhl fallen. »Es verändert nichts.«

»Was ist geschehen?«

Er sah Marianne aus leeren Augen an. Sie würde ihm nicht glauben. Kein Mensch konnte begreifen, was er fühlte. Wie konnten sie wissen, dass seine Nymphe mit ihm sprach, ihr unvergleichbares Lachen lachte oder die

Lieder summte, die sie am liebsten gehabt hatte. »Sie ist immer bei mir, Tante Marianne. Sie lässt mich nicht allein. Ich sehe das rot gefärbte Wasser vor mir, in der ihr toter Körper liegt, die Rasierklingen auf der Wannenablage und das dunkelrote Blut, das auf dem weißen Fliesenboden des Badezimmers klebt«, sagte er mit einer Stimme, in der die Trauer und das Leid der vergangenen Jahre mitschwang.

»Oh, Tommy«, flüsterte Marianne, und ihre Augen füllten sich mit Tränen.

Er starrte mit eingefrorener Miene bewegungslos nach draußen. Marianne folgte seinem Blick. Volker hatte die Mädchen auf die Schaukelbretter gesetzt. Er hielt Paula mit einer Hand an ihrer Jacke fest, schaukelte sie behutsam und sorgte mit der anderen Hand dafür, dass auch Ingas Schaukel gleichmäßig auf und ab schwang. Die Mädchen wirkten zufrieden und ausgeglichen. Inga sang leise und wippte mit ihren Füßen den Takt dazu. Während Marianne ihnen beim Spielen zusah, hörte sie das gleichmäßige, vertraute Ticken der alten Standuhr, das aus der Diele zu ihr herüberklang. Sie dachte, gleich müsse die Zeit stehenbleiben und ihr Leben zu einem Abschluss kommen, weil sie jetzt auch noch von Thomas verlassen wurde.

Tommy stützte die Ellenbogen auf der Tischplatte auf, verbarg das Gesicht in den Händen und murmelte: »Die Schuldigen haben ihre Strafe bekommen. Sie wurden zur Höchststrafe verurteilt. Jetzt sind sie tot. Sie haben gestanden, ich habe das Urteil gesprochen, und ich habe es ausgeführt. In mir müsste wieder alles im Lot sein, aber das ist es nicht.«

»Das will ich nicht hören!«, widersprach Marianne sehr laut. Sie wischte sich mit dem Handrücken ihre Tränen ab, fasste ihn am Arm, schüttelte ihn und schrie: »Du bildest dir das alles ein. Du bist verwirrt. Seitdem Alexandra uns verlassen hat, bist du oft durcheinander. Denk an deinen Waschzwang. Wärest du an ihrem Todestag zufällig über einen Bürgersteig gegangen und auf eine Fuge zwischen den Pflastersteinen getreten, würdest du jetzt peinlich vermeiden, auf eine dieser Ritzen zu treten. Du würdest dir einbilden, dass eine Katastrophe geschieht, wenn du dich nicht an deine selbst aufgestellte Regel hältst. Du darfst dir nicht immer diese schrecklichen Dinge ausdenken.«

»Ach Tante Marianne, weine nicht«, sagte Tommy müde.

»Du bist nicht schuld an dem, was geschehen ist, Tommy! Begreife das endlich!«

»Ich habe die Verantwortlichen zur Rechenschaft gezogen, aber es hat nichts verändert«, sagte Tommy resignierend, das Gesicht noch immer in den Händen vergraben.

Marianne erhob sich, ging mit müden Beinen zur Terrassentür, schob den Store zur Seite und blickte zum Kinderhaus hinüber. Paula krabbelte auf allen vieren den Kinderhügel hinauf, und Inga drückte ihre Stirn gegen eine der Butzenscheiben. Volker hatte den Mädchen den Rücken zugewandt und schaute sie besorgt an. An manchen Tagen fühlte sie sich alt, überlegte Marianne. Doch Tommys Geständnis hatte sie eine Greisin werden lassen. Würde sie bald sterben, weil sie das Leben nicht länger ertragen konnte? War ihr Leben zu einem *Muss* geworden und damit eine zu große Last? Mariannes Magen fühlte sich hohl und leicht an. Ihr war schlecht. Sie wollte den Raum verlassen, wollte all das, was Thomas erzählte, nicht wissen, aber ihre Beine waren auf dem Parkettboden festgewachsen und ebenso starr wie ihre Arme, ihre Lider und ihr Nacken, dem es nicht gelang, den Kopf zu drehen, um ihren Neffen anzuschauen. Sie hasste ihren unbeweglichen Körper, der sie zwang, auf das Kinderhäuschen zu stieren und Simones Kinder zu beobachten, während sie Tommys Stimme lauschte. Sie wollte den Raum verlassen, unter eine Bettdecke kriechen und sich vor den Grausamkeiten des Lebens verstecken. Hinter ihrem Rücken hörte sie, dass Tommy aufgestanden war.

»Ich werde mich der Polizei stellen«, sagte er leichthin, in einem Tonfall, als wolle er ihr mitteilen, er sei müde und werde jetzt schlafen.

Marianne wunderte sich, dass es ihr plötzlich gelang, den steifen Körper zu bewegen. Sie wandte sich ihm zu, blickte ihn an, ohne zu sprechen, nahm ganz still Abschied und sann darüber nach, ob es möglich sei, dass er angenommen habe, er könnte zwei Menschen töten, ohne die Konsequenzen zu tragen. Tommy hätte es besser wissen müssen. Er gehörte zu den Guten dieser Welt, und sie hatte bereits vor Jahren die schmerzhafte Erfahrung machen müssen, dass die Bösen fast immer ungeschoren davonkamen und die Schwachen und Wehrlosen für deren Sünden bezahlen mussten.

»Ich hatte einen erstklassigen Plan, Tante Marianne«, sagte Tommy.

Sie sah ihm nach, als er das Esszimmer verließ, hörte die Haustür ins Schloss fallen und ihn wenig später mit Volker sprechen.

*

Im Nachhinein konnte sich niemand erklären, wie es zu der Panne gekommen war. Dieter kochte vor Wut. Er war sich eigentlich ziemlich sicher, dass Anton geschlampt hatte, verkniff sich jedoch jeden Vorwurf und bat stattdessen die Mitglieder der *MK Dankern* umgehend ins Besprechungszimmer. Frau Moltke, die ein größeres Gewitter befürchtete und nichts mehr hasste als schlechte Stimmung am Arbeitsplatz, war in die Stadt geeilt und hatte großzügig eingekauft. Jetzt zierten zwei Warmhaltekannen Kaffee und eine Porzellanplatte, die mit dem Lieblingsimbiss der Kollegen bepackt war, den Besprechungstisch. Die verschwenderisch belegten Mett-Brötchen strahlten zwar jeden an, der den Raum betrat, halfen aber nicht auf Anhieb, Dieters Laune zu verbessern.

Als sie vollzählig versammelt waren, forderte Dieter mit einer Miene, die mehr aussagte als jeder Vorwurf: »Bitte, Anton, du hast uns einiges zu berichten.«

Anton nickte mit hochrotem Kopf. Er fuhr einige Male mit der Hand durch seinen Vollbart, klappte eine Mappe auf, sah hinein und räusperte sich, ehe er sprach. »Wir haben einen Vorfall übersehen, der sich am späten Mittwochabend, dem 13. April, etwa einen Kilometer vom Leichenfundort entfernt, zugetragen hat.«

»*Wir haben übersehen*«, grummelte Friedrichs. »*Ich* hab nichts übersehen.«

»Bitte, Anton«, mischte Dieter sich ein. »Sprich weiter!«

»Schöllens Cayenne entspricht der Beschreibung einiger Kegelbrüder, die sich am Mittwochabend auf dem Weg zu einem gepachteten Häuschen im Ferienpark Dankern befanden«, führte Anton weiter aus. »Sie hatten zwar ordentlich gebechert, aber ihre Aussagen decken sich. Was wahrscheinlich auch damit zusammenhängt, dass ihr Kegelausflug ein tragisches Ende nahm. Einer von ihnen …« Anton blätterte in seinen Unterlagen: »Gerhard Schorbeck, geboren 1959, wurde von einem dunklen Geländewagen angefahren. Die Zeugen gaben übereinstimmend an, sie seien nebeneinander auf der rechten Straßenseite gegangen. Möglicherweise habe der Fahrer sie in der Dunkelheit zu spät gesehen. Er hat zwar noch eine Vollbremsung hingelegt, aber Schorbeck trotzdem mit dem rechten Kotflügel seines Wagens erfasst und auf den Randstreifen geschleudert. Der Fahrer hat anschließend sofort Vollgas gegeben. Herr Schorbeck verstarb noch an der Unfallstelle.«

»Wir haben eindeutige Spuren am rechten Kotflügel gefunden, die auf einen Unfall hinweisen und die zu dem von Anton geschilderten Vorfall passen könnten. Nicht, dass ihr mich missversteht. Ich sagte, *passen könnten*«, erklärte Friedrichs. »Aber wir legen Überstunden ein, und morgen habe ich das Ergebnis.«

»Konnte irgendjemand den Fahrer beschreiben?«, wollte Dieter wissen.

»Nein! Die Männer gaben übereinstimmend an, die Person sei dunkel gekleidet gewesen, konnten aber keine weiteren Angaben machen. Auch, ob der Fahrer Mann oder Frau war, konnten sie nicht sagen. Sie sind sich allerdings sicher, dass niemand auf dem Beifahrersitz gesessen hat. Zu dem Kennzeichen gibt es widersprüchliche Angaben, nur darin, dass das Nummernschild ein *EL* für das *Emsland* trug, sind die Zeugen sich einig.«

»Zu welcher Uhrzeit hat sich dieser Verkehrsunfall zugetragen?«, fragte Michel.

»Am Mittwochabend zwischen elf und halb zwölf«, erwiderte Anton.

*

Irgendwann am frühen Vormittag waren Richard und Simone gekommen, um die Kinder abzuholen. Marianne hatte all ihre Kräfte gesammelt, war freundlich gewesen, hatte Optimismus verbreitet und weder Tommy noch die Tatsache, dass er heute in Volkers Beisein bei der Kriminalpolizei in Lingen einen Doppelmord gestehen würde, erwähnt. Als sie wieder allein war, hatte sie sich ans Fenster gestellt und auf das Kinderhaus gestarrt. Erst als es an der Haustür klingelte, rührte sie sich, schritt schwerfällig und steifbeinig, wie eine Aufziehpuppe, in die Diele und öffnete die Tür. Sie sah ihr Gegenüber schweigend an, wandte sich schnell um, ging zurück ins Wohnzimmer und stellte sich wieder ans Fenster.

Heide folgte ihr verwundert, beobachtete sie eine Weile schweigend und kam zu dem Schluss, dass Frau Wanner krank war oder unter einem Schock stand. Sie stellte sich neben die Frau, fasste nach einer eiskalten Hand, sah den Schweiß auf der Stirn und das wächserne, teilnahmslose Gesicht, das wie erstarrt wirkte.

»Kommen Sie, Frau Wanner«, sagte sie leise. Sie legte ihren Arm über Marianne Wanners Schulter und schob sie sachte durch den Raum bis zu einem Sofa. Dort setzte sie sich und zog sie behutsam neben sich. »Ich denke, Sie sind krank. Deswegen legen Sie sich jetzt hin. Warten Sie, ich helfe Ihnen.«

Sie stand auf, hob Marianne Wanners Beine an, streifte ihr die Schuhe ab und bettete ihre Füße auf ein Kissen, deckte die Frau mit einer Wolldecke bis zum Kinn zu, sah sich suchend nach einem Telefon um, fand keins, telefonierte mit ihrem Handy nach einem Krankenwagen und registrierte, dass auf dem Wohnzimmertisch mehrere Gläser und eine Flasche Mineralwasser standen. Sie schenkte Wasser ein, legte einen Arm unter Marianne Wanners Rücken, half ihr, sich aufzurichten, und hielt ihr das Glas an die Lippen. Die Frau trank mit geschlossenen Augen, murmelte »Danke« und sah Heide an.

»Tommy hat keine Schuld an dem, was die Männer Alexandra angetan haben. Genauso wenig wie Christina und Richard. Sie haben den Geburtstag eines Freundes gefeiert, getanzt, zu viel Alkohol getrunken und sich gestritten. Alexandra ist wütend geworden, sie wollte allein sein und ist weggelaufen.«

»Beruhigen Sie sich, Frau Wanner. Ich habe nach einem Krankenwagen telefoniert. Sobald es Ihnen wieder bessergeht, können Sie erzählen, was geschehen ist. Jetzt ruhen Sie sich aus.«

Marianne Wanner blickte Heide mit großen, weit aufgerissenen Augen aus einem kreidebleichen Gesicht an. »Sie haben Alexandra wie ein Tier durch den Wald getrieben. Als sie das Interesse an der Jagd verloren hatten, haben sie Alexandra gefangen, sie eine halbe Nacht und einen langen Tag gequält, sie geschlagen und mehrfach vergewaltigt. Und irgendwann, als sie ihrer unmenschlichen Spiele müde geworden waren, haben sie Alexandra nackt in einen Graben geworfen.«

»Sie erzählen mir alles, was geschehen ist, wenn Sie wieder gesund sind, Frau Wanner«, versuchte Heide erneut, sie zu beruhigen. »Jetzt ruhen Sie sich aus. Möchten Sie noch ein Schlückchen trinken?«

»Erst einen Tag später hat Tommy seine Verlobte aus einem Straßengraben gezogen. Er hat sie in seine Jacke gewickelt und mehrere Kilometer getragen, bis sie endlich zu Hause waren. *Puppenfangen*, hat Alexandra immerzu gemurmelt. *Tante Marianne, sie haben Puppenfangen mit mir gespielt und Musik dabei gehört.*«

»Musik?«, fragte Heide fassungslos.

»Ja, Musik! Den Bolero von Ravel. Und dann hat Alexandra im Takt des Boleros mit dem Fuß aufgestampft. **TAM** Ta Ta Ta **Tam** Ta Ta Ta **Tam** Ta **TAM** Ta Ta Ta **Tam** Ta Ta Ta **Ta** Ta Ta Ta Ta Ta ... Ich ge hö re in die Müll ton ne ge wor fen! Es gibt nie man den, der mich wie der zu sam men fli cken kann.«

Heide streichelte Marianne Wanners Hand, wollte sie trösten, brachte kein Wort über die Lippen und kämpfte selbst mit den Tränen.

»Ich habe Alexandra in den Arm nehmen wollen, aber sie hat geschrien und um sich geschlagen und ist ins Badezimmer gerannt. Dort hat sie sich eingeschlossen und stundenlang in der Wanne gelegen.«

Sie schloss die Augen. Das Geräusch plätschernden

Wassers drang an ihre Ohren. Dieses Geräusch hatte ihr damals verraten, dass die Tochter ihrer Freundin Gabriele wenige Meter entfernt in einer Badewanne lag und versuchte, sich den Schmutz der vergangenen Stunden vom Leib zu schrubben. »Irgendwann hat Tommy die Badezimmertür eingetreten, und dann haben wir sie aus der Wanne geholt. Ich habe ihr ein Beruhigungsmittel gegeben und neben ihrem Bett gesessen, bis sie eingeschlafen war«, murmelte sie.

Alexandras ausdrucksloses Gesicht, ihr geschundener Körper, ihre zerkratzten Beine, die verdreckten, bloßen Füße, mit denen sie kilometerweit durch das Unterholz gestolpert war, immer mit der Angst im Nacken, ihre Peiniger könnten sie wieder einfangen, würde Marianne Wanner ein Leben lang vor Augen haben. »Ein halbes Jahr später hat Alexandra sich selbst getötet«, fuhr sie fort. »Tommy hat sie gefunden, aber er kam zu spät.«

Sie schaute Heide an, ohne sie zu sehen, sann dabei über ihre Enkelinnen nach, über Christina und Alexandra und über ihre Freundin Gabriele, die sich nach dem Selbstmord ihrer Tochter auf eine Farm in Neuseeland verkrochen hatte, statt sich um Christina und deren Töchter zu kümmern. Vielleicht wäre Christina all das Leid erspart geblieben, hätte sie nach dem Tod ihrer Zwillingsschwester ihre Mutter an ihrer Seite gehabt.

»Ich hätte damals verhindern müssen, dass Alexandra sich wäscht, und sie auf der Stelle zur Polizei oder in ein Krankenhaus bringen müssen.«

»Das dürfen Sie sich nicht vorwerfen, Frau Wanner«, erwiderte Heide sanft.

»Man hätte sicherlich Spuren an ihrem Körper gefunden«, sagte Marianne. »Es ist meine Schuld, dass man ihre Schänder nicht zur Rechenschaft ziehen konnte. Spezialisten der Polizei nehmen sich heutzutage unaufgeklärte Straftaten vor und werten die sichergestellten Spuren neu aus. Hätte ich besonnener reagiert, gäbe es wahrscheinlich DNA-Material der Täter, mit dessen Hilfe man den Verbrechern längst einen Prozess gemacht hätte.«

Heide streichelte der Frau die Hand, sprach beruhigend auf sie ein und war dankbar, als sie in der Ferne das Martinshorn eines Krankenwagens hörte.

*

Nachdem Volker Heidmann in Begleitung von Thomas Orthes gegen Mittag auf dem Lingener Polizeirevier erschienen war, hatte Dieter die beiden unverzüglich in das ruhigste Vernehmungszimmer führen lassen. Obwohl es seiner Ansicht nach keine Methode gab, im Vorhinein eine verbindliche Taktik für die Befragung eines Verdächtigen festzulegen, bereiteten er und sein Team sich in der Regel auf jede Vernehmung sorgfältig vor. In diesem Fall allerdings hatten Michel und er sich lediglich die Zeit genommen, die wichtigsten Fragen zu notieren, und bestimmt, dass Dieter mit der Vernehmung beginnen würde.

Falls es ihm nicht gelang, ein gutes Gesprächsklima zu schaffen, sollte Michel ihn ablösen. Schließlich war es ihre Aufgabe, Orthes die Möglichkeit zu geben, seine Taten sachgetreu zu berichten, und die Wahrheit herauszufinden. Man hatte Thomas Orthes und seinen Anwalt so platziert, dass sie Dieter und Michel gegenübersaßen. Dieter schaltete das Tonbandgerät ein und informierte den Mann über seine Rechte. Thomas Orthes zeigte ihm daraufhin seine wunden Hände und ein Paar weiße Stoffhandschuhe, sprach von einer Allergie und bat, die Handschuhe anziehen zu dürfen.

Nachdem Dieter zugestimmt und Tommy sich die Handschuhe übergestreift hatte, sah er Dieter aus rotgeränderten Augen an und meinte gelassen, er habe in der Nähe des Schlosses Dankern einen Verkehrsunfall verursacht, eine Person angefahren und Fahrerflucht begangen. Aus der Zeitung habe er erfahren, dass das Unfallopfer noch am Unfallort gestorben sei. Außerdem habe er zwei Menschen getötet, und er sei bereit, die Verantwortung für diese Taten zu übernehmen. Er beschrieb den Ort, an dem er die Leiche seines ersten Mordopfers, Gunnar Laxhoff, abgelegt hatte, und bat danach um eine Landkarte in einem großen Maßstab, auf der das Dorf Holte samt Umgebung zu sehen war. Als Anton die Karte gebracht und auf dem Tisch ausgebreitet hatte, wies Orthes auf einen Teich, in dem er die Leiche seines zweiten Opfers versenkt haben wollte. Während Friedrichs und sein Team sich auf den Weg machten, um den Wahrheitsgehalt dieser Aussage zu überprüfen, erzählte Thomas Orthes länger als eine Stunde von seiner verstorbenen Verlobten Alexandra Rosenbring und beschrieb detailliert die Qualen, die Schöllen und Laxhoff ihr zugefügt hatten.

Dieter ließ ihn sprechen und unterbrach den gleichmäßigen Redefluss kein einziges Mal. Erst als Orthes seine Erzählung beendet hatte und schweigend auf seine behandschuhten Hände starrte, fragte Dieter, woher er all das so genau wisse und ob es einen Beweis für seine Anschuldigungen gebe. Daraufhin forderte Thomas seinen Anwalt auf, dem Kommissar Alexandras Tagebuch auszuhändigen. Nachdem Dieter es entgegengenommen und einen Blick hineingeworfen hatte, schlug er vor, eine kleine Pause einzulegen, um einen Kaffee zu trinken, und verließ mit Michel den Raum.

»Orthes muss einen Komplizen gehabt haben«, sagte Michel.

»Der Ansicht bin ich auch«, stimmte Dieter ihm zu, ehe er zum Telefon griff und Heide anrief.

*

Eigentlich hatte Heide ihr Vorhaben, bei Beate vorbeizufahren, bereits aufgegeben. Sie wollte Celia nicht warten lassen, aber noch wichtiger war es ihr, Dieter von den Ungeheuerlichkeiten zu erzählen, die sich vor nunmehr fast zwanzig Jahren in unmittelbarer Nähe des Dorfes Holte zugetragen hatten. Marianne Wanner hatte zwar den Namen Gerald Schöllen nicht genannt, aber Heide war sich fast sicher, dass das Verbrechen, dem Alexandra Rosenbring zum Opfer gefallen war, in einem direkten Zusammenhang mit der Vergewaltigung stand, die Gerald Schöllen in seinem Brief beschrieben hatte. Deswegen beschloss sie, über Lingen nach Nordhorn zu fahren, um auf dem Kommissariat persönlich mit Dieter zu sprechen.

Miss Marple meldete sich, als Heide den Ort bereits

verlassen hatte. Sie fuhr an den Straßenrand, schaltete den Motor aus und nahm den Anruf entgegen. Als sie das Handy eine Viertelstunde später zurück in ihre Handtasche steckte, kannte sie den Grund für Marianne Wanners Schwächeanfall. Thomas Orthes saß in der Gegenwart seines Anwaltes im Vernehmungszimmer des FK1 in Lingen und hatte bereits zwei Morde gestanden. Heide wendete den Wagen. Sie wollte unbedingt mit Beate sprechen und ihr zur Seite stehen. Sie waren zwar nicht eng miteinander befreundet, aber da die Arme offensichtlich keine Freunde in der Nähe hatte, musste sie eben als Bekannte einspringen.

Beates Auto stand mit weit geöffnetem Kofferraum vor der Garage. Heide parkte ihren Wagen vor dem Fahrradschuppen, registrierte, dass neben Beates Fahrzeug mehrere Gepäckstücke lagen, und marschierte geradewegs zum Eingang. Hier stellte sie erstaunt fest, dass die Haustür sperrangelweit geöffnet war. Die Hilferufe, die aus der ebenfalls weit offenstehenden Kellertür nach oben drangen, hörte sie, noch ehe sie die Diele betrat. Sie warf ihre Handtasche auf den Garderobentisch und stieg, so schnell wie eben möglich, die Kellertreppe hinunter.

Beate bot ein beklagenswertes Bild. Sie saß, mit einer blauen Bluse und ihrem weiten Blumenrock bekleidet, barfuß auf dem grau angestrichenen Estrichboden des Vorratskellers, umfasste mit beiden Händen ihre rechte Wade und hatte den Rücken an ein Holzregal gelehnt, in dem volle Weckgläser aufbewahrt wurden.

»Bin ich froh, dass du gekommen bist! Hilf mir auf die Beine. Ich schaff das nicht allein. Ich glaube, ich habe mir das Schienbein gebrochen«, jammerte sie und sah Heide mit schmerzverzerrtem Gesicht an. »Fährst du mich zum Arzt?«

»Wolltest du Apfelkompott stibitzen und bist dabei hingefallen?«, Heide gab sich die größte Mühe, ihre Stimme neutral klingen zu lassen. Beate würde die Hiobsbotschaft über ihren zukünftigen Ehemann früh genug erfahren. »Ich habe nicht geahnt, dass du eine Meisterin der Vorratshaltung bist und frage mich, wer die gigantischen Massen Erdbeeren, Pflaumen und Karotten essen wird, und auch, wo man heutzutage noch Weckgläser und die passenden Einmachringe kaufen kann.«

Beate presste die Lippen aufeinander, stöhnte vor Schmerzen laut auf und hielt Heide ihren ausgestreckten Arm entgegen. »Verkohl mich nicht. Hilf mir! Ich kann nicht allein aufstehen.«

Während Heide sich bückte, um ihr beim Aufstehen zu helfen, überlegte sie, was Beate dazu brachte, gerade jetzt zu verreisen. Sie war schließlich krankgeschrieben, und man konnte nie wissen, welch böses Ende … Noch ehe sie den Gedanken zu Ende gesponnen hatte, sprang Beate blitzschnell auf, stieß Heide mit beiden Fäusten gegen die Brust und warf sich dann unter Einsatz ihrer ganzen Körperkraft auf sie. Heide stürzte rücklings auf den Steinboden und schlug hart mit dem Hinterkopf auf. Als sie sich wieder aufrappeln wollte, breitete sich ein dumpfer Schmerz in ihrer Hand aus und zwang sie auf den Boden. Sie sah Beates Fuß, der auf ihrem Handrücken stand, blieb einen Moment bewegungslos liegen, hob ihren Kopf und blickte in den Lauf einer Pistole, die Beate auf sie gerichtet hatte.

»Mein Gott, du bist so doof!«, keifte Beate in einer unerträglichen Lautstärke.

»Was soll das?«, murmelte Heide und fühlte, wie ihr Herzschlag von der Brust über die Halsschlagader in die Stirn kroch und sich dann langsam, aber stetig wild pochend im ganzen Körper ausbreitete. Sie überlegte, wo Beate die Pistole versteckt haben mochte, kam zu dem Schluss, dass sie nur unter dem weiten Rock gewesen sein konnte, und fragte sich fast im selben Moment, ob Beate mit ihrem Kommen gerechnet und sie bereits beobachtet hatte, als sie auf das Grundstück gefahren war. Dabei hörte sie Beates Stimme, zuerst dröhnend, dann leiser, unterlegt von einem rauschenden Ton, der anschwoll, lauter wurde, sich schmerzhaft zuerst in Heides Ohren und anschließend in ihrem Kopf ausbreitete. Sie versuchte, ruhiger zu werden und das stechende Pochen in Hand und Kopf zu ignorieren. Ihr wurde schlecht. Möglicherweise, sann sie, während sie sachte einer Ohnmacht entgegenglitt, hatte sie sich beim Aufprall auf den Estrich eine Gehirnerschütterung zugezogen. Sicherlich musste sie sich gleich übergeben. Übelkeit, Erbrechen, Kopfschmerzen ... Sie hatte zwar einen Dickkopf, wie Dieter immer behauptete, aber er war schließlich nicht aus Stein ...

*

»Glaubst du ihm?«, fragte Michel, als Dieter und er nebeneinander zurück in den Vernehmungsraum gingen.

Dieter fuhr sich nachdenklich mit dem Zeigefinger über den Nasenrücken. Er war sich nicht sicher, ob man

Thomas Orthes glauben durfte. Seine Aussage deckte sich nicht mit dem Geständnis, dessen Absender angeblich Schöllen gewesen war. Wer war vergewaltigt und misshandelt worden? Alexandra Rosenbring oder ihre Zwillingsschwester Christina? Nach dem, was er soeben von Heide erfahren hatte, war es Alexandra gewesen.

Sie betraten den Raum, setzten sich wieder, und Michel schaltete erneut das Tonbandgerät ein.

»Herr Orthes, uns liegt die Information vor, dass auch Alexandras Zwillingsschwester Christina das Opfer einer Vergewaltigung wurde«, begann Dieter fast sanft, die Augen auf das Gesicht seines Gegenübers gerichtet.

Thomas Orthes schüttelte den Kopf. Er erwiderte Dieters Blick. Einen Moment spielte ein leichtes ironisches Lächeln um seine Mundwinkel, aber es verschwand ebenso schnell, wie es gekommen war. »Das Geständnis ist falsch. Das weiß ich sicher, denn es stammt von mir. Schöllen und Laxhoff haben nicht Christina vergewaltigt, sondern Alexandra. Ich habe ihren Namen nicht genannt, weil ich befürchtet habe, man könnte über ihre Identität eine Verbindung zu mir herstellen.«

Orthes schwieg und sah nachdenklich vor sich auf die Tischplatte. Er selbst hatte das erpresste Geständnis mit Schöllens erzwungener Unterschrift in den Briefkasten der Polizeiwache an der Georgstraße in Lingen eingeworfen, und eigentlich interessierte es ihn nicht, ob man ihm das glaubte oder nicht. Als er das Schreiben aufgesetzt hatte, war er noch davon ausgegangen, es könnte ihm gelingen, nach den Morden an Laxhoff und Schöllen weiterzuleben, als wäre nichts Besonderes geschehen. Das hatte er so lange gedacht, bis er in der Nacht, in der er Laxhoffs Leiche abgelegt hatte, einen Unschuldigen überfahren und getötet hatte …

Dieter beobachtete Orthes, wartete darauf, dass er weitersprach, und dachte an all die anderen Straftäter, die er schon vernommen hatte. Zu einigen von ihnen hatte er sofort den richtigen Draht gefunden, zu anderen mit etwas Mühe, aber es hatte auch Beschuldigte gegeben, bei denen es ihm nicht gelungen war, eine Verbindung herzustellen.

»Sie ist meine Verlobte.«

Dieter stutzte. Alexandra Rosenbring lebte nicht mehr, und Thomas Orthes nannte sie seine Verlobte. »Sie und Alexandra waren verlobt?«, fragte er vorsichtig, mit der Betonung auf dem Wort *waren*, während er die einzelnen Informationen noch einmal sortierte, um sie zu einem einheitlichen Bild zusammenzusetzen.

Orthes stierte auf die Tischplatte und erklärte mit einer Bissigkeit, die Dieter zuvor nicht an ihm wahrgenommen hatte: »Alexandra und ich sind verlobt. Daran hat auch ihr Tod nichts verändert.«

»Ich verstehe, Herr Orthes«, sagte Dieter. Er hatte die Tür zum Innenleben seines Gegenübers einen Spaltbreit geöffnet, registrierte er fast triumphierend. Hinter dessen vermeintlich zuvorkommender Art verbargen sich Erbitterung, Verzweiflung und Trauer.

»Wann erfuhren Sie, dass Schöllen und Laxhoff die Männer sind, die Ihre Verlobte vor nunmehr fast zwanzig Jahren misshandelten und vergewaltigten?«

»Alexandras Schwester Christina rief mich an«, erklärte Thomas. »Ihr war im Schwimmbad der obere Teil einer Tätowierung auf dem Rücken eines Mannes aufgefallen, die sie aus Alexandras Bildern kannte. Christina hat diesen Mann angesprochen und gefragt, wo er sich das Motiv habe stechen lassen. Darauf hat er sehr unwirsch reagiert.«

Thomas Orthes lehnte sich zurück und schloss die Augen. Christina war sehr aufgeregt gewesen. Ihre Angst war durchs Telefon zu ihm gekrochen, aber er hatte das Zittern in ihrer Stimme überhört und gehofft, es würde alles gut werden. Eine Stunde später waren sie und ihre Kinder tot gewesen, und auch dafür trug er die Schuld. Er setzte sich kerzengerade auf und zupfte nervös abwechselnd mit Daumen und Zeigefinger an dem weißen Baumwollstoff seines linken und rechten Handschuhs. »Ich habe auf Christina gewartet, Stunde um Stunde«, erklärte er. »Irgendwann kam Herr Heidmann und sagte mir, dass Christina und ihre Mädchen tödlich verunglückt waren.«

Diesen Moment, auch den Ausdruck der Trauer und der Verzweiflung in Volkers Gesicht, würde er niemals vergessen. Aber er hatte sofort gewusst, dass der Unfall nicht durch Christinas Nachlässigkeit geschehen sein konnte. Sie war immer eine umsichtige Autofahrerin gewesen und hatte seit längerer Zeit keine Medikamente mehr einnehmen müssen.

Thomas Orthes griff nach seiner Tasse, nippte an seinem Kaffee und stellte sie wieder zurück, ehe er erklärend fortfuhr: »Kurze Zeit später erfuhr ich, eine Zeugin habe ausgesagt, Christinas Auto sei von der Straße gedrängt worden. Aber es gab keine aussagekräftigen

Beweise, die darauf hindeuteten, dass tatsächlich ein zweites Fahrzeug in den Unfall verwickelt gewesen war. Also machte ich mich auf die Suche nach dem Tätowierten.« Er hatte jede freie Minute im Schwimmbad verbracht, und irgendwann hatte der Mann neben ihm unter der Dusche gestanden. Alexandra hatte das Tattoo in ihren Zeichnungen dermaßen exakt dargestellt, dass ihm schlecht geworden war, als er es auf Schöllens Körper entdeckt hatte. Er war zur Toilette gestürzt und hatte gekotzt, bis sein Magen leer gewesen war.

»Beschreiben Sie mir bitte die Tätowierung«, bat Dieter und räusperte sich. Er blickte auf, sah Michel an und fand in der Miene seines Kollegen die gleichen Gefühle, die auch in ihm gegeneinander ankämpften. Entsetzen und Unverständnis über die Verbrechen, deren Thomas Orthes sich beschuldigte, führten Krieg gegen das Mitleid mit einem Mann, dem das Schicksal den Boden unter den Füßen weggerissen hatte.

»Das Tattoo zeigte ein schwarz bestrumpftes Damenbein, am Fuß einen knallroten Pumps. Die Spitze des Schuhs wies auf Schöllens Steiß. Dass der Tätowierte so hieß, erfuhr ich aber erst später.«

Thomas Orthes blickte Dieter aus einem schneeweißen Gesicht an. Schweiß stand auf seiner Stirn. Als Dieter fragte, ob man eine Pause einlegen solle, winkte er ab: »Ich fragte Schöllen, ob diese Tätowierung eine bestimmte Bedeutung für ihn habe oder ob er sie sich lediglich habe stechen lassen, weil ihm das Motiv gut gefalle.«

»Und? Wie beantwortete Herr Schöllen Ihre Frage?«

Thomas stieß ein spöttisches Lachen aus, das man

ebenso gut als Schluchzer interpretieren konnte, und fuhr sich mit seinen behandschuhten Händen über die Wangen. »Schöllen sagte, das Frauenbein und der Schuh erinnerten ihn an seine Lehrerin, die er regelmäßig beim Sex in einem Cabrio beobachtet habe. Die Lehrerin und ihr Liebhaber hätten wohl nur gekonnt, wenn das Fräulein schwarze Strümpfe und rote Pumps trug und ein Bolero als musikalische Unterhaltung den Takt schlug.« Orthes verfiel in Schweigen. Er stützte die Ellenbogen auf und verbarg das Gesicht in seinen Händen.

»Sie sprachen soeben über Schöllens Lehrerin, die beim Sex im Auto schwarze Strümpfe und rote Pumps trug und dabei Bolero hörte«, nahm Dieter nach einer Weile den Faden wieder auf.

Orthes legte die Hände auf die Tischplatte und starrte, an Dieter vorbei, auf die Wand vor sich. »Alexandra hatte mir von diesem Bolero erzählt. Sie hat ihn gesummt, als ich sie nach der Tat nackt aus einem Graben zog.«

Er sprach nicht weiter, schlug stattdessen abwechselnd mit den Händen auf die Tischplatte. **TAM** Ta Ta Ta **Tam** Ta Ta Ta ... »Später«, schluchzte er plötzlich laut und ballte seine Hände zu Fäusten. »Später, als sie wieder zu Kräften gekommen war, hat sie diesen Bolero aus sich herausgebrüllt, hat mit ihren Fäusten im Takt dieser Musik auf alles und jeden eingeschlagen, der ihr nahe kam. **TAM** Ta Ta Ta **Tam** Ta Ta Ta ... Immer wieder und wieder!«

Dieter versuchte, sein Entsetzen zu verbergen. Er schluckte schwer, fragte sich einen winzigen Augenblick, wie er reagieren würde, wären Heide oder seine

Schwester betroffen, schob den Gedanken jedoch sofort weit von sich, weil er ihn jetzt nicht ertrug.

»Ich habe mich sehr lange mit Schöllen unterhalten und ihn ausgehorcht«, erklärte Orthes auf einmal überraschend gefasst und ruhig. »Schöllen erzählte, dass er mit Simone Buttenstett verheiratet sei und in Holte gerade ein Haus gebaut habe. Deswegen habe ich die Verbindung zu meiner alten Freundin Beate Buttenstett wieder aufleben lassen. Irgendwann hat Schöllen mir bei einer Flasche Wein von Gunnar Laxhoff erzählt. Er schämte sich für seinen Halbbruder, der bereits mehrere Jahre Knasterfahrung hatte.« Schöllen hatte ihm vertraut, dachte Thomas Orthes, und er hatte auf jeden Fall vermeiden wollen, dass Simone und Beate von Laxhoff erfuhren.

»Was unternahmen Sie dann?«, hakte Dieter nach.

»Ich erfuhr, dass Laxhoff mein zweiter Mann war, aber er war noch im Knast. Ich wollte beide, also musste ich warten«, erwiderte Thomas und schloss erneut die Augen. Er hatte sofort geahnt, dass es Laxhoff war, nach dem er suchte und von dem er in Alexandras Tagebuch gelesen hatte. Trotzdem hatte er sich Alexandras Bilder noch einmal angesehen und festgestellt, dass sie auf einem davon einen dicklichen Mann gezeichnet hatte, dessen Gesicht weder Mund noch Nase oder Augen besaß. Es hatte ausgesehen wie eine glänzende, kugelrunde Glatze. Irgendwann war er volles Risiko gefahren und hatte Schöllen gefragt, ob er Laxhoff ähnlich sehe. Der athletische Schönling Schöllen, mit seiner wunderbaren Haarpracht, hatte gelacht und ihm beschrieben, wodurch sich die Brüder rein äußerlich unterscheiden. Danach waren auch seine letzten Zweifel ausgeräumt.

Die Mörder sind unter uns, schoss es Dieter durch den Kopf, als er den Mann vor sich musterte. Sie tragen kein Mal, das sie verraten kann. Sie sehen uns an, und wir sind nicht in der Lage, sie zu erkennen, weil sie Menschen sind wie du und ich. Menschen, die ein Ereignis aus der Bahn geworfen hat, die ihre Bodenhaftung verloren haben. Schicksal? Fügung? Zufall? Eines ist gewiss: Die Zutaten, aus denen ein Mörder gemacht wird, kennt jeder von uns. Sie heißen Rachsucht, Neid, Habgier, Eifersucht, Hass. Es braucht nur einen kleinen Stoß. Und dann? Wer weiß.

»Schöllen hatte mir erzählt, wann Laxhoff aus dem Gefängnis entlassen wurde«, fuhr Orthes fort. »An dem besagten Tag habe ich vor dem Gefängnistor in meinem Wagen auf ihn gewartet, ihm Grüße von Schöllen bestellt und ihn aufgefordert einzusteigen. Wir sind nach Osnabrück gefahren. Schöllen hatte dort für seinen Bruder ein Hotelzimmer gemietet und Bargeld und Kleidung deponiert. Er hatte Laxhoff versprochen, ihm einige unbeschwerte Tage in Hamburg zu spendieren. Laxhoff hat das Geld aus dem Zimmer-Safe geholt und sich umgezogen.«

»Hat er Ihnen erzählt, wie viel Geld Schöllen dort deponiert hatte?«

»Nein! Er meinte, es sei genug, um sich damit einige vergnügliche Wochen zu machen, und auch, dass es Schöllen nicht weh tue, denn der habe genügend Schwarzgeld-Quellen.«

»Was geschah dann?«

»Ich habe ein Betäubungsmittel in sein Getränk gemischt und ihn, als er das Bewusstsein verloren hatte, zur Hütte an Wanners Karpfenteich gefahren. Dort habe ich ihn mit großer Mühe aus dem Auto gezerrt, ihn gefesselt und festgebunden. Ganz genauso, wie sie Alexandra festgebunden haben. Bis zu ihrem Tod mussten Laxhoff und Schöllen die Musik hören, die sie abspielten, während sie sich über Alexandra hermachten.« Thomas Orthes schloss die Augen. Er sah Laxhoff vor sich. Sie hatten miteinander auf die Freiheit angestoßen. Laxhoff war ausgelassen und sofort betrunken gewesen. Er hatte den grobschlächtigen Mann beobachtet, an Alexandra gedacht und einen Hass gefühlt, der ihn fast nicht atmen ließ.

»Wer hat Ihnen geholfen, Herr Orthes?«, fragte Dieter. Er überlegte, dass der Verdächtige ihnen ein Geständnis vorlegte, an dem es nichts zu rütteln gab. Eine saubere, unmissverständliche Aussage, über die Hauptkommissar Fuchs hochbefriedigt sein musste, die aber den Menschen Fuchs nicht froh sein ließ.

»Niemand hat mir geholfen.«

»Wer war Ihr Komplize?«

»Ich hatte keinen Komplizen!«

»Und dann? Was geschah danach?«

»Erschossen habe ich Laxhoff erst, nachdem er ein Geständnis abgelegt und mir erzählt hatte, was ich wissen wollte«, erklärte Orthes sachlich, mit einer ruhigen, gefassten Stimme. »Dann habe ich mir Schöllen auf die gleiche Art und Weise vorgenommen.«

»Sie haben beide Männer gezwungen, ein Verbrechen zu gestehen?« Gut und Böse lagen oft dicht nebeneinander, überlegte Dieter. Trotzdem war Selbstjustiz nicht zu rechtfertigen. Dessen war er sich gewiss. Nicht bei einer Marianne Bachmann, die in den Achtzigern den mutmaßlichen Mörder ihrer Tochter im Gerichtssaal erschossen hatte, und ebenso wenig bei Thomas Orthes.

»Es ist einfach, einen Menschen unter Druck zu setzen. Wasser ist eine starke Waffe, Herr Kommissar. Du verweigerst es, bis der Mensch spürt, dass der Tod kommt. Dann schenkst du es ihm, damit er dir das geben kann, was du von ihm haben willst. Kontrollierter Wasserentzug – sozusagen.«

Dieters Augen suchten im Gesicht seines Gegenübers nach Unsicherheit, Zweifeln, Scham oder Reue und fanden nichts davon.

»Sie sprechen über Folter, Herr Orthes!«, er fühlte, dass sein Mitleid mit dem Mann fast gewichen war und das Entsetzen über diese Form der Selbstjustiz überwog.

Orthes nickte. »Folter. Ja. So kann man es nennen. Auch Schöllen hatte das irgendwann begriffen.«

»Sie haben den Tod der beiden Männer bewusst in Kauf genommen?«, fragte Dieter, obwohl er die Antwort in der unbewegten Miene seines Gegenübers lesen konnte.

Thomas Orthes hatte ihren Tod nicht nur in Kauf genommen, sondern sie gefangen gesetzt, um sie zu töten. Auge um Auge, Zahn um Zahn. Er hatte Alexandras Mörder quälen wollen, wie sie Alexandra gequält hatten, damit sie sich ihrer Verbrechen erinnerten und Buße taten.

»Eines wollte ich nicht«, bekannte Tommy. »Ich wollte

keinen Unschuldigen töten, und genau das ist geschehen, als ich diesen Mann bei Haren überfahren habe. Ich habe ihn zu spät gesehen. Laxhoffs Leiche lag im Kofferraum des Wagens. Ich bekam Panik und gab Gas, machte mich davon, so schnell ich konnte. Dann habe ich Spuren fingiert, um den Verdacht auf Schöllen zu lenken. Ich wollte, dass man annimmt, Schöllen habe seinen Halbbruder erschossen und sich anschließend selbst getötet.«

»Warum wollten Sie den Verdacht auf Schöllen lenken?«, fragte Dieter, obwohl er die Antwort kannte.

»Ich dachte, ich könnte meiner Strafe entgehen«, erklärte Tommy. »Sie kennen doch den Brief, den ich verfasst habe, nachdem Schöllen bereits nicht mehr lebte.«

Als er seinen Plan ausgearbeitet hatte, war ihm ein großer Irrtum unterlaufen, gestand Thomas sich ein. Er war davon ausgegangen, dass er, nachdem er das Todesurteil über Alexandras Mörder als Richter gesprochen hatte, dieses Urteil als Henker mit ruhiger Hand und bedenkenlos vollstrecken und anschließend mit gutem Gewissen weiterleben würde.

»Warum haben Sie zwei Entwürfe des Briefes in den Altpapiercontainer geworfen, der in Schöllens Garage steht?«

Thomas Orthes stutzte und erwiderte bedächtig: »Dazu möchte ich mich nicht äußern.«

»Sie sagten, Sie hätten sich Schöllen vorgenommen, nachdem Sie Laxhoff getötet hatten. Können Sie uns das bitte genauer erklären?«

»Ich wusste, dass er am Montagmorgen in sein Meppener Studio fahren wollte. Ich habe mich rechtzeitig mit meinem Auto auf die Landstraße gestellt und eine Autopanne vorgetäuscht.«

»Würden Sie uns bitte auf der Karte zeigen, an welcher Stelle Sie auf ihn gewartet haben?«, fragte Dieter und schob Orthes dabei die Landkarte über den Tisch zu.

»Hier!« Thomas Orthes zeigte ohne zu zögern mit dem Zeigefinger auf eine Parkbucht wenige Kilometer vor Meppen an der B402.

»Was geschah dann?«

»Ich bat Schöllen, mich nach Hause zu fahren. Ehe er den Wagen starten konnte, habe ich ihm einen Schlag mit meiner Pistole verpasst. Er verlor sofort das Bewusstsein.«

»Wo befindet sich die Waffe jetzt?«

»Als sie ihren Dienst getan hatte, habe ich sie in die Ems geworfen.«

»Sie sagten, er habe sofort das Bewusstsein verloren.«

Thomas nickte. Er zog die Handschuhe aus und spreizte demonstrativ die Finger. »Schauen Sie sich diese Hände an. Sie sind wund, sie schmerzen, aber es sind die Hände eines Mörders.«

Dieter blickte Orthes schweigend an und wartete.

»Ich bin zum Karpfenteich gefahren, habe den Mann in die Holzhütte geschleppt, festgebunden und misshandelt, bis er gestanden hatte«, erklärte Orthes. »Bis ihm klar wurde, welches Verbrechen auf seiner Seele lastete. Bis er wusste, dass er wegen eines Spieles sterben würde, das er und sein Bruder *Puppenfangen* nannten. Ein grausames Spiel, mit dem sie Alexandras Seele ermordet haben und indirekt auch die ihrer Zwillingsschwester Christina.«

»Wer hat Ihnen bei der Ausübung dieser Taten geholfen, Herr Orthes? Nennen Sie uns den Namen Ihres Komplizen! Es gibt keinen Grund, die Verantwortung allein zu übernehmen.«

»Mir hat niemand geholfen.«

»Ich möchte Sie nicht beleidigen, Herr Orthes. Aber Herr Schöllen und Herr Laxhoff waren um einiges größer und kräftiger als Sie. Wie haben Sie die schweren Körper allein transportiert?«

»Ich habe sie nicht getragen. Ich habe so lange an ihnen gezogen und gezerrt, bis sie endlich in der Hütte lagen. Es war mühselig, aber ich hatte Zeit, und die habe ich mir auch genommen.«

»Wo haben Sie Laxhoffs Leiche aufbewahrt, als Sie Schöllen in der Hütte festsetzten?«

»Neben der Hütte befand sich eine Art Geräteschuppen.«

»Sie haben Laxhoff dort also sozusagen zwischengelagert?«

Thomas nickte. »Sie werden weder den Schuppen noch die Hütte finden. Um jegliche Spuren zu vernichten, habe ich, nachdem Schöllen tot war, einige Kanister Benzin ausgegossen und anschließend alles angezündet. Der Tatort, Herr Kommissar, besteht jetzt lediglich aus ... Wie sagt man? Aus Schutt und Asche.«

»Über den Brand hat man uns informiert.«

»Wissen Sie, was mich Schöllens Geständnis gekostet hat? Etwas Mühe und einige Flaschen Wasser. Sein Bruder hat sich ähnlich teuer verkauft. Bevor ich Schöllen erschossen habe, hat er mir gestanden, dass er nichts von Alexandras Zwillingsschwester wusste. Er hat Christina mit seinem Wagen von der Straße gedrängt, weil er annahm, sie sei Alexandra, diejenige, mit der sein Bruder und er *Puppenfangen* gespielt hatten. Dabei hatten sie Alexandra schon viele Jahre zuvor umgebracht. Laxhoff und Schöllen hatten sie ermordet, ohne es zu bemerken, und sie haben damit nicht nur mein Leben zerstört. Schöllen hat Christina und Bine und Suse auf dem Gewissen, und er ist verantwortlich für Marianne und Richards Unglück.«

»*Puppenfangen*?«, fragte Dieter.

»Es hat lange gedauert, bis Schöllen bereit war, mir die Regeln dieses Spiels zu erklären. Wissen Sie, wie es funktioniert, Herr Kommissar? Dieses Spiel, dem die Brüder den Namen *Puppenfangen* gaben?«

»Nein.«

»Möchten Sie es erfahren?«

»Ja.«

»Zwei Männer fahren stundenlang mit ihrem Auto durch die Gegend. Sie sind auf der Suche nach einer Frau. Sie sind anspruchsvoll, diese Männer. Die Frau muss verschiedene Kriterien erfüllen. Sie muss jung und schlank sein, mit langen Beinen, einer schmalen Taille, kleinen Brüsten und blonden Haaren, die mindestens bis zur Schulter reichen. Goldhaar, nannte Schöllen es. An manchen Tagen, sagte Schöllen mir, wurden sie nicht fündig. Dann legten sie sich schlafen und setzten ihr Spiel eben am nächsten Tag fort. Wenn sie diese Frau, die sie *ihre Puppe* nannten, entdeckt hatten und die Umgebung es zuließ, stoppten sie das Auto, stiegen aus und gaben alles daran, dass die Puppe Angst bekam. Das Spiel funktionierte nur, wenn sie sich in Bewegung setzte und vor ihnen weglief. Denn Spaß machte nicht nur das anschließende Einfangen, Vergewaltigen und Quälen, Freude bereitete ihnen besonders die Jagd. Sie wurde so lange wie möglich ausgedehnt und endete erst, wenn das Opfer vor Erschöpfung keinen Fuß mehr vor den anderen setzen konnte und sich ihnen kampflos und um Gnade bettelnd ergab.« Thomas Orthes wandte sich an seinen Anwalt. »Gibst du ihnen bitte meine Aufzeichnungen, Volker?«

Dr. Heidmann öffnete seine Aktentasche, entnahm ihr einen Umschlag und reichte ihn Dieter. »Herr Orthes hat die Orte und die Daten, an denen die Brüder nach Herrn Schöllens Angaben *Puppenfangen* gespielt haben, notiert. Möglicherweise liegen Anzeigen dazu vor. Es handelt sich um mehrere Delikte, die zwischen 1992 und 1995 stattgefunden haben sollen.«

Thomas Orthes blickte Dieter direkt in die Augen und sagte knapp: »Es ist gut, dass ich sie getötet habe. Ich bereue es nicht. Aber ich werde mich dafür einsperren lassen, weil der Mensch, der ich war, ehe sie Alexandra umbrachten, mir sagt, dass ich nicht Richter und Henker sein darf.«

*

Auf Dieter warteten zwei neue Nachrichten, als er aus dem Vernehmungsraum kam. Die erste war von seinem Kollegen Friedrichs, der ihm mitteilen ließ, man habe in Wanners Karpfenteich eine interessante Entdeckung gemacht. Von seinem Kollegen Torben erfuhr er, dass eine Frau Isabel Steinen bereits am frühen Nachmittag zu einem Rundumalarm aufgerufen hatte, weil ihre Freundin, Frau von der Heide, wie vom Erdboden verschluckt sei. Daraufhin versuchte Dieter erfolglos, Heide auf ihrem Handy anzurufen, telefonierte mit einer aufgebrachten, übernervösen Helen und einer weinerlich klingenden Isabel, warf einen Blick auf seine Armbanduhr und stellte entsetzt fest, dass seine Schöne nunmehr länger als drei Stunden nicht zu erreichen war. Ihn quälte der Gedanke, dass er etwas Wesentliches übersehen haben könnte. Er bat Anton, die Unfallberichte des Tages einzusehen, alle Daten noch einmal zu überprüfen und ihn umgehend zu benachrichtigen, falls irgendwelche Meldungen eingingen, die auch nur im Entferntesten in einem Zusammenhang mit seiner Lebensgefährtin, Frau von der Heide, stehen konnten. Tatsächlich erging es ihm wie den Familienangehörigen und Freunden, die sich auf der telefonischen Suche nach Heide befanden. Auch er konnte sich beim besten Willen nicht vorstellen, dass sie eine Einladung zu Celias Geburtstagsbrunch vergessen hatte, zumal er sie noch darauf angesprochen hatte, als sie miteinander telefonierten.

Ehe er sich mit Michel auf den Weg nach Holte machte, versuchte er erneut, einen Kontakt zu *Miss Marple* herzustellen, und setzte sich, als ihm das nicht gelang, noch mal mit der Detektei in Verbindung. Helen erklärte ihm unwirsch, er wisse doch, dass sie Heide nicht erreichen könne und deswegen bereits ganz kribbelig sei. Es müsse etwas Unerwartetes geschehen sein, denn für den Vormittag sei lediglich ein Familienbrunch im Kalender eingetragen. Genau das habe sie schon dem Vater, der Schwägerin, dem Bruder und der Freundin ihrer Chefin erklärt, und ein jeder von ihnen sei genauso beunruhigt wie sie selbst. Außerdem sei sie sehr verwundert, dass auch er nicht wisse, wo Heide sich aufhalte. Dieter räusperte sich, während Helen sprach, und legte den Hörer auf, ohne ihr zu antworten. Er wusste, dass seine Stimme die Angst um Heide verraten würde.

*

Heide lag noch immer auf dem Steinboden, als sie wieder zu sich kam. Ihr Kopf schmerzte mehr als zuvor. Sie erblickte eine in Nebel eingetauchte Beate, hinter Beate die verschwommenen Umrisse eines Regals und auf den schiefkantigen Regalbrettern ineinander gewachsene Weckgläser. Ihre Hand, auf der Beates Fuß gestanden hatte, bevor die Ohnmacht sie wohltätig ins Reich der Schlafenden geschickt hatte, war jetzt mit einer Paketschnur an einem Heizungsrohr festgezurrt. »Warum machst du das?«, fragte sie leise und wunderte sich, dass jedes ihrer gesprochenen Worte doppelt und dreifach durch den Kellerraum hallte. »Du hast mich gebeten, dir zu helfen. Warum, Beate?«, flüsterte sie bemüht, die Stimme zu ignorieren, die jeden gesprochenen Satz in ihrem Kopf wiederholte. Dabei bewegte sie verzweifelt ihre Handgelenke, um die Schlinge zu lockern. »Ich begreife es nicht.«

»Das musst du nicht«, antwortete Beate. »Du bist unwichtig, eine Fliege, lästig, nicht mehr.«

Heide schloss die Augen, während ihre Gedanken

begannen, Karussell zu fahren. Beate drehte sich um, verließ den Kellerraum, kam aber sofort mit einem Stuhl in beiden Händen wieder zurück.

Sie stellte den Stuhl vor Heides Füße, achtete dabei auf einen größeren Sicherheitsabstand, setzte sich, richtete die Pistole wieder auf sie und kicherte: »Die dumme Beate ist vielleicht schlauer, als du denkst.«

»Warum hast du mich angerufen und um meine Hilfe gebeten, Beate?«

»Wann habe ich dich angerufen?«, fragte Beate kühl, mit einem ironischen Lächeln um die Mundwinkel.

»Am Mittwochabend!«

»Wann genau?«

»Etwa um halb zwölf. Dieter und ich schliefen bereits«, erwiderte Heide und dachte, jetzt ist sie vollkommen irre geworden.

»Da bist du dir ganz sicher? Von wo aus habe ich dich angerufen und womit?«

»Ich weiß es nicht, aber das ließe sich feststellen. Ich denke, du warst in deinem Haus, vielleicht auch bei Thomas Orthes. Ich habe Musik gehört, ich habe seine Stimme gehört. Ich glaube, er hatte dir einen Tee gemacht.«

»Das würdest du vor jedem Gericht der Welt aussagen?«

»Ja, ich denke schon.«

»Siehst du, du bist gut! Hast ein tolles Gedächtnis!«

Allmählich gewann Heide Klarheit, diffuse Gedankengänge lichteten sich und bekamen eine Ordnung. Sie zerrte heftig mit ihrem Handgelenk an der Schnur, musste aber zu ihrem Leidwesen feststellen, dass die

Schlaufe sich mit jeder Bewegung fester zusammenzog und tiefer in ihre Haut einschnitt. »Was ist an diesem Mittwoch, etwa um halb zwölf in der Nacht, geschehen, Beate?«, fragte sie und verfluchte insgeheim ihre Neugierde. Sie wusste durchaus, dass mit jeder zusätzlichen Information, die Beate ihr anvertraute, die Chance, aus dieser unsäglichen Angelegenheit unbeschadet herauszukommen, sich um ein Vielfaches verringerte.

Beate lachte. »Wir haben miteinander telefoniert! Du und ich! Das hast du selbst eben gesagt. So! Jetzt weißt du es. Für mich ist das Thema Thomas Orthes erledigt. Für ihn gehe ich nicht in den Bau.«

Heide schloss die Augen und lehnte den Kopf gegen das Heizungsrohr. Sie hatte entsetzliche Kopfschmerzen, ihr war übel, und obwohl sie sonst beim kleinsten Luftzug fror, merkte sie jetzt, dass ihre Bluse klatschnass war. Schweiß rann ihr die Achselhöhlen hinunter, kroch ihr von den Haaren bis in den Nacken und klebte an ihrem Gesicht.

»Ich hatte angenommen, es geht ihm besser, wenn er mit Alexandras Vergewaltigern abgerechnet hat. Ich habe alles für ihn getan. Wenn er sie gerächt hat, muss sie ihn freigeben, dachte ich. Dann kann er mich endlich lieben. Doch die Morde haben nichts verändert. Tommy hat ihr Rosen aufs Grab gelegt, als Schöllen und Laxhoff schon nicht mehr lebten.«

»Stell dich der Polizei, Beate!«

»Du bist irre.«

»Warum hast du ihm geholfen?«

»Ich habe ihn geliebt. Mehr als jeden anderen Menschen. Aber er hat mich betrogen. Weißt du, wie man sich fühlt, wenn man in jeder Nacht, an jedem Tag, immer und immer wieder von dem Menschen, den man über alles liebt, mit einer Toten betrogen wird? Weißt du, wie ich mich gefühlt habe, wenn er mich seine Nymphe genannt hat?«

»Nymphe?«

»Alexandra war seine Nymphe. Immer nur Alexandra, Alexandra, Alexandra. Zum Kotzen war das. Mir wurde speiübel, wenn er über sie gesprochen hat! Er war schon verrückt nach ihr, als wir Kinder waren. Immer hockten sie zusammen, die vier. Richard und Christina und Alexandra und Tommy. An die kam ich nicht ran, ich hab das einfach nicht geschafft, ganz gleich, wie viel Mühe ich mir gegeben hab. Ich stand außen vor!« Beates Stimme hatte einen anderen Klang bekommen. Sie wirkte jetzt weinerlich und fast wie die eines Kindes. »Simone hat mich auch verraten«, sagte sie.

Heide sah, dass sich Beates Augen mit Tränen füllten. »Deine Schwester hat dich verraten? Ihr habt euch doch immer sehr gut verstanden«, entgegnete sie perplex.

»Sie wollte mich allein zurücklassen und mit Richard und den Kindern klammheimlich verschwinden. Dabei weiß sie ganz genau, wie viel Richard mir früher einmal bedeutet hat, und sie weiß auch, dass ich meine Jugend für sie geopfert habe, als unsere Mutter gestorben ist.« Beate wischte sich mit einer ungelenken Handbewegung die Tränen aus dem Gesicht. »Auch für sie hatte ich mir eine gerechte Strafe überlegt.«

»Was willst du damit andeuten?«, fragte Heide angsterfüllt. »Du hast doch nicht etwa –?«

»Blödsinn«, unterbrach Beate sie. »Ich will nicht mehr

über Simone sprechen.« Sie presste die Lippen aufeinander und starrte auf Heides Beine. »Ich dachte, sie würde wegen der Briefbögen in ihrem Altpapiercontainer zumindest eine Nacht im Knast verbringen, aber ich habe mich geirrt.«

»Ich begreife nicht!«

»Du hast noch nie irgendetwas begriffen!«, sagte Beate leise. »Ich liebe meine Schwester.«

Es musste ihr gelingen, Beates Stimmungsumschwung auszunutzen. Beate war traurig, enttäuscht und unglücklich. Sie benahm sich wie ein kleines verzweifeltes Mädchen. Heide musste sie davon überzeugen, dass es besser war, die Pistole beiseitezulegen und sich der Polizei zu stellen.

»Sie haben sich Alexandra gemeinsam vorgenommen. Schöllen und Laxhoff. Sie haben sie eingesperrt und schlimme Sachen mit ihr gemacht. Sie hat mir nie Einzelheiten erzählt. Sie hat gar nicht mehr gesprochen. Sie fand es wohl besser, sich umzubringen.«

»Ich kann verstehen, dass du ihren Vergewaltigern nicht verzeihen konntest. Sie war schließlich deine Freundin«, erwiderte Heide einfühlsam.

»Alexandra war damals schon seit langem nicht mehr meine Freundin. Es ging mir nie darum, sie zu rächen oder Vergeltung zu üben. Sie hat mir schließlich Tommy genommen. Genauso, wie Christina mir Richard genommen hat und ihn danach Simone für sich haben wollte«, erklärte Beate und fuchtelte dabei unentwegt mit der Pistole dicht vor Heides Gesicht.

»Ja, ich verstehe dich sehr gut«, sagte Heide behutsam und las sofort in Beates Miene, dass diese Bemerkung das Gegenteil von dem bewirkte, was sie sich von ihr erhofft hatte. Unbändige Wut spiegelte sich in ihren Augen, in ihrem Gesicht, in der Körperhaltung und in den wild gestikulierenden Händen.

»Du verstehst nichts«, schrie sie. »Du kannst nicht wissen, wie es ist, wenn der Mann, den du liebst, sich hinter deinem Rücken mit seiner toten Geliebten unterhält. Was weißt du schon? Dir ist doch immer alles in den Schoß gefallen! Gegen eine Tote kannst du nicht ankämpfen! Begreifst du das nicht? Gegen die hast du keine Chance. Du verlierst immer, egal, wie viel Mühe du dir gibst.«

»Entschuldige bitte, Beate. Das habe ich nicht gewusst. Ich habe nicht ahnen können, wie sehr du unter der Situation gelitten hast«, entgegnete Heide. Sie wies mit dem Kopf auf die Waffe und fragte ruhig: »Ist das die Pistole, mit der Schöllen und Laxhoff erschossen wurden?«

Beate nickte. »Ich habe sie Tommy weggenommen, weil ich dachte, er würde sich damit umbringen. Stattdessen ist er zu seiner Tante gerannt, die ist nämlich für ihn so was wie eine Heilige. Sicherlich hat er sich bei ihr ausgeheult, dieser Waschlappen. Wahrscheinlich hat sie ihn geradewegs zur Kripo geschickt, damit er seine Sünden dort beichtet. Aber mich sperrt niemand ein.« Beate lachte. »So und jetzt zu dir, mein Schätzchen.«

»Binde mich los! Bitte. Ich helfe dir. Soll ich dich zu einem Flughafen fahren oder zu einem größeren Bahnhof? Nach Münster oder nach Osnabrück?«

»Das schaff ich allein. Du bleibst hier.« Beate drehte Heide den Rücken zu, schob die Waffe in ihre Rocktasche, nahm erst eins, danach ein zweites Weckglas aus dem Vorratsregal und stellte sie nebeneinander vor Heides Füße. »Hier! Ich bin großzügig, damit du nicht verhungerst oder verdurstest, wenn du allein bist, spendiere ich etwas vom Eingemachten. Die Erdbeeren kann ich dir empfehlen. Stammen noch aus guten Zeiten. Meine Mutter hat alles in Weckgläser gestopft, was in unserem Garten das Köpfchen aus dem Erdboden steckte. Wenn du dir etwas Mühe gibst, schaffst du es, die Gläser zu öffnen. Ich würde sie auf den Estrich werfen, dann sind sie mit Sicherheit kaputt. Oder fallen dir andere Möglichkeiten ein, den Deckel vom Glas zu bekommen? Du weißt doch immer alles besser, du Superschlaue. Selbstverständlich musst du zuerst deine Hände frei kriegen, Frau Detektivin, und das wird dauern.«

»Binde mich bitte los, Beate.«

»Und dann? Was geschieht dann?«

»Ich warte – ich lass dir einen Vorsprung, ehe ich das Haus verlasse. Ich verspreche es dir!«

»Du bist irre«, schrie Beate. »Du bist absolut irre! Nimmst du tatsächlich an, dass du so einfach davonkommst?«

Sie bückte sich, hob eines der Weckgläser auf, warf es Heide schwungvoll vor die Füße und kicherte hysterisch, als es laut scheppernd zerbrach. Eine rote, dickflüssige Masse, in der ein paar Früchte schwammen, breitete sich auf dem Estrich aus. Beate bückte sich ein zweites Mal, nahm das andere Glas und ließ auch dieses fallen. Es zersprang, ebenso laut klirrend wie das erste.

Heide hatte schützend ihr Gesicht auf die Oberarme

gedrückt und wartete einen Moment, ehe sie aufsah. Dickflüssiges, dunkelrotes Pflaumenkompott hatte sich mit Erdbeeren und Saft vermischt. Eine unappetitliche, breiige, stinkende Pfütze, in der Glasscherben glitzerten, breitete sich auf dem Estrich aus. Heide begann zu frieren und wunderte sich darüber. Hatte sie nicht noch vor wenigen Minuten ihren Angstschweiß gefühlt? Und jetzt? Was fühlte sie jetzt? Todeskälte?

*

Als Dieter und Michel am Abend den Sandweg, der zu Wanners Wochenendgrundstück führte, erreichten, trug ihnen ein leichter Wind schon den Brandgeruch, der noch immer in der Luft lag, entgegen. Sie streiften sich weiße Schutzanzüge und Schuhschützer über und gingen die letzten Meter zu Fuß. Michel hatte während der Fahrt durch den Hümmling die bisher erfolglose Suche nach Heide mit keinem Wort erwähnt, und dafür war Dieter ihm dankbar. Das gutgemeinte Schulterklopfen einiger Kollegen und die Bemerkung, es sei verfrüht, sich Gedanken zu machen, beruhigten ihn keineswegs. Er kannte Heide gut genug, um zu wissen, dass er sich durchaus Sorgen machen musste. Es war nicht ihre Art, mehrere Stunden abzutauchen, ohne irgendjemandem mitzuteilen, wo sie sich aufhielt. Falls das allerdings geschehen war und sie sich aus irgendwelchen banalen Gründen nicht gemeldet hatte, dachte er hoffnungsvoll, würde er einen Streit vom Zaun brechen, der jede vergangene Auseinandersetzung zwischen ihnen in den Schatten stellte.

Karel Friedrichs hatte das Gelände zwar weiträumig absperren lassen, doch vor den rot-weißen Absperrbändern tummelten sich mehrere Personen. Manche unterhielten sich leise, andere schwiegen betreten. Vermutlich hatte die Neuigkeit, der Apotheker Orthes habe zwei Morde gestanden und eines seiner Opfer in Wanners Karpfenteich versenkt, bereits im Dorf für allerhand Aufregung gesorgt. Michel blieb vor der Brandruine stehen und betrachtete die kärglichen Überreste, die das Feuer hinterlassen hatte. Während der Vernehmung hatte er das Bild einer baufälligen Holzbude vor Augen gehabt, die von schwarz-braunem Ruß überzogen war. Jetzt musste er feststellen, dass dort, wo das Häuschen einmal gestanden hatte, lediglich das Steingerüst eines schiefen Kamins aus einem verkohlten, flachen schwarzen Bretterhaufen ragte.

Vor mehreren hochgewachsenen Eiben, die eine dichte Hecke bildeten, hockten zwei von Friedrichs' Leuten, die Blicke auf den Erdboden vor sich gerichtet. Auf dem begrünten Uferbereich des Teichs lag – mit einer blauen Plane abgedeckt – ein längliches Paket. Zwei Taucher saßen, noch mit feucht schimmernden Neoprenoveralls bekleidet, neben ihren Sauerstoffflaschen und unterhielten sich mit Karel Friedrichs.

Friedrichs brach das Gespräch ab, als er Dieter und Michel bemerkte, und kam ihnen entgegen. Er wies auf die blaue Plane. »Unser Doktor hat ihn sich bereits angesehen. Der Tote lag schon seit einigen Tagen im Wasser. Dem äußeren Anschein nach wurde er erschossen.«

»Es ist Schöllen?«

»Davon können wir ausgehen. Der Gemeindepfarrer hat ihn identifiziert. Er hat Schöllens Kinder getauft, daher kennt er ihn.«

»Schon was Neues gehört? Konntest du Frau von der Heide erreichen, Dieter?«

»Wir haben lediglich erfahren, dass sie heute Morgen gegen halb acht in der Parkpalette am Nordhorner Busbahnhof gesehen wurde«, sagte Michel, als er sah, dass Dieter lediglich den Kopf schüttelte und nicht gewillt war zu reden.

»Sie hat dir nicht erzählt, was sie sich für den Tag vorgenommen hatte?«, wandte Karel Friedrichs sich erneut an Dieter.

»Nein«, erwiderte Dieter knapp. Er wollte keine detaillierten Erklärungen über Heides geplanten Tagesablauf abgeben. Er wollte überhaupt nicht mit irgendjemandem über sie sprechen, der sie gar nicht oder kaum kannte. Er wollte in Ruhe seine Arbeit machen, weil es die einzige Beschäftigung war, die ihn wenigstens zeitweilig ablenkte und ihn nicht vor Sorge um Heide wahnsinnig werden ließ. Außerdem meinte er zu wissen, dass ihr Verschwinden in einem Zusammenhang mit diesem unglückseligen Doppelmord stand. Bereits in der Nacht vor seiner Abreise nach Hannoversch Münden, die er nach ihrem Streit allein auf Heides Wohnzimmercouch verbracht hatte, hatte er gewusst, dass Frau Buttenstetts Anliegen in den Händen der Polizei am besten aufgehoben war. Deshalb war er so unbeschreiblich wütend gewesen. Außerdem hatte er sich gefragt, weswegen Heides Bekannte sich nicht früher gemeldet hatte. Ihr Schwager war schließlich bereits am Montagabend nicht nach Hause gekommen. Abgesehen von diesen zeitlichen Ungereimtheiten riss ein rücksichtsvoller Mensch nicht zu nachtschlafender Stunde seine Mitmenschen wegen einer Angelegenheit aus dem Schlaf, die bis zum nächsten Morgen warten konnte. Auch Heide hatte nichts – tatsächlich gar nichts – auf die Schnelle unternehmen können. Hatte er nicht von vornherein geahnt, dass die Vermisstensache Schöllen ihnen nur Ärger einbringen würde? Warum nur war Heide der Bitte einer Person nachgekommen, die ihm selbst bereits auf den ersten Blick mehr als unsympathisch gewesen war? Nie würde er begreifen, was eine warmherzige, lebensfrohe Frau, wie Heide es zweifelsohne war, mit einer Beate Buttenstett verband, die einen kühlen, unzufriedenen, mürrischen Eindruck bei ihm hinterlassen hatte.

»Hat Torben ihr Handy orten lassen, Dieter?«, bohrte Karel unerbittlich weiter.

»Torben hat es versucht, aber es ist wohl nicht eingeschaltet«, erwiderte Michel für ihn.

»In so einer Situation ist man hilflos«, brummelte Friedrichs. »Mir tut das wirklich leid, Dieter. Dir sind praktisch die Hände gebunden, und das ist schwer zu verkraften. Grade für jemanden wie dich, der es gewohnt ist, immer die Initiative zu ergreifen, muss das unerträglich sein. Warte mal in Ruhe ab. Manche Dinge klären sich wie von allein.«

Schwierige Situationen klärten sich nicht von allein, dachte Dieter erbost. In schwierigen Situationen musste der Mensch handeln, wenn sich ihm dazu die Möglichkeit bot. Und momentan sah es so aus, dass er nicht handeln konnte, hilflos war. Bisher hatte er in seinem Leben erst ein Mal diese bitterböse Erfahrung machen müssen. Damals war sein Vater einige Monate sehr krank gewesen und an dieser Krankheit gestorben. Nicht an den Tod denken, wies er sich zurecht. Heide ist vom Sterben so weit entfernt wie der Mond von der Sonne. Sein Magen fühlte sich an, als hätte er zum Frühstück einen Stein verschluckt.

»Irgendjemand muss Orthes geholfen haben, aber er gibt an, er habe keinen Komplizen gehabt«, sagte Michel.

Komplizen, überlegte Dieter. Hatte Heide ihm wirklich alles, was sie in der Sache Schöllen erfahren hatte, erzählt? Unglückseligerweise neigte sie dazu, ihm die wichtigsten Ergebnisse ihrer Recherchen erst einmal zu verschweigen, um sie dann zu gegebener Zeit gegen sein Wissen einzutauschen. Was, wenn Schöllen einen Komplizen gehabt hatte und Heide ihm in die Hände …? Als er plötzlich die Grabstätte der Familie Rosenbring vor sich sah und Heide, wie sie die bedruckte Schleife anhob, atmete er ruhig ein und aus und schob das Bild sofort beiseite. Stopp! Nicht weiterdenken! Er fuhr sich mit der Hand über die Stirn und steckte sie sofort zurück in seine Hosentasche, weil er merkte, dass es ihm nicht gelang, sie ruhig zu halten. Ihm war entsetzlich heiß, dabei war es nicht warm. Warum schwitzte er? Vielleicht wurde er krank. Warum sah Friedrichs ihn so merkwürdig an?

Dieter wich dem Blick seines Kollegen aus, starrte auf die blaue Plane, mit der man Schöllens Leichnam abgedeckt hatte, und wünschte sich, dass dieser entsetzliche Tag bald vorbei wäre oder dass sein Handy endlich klingelte und Heide sich meldete. Eine Autopanne! Wahrscheinlich hatte sie eine Autopanne gehabt. Ihr Golf hatte bereits bessere Zeiten gesehen. Quatsch, rief die Vernunft. Sie hätte dich angerufen oder sich bei Celia gemeldet. Es ist etwas Entsetzliches geschehen, und du stehst hier untätig herum und vergeudest kostbare Zeit!

»Nun, zumindest seine Aussage, wir würden Schöllens Leichnam im Teich finden, entspricht den Tatsachen«, sagte Friedrichs.

»Ist euch sonst noch irgendetwas Interessantes in die Hände gefallen?«, fragte Michel.

»Ja!«, antwortete Friedrichs. »Am Rand der Hecke konnten wir eine Geldbörse sicherstellen. Will ich dem Ausweis Glauben schenken, der sich darin befindet, dann gehört sie einer Frau Beate Buttenstett.«

Warum verlor Frau Buttenstett hier am Teich ihre Geldbörse, dachte Dieter, ehe seine Phantasie zu arbeiten begann, er begriff und das mögliche Geschehen – ähnlich wie in einem Film – vor seinen Augen ablief. Sein Herz begann so schnell zu schlagen, dass er meinte, es müsste ihm den Brustkorb sprengen. Er nahm die Hände aus den Hosentaschen und verließ mit weit ausholenden Schritten den Randstreifen des Teiches, begann zu rennen und rief nach Michel. Der Verkehrsunfall, dröhnte es in seinem Kopf. Ein Mann wurde getötet. Der Fahrer beging Fahrerflucht. Etwa zur gleichen Zeit rief Beate Buttenstett in Osnabrück an und bat Heide um ihre Hilfe. Sie hatte ihrem Freund Thomas Orthes ein Alibi verschaffen wollen. Hatte sich benommen, als wäre er bei ihr, als sie mit Heide telefonierte. »Sie ist es! Sie ist *der Komplize*, über dessen Identität ich mir unentwegt den Kopf zerbrochen habe.«

*

Als Heide aufwachte und die Augen öffnete, begriff sie zuerst nicht, was geschehen war und wo sie sich befand. Ihre Mundhöhle war ausgetrocknet, auf ihrer Zunge klebte ein pelziger, eklig schmeckender Belag, ihre Lippen waren rissig und geschwollen, und ihr Schädel fühlte sich an, als hätte sie nächtelang durchgefeiert und viel zu viel Alkohol getrunken. Eine Deckenlampe mit einem rundum laufenden Schutzgitter warf ein armseliges Licht auf die raue Brettstruktur einer niedrigen Betondecke. Heide hob ihren Kopf leicht an, sah die unteren Holzböden der Vorratsregale und die pedantisch in Reih und Glied stehenden Weckgläser auf den Regalböden und wusste ganz plötzlich Bescheid. Sie lag auf dem Estrichboden eines Vorratskellers, vor einer stinkenden, rotbraunen Obstpampe und unzähligen Glasscherben. Ihre Bluse war klatschnass. Sie fror, bemerkte, dass ihre Handgelenke fast noch mehr schmerzten als Arme, Kopf und Beine, und registrierte, dass sie noch immer am Heizungsrohr festgebunden war und die Paketschnur einen brennenden, wunden Ring um ihre Handgelenke gezeichnet hatte. Sie erinnerte sich daran, dass Beate ihr, nachdem sie die Weckgläser auf den Fußboden geworfen hatte, gewaltsam eine wasserähnliche Flüssigkeit eingeflößt hatte. Als Heide den größten Teil davon sofort wieder ausgespuckt hatte, war Beate sehr wütend geworden und hatte ihr zwei Mal mit der flachen Hand ins Gesicht geschlagen.

›Aufs Maul‹, hatte sie dabei gebrüllt. ›Dann haue ich dir eben eine aufs Maul, du Angeberin. Das kann ich gut. Ich hab es mir bei meinem Vater abgeguckt und weiß, wie weh das tut.‹ Nach ihrem entsetzlichen, furchteinflößenden Wutausbruch war Beate gegangen. Sie hatte an dem altmodischen Drehschalter das Licht ausgeknipst und es erst wieder eingeschaltet, als Heide zuerst laut schrie und schimpfte und sich dann – weil Schimpfen und Fluchen nicht zum Ziel führten – aufs Bitten und Betteln verlegte. Sie hatte so lange gefleht, bis die armselige Funzel unter lautem Gelächter wieder angeknipst wurde.

In diesem alten, ländlich gelegenen Gebäude wohnten sicherlich viele Tiere. Mäuse – Mäusefamilien – Mäusedynastien –, Mäusephobie – dachte Heide. Ihr älterer Bruder Christian hatte vor vielen Jahren eine Feldmaus in einen ihrer Gummistiefel gesetzt und den Schaft mit dem anderen Stiefel verschlossen. Als die fünfjährige Heide ihren Fuß in die nächtliche Mausunterkunft geschoben hatte, war das verschreckte Tierchen herausgesprungen, hatte dem kleinen Mädchen einen Wahnsinnsschrecken eingejagt und ihr damit die Gattung der Mäuse insgesamt für immer verleidet. Seither ekelte sie sich vor keinem Tier mehr als vor einer Maus. Sie stützte sich, so gut es ging, auf dem rechten Ellenbogen ab und ließ den Blick durch den Kellerraum gleiten. Das Licht schützte sie zwar nicht vor den verhassten Vierbeinern, aber falls sie tatsächlich auftauchten, konnte Heide sie im Hellen wenigstens sehen und sie möglicherweise sogar vertreiben.

Sie war entsetzlich müde. Wahrscheinlich hatte Beate ihr irgendein Schlafmittel eingeflößt, von dem sie zwar einen großen Teil ausgespuckt hatte, aber eben nicht alles. Sie legte den Kopf zurück auf den Steinboden und fragte sich, wie viele Stunden sie bereits in dem Keller festgehalten wurde. Gleichzeitig musste sie sich eingestehen, dass sie jegliches Zeitgefühl verloren hatte. Celias Geburtstagsbrunch musste längst beendet sein. Man würde sie vermisst haben. Isabel hatte sich sicherlich mit Helen in Verbindung gesetzt, und ihr Vater, der in ständiger Sorge um sie war, seitdem sie die Detektei betrieb, hatte wahrscheinlich spätestens am Nachmittag Dieter angerufen. Stellten sich lediglich die Fragen, ob es bereits Abend war und wie lange es dauern würde, bis Dieter reagierte, die richtigen Schlüsse aus ihrem Verschwinden zog und bis ihr Kommissar oder ein anderer seines Teams sie aus ihrer misslichen Lage befreite.

Mit Überlegungen, wie viele Stunden oder Tage sie ohne Wasser in diesem Verlies gefesselt überleben würde, wollte sie sich nicht beschäftigen. Ihre Grübeleien brachten sie wider Willen zu dem ermordeten Gerald Schöllen und seinem Halbbruder Gunnar Laxhoff, die, wollte sie Beates Erzählungen glauben, in einer ähnlichen Situation gewesen waren. Beide hatten ihre Gefangenschaft nicht überlebt, weil der Apotheker Tommy Orthes sie erschossen hatte, bevor sie verdurstet waren. Dagegen durfte man ihre augenblickliche Lage fast als komfortabel bezeichnen. Es musste ihr lediglich gelingen, wach zu bleiben, damit sie gleich um Hilfe rufen konnte, sobald sich oberhalb des Kellerschachtes oder an der Haustür etwas regte. Konnte es möglich sein, dass durch die Wände des Hauses und durch das Kellerfenster gar keine Geräusche nach draußen drangen? Ihre Handtasche stand oben in der Diele auf dem Garderobentisch. *Miss Marple* lag zwar in der Tasche, war allerdings nicht eingeschaltet und somit ebenso unauffindbar wie sie selbst. Ihr Wagen parkte vor der Haustür. Das wusste sie sicher, weil sie den Autoschlüssel in die Tasche ihres Blazers gesteckt hatte. Da Beate ihr den Schlüssel nicht abgenommen hatte, konnte sie auch das Auto nicht weggefahren haben. Irgendwann musste sogar der Einfältigste darauf kommen, während der Suche nach ihr auch bei ihrer Auftraggeberin Beate Buttenstett vorbeizuschauen, tröstete sie sich. Man würde ihren Golf sehen – man würde an der Haustür klingeln! Man würde –! Oder würde man nicht?

Momentan war sie noch nicht einmal imstande, die selbstgestellte Frage, seit wann sie allein in diesem Kellerraum hockte, zu beantworten. Dabei konnte sie sich an jedes Wort, das Beate gesagt hatte, erinnern. Beate hatte nicht allein über ihre längst geplante Flucht berichtet. Sie hatte auch von den Videokameras erzählt, die – für einen Fremden nicht sichtbar – im Pfeiler der Toranlage, am Haustüreingang und unter dem Garagendach angebracht waren und sie jederzeit wissen ließen, wer sich auf dem Grundstück aufhielt. Zumindest wusste Heide jetzt, dass sie sich das Gefühl, beobachtet zu werden, nicht eingebildet hatte, dachte sie, ehe sie erneut einschlief.

Sie wurde wach, weil sich etwas Warmes auf ihre Wange legte, anschließend über ihre Stirn strich und auf ihrem Haar liegen blieb. Als sie die Lider aufschlug, sah sie in Dieters knallblaue Augen, in denen zu ihrer Überraschung Tränen standen. »Alles wird gut«, sagte er.

»Happy End, Kommissar?«

»Worauf du dich verlassen kannst!«

EPILOG

Herbst 2011

Sie wollten den freien Tag genießen, es sich richtig gemütlich machen und den Vormittag im Bett verbringen. Die geöffnete Sektflasche wartete trinkbereit auf dem Nachttisch, neben zwei halbgefüllten Gläsern. Dahinter stand Dieters Monats-Joke, ein ausgefranstes Schokoladen-Scrabble, dessen leckerste Teile Heide gleich zum Beginn des Spiels mit Genuss verspeist hatte, um die Quälerei schnellstens zu einem Abschluss zu bringen.

Sie hasste Scrabble mit derselben Leidenschaft, mit der sie das Pokerspiel liebte.

Damit sie nicht so häufig aufstehen mussten, um in der Küche Kaffee nachzuschenken, tranken sie ihn aus Dieters Samson-Tassen, die sich auch hervorragend zum Löffeln einer Suppe eigneten. Während Dieter das vollbepackte Frühstückstablett auf seinen Knien balancierte, zwei Brötchenhälften mit Butter bestrich und mit Käse belegte, suchte Heide in der Lokalzeitung nach einem Bericht, dessen Inhalt sie im Großen und Ganzen bereits kannte.

»*Geflohene Emsländerin konnte auf Mallorca gefasst werden*«, las sie laut. »*Wie die Staatsanwaltschaft in Osnabrück gestern mitteilte, wurde die Frau am Flughafen der Baleareninsel verhaftet. Der zuständigen Kripo in Lingen gelang es, ihre Fluchtroute nach-*

zuverfolgen. Sie alarmierte daraufhin die spanische Polizei.«

»Der Prozess gegen Thomas Orthes beginnt in vierzehn Tagen vor dem Landgericht in Osnabrück«, sagte Dieter.

»Ihn erwartet eine Freiheitsstrafe von bis zu 15 Jahren«, erwiderte Heide. Sie warf die Zeitung beiseite und knurrte: »Wenn ich mir vorstelle, dass Beate sich die spanische Sonne auf den Bauch scheinen ließ, während ich mit meiner Gehirnerschütterung im Bett liegen musste und mich nicht bewegen durfte, bekomme ich eine so große Wut, dass mir die Luft wegbleibt. Könnte sein, ich drehe ihr den Hals um, sobald sich mir die Möglichkeit dazu bietet. Allerdings denke ich, dass ...« Sie brach ab, als Dieters Handy klingelte.

»Mist«, brummelte er wenig später. »Wir haben einen Toten, einen pensionierten Pfarrer.«

Heide war bemüht, eine uninteressierte Miene aufzusetzen. »Tatsächlich? Wie heißt er? Hat man dir schon gesagt, wer ihn gefunden hat? Und wo? Ich kenne jemanden, der als Pfarrer in der Niedergrafschaft gearbeitet hat und der seit ...«

»Versprich mir, dass du dich dieses Mal raushältst, von der Heide!«, schnitt er ihr das Wort ab.

Heide lächelte verschmitzt. Sie hob ihre rechte Hand zum Schwur, während sie den Zeigefinger und den Mittelfinger der linken hinterm Rücken kreuzte. »Ich schwöre es, Kommissar!«

»Du lügst!«

»Ich –? Nie –! Du kennst mich!«

ENDE

In dem Kriminalroman »Der Puppenfänger« trifft der Leser auf Menschen, die ein Geschenk meiner Phantasie sind. Deswegen sind Ähnlichkeiten mit lebenden oder verstorbenen Personen rein zufällig. Auch die beschriebenen Wohn- und Geschäftshäuser, in denen meine Protagonisten agieren, sind aus naheliegenden Gründen nicht real.

Die Bewohner des Dorfes Holte bitte ich um Verständnis dafür, dass ihre Heimat mir als Bühne für mein Buch gedient hat. Ich versichere, dass ich dort nur unbescholtene, hilfsbereite Menschen getroffen habe.

Damit aus einem Phantasiegespinst ein Roman wird, benötige ich Beistand.

Für seinen fachlichen Rat danke ich Herrn Kriminalhauptkommissar Achim von Remmerden, der einen prüfenden Blick auf die Arbeit meiner Ermittler geworfen hat.

Meinem Mann, meinen Kindern und meinen Enkelkindern danke ich für ihre Geduld und ihr Verständnis. Es ist sicherlich oft verwirrend, dass jemand, den man liebt, in eine Scheinwelt eintaucht und deswegen ab und an schwerlich zu erreichen ist.

Last but not least ein herzliches Dankeschön an Andrea Pientka, Julia Wagner, Alice Huth und das Team des Ullstein Verlages, mit deren Hilfe aus dem Manuskript »Puppenfangen« das Buch »Der Puppenfänger« wurde.

Joana Brouwer

Inge Löhnig

VERFLUCHT SEIST DU

Kriminalroman

»Ein Muss für alle Fans von packenden Ermittlerkrimis.«

Sebastian Fitzek

ISBN 978-3-548-61123-5

Der Selbstmord einer jungen Frau erschüttert München. Aber war es überhaupt Selbstmord?
Warum wird ein Freund der Toten kurz darauf heimtückisch ermordet?
Kommissar Dühnfort und sein Team folgen der blutigen Spur eines Mörders und verstricken sich dabei in einem Netz aus Lügen, Verrat und Eifersucht.

Auch als ebook erhältlich
e-book

www.list-taschenbuch.de

List

Camilla Läckberg

MEERJUNGFRAU

Kriminalroman

SPIEGEL-
BESTSELLER

ISBN 978-3-548-61126-6

Ein Strauß weißer Lilien, ein Drohbrief, ein Unbekannter dringt nachts in sein Haus ein und beschmiert die Kinder mit blutroter Farbe: Christian Thydell, der beliebte Bibliothekar von Fjällbacka, wird erpresst. Die Situation eskaliert, als Christians Freund Magnus tot im Meer gefunden wird. Kommissar Patrik Hedström vermutet ein Familiendrama. Doch erst seine Frau, die Schriftstellerin Erica Falck, entdeckt das schreckliche Geheimnis der Meerjungfrau.

Auch als ebook erhältlich
e-book

www.list-taschenbuch.de

List

L496

Oliver Pötzsch
Die Henkerstochter

Historischer Roman
ISBN 978-3-548-61042-9

Kurz nach dem Dreißigjährigen Krieg wird in der bayerischen Stadt Schongau ein sterbender Junge aus dem Lech gezogen. Eine Tätowierung deutete auf Hexenwerk hin, und sofort beschuldigen die Schongauer die Hebamme des Ortes. Der Henker Jakob Kuisl soll ihr unter Folter ein Geständnis entlocken, doch er ist überzeugt: die alte Frau ist unschuldig. Unterstützt von seiner Tochter Magdalena und dem jungen Stadtmedicus macht er sich auf die Suche nach dem Täter.

»Die historisch authentischen Details bilden die Würze in seiner phantasiereichen, stringent konstruierten Kriminalgeschichte.« *Süddeutsche Zeitung*

List

www.list-taschenbuch.de

L480